U0936294

平安

李虎山 著

人民文学出版社 现代出版社

图书在版编目（CIP）数据

平安 / 李虎山著.—北京：现代出版社，2018.11

ISBN 978-7-5143-7533-6

Ⅰ.①平… Ⅱ.①李… Ⅲ.①长篇小说—中国—当代

Ⅳ.①I247.5

中国版本图书馆CIP数据核字(2018)第271771号

平安

作　　者：李虎山

责任编辑：庞俭克　申　晶

出版发行：现代出版社

地　　址：北京市安定门外安华里504号

邮政编码：100011

电　　话：010-64267325　010-64245264（兼传真）

网　　址：www.1980xd.com

电子邮箱：xiandai@cnpitc.com.cn

印　　刷：三河市宏盛印务有限公司

开　　本：710mm×1092mm　1/16

印　　张：18.5

字　　数：332千字

版　　次：2018年11月第1版　2018年11月第1次印刷

书　　号：ISBN 978-7-5143-7533-6

定　　价：43.8元

1

城市坠落为农民挣钱的市场后，无形的历史巨手，剥离了几千年来岁月为城市精心编织的高贵的霓裳。市场如战场，在战斗员混杂、战斗力参差不齐的战场上，虽无刀枪、硝烟、炮声，却拥有杀戮、拼搏和血泪。

2

农村土地完成使命之后，农民对土地的情感发生了变化，他们不再渴望土地给他们带来新的希望，他们怀着矛盾的心绪，迈着纠结的脚步，向土地告别，走出田埂，走过乡村，大踏步地走向城市，奔赴拼搏的战场。

许多农民并不知道，城市和农村最大的区别在于知识和力气，大多数农民拥进城市后，想用力气改变自己的命运，过上像城市人一样充满阳光的生活，但他们忽略了一点，城市在更多的时候需要的是知识和智慧，而不是蛮力。

3

20 世纪 90 年代初，我开始关注农民在城市的生活。将近三十年过去了，我对农民在城市生活的状况有了更多的文字记录，耳濡目染了许多农民的城市梦破灭之后，我用自己笨拙的手指，在信息化的键盘上，敲打出农民工在城市生活的现状和选择中的纠结。

4

我一直认为，曾经养过的相思草和农民工进城有着相同的际遇。十年前，我在故乡埋葬母亲之后，在她的坟头挖取一株母亲在世时特别喜爱的相思草，珍惜地将其带进城市，供养于阳光明媚的窗台，日日浇灌，晨暮呵护。不承想，不到三个月，相思草死了，在为相思草流过一场惋惜的泪后，明白了一个道理：相思草并不适应阳台上的环境……

5

有了移植相思草的经历，想起了朋友平安，就在秋阳为这座古老的城市涂上玫瑰红的下午，我开始讲述关于他在西京城的故事……

一

1990年一个深秋的下午。

在秦岭怀中采访完争矿事件后，太阳踢开脚下一块黑色的云团，急切地向西边的山尖上奔跑，像一个饿急了的孩子，使着最后的力气，拖着疲惫的身子往家里扑。

在太阳还能扫描到地上人影时，我和陈家山金矿办公室刘主任道别，他握着我的双手，脸上贴满歉意的笑说："你看，这都是北坡人把人害的！眼看天黑了，没车送你呀！"

"没事！"我微笑着对他说。我能感觉到我的笑好似涂在脸上的秋霜。转身走出一段距离后，扭头看去，刘主任还站在撒野的罡风中，我知道是愧疚把他牢牢地拴在那里了。

深秋的秦岭上，太阳的光气渐渐退去，风张狂起来。风像乱飞的无形的刀子，专伤人的腿脚，那些刀子欺生似的，割着我的小腿，不见血流却生痛。脚掌摩擦于地面，镶嵌在山路上的小石子似一种刑具对脚心肆意攻击，做了多年记者，我第一次遇到最艰苦的采访。

黄昏，山路上朝着金矿方向行进的人不少，都是些身背乙烯袋子装裹着被子赶赴秦岭山淘金的农民。说是淘金，其实他们是在用生命去赌博。采访中，刘主任告诉我，为了金子，一年死在秦岭北坡的人，不下几十个，有人死了，连土也入不了，尸体硬生生地腐烂在山野的茅草中或土壕里。

进山没有车，出山不见车，我一个人心怀忐忑茫然地向山下走。那些怀揣梦想向山上行走的淘金人，脚下的山路和即将来临的黑夜并没有使他们感到恐惧，他们有说有笑，叽叽喳喳，有人还哼着快乐的商洛道情，凛冽的罡风于他们不存似的，梦想燃烧着他们的希望。从他们的神态看去，似乎山路的尽头，放着一沓沓等待他们领取的人民币，或许是他们一家人渴望的日月光景。

秦岭上的金子，早几年北坡人就开挖了，而南坡的秦南人，在财政人员工资发不出，许多教师拿不到薪水纷纷跳槽时，才想起老先人留给自己的财富。当他们开着嗷嗷吼叫的机器攀爬到高高的秦岭山腰，打开山石，把探寻金子的机器伸进秦岭的腹腔时，他们才发现，属于自己的地盘已经空空如洗，那些含着金子的矿石，早被北坡人悄无声息地运走了。

秦岭南坡人醒悟后，一场淘金热在秦岭南坡轰轰烈烈地展开。随着淘金潮的到来，一条承古载今的产业链迅速形成，吃、喝、拉、撒、睡，衣、食、住、行，全程跟进，一些有头脑的人，过早地步入发家致富的行列。

平安是这些人中的典型代表之一。

当我在山路上的黄昏中孤独地行走时，平安第一次真实地出现在我的视野里，他与我的不期而遇是一份至真情缘。他的出现，决定了他人生目标的改变，也使我从他身上真切地体会到载入史册的名词——“农民工进城”。

平安开着一辆银白色十七座面包车，从凛冽的晚风中摇摇晃晃地扑下来。黄昏中，车轮扬起的尘土与凛冽的罡风较着劲儿，沙尘像从天上降下来的一方灰布，一会儿成条状，在风中游离；一会儿成旗帜，在山岗上飘扬，舞弄得山野的黄昏多了一些嘈杂和纷乱。远远看去，少了一只前灯的面包车像只有一只眼睛常被人们叫作“独眼龙”的人，当面包车像疯子一样盲目地扑到我眼前时，我听车厢下面发出如六月天山区的鸣雷般的声响，面包车快接近那群淘金人的时候，天上的那盏灯被山的巨手关掉了，黑色在一瞬间黏稠起来，面包车一只眼睛放出的光亮，在没有月光的山野特别刺眼。

抬眼望去，山风扬起的尘土，像在车灯前蒙了面纱，那些织成面纱的尘埃中似有蚊蝇，在车灯前狂飞乱舞。那群进山的人看到车像看到深浅不拘的幸福，他们在灯光前兴奋地挥舞着帽子、白色的毛巾和乙烯袋子，高声地号叫着，蹦跳着，强逼平安将车停下。

一声怪响，车停了，平安下了车，我看不清他的脸，但能看到他手中晃动的手电，手电射出的光柱好似小时候在电影里看到的敌人炮楼上的探照灯，光柱在每个人的脸上仔细地扫着，那些人上车后，平安举起手电扫描时发现了我，他把手电光远远地向我投来，人跟着手电光走近我，冷冷地说：“上车吧！”

我微笑着对他说：“我是向山下走的！”

他固执地用手电照着我的脸说：“先上去，一会儿再下来，你一个人在这儿不但冷而且还危险。”他语言生冷，却有暖意。环顾黑暗的夜路，我想，没有别的办法，只好对他点头。上车后，我刚往车后挪动脚步，平安“啪”的一声关了司机一侧的门对我说：“你坐车头上吧！”

我坐在副驾驶的座位，车启动了，发动机的声音掩盖了车内的吵吵声。他麻利地掉转了车头，向北山开进。坐在车上的淘金人开始兴奋起来，他们的喳喳声响在耳边，我一句也没听清他们在说什么。

面包车在黑暗中大约行驶了五公里，上一个陡坡时，车像一头走累了的老牛，任平安如何摆弄，硬是吆喝不起来了。平安急得满头大汗，无奈，他推开车门，跳下车，对车里的人说：“大家下车帮帮忙，推一下车吧！”

“你这啥破车嘛！坐车还要推车哩，真是的！”

“就是！谁坐车还推车哩！”有人极不情愿地嘟囔着。

“呵呵，大家帮帮忙吧！”

怨言从车内嘟嘟囔囔传到车厢外，人们嘴上发着牢骚，还是从车上慢腾腾地下来，毕竟车与他们的归宿连在一起。我欲加入推车行列，平安悄无声息地将手电塞给我，示意我在车前面照亮。众人摆好推车姿势后，他跳上驾驶室。车在众人的给力下，慢慢向山上爬行，推了约二百米路程，到了山顶。他开始打火，发动机发出破败的轰鸣，似人感冒后喉咙沙哑有痰吐不出的声音，经过几次大咳嗽，车排出了一股粗气，气儿顺了，机器的声音有了均匀的节奏感，众人欢呼着：“上车啦！快上车啊！”

车像疯了似的向山下狂奔，人们提心吊胆地将自己身子弹跳的节奏与车的晃动保持一致。到下午我采访的金矿门口时，远远地，听到有人在吼叫，吼叫的人穿着灰色的保安服，手中拿着闪着红光的警棍。警棍在黑夜里像一团可恶的鬼火，在平安的车前张牙舞爪乱晃，他们不让平安的车靠近停车场。车停在一棵树下，人们争先恐后地下了车，平安收钱时，每人让出五角，他点头哈腰地对坐车人说：“感谢你们帮我推车！以后我们还有机会相逢的，希望你们来北山，希望你们挣到钱！”

“师傅人厚道，还让我们五角钱啊！”

“呵呵呵，应该的，你们帮我推车了嘛！”

收完钱后，平安从自己上衣口袋中掏出一盒香烟，给每个坐车人发了一支。有人点着烟，边抽边背起行李走向灯火通明的院子里，也有人把香烟夹在耳朵上，背起行李，对平安微笑着摆手再见。

看着坐车人走向灯火通明处后，平安一挥手，示意我立即上车。我刚一跳上车，车就开始逃跑，我感觉平安似在躲避着什么。

返程很顺利，不到一个小时，就到了平安所住的村口，他对我说：“你一个人，我不送你去县城了，这一来一去百十里，不是怕你不给钱，是怕你受苦，你看这车，说不定到哪儿又坏了。”

我有些犹豫，环顾车窗外黏稠的黑色，问他：“那咋办？”

他静静地看我的眼睛说：“住我家吧！不会让你受冷挨饿的。”我抬头看着前方有灯火的庭院，无奈地点点头。

车哼着怪腔，下了公路，咯吱过一座小石桥，进了平安家偌大的院子。车刚一进院门，院子屋檐下的灯泡在一瞬间亮起来，灯光把黑色推开，一团亮光塞满庭院。

一个女人从灯光下鲜艳的大红门里，迈着紧凑的小碎步，如戏剧里的旦角跳了出来，女人很高大，说话声很细，声腔温婉。她站在台阶上，双手捏着衣襟对平安说：“咋搞的，回来这么晚，是不是又坏了，把人操心死了！”

平安弓着腰下了车，绕过车头为我打开车门，小心翼翼地将我扶下车，像扶一位贵人或是老人。下车后，平安转身对站在台阶上的女人声音豁亮地说：“没说闲的，快去弄好菜好饭，贵人驾到！”

他笑嘻嘻地对我说：“我媳妇，叫淑玲，你看这家伙身子单薄，守家过日子是好手！”

我懵懵懂懂地站在灯光下，淑玲像审查犯人似的，用警惕的目光细细地审查着我，我也在反视她。我的目光中多了欣赏的成分，一米七几的个头，苗条的身姿亭亭玉立，不像四十多岁的女人，像一位朝气盈人的青春女子，灯光下的她，皮肤白净，五官的细腻程度不像山野人，像城里养尊处优的妇人，近看，发现她脸上有焦虑的痕迹。她对我审查了好一会儿，撤换了目光中的警惕，说：“快进屋吧！”

我还没有动身，她自己先进了门，同样是迈着小碎步离开，进了门，便没了踪影。

平安在院子里叮咣叮咣地收拾车，我站在他家的堂屋里发愣。看到眼前的家境，我在问自己：这是一个山区农民的家吗？沙发、茶几、电话机、大型彩色电视、墙角的洗衣机、新崭崭的女式轻便曲梁自行车、红色摩托车、栗色缝纫机，什么都有，比一般城里人家的家当还齐全。脚下的地板是用水磨石铺过的，像时下一些宾馆的大堂，进门的落脚处，还用彩色碎石镶嵌着一瓶鲜艳的富贵吉祥花，瓶中的花有几个花蕾特别鲜艳。屋里的墙体是用白灰抹过的，为了增加墙的亮度，还在墙体上涂了发光体涂料。中堂挂着毛主席去安源的画像，毛主席手中拿着那把人们熟悉的油布伞，目光看着远方，毛主席像两边悬挂的红色对联上写道：

平安才能发家致富

人人都想吉祥如意

横额：贤淑人家

红纸黑字，字写得周正、洒脱、圆润、韵致。看过对联，正想发笑，淑玲脸色喜庆地端着一盆热水从后屋悄无声息地出来。经过我身边时，我瞥见水中的毛巾是黑色的，心微抖了一下，她似乎察觉到了我的心理反应，立即从水中捞出黑毛巾，拧干水，挂在门后有些松垮的细铁丝上，又从后屋拿出一条新毛巾投入水中。水中的毛巾向上泛着细小的泡花，泡花调皮地相互打闹着。

洗完脸，刚坐进绵软而宽大的布艺面沙发，平安喘着粗气进了门，他嘴里嘟囔着什么，我没有听清，却看清了他的模样，四十一二岁，矮个子，驼背，方脸，短发，嘴向里窝着，眼睛向外突着，眼睛虽小，很有神气，看东西时四处转，样子很像赵本山。他直起腰时，背上好似日本女人身上的腰节。他在我用过的水中洗脸，看着他有些邋遢的样子，我想，这样低矮的男人，咋能配上那样高大的女人？

平安哼哧着落进沙发，他的累可想而知，他身上散发出的汗味在一瞬间弥漫开来，我随即燃起一支烟，欲用烟味掩饰汗味。他落座后仔细地看着我，脸上泛出善良的笑意问："你是做那一行的？"

我忙掏出记者证给他，他双手恭敬地接过证件，拿在灯下细细地看了一会儿说："哎呀妈呀，我就说是贵人嘛！省城的记者，妈妈呀，妈妈呀，真是千载难逢呀！"

他一惊叫，将女人从里屋惊了出来，她看到了丈夫的兴奋，瞥了一眼他手中的记者证，露出好看的笑容。她麻利地将饭菜端上茶几，他拿着我的记者证，坐回沙发，比刚才近了一些。他说："快吃！快吃菜呀！"他没有把记者证还我，像舍不得放弃似的。

茶几上的菜，两冷两热，平安看着菜，拿起筷子动了一下，筷子落在茶几上的声音愣住了倒酒的女人，她用疑惑的眼神瞅着他。他拿起酒杯，仰起头一饮而尽，又把杯子重重地放在茶几上，口中木讷着说："我给你挨球的说了，来的是贵人，你这是什么菜呀？去去去，弄些变蛋切些香肠，打一盒鱼肉罐头，牛肉呢？没有了，把娃们爱吃的牛肉丝弄一盘来，快点！"

淑玲停下了手中倒酒的瓶子，用埋怨的目光看着我，起身重新钻进厨房，随即，从后屋传出菜刀在案板上跳踢踏舞的紧凑声，不一会儿，她把丈夫要求的菜一一放在茶几上，自己坐在丈夫对面的沙发上，双手搭在腿上，好似等待着丈夫的下一个命令。

他看到了妻子的懵懂，双手把记者证递给她，声音清亮着说："你细细看看，你招待的是啥人，是县长想招待都招待不上的人呢。"淑玲双手接过记者证，拿到灯下翻来翻去地看后，眼睛中流露出不屑，并无别的什么反应。我感觉记者证对她并无分量。她还是双手恭敬地把证件递给我。平安不太吃菜，一杯一杯地喝酒，每喝一杯，嘴总要咂巴几下，声音怪怪的。我不喜喝酒，他也没有多让，只是劝我多吃菜。不知为什么，我的目光一直贴在他家的毛主席像上，平安发现了我的好奇，扬起筷子笑哈哈地说："我一生呀，就喜欢毛主席，更喜欢这张画儿。小时候就喜欢。毛主席一生到处行走，人家总能看清前方嘛，前方是他要攻克和占领的地方嘛，我也喜欢看前方，朝前看，可咱老是看不清前方。毛主席也是山里人，他从山里一直走到北京，坐在中南海，我最佩服他，我也是到处在走，走来走去，又回到山里来了，走不出去。我最大的理想，是啥时候能和毛主席一样，住在大城市，那是多么幸福的事呀。"他的眼睛盯着墙上的毛主席，手从茶几上摸着酒杯又哧溜喝下一杯，摇摇头说："唉，关键是咱的心不行，太小，目光太短浅，我还是想走出去，到大城市做些大事情哩！"说过，他再一次细细地打量我，似乎我就是能领他去大城市做大事的那个人。我看着他笑。他又说："我最想做的事是住在大城市，让老婆和娃都住进高楼大厦，哪怕是吃糠咽菜哩。人先有精神，哥们儿，你说是吧？"他向往着城市生活。

我咽下一块在口中含了许久的香肠笑着说："可以呀，现在农民住在城市的多的是，你可以去西京、北京，甚至是上海都行哩。"

他往口中送了一口菜说："关键是到城市要有营生，你给咱看个营生，有了营生才能落住脚嘛！"

我说："好吧，我给你看着，有合适的我就给你打电话！"

"那多谢你了！大记者！来，我们碰一杯！"

我俩碰了一下，他又喊："淑玲，你来给大记者敬酒啊！"

在灶房忙活的女人，听到丈夫召唤她，迈着小碎步来给我敬酒。我明显感觉到，她看我的眼神和之前有了区别，她微笑着端起一杯酒说："大记者，我敬你！"

看着女人手中的大酒杯，我笑说："呵呵，我喝酒不行！"

"哪个男人不会喝几杯呢？我一个女人家，都陪你喝哩，你好意思不喝？"

听女人如此说，我接过她手里的酒，一仰脖子倒入口中，酒入肠胃，呛得我直咳嗽，眼泪汹涌而出，我笑着说："行了，喝这一杯就行了，我真的不会喝酒！"

"呵呵，得喝两杯！一杯不能表示敬意的！这杯我们碰了！"

她话音刚落，就在我手中的酒杯上轻轻碰了一下，一仰脖子喝下去，看到她的爽快，我也一仰脖子喝了，不胜酒力的我还是被呛得不住地咳嗽，脸立刻涨得发热，我不好意思地对她笑着。她很能喝酒，和她男人一样，喝酒如喝水。

我的目光又一次落在毛主席的画像上。平安以为我是在看画像两边的对联，他说：“你看毛主席像两边的对联，那是我编的，也是我写的，是不是不太对仗呀？”

我假装品味后说：“不错，对联嘛，就是用来表达人的心意的！”

得到了我的肯定，他兴奋得立马坐直了身子说：“你是记者，文化水平高，你能不能从中看出点什么象征意义？”

“这个我不敢说，但我觉得这其中一定有你的什么意思包含在里面，至于是什么，我一时没看懂。”顺着他的问话，我回答道。

平安一脸得意地从沙发上站起来，挥舞着双手，像新任领导给同事介绍自己似的说：“我，叫平安，孟平安，老婆叫淑玲，儿子叫吉祥，女儿叫贤子，呵呵，哈哈，这回你明白了吧？”

我点点头说：“嵌名联，不错，没想到，你对对联还挺有研究！”

他头摇得像拨浪鼓，笑着说：“在你面前说文字，就是人们说的，班门弄斧哩，我是一个没高畅的人，你可不要笑话。”

我说：“你们家女人为大呀，你咋把她们母女放在高处呢？”

他将身子往后一倒靠进沙发说：“还是你有水平，你看嘛，就我这屄样子，能娶下这么一个好媳妇，你说我不抬高人家行吗？要不把人家抬高，这光景早就散伙了！”

“呵呵呵，尽给我戴二尺五，你就会在人面前瞎胡吹。”淑玲听男人如此夸自己，用筷子点着平安的脸笑着对我说：“你不要听他胡吹，他呀，人前人后判若两人，在人面前把我说得像花儿一样，可在人后头，恨不得一锤把我揳死。”

我避开淑玲的话题问平安：“那女儿也不应该放在高处呀？”平安摇摇头说：“这你就不知道了，我这个女儿呀，长得和她妈一样好看，关键是听话、懂事，知道心疼我，我视她为掌上明珠，所以，我就把她们放在高处。再者说了，在农村，这过日子呀，还真是女人说了算，我这一摊子，要不是女人撑着，哪有现在这排场！”

“哈哈哈！”淑玲这回开心地朗声大笑。

吃过饭，他带我参观了他的家业，还把我带到他的另一座房子里。也是五间砖木结构坐西向东的大房子，装饰基本和主房相似，房子是一个代销店，百货、五金、收购的药材、生皮、木耳香菇，什么都有，像农村集镇上的供销社，我在看百货店时，他从货架上取下一条烟夹在腋下。细细看过后，我不由得发出惊叹，一个农民，拥有如此财富，心却不安，一心想往城市生活，看来，我还真得帮他圆梦。

返回主房，我俩重新坐回沙发，他点燃一支烟，给我面前放上一包烟，闪着机智的小眼睛将脸伸到我脸跟前问：“你们记者权大不大？”

我还是把目光贴在他家中堂毛主席的画像上。毛主席没有看我，而是看着去安源的方向。"记者没有什么权力！"我似是而非地回答他。

"你在哄我，我咋听说这记者的权力大得很呀？见官都要大一级，我从电视中看到，国家开两会时，那些记者咋敢当着那么多的人问国家领导人的话，啥都敢问，特别是外国记者。"平安急切问我。

"那是新闻发布会，领导坐在那里，就是让记者提问的。"我不紧不慢地回答他。

他又问："你参加过那样的会，问过国家领导人的话没有？"

"没有！"

"你肯定问过省长话吧？"

"问过！"他立马变得兴奋起来。正在此时，淑玲端出一盆洗脚水踢踏着小碎步走过来，她是要让平安洗脚的，但是平安却让我先洗，我很麻利地洗了起来。平安从沙发站起来，取下身上的钥匙递给淑玲并对她说："去，给王记者从那边拿一个新牙刷来，我刚才忘了。"

我说："不用了，怪麻烦的！"

他说："你们城里人讲究，不刷牙咋行？"女人还在犹豫着，平安瞪了眼睛生硬地说："让你去你就去嘛！磨蹭啥哩嘛？"

女人很快地离开了。我告诉他我不是城里人，也是秦南人，是住在分水岭的南山人。我以为如此一说，会减少一些他对我过多的客套，没想到他更加热情了，他说："那咱们是乡党呀，真是太好了！以后说不定有能用着你的地方哩！"

我说："只要我能帮你，一定会帮的！"

他问："你在啥单位？"

我说："是杂志社，信访方面的杂志，叫《民情调查》！"

我一边说，一边从背包里掏出杂志递给他，他拿着杂志，刚一打开，一封信从杂志里落下来掉在地上。信是北师大同学寄来的，信中装着香山红叶。他小心翼翼地从地上捡起一枚红叶仔细地看了许久，眉角挑挑说："这不是我们这儿的红叶呀，这叶的颜色叶脉和我们这儿的不一样呀！"

他真是个能人，连异地的红叶也能辨别出来。我不得不佩服他的精明，我在想，这么一个看起来粗的人，心却比女人的心还要精细。

我说："这是北京香山的红叶！你们这儿也有红叶？"

他没有直接回答我，抬起头微笑着说："你也是喜欢红叶的人，明天我带你去看我们这儿的红叶！"

我立即摆手说："不行，不行，你要跑车的，不能误你挣钱！"

他把红叶递给我说："能和你一起去看红叶，比我跑一天车用处大多了，你是贵客，能到我这儿来，是上天赐给我们的缘分，少挣一天钱算个屁，能认识你，才是我最大的幸运哩！"

淑玲很快拿回了牙刷，她一脸不悦，并没有引起我的猜测，天下女人都一样，过日子懂得精打细算。刷过牙，平安带我进到卧室，床铺热烘烘的。房子里有一个乳白色的三开门大衣柜，中间嵌着一块玻璃，玻璃上有一对红顶鸳鸯在弄清波，立柜旁边也有一套沙发，是黑色宽扶手人造革皮面。沙发对面是一个米黄色六层书架，书架上整齐地摆着不少书，大部分是学生课本。细细浏览过书架上的书，一本没有看过的厚书吸引了我，将书从书架抽出来一看，《羊皮卷》，这是一本什么书呢？我把书拿到床前置于枕边，准备上床后翻一下，脱衣入被后，温暖便在一瞬间包围了我，不到几分钟，入了梦乡。

翌日，天还没有大亮，便听到发动汽车的声音很遥远地朝我响过来，终于近了，我醒了。起床后，发现早饭已摆在茶几上，红豆稀饭、热气腾腾的馒头、煎鸡蛋、细如发丝的萝卜丝释放着诱人的香味。平安和淑玲已经在等我了。吃喝过，天大亮了，平安让我坐上车，他说："我带你去看红叶！"

在淑玲高低相交的叮咛声中，平安把车开出了雾霭笼罩的庭院，车走到哪里，雾霭便自动为车腾出空间。车上了大路后，平安对我说："今日你放心，毛病让我昨晚全治了，不会再出麻烦的！"

半个小时后，雾霭升空，变成了云彩。秋天清爽的山水展现在眼前，太阳黄亮的光泽为西边的高山尖上涂了金色。远处山尖上的雾气在山头上飘荡，像一条条白色的纱巾，萦绕山头。胭脂河沿山而行，河面宽阔，河水清澈，水中向上泛着雾气，一片片，像山里人烧柴做饭揭开了锅盖。时而，有几只山鸡野鸭在河水中鸣叫着，飞奔着。不知他们是在练嗓子还是在做早课，声音很是好听，举止很有诗意。山野的秋晨如此静谧，这是我许多年没有体会过的，本打算让平安停下车，欣赏这秋日之晨，嘴张了几张，终是没有说出口。

车沿山脚拐过一个大弯，到了一个峡口，两个警察不知从哪儿冒出来，他们挥手挡住车要查手续，只听平安自言自语地说："日你妈也不怕冻死，这么早就守在这儿，想钱想疯了，狗日的，一个个咋不死呢？"

骂过后，他涎着笑脸跳下车，并叮咛我不要下车。我看到他把几个色彩不同的本本递给交警，举动很猥琐，像小偷，哈腰站着，看到他鼓起来的锅背，我想笑，却没有笑出来。警察看完了所有证件并没有放行。警察抬头朝车里看着。他指着我，笑呵呵地给警察说着什么。说了好一会儿，他走过来对我说："把你的记者证拿给我用一下，你不要下车！"

警察反复看着证件，似在辨真伪，看后警察把证件还给他，又指着他的脸说着什么，然后掏出笔，在他的本本上写字，他转过身子，把背上的罗锅给了警察，警察很熟练地趴在他的罗锅背上写字，写完后把所有的证还给了他，挥手示意放行。他气咻咻地跳上车，打开车门的瞬间，我听到警察说："平安呀，要不是记者要采访，今日你是走不了的，立即把手续办全，再不要这样胡闹了，出了事不得了呀！"

他一边对警察说"好好好，是是是"，一边启动车。

走过好大一会儿，他对我说："车到底少什么手续，我也说不清。日他妈啥手续不手续，就是想着法儿要钱哩，钱给了，啥手续都有了，今日没出钱，人家看你的面子哩，我说你们记者面子大，你还不信哩！"

车在几个S形山路上扭了几个大麻花后，我看到了红叶，放眼望去，满山红遍，层林尽染，太阳光穿过白桦林，把清澈的光洒在每一个叶片上，整座山被霞光染红了，感觉整个世界都是红的，空气也是红的。山里很静，就连微风走过的脚步声听起来，也是那么清晰，不见身影的鸟儿，用欢快的语言向我们致欢迎词。真没有想到，秦岭上的红叶，竟然如此之艳。

在山上转了半晌，我拍了不少照片。他让我歇下来吃东西，我收起相机坐下一看，什么都有，香肠、饮料、饼干、面包，还有啤酒。

坐在厚厚的红叶中，吃着食物，看着满山的红光，我再次用好奇的心和探究的目光审视他的脸，这究竟是个什么样的人？生活在山野的穷乡僻壤，却有着城市人的生活范儿。

看我吃得差不多了，他一脸怪笑对我说："我其实很恨警察，特别是我有了车后，感到警察个个都特别瞎，过去我老认为天下什么都瞎了，只有警察是好人，遇到什么事儿，他们可以帮你，自己从心里特别敬重他们。有一年，我的代销店被人偷了，警察费了好大劲儿把案破了，给我追回了不少损失，我拿着钱去感谢人家，警局的领导却狠狠地把我骂了一通，说我是作践他们警察。那时的警察多好啊！令我没有想到的是，现在的警察变瞎了，瞎得光知道要钱了。"

管理就是收费。听着他愤慨，我想起了这句话，在想，是不是应该写一篇关于警风的文章。看我不吱声，他接着说："但不知道为什么，我总想让自己的儿子将来也当警察，这是我一生的梦想，儿子当了警察，路上这些警察就不敢再欺负我了。"说过，他将一瓶啤酒一口气喝了下去。我劝他不要喝多。他头摇得像拨浪鼓，又打开了一瓶一口气喝了下去，他擦了嘴边的酒沫说："这啤酒呀，我喝一箱子也不会有事的！”

返回路上，他问我：“你老家住在哪里？”

我说：“在分水岭的五女石南。”

他又问：“家里还有啥人，这次回家不？”我一一告诉了他。他决意要把我送到县城，我没有让他送，我怕他的车手续不全，一路走下去，说不定在哪儿又出问题。

在石头镇分手时，我掏出二百元钱硬塞给他，他拒绝了，他说：“钱我是不会收的，但我有一事要请你帮忙。”我原以为他是为了儿子上省警校的事。我说：“要让你儿子好好学习，将来上警校肯定是不成问题。”他说：“儿子学习一直很好，考学的事我不会求你，倒是其他事需要你帮忙哩。”

我问他什么事儿。他说现在还不到时候，到时候了他会到西京找我。

回到西京，在整理东西时，我发现背包里多了五百元钱，我打平安家电话，电话总是没人接，最后一次，淑玲接了电话，她什么都不知道，反而笑着说：“有钱是好事，你留着花吧。”

到底有什么事儿要我帮忙呢？事没有说清，先把酬金付了，钱数不多，却像一块石头压在我心上。

一直等着平安来西京，却没有消息，秦南北部山区找我的人多了起来，我问那些并不相识的人，如何知道我的电话，他们说有我的名片，我感到奇怪，在北山，我只给平安发了一张名片。后来才知道，平安在县城印了我的名片发给人们，那些在北部山区执行任务的交警，几乎人人手中都有我的名片。

有一天，秦南县路政管理所当领导的同学打电话问我，为什么要让人代发名片。我说没有呀。他说你回来看看，北部山区到处都是你的名片。同学说是我表哥给他的，我告诉他，我们住在南山区，北山区没有亲戚。他问我要不要帮着查查。我告诉他不用管，发名片的人没有恶意，他是帮我发行杂志哩。

初识平安，一个先富起来的山区农民，一个向往城市生活的人，一个活宝式的人物，还有他的聪明，令我难以忘怀。

二

小年时，从西京城回到南山父母身边。刚进村子，村人都出来迎接，我感到很奇怪，在外工作十几年，村人从来没有如此热情地接待过。

听父母一讲，方明白，村人对我另眼相看，是平安的行为误导了村人。自那次邂逅后，平安不知道通过什么人打听到我家的地址，时不时开着自己的面包车去拜访我父母，有时会开着比面包车高级的小轿车，车子进村子后，他按响喇叭，让喇叭在村口响上很长时间，然后将小车停在村口，从车上拿出花花绿绿、大包小箱的礼物，一趟趟往我家送，豆芽菜、芹菜、黄瓜、西红柿，被他夸张地做了包装。20世纪90年代初，山野人对返季菜还没有过多的认知，当那些红亮亮、嫩生生的新鲜菜经过寒风洗礼，摆到我们家堂屋的方桌上时，村人都来看稀罕，个个夸我母亲养下了一个能行的儿子。

父母不认识平安，见他隔三岔五地送东西，问他，为什么要送这些。他总是笑呵呵地说："不是送的，是分的，是单位分的！"

父母问他："我儿子的单位在西京，咋听你说话像咱秦南人呢？"他依旧笑着说："是呀，是呀，他人在西京哩，他在秦南也有单位的，他给北山一个单位担任着发展顾问呢！"

父母不懂什么是发展顾问，分析着平安的面相，断定他不是坏人，放心地吃起那些新鲜蔬菜，吃不了的，分发给村上的老人。起先父母亲还是不放心，让当着村干部的大姐夫写信问我到底是怎么回事。

收到父亲的信，我打电话给平安。他在秦岭怀中声音亢奋地说："送给老人的东西是你的报酬啊。"

我说："什么都没有做，哪来的报酬？"

他说："你的名片帮了我的大忙，现在呀，我开车上路，再没有交警给我寻事了，他们都知道我表弟在省城是大记者，专做民情报道哩！"

那个时期，各类罚款和摊派成为社会上的普遍现象，行行业业的管理部门，把罚款当作创收的手段，引起了百姓不少怨气。与平安通过电话后，我策划了一个报道选题，《罚款、罚款、罚款》，选题报给杂志社领导，领导将拳头可劲砸在桌子上激动地说："一定要做好这个选题，文图并茂，用事实说话！"

用了两周时间，奔赴各地调查，本来想去北山的，想让平安帮我提供一些资讯，又怕遇到他。万言字的调查报告《罚款、罚款、罚款》在刊物发表后，国内许多刊物做了转载。报道中涉及的部分市县和单位，就我的报道专门成立了调查和整改小组。

平安看到那篇文章后却不高兴了，他给我打电话说："北部山区罚款那么严重，你咋在文章中一个字都没有提呢？"

我说："是你把我搞得不能在文章中写北山的事。"

他在电话哼哼囔囔表示不明白。我说："你想想，我是你表弟呀，如果写批评北山乱罚款的事，他们肯定认为是你提供的素材，他们不敢把我怎么样，但他们会对你实行报复，当然，大的报复他们不敢，可给你小鞋穿也够你受的。"

他停了好大一会儿，说："嗯嗯嗯，你说得有道理，还是你们这些有知识的人想问题周全啊！"

他问我："我发了你的名片你不会生气吧？"

我说："发已经发了，生气有什么用？"我听到他在电话中哈哈哈的狂笑声。

刊物发行季节，平安帮我在北部山区征订了许多杂志。那一年，几乎北部山区的单位都有我们的杂志。《罚款、罚款、罚款》发表后不久，北部山区一个交警中队长在执勤中遇到平安，他挡住了平安的车，把平安叫到小镇一个饭店吃饭，平安误以为警察要收拾他，饭吃到半截就去买单，吧台服务员告诉他警察交了饭钱。平安害怕了，他想，警察给他吃的一定是鸿门宴。他对警察说他肚子疼要解手。慌忙跑出饭店，到小镇邮局给我打电话，在电话中，我能听见他喘气的声音。他把警察请吃饭的事告诉我。我说："没事的，警察是要表扬你哩！"

他说："你给我上反话哩！"

我说："你一会儿回去就知道了！"

我想象着，平安一定是慢慢地放下电话，莫名其妙地用他粗糙的沾着油腻黑乎乎的手，抓着头皮神不守舍地向那家饭店跑去。

一个小时，我正锁办公室门，桌子上的电话响了，我猜想一定是平安打来的。

果不其然，他高兴地说："你真是神人，坐在西京城，透过秦岭，就能看到我们这儿的事。你说得对，警察不但没有收拾我，还送我一个纠察套袖和一条好烟，说是让我担任警风警纪纠风员，这，是不是你给我办的？"

我说："不是！"

他说："你哄我哩！"

我说："你一定要用好这个袖套，千万不能胡来！"

他说："只要人家不罚我的钱，什么纠风员，咱没事为啥要和警察过不去，咱和警察过不去，就是老鼠在寻猫的事，咱不做那样的蠢事。"

三

山里的春节比城里有过头。许多外出打工的村人，风风火火地回来，沉浸在浓浓的亲情洇润中，除了打牌，他们就是找我讲他们在外边的经历。年龄大的人，怨改革开放太迟，后悔出门太晚，错过挣钱机会。年轻人，恨自己没有好好读书，他们说，要是当年听老人的话，多读几年书，也许自己在城里就不会在工地上搅水泥，而是像我一样，坐在高大的写字楼上办公，穿衣服可以扎领带，皮鞋上永远泛着光。

正月初三，平安带着儿子吉祥和老婆淑玲开着一辆黑色普桑，喜气洋洋地给我拜年来了。他穿着黑色棉袄，袖子上套着那个红色的纠风袖套，袖套勒进棉袄，看起来很滑稽，像山里人规避鸟屎落在身上带来不祥之兆的样子。

淑玲穿着一新，脸上涂了施放香气的护肤霜，显得更加年轻漂亮。高晃晃的个头，通溜溜的身材，是我们村人少见的。淑玲的双脚从车上缓缓移下来，落到地上时，引来村人围观。村上的女人们发出惊愕之声。有人小声说："这样的女人，咋能嫁个那样的男人呢？"

有人回应："人家男人咋了？有钱有车有本事，是我我也嫁！"

平安听到了女人们的议论，脸上乐开了花。他不分生熟，不分年龄大小，为女人发着他带来的花生和糖果，为男人们发香烟，他的做法，像荣归故里恩泽桑梓的将军或者大官。

吉祥的长相背叛了平安，身上看不到父亲的一丝影子，一米八几的个头，脸色白白净净，五官匀称，继承了母亲的基因。见到吉祥，我明白了平安为什么总想让儿子当警察，吉祥的条件太具备当警察的资格了，我在想，吉祥如果当上了警察，一定会被公安部门印到110的宣传画上去。

北部山区比南部山区人生活富裕，平安带来的礼物自不必说，他不但给我父母一人发了一百元钱，凡是那天来我们家走亲戚的孩子，每个孩子给五块，他给孩子的钱数是我父亲的五倍。

没有吃饭前，平安有些嬉皮笑脸地把我叫到屋子外边，他压低声音告诉我：“今天带儿子来有个想法，想让儿子认你做干爹。”

听他如此，我生气了。他看出了我的不悦，慌忙将一支烟递给我，帮我点燃，换语气说：“你不同意就算了，毕竟这只是我的想法，你不要见怪啊！”

我意识到，自己表现出来的情绪伤害了他，随即用手拍了他的肩膀说：“见怪啥哩，问题是我人在西京，给你们帮不上啥忙嘛！”

听了我的话，他又笑了起来。我拉了他往饭桌上走，他压低声音试探性地问我：“要不是这样，我父母去世早，我就认你的父母做干爹干娘吧？”

这回我没有变脸，我说：“不合适吧，你才比我父母小十来岁，人家笑话哩嘛！”

两层干爹都没有认成，平安的饭吃起来就没味了。吃过饭，他把叫我到院外的竹园边说：“人家那个矿山上的停车场，不是公家的班车不让停，不让停，从山上下来就拉不到人。”

至此，我终于明白，整整一个冬天，他不停地给我父母送东西的用意了，原来他有自己的计划。他要把私营车领到国有企业的停车场，自然不是一件小事。记得我在采访那个刘主任时，他也谈到了这个问题。刘主任说是县上规定的，一切要以国家利益为重。

平安说出他憋了几个月的话之后，用小眼睛看着我，我想了一会儿说：“这事儿还真是个难事。”

他点点头笑了笑没有说话。

我问他：“有没有哪个人的私营班车停进了矿上的停车场？”

他眉毛一扬说：“有呀，好几个哩。”

我说：“只要有，这事办起来就有些理由，你把那些私人经营的车停进国家停车场的人名字和车号给我弄准确。”

他不假思索地报出了几个人的名字。我让他等着，他高兴地笑了，黑脸笑成了黑牡丹。临走时，他将一千元要塞给我，我拒绝了，我告诉他办这事，我不行，但我会找人帮他。我还告诉他，这事不要声张，如果说破了，百分之百办不成的。他笑笑地点点头。

平安走后，母亲发现枕头下有一千元。

一个月后，平安的车理直气壮地开进了矿上看管严格的停车场，是我托一个在党报做记者的朋友办的。

四

一年内，我和平安见过三次面。一次是在我们单位，两次是他到我的住处。第一次来时，他背了一块四尺长二尺宽的梨木案板给我。

我问他："送我案板是什么意思？"

他说："我看你爱吃面条，有了案板，你以后就不要在街上买饭吃了，自己擀面条吃，不但经济还卫生！"

我说："我不会擀面呀！"

他说："这是世上最简单的事，我教你！"

他跑到街上买了五斤面粉回来，手把手地教我和面、擀面。他说："擀面，看起来很容易，但也是个技术活儿，擀面杖中间粗两头细，所以，擀面时，双手推擀面杖，手不要放在擀面杖中间，手要放在擀面杖的两头，来回移动，只有如此，擀面杖产生的力才是均衡的，面的薄厚才会一样！"

他一边说，一边示范，最后把他擀好的面展开让我用手摸，的确，面页薄厚均匀。面擀好后，他还教我如何切面。他说："陕西人，都爱吃面，我去过许多地方，见识过各地的吃法，总体来说，不外乎是薄与厚、宽与窄、长与短、粗与细、软与硬、黑与白之分，要吃片大的，比如旗花面，那就要擀厚一些，如果吃一窝丝面，面就得擀薄，还要煮嫩一点。"

他切的是一窝丝，切好后，两只手从两头一抓，细细长长的面条像挂面一样握在他的双手里，远看像微观瀑布。除了切一窝丝外，他还留下一块大面片，给我示范了各种面的切法，他的做法使我大开眼界。

他第二次来西京时，为我带了一把铁铸弯月刀、一个淡黄色的陶瓷和面盆、一根棕红色的枣木擀面杖和一袋上好的面粉。几件用具我都很喜欢，而对于面粉，我没有在意。我说这西京城哪儿都有面粉，你从老家带面粉有点多余。他用舌头舔了舔干裂的嘴唇说："看来你的经验还是不足，上次我买面粉，发现这城里的面粉里面有假，吃起来不筋道，你尝尝我带来的面粉，吃起来口感和城里的面肯定是不一样的！"

放下东西，他洗了手，又开始擀面。

这次的面明显比上次口感好，吃饭时我对他说："这城里的面，做得再好，还是没有老家的面好吃，为啥呢？"

他反问："你知道为啥吗？"

我摇着头表示自己不明白。

他一边往口里送面条一边说："主要是燃料问题，老家烧的是柴火，煮面时，火焰绕着锅底烧，半个锅被火苗围绕着，这煤气，只能烧着锅底，面在锅里一面受热和全面受热肯定是不一样的，还有，这铝锅和铁锅做出来的饭味道也不一样啊。"

听他如此解释，细想想，真是那么个道理。

他这次来西京，与人合伙租了大卡车，到玉祥门批发市场进货的，司机去了渭河北岸的三原县给亲戚送木椽，他借机为我送面粉来。

我俩正吃面条时，楼下有人高声野气地喊着平安的名字，他觉得奇怪，放下碗去阳台上看，是和他一块来进货的人，来人告诉他，大车被交警扣了，要罚几千块哩。我问来人，"在哪里扣的？"

那人说："红庙坡十字。"

我和平安匆匆下了楼，一起搭辆出租赶去红庙坡。

两个年轻的交警带些生分气，任我说什么也听不进去，无奈，我只好掏出记者证给他们看，他们把我的蓝色塑料皮记者证拿在手上，翻来覆去地看着，我不知道他们是在辨真伪，还是在想什么对策。看了许久，把记者证冷冷地还给我，其中一个用手捏了捏自己的帽檐问我："他们和你是什么关系？"

平安正要回答，我止住了，我指着他说："这是我哥。"另一个交警扭头看了看平安又细细地打量我说："真的假的？"

我说："你还要证明吗？"

年轻交警有些目中无人："不要证明，要钱，交了钱你们是什么关系与我们毫无关系。"

我生气了："交多少钱？"高个交警说："按规定应该交三千元，你是记者嘛，交一千元就行了！"

我更生气。此刻，有一种逞能的意识在我脑子里作怪，我不能输给警察，让平安和他的朋友小看自己，平安一直认为我是一个无所不能的人。

我从口袋中掏出一支烟点燃，故意不给交警，也没有给平安和他身边的人。点燃烟的过程中，我在构思应对两个年轻交警的办法。不给任何人敬烟，是在制造一种气氛，或者说是给自己造势。

场面静下来，只有热辣辣的热风，燥烈烈地从我们身边匆匆而过。所有人，目不转睛地看着我的举动，我却装着很轻松的样子看着马路对面，一栋高楼顶上在蓝天下飘扬的鲜艳的红旗。

抽完烟，走向马路边，缓缓地将烟蒂放入垃圾箱。如何与交警过招的办法想出来了。我移动了站立的位置，走到一棵梧桐树的阴影下。我一移动，其他人都围绕过来，包括两个年轻交警，以此推断，我成了中心人物。看到交警跟随我移动，我有了底气。说明他们听了我的话后，心里产生了纠结。我说："你们看这样行不？一是你们很辛苦，天这么热，我给你们一人一百元，你们放车。"我的话刚落音，低个子交警抢着要说什么。我挥手阻止了他接着说："二是我给你们王队长打个电话，让他来协调此事；三是你们让交三千元，要拿出依据。刚才你们也看了我的证件，记者做事，是要刨根问底的，就像记者写文章一样，不能道听途说，也不能无凭无据，倘若你们今天让我交了三千元，没有依据，那明天的报纸上，便会出现你们乱罚款的报道！"

平安听我一说，立即扑到卡车上，拿出我们的杂志，他把我写的《罚款、罚款、罚款》那篇文章捧到交警面前，两个年轻交警争着看起来，他们看着文章，神情有了变化。

高个交警把杂志交给低个头交警，捏了捏自己的帽檐问我："这文章真是你写的？"

我没有回答他，我知道他是给自己找台阶下，我重新掏出记者证递了过去。

高个交警没有接我的记者证，他一挥手说："快开走吧，以后不能乱停乱放了，外地人不懂城市的交规，情有可原，快走吧！"

高个交警话刚落，平安像一只猴子，噌地一下跳上车厢，司机把我也拉进驾驶室，一口气将车开到玉祥门。

下了车，我问平安："你咋把杂志带在车上呢？"

他又从驾驶室拿出三本杂志让我看，他笑着说："这是我的护身符！"

卡车司机笑嘻嘻地说："王老师，你这篇文章替我们这些司机解了不少围呢！"

平安这次走后，大半年没有他的任何消息。

从大山里出来后，我总喜欢在辽阔的平原上奔走，特别是渭河平原秋天的果香，总在每年成熟的季节吸引我的行程。每年，只要有机会，我都会申请去渭河平原采访。

渭河平原被划为关中经济带后，发展的势头与日俱增，那里是新闻的多产地带。在渭河平原十几个县来回奔波，徜徉于缀满苹果和酥梨的田野，出入于被丰收景象浸润心田的农家，忙于工作，一直到冬天来临时，我像候鸟一样，才从去渭河平原返回少了寒冷多了温暖的西京城。

刚走进住处，房东女人急火火地冲到我面前，神秘兮兮地告诉我，我二楼的门口睡着一个人，是夏天来过的那个人，睡了两天两夜了，没吃没喝，不知道是死是活。

我一个箭步跑上二楼，发现阳台墙角报纸堆大了许多，用脚轻轻地踢了一下报纸堆，没有动静。蹲下身子一层层揭开报纸，平安蜷缩在报纸堆里，面如死灰，尚存的只有一丝气息。

在房东男人的帮助下，把平安弄进我的房子。他浑身僵硬，宛如僵尸，将他抬到床上，刚放开抬他的手，他的身子又弓了起来，任我们如何拉他的腿，摸他的脚，已经没有温度，一双袜子磨得露出了脚趾和脚后跟，裤子上沾满油污；黄色军大衣上有烟火烧灼的小洞。双手握成拳头状，无法掰开。看着眼前如此狼狈的平安，我想，一定是生意上出了问题。房东帮他脱了外衣套，他再一次把身子弓了起来。房东一脸惊恐地对我说："快叫 120，咱们怕是救不下的。"房东刚说完，平安的声音似从床下钻上来似的，他说："没事，累了，歇一会儿就好了。"

大家这才放心。房东女人从她家提来热水瓶，我为平安擦洗了手脸，轻轻为他脱去衣服，才发现，他的衣服里有两个空酒瓶子。大家恍然大悟，平安之所以没有死，是酒在温暖着他的生命。扶他睡好，盖上被子插上电热毯，房东女人又从她家夹来一块红通通的蜂窝煤，帮我生了取暖炉。屋子里顿时有了温度，房东两口子放心地走了。

我开始为平安做生姜拌汤，我想，他饿了两天，饭是给他力量的唯一东西。饭做好后，我刚把拌汤端进房子，他光着身子坐了起来，揉着惺忪的眼睛，懵懵懂懂地对我说："你回来了？我彻底完了！"

他说出的话有些没头没脑，但他终是说话了，我的心情轻松了许多。我故作兴奋地告诉他："你没有完，这不好好的吗？"

他在灯光下挥着无力的手摇头晃脑说："唉，你不知道，这回是真完了，彻底完了！"

我劝慰他说："你不是说我是你的贵人吗？没事，有我在，你完不了。"

我把拌汤双手递给他，他接过碗，像喝酒，一扬脖子，只听到呼噜呼噜几声，一碗拌汤下肚了，他一连吃了五碗，再看他的脸，终是泛上了红润之色。

吃过饭，我洗了脚上了床。他说："我想喝酒哩！"

我从床下为他找到一瓶上好的酒。他接过酒，打开瓶盖，同样是一扬脖子，只听到几声咕咚，瓶底朝天了。他弯腰把空酒瓶放在床脚下对我说："这酒是好东西呀，能救命，这几天要不是有酒，我早就去马克思那儿报到了。"

平安这回真的走到绝路上。

他开着我坐过的那辆面包车，在秦岭怀中拉着一车人，由于刹车失灵，车撞向一个山坡，车的前门被震开，他被惯性从驾驶室里弹出去。突如其来的事故，使他失了方寸，他从地上爬起来，连头也没回，一口气跑进了森林，然后摸着黑走到县城，从县城坐货车到了西京。

我问他："有没有死人？"

他说："不知道！"

我本想问他发生车祸后的一些细节，他似乎对我的不停发问有些厌烦，摇了摇头说："你不要问了，我啥都不知道，让我好好睡几天吧！要不我会死的！"

大约过了十分钟，他在被窝里问我："你说我死了好，还是活着好？"

我没有回答他，我用目光直直地看着他身上的被子，看了许久，我说："我不会举报你的，你死活你自己做主，我不支持也不反对你做出的任何决定。"

他对我的回答有些失望，便将头扭向墙里，宁静地睡去，之后一点声息也没有了。

由于天气寒冷，加之在渭河平原上马不停蹄地连跑了十几个县，不一会儿，我被电热毯俘虏了。

第二天醒来时，大已大亮，房子里没有平安的人影，他睡过的被子叠得整整齐齐放在床头，床单被他抚得平平展展。我有些担心自己昨晚对他说话的语气太硬，急忙起身下床。桌子上一张字条抓住了我的眼球，字条上的字写得工整和飘逸："如果你希望我活下去，请借给我一百元钱，我身无分文了，说实话，我还是想活下去，因为有你在，我什么都不怕。平安。即日。晨。"

其时，我的月工资只有一百零五元。我在他留下的字条上写道："先给你一百元，后天发工资后再给你五十元。"

放好字条，锁上门，准备去上班。又想，钥匙如何交给平安。房东那里是不能放的，前租住户在与我交接房子时曾叮咛过，一定要防房东女人，他说房东女人手脚有问题。怎么办？正在我准备下楼时，看见平安在楼下灰蒙蒙的晨雾中挥舞拳脚。

他看到我，三步并作两步跑上二楼，他红光满面，精神焕发，一个晚上，变了个人似的，脸上有了红润之色，眼睛有了神气，身上有了力气。我问他："用一百元做什么？"他说："在西京发展！"

我又给他了十元钱说："这是你今日的伙食，你发展吧！我支持你！"

上班路上，我在想，平安到底是怎样一个人，我甚至有点怀疑他是不是一个真实的人，两天不吃不喝，睡在零下十几度的水泥地上，安然无恙，几碗生姜拌汤，救了他的命，他连一声咳嗽也没有，此遭遇若是放在别人，也许会大病一场。由此可见，他体质有多好，也能想到，他的人生中，吃过多少苦，经受了多少磨难。

晚上下班回到住处，走进房子，又是吃惊不小，我的房间全变了样儿！一间20平方米的房子，让他隔成两小间，他用书柜把我的床和他要睡的地方隔开，也不知道他是从哪儿捡来一堆破碎的海绵块，为自己拼出一个床垫放在地上，他还用胶带把纸箱子连接在一起，做成折叠式，能分能合，他计划自己睡在地上。他购买的绿色装着黑心棉的被子看起来很单薄。更令我想不到的是，他还买了一辆脚踏三轮车。

晚饭已经做好放在写字台上，西红柿鸡蛋面，很有味道。他一边吃饭一边笑嘻嘻地说："你放心！我最多在你这儿住十天，十天后，我什么都会有的！"我笑着看他，我想他身上除了我给他的钱，一定还藏着钱，要不然，一百一十元，咋会置办这么多的东西，我甚至怀疑他是不是出去偷窃了。吃过饭，他抢先洗了碗。我让他把花费的钱数给我报一下。他有些得意地说："三轮车五十元，修理费六元，两床被子三十元，面条二元，鸡蛋一元，西红柿八毛。下午我用三轮车给人拉东西还挣了十二块。"他说着，把余下的二十多元钱掏出来放在写字台上。我说："你呀，生意人，行，我得好好向你学习哩！"

他并没有对我的表扬发表意见，脸色平静地用舌头舔了舔嘴唇，像学生背课文似的说："常将有时想无时，没到无时想有时，我不会再有过去的日子了，我要从头再来，我就不信西京这么大的城市容不下我，很多农民工都能活，我也能活，说不定我还能在西京买套房子把老婆孩子接来呢。"

看到他重新拾起生活的信心和勇气，我鼓励他："依你灵活的脑子，我相信你的梦想一定会实现的，我全力支持你，只要你做正经事，但有一点我要警告你，以后不许动任何人的车，如果你要是随便开车，我就会与你断交。"

我的话刚落音，他的身子抖了一下，脸在一瞬间爬上灰色，他一边收拾碗筷，一边说：“我怕是今生今世也不会动车了！”

洗过碗筷，他又从炉子上为我倒了洗脚水，洗脚时，我发现他在喝着什么药，我问他：“感冒了？”

他将头仰起来吞咽着口中的水说：“是治打呼噜的药，你晚上要写东西，我爱打呼噜，不能影响你！”

听了他的话，不知为什么，一股热浪冲击我的喉咙，几乎要掉下眼泪。我被他的举动感动了，看起来这么一个几乎粗鲁得不能再粗鲁的汉子，心却比我母亲还细。正在此时，房东两口子上来了，房东女人见我后笑得捂住肚子，她说：“你这个表哥呀，不是人，是个神，简直是令人不可思议呀！”

我不知道他们之间发生了什么，正在纳闷，房东女人把一份面条和鸡蛋还有一个西红柿放到我面前，她笑着说是平安给他们家送的，房东女人说：“我看我们这些老百姓比你们这些文化人亲。你住了三年了，我连你一粒米都没有见过，可你这表哥，刚从死路上回来，就知道答谢我们，其实我们很惭愧，他在那儿冻了两天，我咋没想到把门给弄开，弄一床被子给他盖上呢。无功不受禄，所以这面条我们不能吃，吃了咽不下去呀！”

房东女人滔滔不绝的叙述，言辞切切，不但是对平安的表扬，也是对我的批评，我听得心花怒放，平安听得满面春风。房东女人的话虽然简单，但她说的是实情，我在此住了三年，还真没有与房东有过过深的交往。

房东女人说完后，示意房东把一条粗黑的铁链子递给平安，房东对坐在地上的平安说：“车子放下面不保险，你刚到西京，不知道红庙坡这一带是城乡接合部，小偷多，车子要加锁的！”

平安没有说话，用舌头舔了舔嘴唇，从地铺上很麻利地站起来，接过房东手中的铁链子就去锁车。平安走后，房东两口子对我说：“你表哥这人看起来疯疯癫癫的，做事还有些头绪。”

我笑了笑说：“他不疯癫，是认生，不爱说话！”

平安开始在西京发展了。

第三天晚上，我早早回到住处，做好饭菜等平安。晚上九点多，他还是没有回来，我站在阳台上向村口张望着，此时，天地间电闪雷鸣，一个长长的闷雷，从终南山向渭河这边轰轰隆隆滚动而来，好似一架要出事故的飞机从高空中坠落，感觉似从我头顶而过，紧接着，一个人的闪电把天空划分成两半，那条红色的闪电，一头在终南山上，一头从我的头上越过，到了渭河的那边，这是我一生中看得最真切的一次闪电。紧接着，又是一个炸雷，要把世界粉碎一样，我觉得脚下的楼房在雷声中颤抖着。

大冬天，这样的雷电不光我没有遇到过，巷道里许多老年人都说没有遇到过，我在雷声停歇的间隔，下了楼走在巷道里，我想到村口看看平安，听到的全是村中老人们对雷电的议论。

巷子西头马路上的路灯全灭了，整个城市北区处在一片黑暗中，只有马路上的车灯像彩色河流一样潺潺而流，红庙坡处在高高的坡头上，对坡下的一切看得十分仔细。我的心有些紧张，平安，这个在城市像闷驴一样没有方向感的家伙，会不会找不着回来的路。雷电过后，大雨接着来了，雨滴很大，打得地上的物体发出沉闷的响声。没有等到平安，我回到住处，关了窗户和门，无奈地倒在床上，听冬天的雨声，演奏着夏日的乐曲。

不知过了多久，平安回来了。此时，雨过天晴，屋里的电灯也亮了，刺眼的灯光把我叫醒。睁开眼睛细看，平安像个落汤鸡，浑身湿溜溜地站在地上，衣服上不停地向下滴着水，他怕水弄湿了地板，三下五除二把自己脱得一丝不挂，厚重的湿衣服在地上像一堆垃圾。他光着身子洗了头，又将衣服拧干水，围在炉子的烟筒上，之后把钱包打开，他做这一切的时候，脸上始终泛着红光，我想他一定是有了收获，他似向我炫耀一般，一张一张地数着手里的钱，一共是二百一十五块。看着那一堆灰蒙蒙湿淋淋的钱，我同他一样有些激动，从床上下来，围着钱蹲着。我说："这可是我两个月的收入呀！"他用双手紧紧抓着那些钱，像从来没得到那些钱似的。我想起了过年时他给父母的钱和我们家亲戚孩子的钱，竟不敢相信这个平安就是那个平安。常听人说，有些富翁一夜间成了穷光蛋的故事，没想到这样的传奇竟然出现在我的身边，那些人大部分是钻进了赌场才落得如此下场，可平安是遭遇了人祸，我不知道他的人祸是不是我造成的，我在想，如果我不认识他，也许他就不会是今天这个样子。朋友是财富，这是他说过的，但朋友也是祸端，这是我想到的。我想我是他的祸端，是我的那张名片害了他，没有我的名片，警察就不会纵容他，就会严格按要求让他缴罚款，按规定让他办全车的手续，他也许就不会发生车祸。

他把那些被雨水淋湿了的钱一一摆在地上，没有吃饭就睡下了。

我问他："这钱是从哪儿来的？"

他睡在地上声音木讷着说："刚才不是下雨吗，北门省气象局门口成了海洋，水有半人深，我用三轮车拉人过马路，一个人五块，这不，钱来了。"

我知道北门逢雨必被淹的情况，各类媒体曾对此作过报道，我也在我们报纸上写文章呼吁过。

黑暗中，我问他接下来准备做什么。

他说："龙首北路新建起一个青门小区，在小区东边，有一个新开的农贸市场，我计划从卖菜开始，在西京扎下根。"

十天后，他在农民工聚集的红庙坡东村租了房子。

五

这一天，我被组织安排到《企业报》任编辑部主任。报社与原来的杂志社在同一条街上，处在西京火车站西边，苏联人当年修建的苏式房子里。

秋天又一次光临这座千年古都，天蓝如洗，白云如漂洗过一样，灰色的城墙上，明媚的秋阳为其写满了浪漫的诗行。墙头上随风飘扬的旌旗，像一只只艳红的飞舞的蝴蝶，把吉祥和快乐送给城池内外奔波的人们。

我穿梭于城市北门内外，心情快乐得像栖息于城墙内古槐上的小鸟，为自己拥有这一城阳光而自豪。

终于在这座城市有了自己的房子，我对自己从事的工作和单位萌发了深深的敬意。

平安帮我搬家时问我："你是不是一生都想与书为伍呀，你看你，什么像样的家具也没有，就知道花钱买书。"

我答非所问："老婆和孩子都在陕南，你和我一起住吧！"

他将租房里的书小心翼翼从楼上搬到他的三轮车上说："我是个脏人，不能影响你，你结交的那些作家、记者，都是文化人，我住你家，会影响你在朋友们中的威信！"

我住进新房后，他还是在我家住了一个月，他说他要体会一下住高楼的感觉。

有天夜里，他从外边买了饭菜和啤酒回来，说是为我乔迁而庆祝。酒喝到半醉时，他伸开双臂和双腿把自己的身体做成一个大字，紧紧贴在我家客厅的墙上，他要我为他拍一张照片，他说，他喜欢住在高处，为什么城里人眼界宽，是人家住在高楼上看得远。拍过照片后他说，你为我做证，我发誓，一定要在十年内，或者更短的时间，使这座城市有一套房子的房主是孟平安的名字。他还写誓词，让我签字证明。

腊八节的晚上，他要我陪他吃腊八粥，我们在巷子里找到一个卖腊八粥的铺子。吃饭时，他得意地对我说："这一年，我能弄到你五年的工资。"

我问他："到底挣了多少钱？"

他闪动着小小的眼睛说："两万还要多一点。我不想卖菜了，想做大一点的生意！"

我说："新计划还是从年后开始吧！腊月天，菜好卖一些！"

他说："我也是这样想的！"

有一天，他让我给他保管钱，我没有接受，我说："我不喜欢与钱打交道！"

我知道他是想着我买房后，有贷款，手头紧张，想用放钱方式帮我缓解经济压力。他只知道我的工资低，并不知道做记者的主要收入来源是广告提成。

我没有接他的钱，他把部分钱通过亲戚带回老家，让老婆处理家事，想把其余的钱存起来，却又怕自己的名字出现在银行里让公安人员查到，他告诉我他要找个放钱的地方。他说，他住租房的村子，天天晚上都有小偷入室偷盗。

有天晚上，霓虹灯刚把北门箭楼上的彩旗照亮时，我骑着自行车像水中的浪花，漂流在涌出城市的北大街，刚出北门洞，被平安一把拉住。他将我拉到北门外东侧的城墙根，告诉我，他将自己攒下的钱放在城墙根下。他指着城墙一段突出的地方对我说，你记住我的出生年份，就知道我的钱存在什么地方。我告诉他，自己没有必要知道他存钱的地方。他说，万一要是自己有什么不幸死了呢，那钱不是糟蹋了。

我俩来到一凉亭下，坐在冰冷的石凳上，他抽出一支烟为我点燃说，你可要记住哟，我是1952年出生的，有了这个数字，你就知道我的钱放在城墙下的什么地方。

城门外露天舞场上的一道霓虹投在他黝黑的脸上，他目光紧紧盯着墙脚。我笑着对他说，放心，有我在，你会像你的名字一样生活在这座城市。他还在滔滔不绝地说着什么，我没有用心听，我在想，1952年这个数字是什么意思。想了一会儿，我突然明白，他放钱的地方，应该是从北门外向东数城墙砖头的数字。

有了存款，平安说话走路和以往有了区别，不再像过去，走路低着头，说话弯着腰。他说，他后悔自己没有早来西京，原来城市的钱这么好挣，一年竟然能挣到两万元，在老家，就是把命搭上跑车，一年也落不下万把元。

这一年雨水多，冬至刚过，城市就落了一场大雪。雪为城市披上了银装，最好看的是城墙，有了雪的区分，城墙上的砖，像文人写字的稿纸，一格一格的，黑白分明。平安没有见过城市的雪，下雪那几天，他不再卖菜，放下三轮车，专门到城市的各个旅游景点去看雪景。他说，他原来以为城市是落不住雪的，没想到，城市和乡村一样，也是雪的故乡。

城市和乡村一样，是雪的故乡。我第一次听平安说出饱含诗意的话。对他起敬三分。问他，平时也看书？他说年轻的时候，最大的理想是当一名诗人，后来为了生活，把梦想弄丢了。还告诉我，在老家时，他喜欢读儿子和女儿的语文课本，那上面选的文章，都是好文章，有些文章他还能背下来，自己过去买过许多《星星》杂志，读了几年，让老婆把杂志给娃擦了屁股，后来就没了心情。

看完西京城的雪景，他来我家发感慨。他说："美美逛了几天，把西京城齐齐转了一遍。那个钟楼，像人们堆的大雪人，大雁塔和小雁塔是两个站岗的士兵，他们高晃晃地站在雪中，看城市人的生活，而城墙，就是这个城市的院墙，只可惜，我们一直住在院墙外边，所以说，我们不算这个城市的人，我们是外来户，或者说是这个城市的客人。

看到他兴奋的样子，我说，要说我们也不算客人，你心中有了城市，这座城市就是你的，你要把这座城市放在自己心上。

他想了一会儿说，这话有道理，我得好好想想，你的意思是，这城市是不是和人一样，要讲感情，你爱上它，它才会爱上你。

我说，对呀，你这样想就对了。你就爱上一个女人，比如说你老婆吧，本来她和你是没有任何关系的，一旦产生了感情，你看，她就是你的人了。

他笑嘻嘻地用手摸着头说，你是让我和这个城市谈恋爱吗？

我说，可以这样理解，你试着用谈恋爱的心爱这座城市嘛。爱上了，也许你的心性和现在不一样。

他笑了笑没有说话一摇一晃地抱着头走了。

腊月二十五，弟弟从老家打来电话，说父亲有病，希望我早点回去，兄弟姐妹在一起商量如何为父母做棺材、修墓。正月为长辈做老房是老家人的传统。我向单位请了假，把新房钥匙交给平安，让他晚上为我看门，因为我们小区内有不少的吸毒者，吸毒的人为了弄到钱买毒品，溜门撬锁是常事。

平安接过钥匙笑嘻嘻地说："我能不能用谈恋爱的心，试着做你房子的主人，一个人好好体会一下，能洗澡不？"

我说："能啊！要不要我教你用？"

我不但给他说沐浴器的用法，还给他示范了煤气、录像机的用法。走到卧室，我说电褥子不用教给你吧，他一笑说："不用不用，这个我会！"

平安是个不安生的人，我总是如此想。人在老家过年，脑子里总想着平安为我看家的事，有一种感觉不时跳出来，他还是要出什么事的。人与人太亲近，往往会有感应产生，亲人如此，朋友也一样。

他卖菜的两年间，我从来没有买过菜。开始时，他每天晚上九点到我家，把当天没有卖完的菜，捡了相对好的送给我，后来改成每天早晨送菜来。他从胡家庙刚进货回到菜市场，挑最好的菜送给我。有几次我发现，他给我送的菜不是他所卖的，问他，他说是专门给我批发的。

我说："你这样做，让我觉得欠你太多！"

他说："我的命是你给我的，我还有什么不能给你的。"

正月初七，家人把木匠客客气气地请到家，开始给父母做棺材，选好用材后，我急急忙忙回到西京，心里总是对平安不放心。到永福小区是中午时分，我想，此时平安应该在市场卖菜，正月十五前，菜能卖上好价，许多农民工回家后没有进城，市场供给出现空档期。

路经菜市场，找到平安的摊位，却不见他的人，心里一紧，他会不会出事呢。问他摊位隔壁的女人，女人用手撩了撩额头散乱的头发，似在回忆很久以前的事，对我说："是不是回家过年了，年前就没有看过他！你看，他的摊位一直空着。"

回家过年？他不会的，他在躲债务和法律，回去不是自投罗网？怀着忐忑的心，三步并作两步往家里奔，终于敲开家门，平安出现在我前面，我被他的形象吓得差点转头逃跑。这是平安吗？头被纱布包着，只留下眼睛和嘴巴，赤身裸体，一丝不挂，就连男人的阳物也像一个秤锤样毫不知耻地悬在裆间，像极了一个鬼魅，虚幻地站在我面前。透过下午西窗射回来明媚的春光，我仔细分辨着鬼魅的形态，是要从中找回平安的影子。

他眼神慌恐着说："日塌了，这回又完了。"

声音似乎不是从他口中发出，是从楼房那个缝隙里悠出来的。说过，他转身钻进了被窝。我懵懂地跟着他进了卧室，一股血腥味迎面而来，几乎令我作呕。拉开窗帘，打开窗子，卧室里，四个空奶粉筒子散乱地横在地上，奶粉洒落一地，像遭人抢劫后留下的现场，狼藉不堪。几个碗中糊状奶粉干成硬痂，床头半盆水中也有奶粉的细微粉末在水中漂浮、游离，床上的被子，呈现出血迹浸过的黑块，他的上衣扔在地上，大面积血迹将衣服粘在一起。

看到如此场景，我真想发脾气，想着他遭遇的不堪和狼狈相，又将从胸膛里向外冲的火气压了下去。

我在窗台站了一会儿，窗外清新的空气为我清洗着感官。他从被窝里伸出头，像奄奄一息的老牛，艰难地将嘴伸进床头的盆里喝水。我欲阻止，没了心劲儿。喝过水，他又钻进被，我不知道他是昏睡，还是在被窝里琢磨与我解释的台词。我没有理他，开始清理房间。一个小时后，室内恢复原状。烧了开水，冲上茶，擦掉脸上的汗，当我再去看他时，他已经坐在卧室的地上。看着他的样子，想着他几天没有吃饭，开始为他做饭，当我把面条端到他面前时，他翻着眼睛的白仁，摇着头声音低微地说："不想吃，没脸吃，咽不下去！"之后，他挣扎着要坐起来，但察觉到我的不悦，便说："你回来了，我就放心了，我要过去，我不能再给你添麻烦了，我没有脸在这里待了！"他一边说一边穿衣服，竟然把裤子开叉穿到后边。

他浑身战栗，声音像蚊蝇。他的话一出口，我急了。我说："你拿我当兄弟吗？无论发生多大的事，你能为我看门，就是有人把这房子烧了，那又能咋？"

他勉强地笑了一下，是那种皮笑肉不笑的笑。他脸上的肉没有力量笑了。我把面条端到他面前，开始给他喂，他拒绝了，自己犟着夺过碗，同过去一样，呼噜呼噜几声，一碗面下肚了。看着他吃饭的速度，我怀疑他的喉管是否和别人一样，是否有热冷的感觉。他示意我再来一碗，我没答应他，我怕他的胃在没有填充物的润滑作用下，已经像空转的石磨，空转了太多时日，喂下太多的东西，会伤害胃黏膜，影响正常运转。虽然我对医学不懂，道理还是知晓一些。

下午，我将他带到社区卫生室，帮他拆了纱布清理了伤口，他又成了人。晚上，他给我讲了春节期间发生的一切。

腊月二十六，西京城的气候突然发生了变化，天晴着，寒流却强硬起来。清晨四点，平安蹬着三轮车，去胡家庙批发市场拉回一车鲜嫩的韭菜，不到中午，一车韭菜卖完了。他足足赚了一千元。晚上，他买了瓶上好的酒，自己庆祝了一番。第二天，比第一天起得更早，骑着三轮车，又去胡家庙蔬菜批发市场装了一车韭菜。从华清路往回返，想着昨天的收获，心中暗喜，口中哼着商洛花鼓《屠夫状元》中一段花音腔，顶着凛冽的寒风，快乐地行走在归途上。他不会想到，此刻，空中会飞来一块砖头，不偏不倚地砸在他头上。人从车上栽下去什么也不知道了。

他被一股热风吹醒来时，发现自己躺在东城派出所的木条椅上。他用手去摸自己的口袋，什么也没有了。派出所的警察看到他的伤势，要送他去医院，他摇摇头拒绝了，继续躺在条椅上，头上的血，不紧不慢地流着，流着流着他又昏迷过去了。他再次清醒，已是上午时分，头被纱布紧紧地包着。他坐着派出所的警车到我家楼下，警察扶他上楼，他对人家说自己给朋友看门，朋友说了，不准任何人进他家门。分手时，他跪在地上对派出所人说，谢谢你们的救命之恩，我朋友是记者，我会让他在报纸上表扬你们。

从一楼爬到六楼，关了门，躺在床上，一直躺到我进家门。清醒时，他想到了喝酒，从书柜里找到酒，他便像抓住救命稻草，一口气喝了一瓶酒。空腹所致，一瓶酒下肚，他觉得肚子里向外冒火。他正准备移动脚步走向床榻，腿使不上劲儿，身子倒在地上，头不偏不倚地砸在书柜的棱角上，他又一次昏迷了。再次醒来时，唯一的感觉是饿。他爬在地上找吃的，找到了橱柜里的奶粉，狼吞虎咽地吃起来，他说是吃，而不是喝，像小时候没东西吃，吃老人做的炒黑面粉。渴了，用脸盆接了凉水，放在床头柜上，像牛或者猪一样伸头去喝。肚子不饿时，他感到浑身疼，身体像人用刀切成碎块。

酒喝光了，奶粉吃完了，唯有水管里的水，他还能喝。

他说，有几次，疼得受不了，他从床上爬到阳台上，想从阳台上跳下去。又想，就是死，也不能连累我，我的新房，老婆孩子还没有住过，他不能用自己不值钱的命玷污我的新房。

在弹尽粮绝、没有什么再能维系他的生命之时，我回来了。

我真的是平安的贵人吗？每次在他人生最艰难的时候，我就会出现，是上天注定我们要结这种缘？我无数次问自己。

平安大脑清醒后，身子骨像少了筋的连接，没有力气，站不起来。我想是饥饿过度伤了元气。一连三天，除了让社区医生到家给他输液，我像侍候生过孩子的女人，人们说什么有营养，我就给他做什么吃，排骨、乌鸡加人参、大枣、党参，只要是自己熟知的，都做给他吃。

一周后，他可以下床走路了。他开始有了活力，就想着自己先前的计划，他想做更大的生意。

元宵节那天，我去单位报到后，计划带平安去医院做全面查检。他摇摇头说："不用查，本来没有病，也会查出病，医院是专门糊弄人钱的地方，我不去，外伤好了就没事了。"

看到他恢复了常态，我想，应该没有大问题。

正月十六，我背着平安去了东城派出所，我不是按平安的意思去采访警察，写他们的先进事迹。我要质问警察，平安受了那么重的伤，为什么不及时送医院治疗？还要问他们有没有用心查找抢平安钱的人？听了我的质问，主管案件的警察，用敌视的目光看着我，说话的口气，像五四式手枪中射出的子弹。警察用不屑的目光看过记者证，并没有因为我是记者而改变他们一贯的霸气。他说："没把被害人送往医院，人不是也没死吗？我们是不是查了拦路抢劫的人，这是我们内部的事情，没有必要告诉你，你要报道，先到局里去请示，市局同意报道，我再告诉案件进展。"

走出派出所大门，突然意识到自己的思维有问题，自己太在意平安受到的伤害，导致自己的行事态度有所偏激，我内心对平安的情感派出所的人是体会不到的。

回到家，平安正在聚精会神地给派出所写感谢信。他从楼下小卖部买来红纸，从书柜中找到毛笔和墨汁，他的感谢信是一首打油诗：

寒风袭人不可怕，
夜路漆黑不可怕，
最怕路遇抢劫犯，
一砖飞来横祸撒。

财去命在存侥幸，
多亏人民好警察，
此恩不报非君子，
一纸聊表心意了。

读着平安的诗，我不敢相信是他的手笔。他脸上泛出淡淡的笑意说："这首诗，是在我头脑清醒时，一字一句想出来的，自己从内心感谢人家警察，要不是警察把我接到派出所，也许自己已经到另外一个世界去了。这城市呀，就是文明，城市的警察和乡村的警察不同，城市的警察，做任何事不计报酬，哪像县上那些警察，不是想着为百姓办事，而是挖空心思罚款，难怪农民都想住在城市，是城市的文明诱惑人哩啊！"

一个人站的方位不同，看到世界的样子就不同。在对待派出所的问题上，我与平安的视角有别，他用诚心感恩救命的人，我用职业的思维去探索是非，对于平安的想法，我是体会不到的，而我在那天失败的做法，自然是不会告诉他。

第二天，平安买了鞭炮，带着感谢信去了派出所，他让我和他一起去，我拒绝了。晚上，他又把丢失的三轮车骑回来了，还把警察为他要回来的钱，用手重重地拍在我面前。望着那些由净变脏，由脏变净而且还附载着些许传奇色彩的钱，我简直不敢相信眼前的一切是真实的。

吃过晚饭，他给我讲了派出所要钱的经过，令他想不到的是，抢劫他的人，是他们镇上的人。抢劫者的本意，不是真正的抢钱，是为了报仇。抢劫者是他翻车事件中的一名受害者。车出事后，他人跑了，抢劫者受伤住院，出院后一直在找他。抢劫者知道他是个鬼点多的人，便找到了西京，一直跟踪了他一年多。抢劫者本来是要和他明说的，他想，交通事故县上的交警已经处理过了，没办法向他再要钱，便打算从暗中收拾平安，一是算作报仇，二是可以弄到钱，以平心中之恨。抢劫者想，平安是个逃犯，就是抢了他，他也不敢报案。

抢劫者被派出所送进了城南看守所，平安没费多少事，推回了自己的三轮车。

一直忙碌挣钱的平安，在我心里，好像早把自己在老家闯下的祸忘了。和他在一起时，他从来不提说家里的事，像没有发生车祸事件似的。可我想错了，平安一直没有放下家里的事，他日夜都在想着自己弄下的乱子，他把挣到的钱通过亲戚，捎给老婆，让老婆为受伤者治病，却从来不和我说。

有了车，钱也要回来了，少了四百元。平安又开始实施他的计划。他看中了一门生意，想租个场地，卖钢炭煤。他说，西京人有吃烤肉的喜好，所有的夜市都以烤肉为主，木炭国家禁止后，钢炭煤就成了烤肉的首选燃料。对于因抢了他钱而被公安局收进看守所的人，他一心想把他弄出来，他去看过那人多次，他说，是自己害了人家。他三番五次让我想办法，从南郊看守所帮忙捞人。我被他唠叨烦了，说他敌友不分，没有立场。但从他的行为中，我领悟到他为人处世的风格，实在没有办法，我为他找了律师。

女律师杨思敏，是我在这个城市最好的异性朋友，刚到西京时，我们在一个单位，杨思敏感觉做记者没有出息，考取律师资格证，告别了新闻界。杨思敏听了平安的诉求后，用水汪汪的眼睛看着平安说："你是不是吃饱了撑的，拿我开心哩？差点要了你命的人，你还救他？不说法律无情，就是老天也不会看着不管的！"

平安习惯性地用舌头舔舔黑乎乎的嘴唇，双手把饮料杯举得高高的对杨思敏说："我想，这一切都是我的错，我要是不翻车，不害人家，那娃就不会抢我，事情的起因都在我嘛！"

杨思敏还没有拿起杯子，他自己仰头先干为敬。平安知道刑事案件代理收费标准比民事代理高，他把要回来的钱全给了杨思敏，杨思敏看到钱后，用严谨的法律术语说："只要他没有前科，也许你的想法会实现的！"

杨思敏让平安先行走开，然后神秘兮兮地对我说："这样的人，少见！"

她又笑了笑说："这样的人，你别看他长得老土，穿得寒碜，心是善良的，胸中有义气，是一个可交之人，当然了，但愿这人精神没有什么问题！”

我摆了摆手说：“你们眼里，是不是这个城市所有人都有毛病，我看你最好去做医生！”

几天后，杨思敏还真把常青从看守所弄了出来，常青就是抢了平安钱，用砖头砸伤平安头的年轻人。

我心里明白，常青行政拘留十五天的日子到了，杨思敏撞上了好运而已，我想着让杨思敏退钱给平安。她鬼兮兮地笑着说：“改天，我请你洗一回韩国脚，有漂亮的女人帮你捏脚哟。”

接常青那天我也去了，杨思敏开着车拉着我和平安到看守所。常青刚走出看守所大门，扑通一声跪在平安面前，他说：“干爸，我咋谢你哩！”

那一刻，我意识到自己对杨思敏的判断是错误的，常青能管平安叫干爸，说明杨思敏在看守所是见过常青的，并不是我之前所想的，杨思敏撞上了好运气。

我和杨思敏扭身去看周围，明晃晃的阳光下并没有什么干爸之类的人物，我突然想起了北山人爱认干爹干娘的习惯。听到常青的呼唤，平安扑了过去，从地上扶起常青，细心地为常青掸掉身上的尘土，擦去脸上的泪水，一把把常青抱在怀里，他说：“青娃子，是我对不起你呀！是我害了你呀！”北山人还有一个特点，称呼年轻人时，不是直呼其名，而是在名字后面一个字带上个“娃子”，且有长长的拖音。平安和常青相互安慰一番后，平安示意让常青上杨思敏的车，一块找个地方去吃饭。杨思敏拒绝了让常青上车，她说：“我不想让这样残忍的人坐我的车！”

无奈，我只好让杨思敏自己先走，我们三个男人在东三爻附近找了面馆。平安像为自己的儿子接风洗尘似的，点了菜，要了啤酒，看着常青一口一口吃了个胃饱肚圆。

吃过饭，常青从自己口袋中掏出四百元给平安，他说，钱是他藏在鞋垫下面的，公安人员没有找到。他对我说钱是平安的，他要还给平安。平安没接，他让常青留着自己花，常青为自己留下一半，把另外两张塞进平安的上衣口袋。

常青十八九岁，从小失去父母，姐姐将其养大，姐姐的孩子长大后，姐夫讨厌常青，常青不想看别人的脸色过日子，一个人出来混社会。常青人长得精干，胆子也大，一个人，敢在陌生城市抢人，用平安的话说，算是一个敢弄事的人。

平安把常青接到他的住处，让常青给他打下手，开始做起煤炭生意。

六

生意人对待事物的判断和文人有着天壤之别。在我看来，卖炭煤在这个城市是非法的，政府天天想着办法治理空气污染，时时处处在为净化空气想方设法，可生意人并不那么想。

平安说："存在就是合理的，那么多卖煤的人，每个人一年挣好几万，也没有见政府抓了谁逮了谁？"他还说："这是民族饮食习惯，政府不会一棍子打死，夜市是一个城市繁荣的象征，也是经济发展的晴雨表。你不知道，光这一个夜晚，全西京城就烤肉一项有多少税收收入呀！"

置身于灯红酒绿，烟火萦绕的夜市，看着眼中的事实存在，我没有理由去阻止平安的想法。

春天刚为城市披上绿装，平安就在枣园南岭租房子，带着常青开始卖煤了。

五月初，单位派我去渭北做驻站记者，约定一年，我不想去，领导脸色清冷地说："可以不去，把新房钥匙退回来就行！"

父母不在身边的日子，单位领导就是父母，领导可以让你有房子住，也可以让你没房子住；可以让你有钱花，也可以让你没钱花。为了不交出新房的钥匙，我马不停蹄地去了渭北。

岳父患糖尿病多年，到了生命晚期，老婆带着女儿一直住在巴山怀中为岳父尽最后的孝道。出差前，我又一次把新房的钥匙交给平安，让他帮我再次看家，并严肃地告诉他："只要不损伤我的书，就是在房子里卖煤也行，但绝对不能向春节那样，让房子里有血腥味儿！"

那时，渭河平原被列为关中经济圈，正值发展佳期。我刚到渭北，结识了几位有实力的农民企业家，有位做水泥的老板，读过我发表在副刊上的文章，他说我的散文比新闻写得好。他让我为他们水泥厂写一篇报告文学。看着首付的蓝汪汪的三万元，我答应了。我想。用三万元装新房绰绰有余，还能还部分房贷。大约在八月初，我回到了热浪滚滚的西京。

打开房门，产生了错觉，我的房子是水泥地板毛糙墙，可我脚下踩的是白中带乳色的地砖，摸着我理想中的书架，看着古朴典雅的博古架，几种不同色彩和造型别致的耀州瓷宁静地兀立于棕红色的架板上，还有一个大红景德镇瓷瓶，不知从哪儿钻出来，鹤立鸡群般耀眼于耀州瓷中，像领导站在群众中间。这是梦吗？我摸着自己的脸，拽了拽自己的耳朵，捋了捋头发，感觉一切都是真实的。等自己平静了心绪，方想到，一定是平安所为，也只有平安，才能做出如此令人匪夷所思的事情来。等我把房子用手珍惜地齐齐摸一遍后，决定去找平安。

平安的生意做大了，他在枣园南岭除租下煤场还租下四间房子。平安不在，常青在大堆煤块上用小铁锤砸煤块，看到我，一脸煤黑的常青老远站起来，兴奋异常对我说：“王叔，我这回可不欠你账了，心里一下子坦然了！”

“啥意思？”站在煤堆旁，看着瘦小的常青脸上闪着黑色的光泽。

常青说：“我干爹说了，你为了从看守所把我捞出来，花了不少钱，我把这半年工钱全给你装了房子，咱们可以说是平账了，你看行不？”

我被常青的问话噎得半天不知说什么好。这个平安，才当了几天老板，就有剥削人的想法，救常青是他花的钱，而且就那么点钱，怎么能让一个远离亲人和家园的孩子白白为我干半年呢？心中如此想着，话到嘴边却没有说出来。

常青开始抽烟，抽着价格不菲的烟，他给我敬了一支，又毕恭毕敬地为我点燃，笑嘻嘻地说：“谢谢王叔，要不是你和我干爹，我这会儿，可能还在哪个监狱里呢。”

我摸着常青凌乱的头发说：“你应该好好感谢你干爹，是他救了你，你想想，你是要他命的人，他不仅没有忌恨你，还给你创造挣钱的机会，你想过这些问题没有？”

“肯定想过。”常青整理着自己的头发苦涩地笑着说，“你和我干爹，都是我的恩人！”

我问常青平安的生意情况，他摇摇头说，说不清，整天就是个忙，要煤的人特别多，一天24小时都有人要煤。我抬头看着偌大的煤场，心中溢出一些安慰。我想，平安实在是太精明了，自己没有钱，如何从别人手上弄来这么多的煤呢。正在我和常青说话的当口，平安骑着一辆三轮车风风火火地冲进院子，他脱掉上衣，用衣服擦去脸上的汗，笑嘻嘻地对我说：“装的房子行不？我和他们说了，主人如果不满意，他们还可以推倒重新弄哩！”说完他一手拿着衣服一手忙把我拉到一边悄声对我说：“你可别乱说，装房子的钱是我出的，我故意说是你从看守所里弄出了常青，让他出的！”

我说：“你为什么要这样做，对人家孩子不公平！”

他继续用衣服擦着脸上的汗说：“你放心，我绝对不会从一个娃身上搞剥削，我是怕他乱花钱，你没看他抽的烟，比你的烟还高级哩，我用这种方法替他管钱哩，再说，我也是教育他哩。这孩子呀，教育好了是个人才，放弃了，说不定将来就是个江洋大盗，你信不？”

我低头想了想说：“你知道我目前没有钱，你这么一弄，我啥时候才能给你和常青还上钱呀？”

他抬头看了一下空中的太阳笑嘻嘻地说：“放心，这回我翻身了，我问你，是人命重要还是钱重要，你救了我几次命，我还你一点不行呀？以后，这样的话不许再说！”

秋月沉静的夜晚，我们三人在一起搓了一顿，菜很丰盛，为了答谢他俩，我预付了钱，还给他俩一人发了一盒从渭北带回来的软中华烟。

吃饭时，平安提出，让我有时间把杨思敏叫来。他说：“人家救了我干儿子，还没有好好谢人家哩！”平安的话刚一落音，常青忙说：“干爹，过一些日子吧！这阵子我没有钱了，钱全给王叔装了房子，请人家来，拿啥请啊！”

平安拍拍常青的肩膀说：“有干爹呀，这些都不是你要考虑的，你给咱把煤块砸好就行了。”

常青用手揉揉眼睛说：“我也不想欠你的人情呀，我刚把王叔的人情还清，又欠你的，不好吧。”

平安看着常青有些不高兴，说：“那就欠律师的人情呀？我给你说，你根本就不知道那个女律师有多厉害，人家到了看守所，竟然敢骂那些警察，把警察骂得抬不起头来，这样的人多厉害呀！如果我们不还人家的人情，她要是给我们找点什么事儿，我们还能在这座城市混？门都没有！”

常青将两只黑乎乎的手往饭桌上一拍说：“行！这人情咱还，一定还！”

平安拍拍常青的肩膀说：“要想在这座城市混，有三种人你一定要巴结好，一是警察，二是记者，三是律师！”

常青忙插嘴说：“还有税务和工商哩。”

平安举起酒杯摇着头说：“他们不算什么，他们只知道要钱，要钱给钱就是了，钱能解决的事儿那都不是事儿，最怕遇到用钱也解决不了的事，知道吗？我刚才说的这三种人，就能主宰你在这个城市的人生。记者咱们有，公安嘛，抓你那些人，我会和他们成为朋友，而我们现在少的就是律师！”

常青揉了一下眼睛说：“要和律师交朋友，我劝你另找个人交吧，就那个女律师，一看就是城市人，长得洋气不说，我估计就咱俩这样子，请人家吃饭人家都不会和咱们往一起坐哩，嫌——咱——脏！”

我突然意识到，常青从看守所出来那天，杨思敏没有让他坐车，他一直耿耿于怀。

平安又一次拍拍常青的肩膀语重心长地说：“你小子，咋没一点骨气呢？她嫌咱脏，咱可以不和她坐一个桌子呀！让你王叔和她坐一张桌子，咱俩坐另一张桌子。咱不是想和她吃饭，主要是要通过什么手段拉近与她的距离，让她为咱服务，也可以说是给咱壮胆，知道吗？”

吃过饭，平安用拉煤车把我带到红庙坡一个建筑工地，那儿正在建造房子，他指着一栋正在建设的房子对我说，他想买一套房子。我问了他一套房子得多少钱。他说：“小一点的大概需要十来万元。”“你手头上有多少钱？”“大概有两三万元。”“两万元就想买十万元的房子？”我说，“你是不是酒喝多了？”

“没有！没有！”他晃着脑袋解释道。

我问他：“你是不是不要家了，要在这儿重新组织家庭呀？”

他慌忙辩解道：“不是！不是！绝对不是！”

我说：“你看你，家里的事还没有处理完，妻离子散的，你咋还有了买房子的想法？是不是和那个谁谁走得近了，不能自拔了？”他用手抓着头皮笑嘻嘻地说：“就我这㞞样子，谁会看上我，再说了，我也不会看上别人，大家在一起玩玩还可以，如果说来真的，我会立即翻脸的！”

我突然意识到，平安的生活出现了问题，一定是那次他带的那个女人缠住上他了，要不，他为什么急着找律师呢？不会是要和老婆离婚吧？

在这个历史厚重文化灿烂的大城市，一个人要学好不容易，要挣到很多钱也不容易，一个人要学坏，可以在一夜间彻底完成。我转身用逼仄的目光看着满脸堆着笑的他。我说：“你要是好好挣钱，我什么都可以帮你，如果你要是学坏，我第一个饶不了你！”

他比我整整大十五岁，我帮他处理的每一件事，都令他信服，这些信服中也许有些是表象的，有些是他埋藏在心底的，对他而言，我说的话多少有些震慑作用。

乐不思蜀。我想平安一定是有了大事情要发生，这回不会是天灾，也不是外来因素的侵袭，是他内在意识发生了质变，我不能让他这样下去，必须阻止。我想起一句话：“春风未动蛙先觉，暗算无常死未知”。

七

平安天生就是做生意的料，他钻进一个行当，会把行当里所有的细节弄得十分清楚，就像人们说的，给个梯子就可上天，给点阳光就能灿烂。天下做生意的人，都应该拥有此种心态。政府的管理者常常说开拓进取，我想，这样的话，应该是对生意人的心理和言行的真实写照。

按说，卖煤生意已经很红火，平安却说："好是好，就是太累！"

自从有了在西京买房的想法，平安日夜想的都是如何尽快挣到大钱，恨不得在一夜间成为暴发户，买下一套房，用他的话说："哪怕只有五十平方也行，要做城市人，就应该在城市有自己的房子，房子就是一枚公章，盖上这个公章，才能证明你就是这个城市的人，没有房子，你就是玩得再大，还是外来户，你就是开着自己的高级小轿车围绕钟楼和大雁塔转圈圈，天天转，你还是个外来户。"

他笑笑地问我："这样比喻对不？"

我点点头说："有些道理！"

他说："这是我的心理感觉，也是许多外来西京务工人的心理写照！"

这年冬天，平安在卖煤的同时，又想着卖木炭的事儿，他给烤肉摊老板去送煤，老板常对他说："老孟呀，你是南山人，能不能想办法给咱从那儿弄些木炭来？哪怕贵点也行，这西京城的吃家子，个个嘴馋得很呢，钢炭煤和电烤炉烤的肉他们吃不惯呀！"

木炭对于平安，是十分熟悉的燃料。他从小烤木炭火长大的。听说木炭价高，他动了心思，口袋里有三万元，他的胆子壮起来，他想用三万元赚到更多的十个百个三万元。

车祸的事情还没有平息，他自然不会到老家去收购木炭。通过人介绍，他与野山深处一个叫红富的人有了来往。

红富是倒腾木炭的掮客，人长得清瘦，刀子脸，能说会道，从面相上看，是那种不好与人相处的人。见到红富，我第一印象此人奸气沉重。我告诉平安，这个男人脸上少肉，你可要当心。他用手抓着自己的耳朵说，只利用他的信息，没事。

红富做了多年木炭生意，花钱买通了黄花岭和终南山下沣峪口的关系，没有多长时间，两个检查站的领导全换成新人，新官上任三把火，三把火烧掉了红富的发财梦。红富在万般无奈之下，听平安说他表弟是一个记者，啥关系都有，啥事都能摆平。再看看平安的人和他的煤场，家大业大，信了平安，两人一拍即合，计划合伙做木炭生意。

这年冬天来得比往年早一些，我逃离了渭北寒风的跟踪，刚回城里，报社领导决定让我去秦岭深处的野山采访一位全国有名的农民企业家。企业家开了铅矿，用自己挣下的钱为山里人修了 15 华里长的山路。

平安听说我要去野山，决定和我一同前往。他要调查红富的为人处世。那时候，野山到西京没有高速也没有铁路，单程行走，翻越秦岭和黄花岭，需要十几个小时。

平安和红富坐着我的采访车，一路前行，每到分布在秦岭沿线的木材检查站，平安都要下车给检查站的人打招呼，他拉着红富，点头哈腰地给检查站的人递好烟，我总担心他给人家说什么，如何能搭上腔。没想到，他有他的智慧和办法，他让我们的司机把车开到距检查栏杆很近的地方停下，把车上“新闻采访”四个字很张扬地对着检查站富有诗意和特殊标志的蓝色小木屋的窗户。他让我坐在车上，他和红富下去，他在下车之前先将一盒好烟丢给司机，并眨巴着小眼睛给我和司机叮咛不让我们说话。司机是上级单位一个领导人的亲戚，也是从农村出来的，平安给些小恩小惠，让他做什么，他都给予配合。

平安猫着腰，似一个鬼头鬼脑的私家侦探，又像秦腔戏里的栾平，小眼睛不停地转动。他底气十足地先摸到检查站值班室，然后笑笑地什么话也不说，一支一支地发烟，他的好烟使那些常年在深山野洼工作的人员颇受感动。他问人家有没有什么新闻线索。他告诉那些检查人员，他是到这一路采访的。他笑嘻嘻地说：“当然不是我采访，是我们的记者和领导采访。”透过车窗玻璃，我和司机清晰地看到，检查人员看平安的眼神，由好奇到猜疑，再由吃惊到兴奋。平安用自己的智慧让他们把平淡无奇转换成兴奋不已。他最后把口袋中的几盒好烟丢在检查站的桌子上，他挥舞着黑乎乎的手臂说：“麻烦你们好好给咱找新闻线索，等我们从秦岭南边回来后再做采访！”

得了好烟的检查人员开怀大笑，他们的领班拍着平安的肩膀说：“没问题，你们回来时，有一大堆大新闻等你们采访哩！”

到了第二个检查站，平安如法炮制，他对我和司机说：“到了目的地，一定请你们吃野山腊肉，喝当地人自制的苞谷烧酒！”

红富拍了拍平安的背说：“哥呀，你有没有搞错？这野山是我卢红富的地盘，你咋能喧宾夺主呀？”

看着两个人的作态，我笑着司机也笑着。司机对我说：“王哥，你这个表哥呀，是个鬼才，公关能手啊，我们长安人常说，能低能高，算是豪豪，说的就是他这类人呀。”

我为司机递上一支烟帮他点燃，说：“每个人都有自己的特长，官话叫潜力。说不定你除了开车也有什么潜力的，只是没有开发而已！”

野山县城不大，名气不小，四处被山包围着，诗意盎然。有作家写了《鸡窝洼人家》，惹得许多人到野山看风景。我们刚到政府大门口，主管林业的副县长、我战友亚东早带着秘书在那儿等我。亚东有些夸张地说，省城来了领导，张秘书，你一定负责接待好，让王记者好好给咱们的乡镇企业、企业家们做文章，把咱县的乡镇企业宣传出去，为咱们的招商引资发挥作用。

年轻的张秘书走过来拉了我的手说：“王主任，根据领导的安排，我已经把吃住行安排好了，你们就住在野山大酒店吧。走，我这就领你们去，先休息一会儿，然后咱们吃饭！”

吃过大餐，喝过好酒，张秘书约好了我要采访的对象。亚东对秘书说，明天让主管局去人陪同。我直接谢绝了，我说：“你们一去人，我们就采访不到真实的东西。”亚东想了想说：“也是呀，那你们自己去吧！”

第二天，我和司机早早去了大山深处，留下平安和卢红富在县城。我不知道他们要做什么，如何做，我走之前对平安说：“做什么事儿低调一些，人生地不熟，又是县长接待，千万别惹事！”

平安开心地笑着说：“我懂的！你忙你的去吧。”

他把我叫到一边压低声音说：“钱全在折子上，折子我装在身上，密码是你的生日，如果真的有人害了我，钱你就看着处理吧！”他掏出一支烟点燃后递给我又耳语道：“县长亲自接待的人，就这个卢红富，借给他个胆他也不会害我的。”

我说：“你不要走到哪儿都乱说。县长是我战友，我们一起在北京当过兵，你可不要害了他。我和他的感情比你我还要深呢。”

我知道我的话是多余的，平安做事历来先想着别人的。

我和司机在乡下待了三天，不仅采访了要采访的人，还去了“柴达木”三个区领略了山地风光，看望了一个通讯员。被我采访的铅矿矿长还答应给我们报社赞助三万元。我想，三万元是亚东让企业家赞助我的，那天吃完饭后闲聊时，我曾向亚东诉苦自己借钱买房的事。

没有电话，无法联系到平安和卢红富，我和司机拉着矿长给我们的腊肉、血豆腐和烧酒回了西京。司机提着我分给他的腊肉和烧酒兴奋地说：“王哥，以后，只要你出门采访，兄弟一定给你做最好的服务！”

晚上刚进家门，便看到客厅里堆放着腊肉和烧酒，东西告诉我，平安比我回来得早。

晚上，去了平安的煤场。刚进院子，就看到山一样的木炭堆积在偌大的场院里，我不知道平安心情如何，我的心情像看见春天的花开，灿烂无比。正在院子收拾木炭的卢红富先看见我，对着平安的住处兴高采烈地喊道：“老孟呀，快快快，王记者来了，王哥回来了！”

平安猫着腰急忙从屋子出来，灯光下，他的腰板直挺挺的，像日本女人卸了背上的腰节。他迈着夸张的八字步一摇一摆地走到我跟前，装出一副神秘莫测的样子，从上到下细细地看了我一遍。之后什么话也没有说，转身，对正在收拾木炭的常青和红富说：“走，老大来了，我们喝酒去！”

我“老大”的称呼从此叫响了。

他们从野山带回来的烧酒，味道冲，没有喝下几杯，我便招架不住了。菜品很丰盛，我想一定是红富安排的，依了平安，舍不得那样花钱。在他心里，真把我当作表弟甚至是亲弟弟看待，自从熟识彼此的个性后，我们之间再没有了俗套和客气。

不到一个星期，一车木炭卖完了，他们拉了第二车、第三车。年底，单位工作忙，我早出晚归两头不见天，没时间问平安，他们是如何从那些把守严格的检查站将木炭运出山的。他们一共拉了五车，销售后，两个人各得两万多元。

有天夜里，平安喝得醉醺醺的来找我，见面，什么话也不说，晃着脑袋得意扬扬地掏出一把蓝汪汪的钱往我床上一拍说：“这是你的，不能不要，不要就是没有把我当亲兄弟！”

我问他：“我凭什么要你的钱，一没有帮你装车卸车，二没有投资一分钱，我咋会要你的钱，你也不想想？”

平安说着醉话：“凭……凭什么？是……是你的脸让……让我挣钱了，没……有你的脸，我挣锤子钱……钱！”

说过，他转身走了，把我家的门摔得山响。他走后，我把钱拿起来数了一下，整整三千元。我正在犹豫钱如何处理，房门又被人擂响，我以为平安又回来了，急切切地将门打开，站在我面前的是卢红富。他也醉了，他比平安直接，他摸索着从口袋中掏出一万元往我床上轻轻一放说：“这钱，不是给你什么回扣呀居间费什么的，是求你办个事！”

我心里咯噔一下。我最怕他让我帮他们疏通检查站的关系，封山育林已成为政府时下的中心工作，我们报纸天天刊登关于封山育林的消息。

卢红富并没有让我做我不想做的事，他要用钱给他妹妹买工作。他妹妹在西京上完大学，找不到工作，希望我能帮他妹妹找一份工作，最好在他们县上，最理想的是到县机关上班。“我没有这方面的关系呀。”我对卢红富说。

卢红富指着我的脸，口中唾沫星子乱飞道：“你不要哄人，县长，我们的县长是你战友呀！”

生意人，看什么都是生意。卢红富一句话，呛得我哑口无言。看着他的醉态，我不想辩解。我说：“好好好，这事，我帮你问问！但钱我不能收，你这样做，不但是对我的侮辱，也是对我战友的侮辱。”

卢红富还要说什么没有说出来，摇摇晃晃在地上乱转，连打几个饱嗝，将头抵在墙上喘着粗气。他不是平安，他对我的了解限于平安的描述和瞎吹，他不敢像平安那样在我面前肆无忌惮。他乖乖收了钱说：“那好吧，大哥，我可是等你的好消息哩！钱，我给你留着，需要，随时告诉我，当然，我不是说你需要，是办事需要！”

人一旦有了钱，就有了想法，平安如此，卢红富不例外，常青也一样。

有一天，平安心事重重对我说，常青想自己单干，问我咋办。他给我说的意思是让我给常青做工作，想留下常青，如果常青走了，他的生意会受到影响。我说：“这事，还真不知道咋给常青说，你自己看着办吧！”最后，他给常青加了工资，常青再没有提说走的话。

省上开两会时，我与亚东在人代会上吃自助餐时相遇了。亚东用刀叉敲着白色瓷盘上一朵蓝莲花对我说，告诉你表哥，千万不能再从野山贩运木炭了，县上正抓此事，你表哥被抓，可不是小事。至此，我才知道，平安和我战友有来往。我静静地看着战友，心想，这个高干家庭出身，长着一张娃娃脸的县长，是如何与平安交往的，难道他与平安有着不可告人的交易？战友看透了我的心思，将刀叉往桌面上一丢笑哈哈地说：“你可不要胡思乱想，我肯定不会做见不得人的事，只有几条好烟，你表哥说是你送的，你想抽，我可以给你还回来！”

我半信半疑地对他说：“你没有做贼，心虚什么？”

亚东有些生气地站起来，他说："你这个没良心的家伙！我这样做，不全是为你嘛。你表哥说你刚买了房，欠下不少外债，他说这生意是你的，他是在帮你，你知道为什么我让矿长给你们单位出赞助？还不是为了解放你这个房奴！"

我没有想到，亚东所做的一切都是为了我，感激之情油然而生。我站起来，紧紧抓住他的手说："不愧是战友，不说了！"

亚东点燃一支烟说："此事到此为止，千万不能再做了，出了事，大家都不好交代，我的想法你是知道……"

我承诺不再拉木炭。亚东脸上泛出笑意。他说："今日还有一件事求你哩，政府要求各单位配备电脑，一切要信息化，我们电脑配了不少，就是找不到会用电脑的人，你能不能帮我物色几个人才，我们计划先从人事管理入手，实行信息化管理。"我答应他尽力试试。

第二天晚上，我把卢红富叫到家来，问他妹妹学什么专业，会不会电脑？卢红富激动地说："我妹妹学的是信息化管理，当然会用电脑了！"

停了一会儿，他又说："我不懂电脑，只听妹妹说自己学了两样什么输入法，什么拼音、五笔的，又是什么 DS、WDS，总之，我妹妹对电脑很在行。"

我告诉卢红富，让她妹妹直接去找我战友，工作的事儿，我给我战友说好了。卢红富兴奋地抱着头在我家客厅里蹦跳，他说："太谢谢你了，今晚我请客，不但要请，还要弄出些门道来！"

在酒店吃过饭，红富安排我们去洗澡，完了又安排我们去做按摩。平安和常青与我享受同等待遇，我做完泰式按摩在休息厅睡了一觉，他们还没有出来，我自己回家了。

不到一周，卢红富的妹妹去县政府上班。卢红富这回送来的不再是一万元而是一万五千元。我依旧拒绝了，平安急火火地对卢红富说："你是不是真心想送这钱？如果是真心想送，这钱老大不要我替老大收着，你看行不？"

卢红富一脸兴奋地说："当然行！"平安果真笑嘻嘻地收了钱。几天之后，平安对我说："我要用这些钱做更大的生意，给你算股份。"

贩运木炭来钱快，平安的心野起来。我把战友的话转达给他，他听不进去，嘴上答应着是，是，是，落实在行动大打折扣。就在这时候，他们出事了。

元旦期间，他们背过我又运了一车木炭。拉木炭的车在风雪中刚下黄花岭准备翻越秦岭，被野山林业派出所的警车拦下了。他们在黄花岭的风雪中苦苦熬了三天三夜，与林业派出所的人进行着激烈的斗争，听红富说平安光在风雪中给林业派出所的人下跪就跪了两个小时，依旧没有感动对方，最后被林业部门收缴了两万斤木炭，还要罚两万多元，加上车的台板费，他们每个人损失两万五千元。

回到西京，平安病了一场。一连几天，高烧不退，连续打了三天点滴无济于事。卢红富和常青怕出人命，把平安送到市中心医院，医生诊断为肺炎。

正在此时，战友又来西京开会。给我单位打电话，约我一起喝茶，晚上，我把战友来西京的情况告诉了卢红富，让他准备些钱，红富问我要钱做什么，我告诉他有急用，他站在雪地里愣愣地看着我说："钱全没有了！"我有些生气地转身离开。

第二天，我说有一个战友在医院看病，把亚东骗到中心医院，让他了解平安的病情。看到躺在病榻上有气无力的平安，亚东心生恻隐，什么话也没说，转身出了病房。他一边走一边批评我。任他如何指责，我皆虚心接受，从他的批评中，我看到一丝希望。我说："这就是农民工，他们进城后，没有组织，不懂法律，个个像无头苍蝇，乱飞乱撞，逮着什么是什么，心里只有钱。一旦出了事，又像个没有爹娘的孩子，真可怜呀！"

亚东停止了下医院台阶的脚步，抬起脸用怪怪的目光看着我。几片大雪从空中落下来栖息在他的鼻尖上，我急忙点燃一支烟递给他，他并没有把目光从我的脸上移开，看了一会儿笑嘻嘻地对我说："你给我设圈套呀？"

我想了半天不知如何回答，看着他圆圆的娃娃脸，说："不愧是当父母官的！我请你来当然是有用意的，我只是想告诉你，他们犯了错，一没有组织教育，二没有人来疼爱，你是父母官呀，父母官就要尽父母官的责任。你说面对这样在外盲目乱撞的子民，作为大后方的父母官，是不是应该伸出援手，拯救他们一下呢？"

"拯救？咋拯救？给点救济款，还是给点救济粮？那些东西不是给他们的！你还是个大记者，这样的道理你不明白？他们能出来闹腾，说明他们是有本事的人，国家的救济，历来不给那些有能耐的人！"

我想把平安患病的原因说给他，他却不给我说话的机会。走出医院大门，他问我："你表哥的病是咋得的？"

我笑笑地看了看他说："终于挨到我说话了！你是想听真话还是官话呢？"

"当然是真话！"他一边下台阶一边说。他的行动告诉我，这些话对他并不重要，这就是官人，官人做事有官人的法则，他们的行为代表着他们对某一事物的判断。

我们来到大街上，雪更大了，有一个老人不小心滑倒在地，亚东急忙跑前去将老人扶起来。我觍着脸帮老人拍掉身上的雪。老人说了声谢谢，头也没有回便走了。

来到一座天桥上，亚东看着雪中的街景，我献殷勤似的点燃一支烟递给他。

说:“真话，就是他的病是从气得来的！他又从你们县拉了一车木炭，在你们的黄花岭，不但木炭被收了，还要罚两万元，他给你们的林业警察在雪地里跪了两个小时，回来就病了！”

“此事当真？”亚东瞪着眼睛问我。

“我是一个记者，会给你县长同志说假话吗？”

看到我认真的样子，他思考了一会儿，自言自语道:“打了不罚，罚了不打，这些检查站的人有些过分了，我回去问一下，给你回话！”

说过，他走了。很快，大雪罩住了他的身影。

返回病房，我把战友的话告诉了平安，平安听了，一下从病床上坐了起来，兴奋地拉着我的手说:“刚才来的是你战友？哎呀呀，你咋不告诉我呢？我烧糊涂了，只听有人说话，没想到是你战友。他咋说？”

我将他按回被窝，平心静气地告诉他:“我战友说，他们处理事情的原则是打了不罚，罚了不打，让你放心！我估计两头总会给你一头宽容吧！”

他兴奋地用脚将白色的被子挑起老高，之后，便溜下床，用他黑乎乎的脚在白生生的地板上摸鞋，我问他要干什么，他说要回去，他的病好了，彻底好了。

他像个铁铸的人，我见识过他的抵抗力，他说不治，谁也拗不过他。我替他办理了出院手续。按常理，人身体的外伤是可以抵抗的，而内伤，再能的人也抗不过去。可他和别人不一样，战友的话像万能药，他听后，病一下子就好了。

腊月二十八，亚东打来电话说:平安的木炭还在黄花岭下的检查站，他和林业部门沟通过了，让他们罚五千元，把木炭拉回去。

平安的事困扰着我，春节只能在城里过，这是我在西京过的第一个春节。得到能拉木炭的消息后，卢红富一直在找车。腊月二十九，他们整整找了一天，并没有人愿意挣他们的钱。

忙乱中，我想起单位司机说过的话，他曾告诉我他哥跑大卡车。打通了司机的传呼，回复说他哥同意去，但要两倍的台板费。平安让我告诉司机他愿意给三倍的运费，我并没有把三倍的数字告诉司机。

腊月三十，我和常青采购、煮肉、洗菜、包饺子，整整忙了一天，一直到春节晚会结束，平安他们还没有回来，我的心悬了起来。面对电视春晚后播放的贺岁片，脑子出现的全是秦岭的雪路上，一辆大车在前行，轮子打滑，平安和红富把他们的大衣用来铺在路上，我似乎看到，平安和红富用扫帚扫着地上的雪，扫一段，车走一段。正月初一中午，我正在睡觉，常青从煤场跑过来激动地告诉我:“他们回来了，回来了，我干爹让你吃饭去！”

我问常青："去哪儿？咱俩准备了几天，他们不吃了？""我干爹说要到外边去吃，他在走之前把饭店订好了。"常青开心得像个孩子。

饭局订在一家豪华的酒店，吃喝过，司机兄弟俩收了运费，平安给了他们三倍的钱，司机只收了两倍。司机的弟弟说："孟哥，那一份你给王哥，我不是给你跑车哩，是给王哥办事哩，你要记着王哥的好。"

我连忙笑着说："谢谢兄弟！哥领情了！"

回到煤场，本想听平安讲讲路途中的历险过程，他闭着眼睛倒在床上有气无力地说："一切顺利，真的，我就知道一切顺利，走之前，把饭店订好了！"话还没有说完，他扯开了呼噜声。

平安和红富一直睡到大年初二下午才起来。当天晚上，不但平安煤场炮声连天，我家楼下的焰火也吸引了不少看热闹的居民。小区门卫问我："这是不是你们老家的风俗习惯，正月初二才放炮？"

我开心地说："是呀，这样能显现出我们与众不同嘛！"

春节过得相对清冷，物质上却非常丰富。雪一直下着，整个城市沉浸在宁静中，只有那些绿色的出租和红色的公交，像城市的使者，带着热气腾腾的犁铧，在街道上写出整齐的诗行。城墙上的红旗在飞雪中更加鲜艳，风景树上的红灯笼，展露出亲切的笑脸，看着它们，像看到了亲人的容颜。

正月初五，太阳终于露出了温情的笑脸。太阳刚把路上的积雪踢开，平安的木炭就开始出售了，价格是人们不能接受的，还是有人一车车拉走了高价木炭，只用了两天时间，木炭被人拉走了一半。收回成本后，平安将手一拍兴奋地说："不卖了！"

红富问他："为什么？"

平安看了看我，一脸神秘地说："留下自己用！"

红富一听有些着急，他说："你这样弄咋行呢，我的钱呢？"

平安怪笑道："没有你的钱了！"

我没有想到平安会与红富翻脸，依我对他的了解，他不是那种过河拆桥的人，他为什么会这样呢？红富有些生气，他走到我跟前欲向我说什么，抻了抻脖子，却没有说出来。平安走过来当着我和常青的面对红富笑笑地说："兄弟呀，我说你没有投资是假话？你的确没有投钱，但你投了精力和心血，对吧？我为什么会这样说呢，因为你的投资已经收回去了！"

红富不解地看着平安又看着我，他不知道平安要说什么，他将一双手插在裤兜里，歪着头斜着眼阴阳怪气地看着平安，露出一副无赖相，似要决斗。面对红富的怪相，平安并没有生气，他一摇一晃地走到红富跟前，拍了拍他的肩膀笑着说："放心，兄弟，我从来不和人闹别扭，也不会挣昧良心的钱。今天我把话说出来，你认为我说的有道理，咱们继续合作。木炭不行了，咱们可以合作别的，如果你认为我说的没有道理，你要多少钱我给多少钱！"

红富不知道平安抓住了自己什么把柄，底气不足说："你先说出来我听听，如果有道理，我就服你！"

平安挥手示意常青离开现场，他从口袋中掏出一沓纸递给红富，让他看那些纸上的文字。红富接过去细细地看着，脸变了颜色，手也开始发抖。红富抬起头要说什么，平安又从另一个口袋中掏出一沓纸递给红富，红富再接过去再细细地看，看过之后颤巍巍地说："这些东西你是从哪儿弄来的？"

平安脸色平和地说："不管从哪儿弄来的，起码它是真实的。你看看，在我们的木炭没有上车之前，你一斤已经赚了一毛钱！我们一共从你们县拉了五车十吨，是吧，你已经足足赚了两万元，这是其一；其二呢，第一回我们赚了，分给你一万二，在没有出事前，我又分给你八千元，你一共从我手上拿走两万元，对吧？也就是说，你没有出一分钱，在不到两个月时间赚了四万块钱！你知道这四万元相当于什么？相当于王记者十年的工资，相当于你在两个月的时间里为你妹妹确定了一生的人生之路呀；这其三呢，你通过我认识了王记者，是吧？王记者给你妹妹安排了工作，这你也是赚了吧？"

红富正要争辩，平安挥手制止了，他仍旧笑着说："你要说，为你妹妹安排工作你交了一万五千元是吧？这钱我给你，要不要是你的事，给不给王记者也是你的事。"

平安有理有力地解释，说得红富抬不起头来，开始，红富还有辩解的欲望，后来看到平安掌握了那么多证据，什么话也没有说。他气哼哼地蹲在地上抽烟，脑袋耷拉着，像一个罪犯。

平安走到红富身边蹲下，拍着红富的肩膀语重心长地说："兄弟呀，哥说你是为你好，这次合作你是挣钱了，可我呢？搭了时间，贴着钱，亏大了！好在最后这一车木炭要了回来，要不是这，你知道我能亏损多少吗？我亏损的数字就是你从我这儿挣到的。你知道这木炭是咋要回来的吗？是我用钱要回来的呀。王记者为了给咱要木炭，想从你那儿拿钱，你说你没有，我只好想办法。我人躺在医院里，可我的心是醒着的呀，是我让王记者把我的家底全交出去，才要回来的木炭呀！"

平安的话刚说完，红富抬起头，静静地看着平安，想说什么还是没说，他复又蹲在地上，过了一会儿，他突然从地上站起来拉住平安的手说："老孟，不说了，兄弟对不住你！咱什么都不说了，咱们的账到此结束，我什么也不要了，给妹妹安排工作的钱，你代王记者收着，给不给王记者，是你们之间的事，我不管了，你看行不？”

我的牙根在一瞬间开始发酸，喉咙开始发痒，我想把平安所说的一切，当着红富的面给予揭穿，因为他说的全是假话！我战友替他办了几件事，压根没有收取一分钱。平安似乎看出了我的心思，向我甩了一个怪怪的眼神，拉着红富的手从地上站起来声音豁亮地说：“行了，不说了，哥亏就亏了，哪儿跌倒哪儿爬起！哥不怕，哥这半辈子都在做着赔本的买卖，日她妈，命中注定的，认了！”

红富有些感激涕零了，他被平安的一席话说得丢掉羞愧，弃了难堪，抛弃了许多想法。他的想法是还要分成，现在，成没有分成，再听平安说下去，他有可能还要从口袋中往出掏钱。红富也是见过世面的人，在他心中，钱在此刻已不重要，妹妹今后的前途才是重要的。他不想得罪平安，得罪了平安，就是得罪了我，得罪了我就是得罪他们的县长，他知道自己妹妹的一切都在县长手上拿捏着。

正月初六，街道的雪开始融化，红富蹚着雪水一摇一晃地走了，好久没有再见过。我把平安叫到家里，让他把这次做木炭生意的真实情况告诉我。他往沙发上一坐，从口袋中掏出一沓钱往茶几上一拍说：“赚了，一共能赚三万元，不包括红富留下的一万五千元！”

我将一杯水放在他面前说：“这次的事，你做得不够亮清呀，你是不是把红富坑了？”

平安抻长脖子用怪怪的目光看着我说：“你压根儿就不了解红富，这家伙是个赖皮。我到镇安做的第一件事，就是展开对他的调查，他常年贩运木炭，人们叫他木炭贩子。他和谁合作都不长久，因为他心里只装着自己的小算盘，我和他说好的，他不投钱，我们两个从原地提货，不加价，销售后大家五五分配利润，可他竟然背过我一斤加了一毛钱。因为他的名声在外，弄得当地收木炭的人对他都有意见，所以，大家愿意帮助真正采购木炭的人，我也就顺利地拿到他的证据。”

我说：“你别所以了，也别打着官腔，只要你认为合理就行，我始终相信你是一个讲良心的人！”

正在此时，我的传呼机响了，战友留言，让我给他找一家好医院，他父亲的“三高”严重了，要来西京住院。我把此事说给平安，他一拍大腿笑着说：“这回好了，咱有了报恩的机会了！”

平安走时，我让他把那一沓钱带走，他没有回头。

他一边走一边说：“先放那儿，等你战友父亲住院后，咱去看人家，剩下的你先用着，如果我需要时，我提前会给你说。”

八

夏日的晚上，平安的烤肉摊坐满了光着膀子的食客。平安一脸通红，站在用铁架子做成的烤肉架前烤着肉，汗水从他脸上不停地往下滑。枣园南岭新开的夜市，有十几家烤肉摊，只有平安一个人用木炭烤，木炭烤的肉，不但香而且嫩，是电烤炉和钢炭炉无法比的。我粗略地算了一下，平安烤肉摊前食客的人数，几乎是其他几个烤肉摊食客人数的总和。

连续十多天高温，天热得人出气都觉得闷得慌。单位人事调整，我再没有去渭北采访，由记者改行副刊编辑，从此，告别了夜晚加班写那些永远也写不尽的“本报讯”的日子。

吃一碗面条，像洗过一场桑拿浴，真切地体会到什么是挥汗如雨。放下碗筷，正准备冲澡，平安手下雇用的女孩小燕过来敲门，小燕并没有进门，只是急切地说：“王叔，我们老板让你过去帮他收钱哩！”

小燕留下话，转身就走，压根就没有商量的余地，我还没有回过神儿，她脚下生硬的塑料凉鞋底已把楼梯的敲打声很紧促地敲到三楼与四楼之间，声音像秦腔剧中旦角遇到焦虑时，梆子敲打出让人心焦的节奏。

我知道平安让我去吃他的烤肉，好久不见，是应该去看看他了。

在这个城市，除了单位的同事，很难有知心朋友，同事只是些相携而行，合伙找饭吃的搭档。时代造就的竞争上岗，把同事间的友谊，演化成虎视眈眈的竞争对手，单位成了一个没有硝烟的战场，为了多拿工资，多拿提成，为了抢到好新闻，人人削尖脑袋，明争暗斗。表面上一团和气，其实在每个人心里，同事就是不拿枪的敌人，单位那些主要部门都是被在这座城市长大的人把持着，如我之流的外来户，总有一种被看不起的歧视。那种歧视不是表象的，是深隐在骨子里，你要在单位挺胸站立，只有在业务上下功夫，业务的考量是硬东西，好在，我的写作水平过硬，广告业务也不错。

平安的到来，成了我在这个城市的亲情依附，无意识间，他消解了我的孤独，几天不见，还真想他。平安说过，如果三天没有我的消息，他会觉得天都变了颜色。记得我在渭北驻站时，平安为我买了数字传呼，他把各种日常用语编成数字，我们相互对发，每次我回来，他就为我报销打电话的钱。他的到来，我深深地体会到，人在他乡，多么需要亲情和友谊的泅润，有了这种泅润，日子才似乎活得轻松了许多。

听不到小燕的脚步声，便从书柜里抓了两包香烟，向平安新开的夜市走去。赶到平安的烤肉摊前，他正和一个光膀子、背上绣着一条丰满的黑龙的小伙子争执着什么，小伙指着脸骂平安："没本事，就不要招下这么多食客，你让人等的时间也太长了，他妈的，吃肉的兴趣全等没了！"

平安用力扯下胳膊上的套袖，用胸前的花护巾擦着脸上的汗水，觍着笑脸，用哀求的口气对小伙说："对不起，兄弟，这一炉给你，全给你，行吧？"

他说着，脸上的汗水不住地往下滴落，一串汗珠掉进木炭火，发出清脆的吱吱声。

光膀小伙从平安身后破旧的圆桌上拿起一瓶啤酒，用牙咬掉瓶盖狠狠地往地上一吐，猛喝了一口气咧咧地说："这还差不多！"转身，回到自己同伴围坐的长方形小桌上。

平安没想到，他如此一说，其他食客不乐意了，又有几个小桌子上的人蹦起来。

我立即赶过去给每人发了一支烟，同样赔着笑脸告诉大家："都有份，都有份。"几个小伙把烟拿在手上看清了"中华"两个字后平静下来。

这一晚，是平安烤肉以来收入最多的一次。凌晨两点，我把八百三十一元钱交给他。他拿出一百给我，我断然拒绝了。

平安收拾了摊位，回到他住的那不足二十平方米的房子，往床上一躺，口中道："日他妈，简直要人命哩！"

他像做累了活计的马或骡子，在床上翻来覆去地滚了几下，"哎哟妈呀"地伸了几个腰，又坐了起来，打开一瓶啤酒一饮而尽，随后一脸得意对我说："钱咋这么好挣呢？他妈的，满打满算不到三百块钱的本钱，就收回来八百多呀！"

我坐在他身边，一边擦着脸上的汗一边数着钱说："咋能这样算账呢，汗水也是钱呀，你那一滴汗水也许就是几块钱哩！"

他又打开一瓶啤酒，同样是仰着脖子一饮而尽，说：“是呀，在这个城市，汗水也是钱呀！”

我替他高兴，小燕也高兴，常青更不用说，两个人争先恐后地收拾盘子和清洗烤肉的签子，动作十分麻利。平安从桌子上拿起我交给他的钱，从中抽出一张伸手递给小燕，兴奋地说：“给！女子，这是你今晚的奖金，我娃拿着，这不在工资内，工资这个月底发。”小燕接了钱，嘴儿甜甜地说：“叔叔，我去睡觉了，您也早点睡！”

小燕刚一出门，常青将一双黑乎乎的手伸到平安面前嬉皮笑脸地说：“干爹，我的奖金呢？”

平安停住往口中送酒的瓶子，眼睛瞪得像牛眼，抻着脖子问常青：“你也要奖金呀？”

常青有些尴尬地收回手，在胸前的护巾上擦着说：“给也行，不给也行，开个玩笑嘛！”

平安将酒瓶中的啤酒一口气喝下去，将瓶子往桌子上重重一蹾说：“给，给你五十，行不？”

常青乐得眼睛合成一条缝笑说：“太多了，太多了，十块就行，五块也行，我就是买一包烟！”

平安顺手从那一沓钱中抽出五十元给了常青，常青抓了钱一溜烟似的跳入夜色不见了。

我准备离开，他又让我拿钱，我撒腿跑出煤场，一口气冲出南岭小区。

第二天，按局里的要求，我们排练了一天的节目，一首《东方之珠》整整唱了一天，也没有达到从省少儿艺术团请来的艺术指导的要求。艺术指导要求我们要像小天鹅艺术团那些孩子，脸上要表现出幸福、快乐、天真，要把充满自豪感的心情表现在脸上。可我们那一拨中年男女，脸上都长满了括号，哪儿还能表现出天真来？排练到下班时，艺术指导嫌我们表现不出天真，竟发火了。总编怕这样弄下去伤了采编人员的积极性，决定晚上请大家吃大餐，他给艺术指导说：“有些问题，在排练场上解决不了，也许在饭桌上很容易就解决了。”

饭从晚上七点吃到九点，总编和艺术指导终于达成了共识，艺术指导心领神会地被我们送出酒店大门。

转过身来，总编说：“这小子是个球胡子，天天看孩子们的脸看惯了，也让咱们装天真，看看你们，包括我在内，个个胡子拉碴，满脸括号，哪能装出天真？”

报社一帮男女用筷子敲打着碗和桌沿哈哈大笑，以示拥戴总编的精彩论述。总编却变了脸色说："咱说是说，做是做，局里就咱们这么一个纯种文化单位，咱们要拿不到一等奖，一是对不起局领导的厚爱；二是对不起报社发给大家的T恤；三是对不起香港市民一百年的等待，想想那是多么漫长的煎熬呀！"

总编比我们一帮中层年龄小一些，他刚说过几句硬话，又改了口气说："比赛单位实在是太多了，确实找不到适合的艺术指导，就这球胡子货，人家还是看在我爱人的面子上才来的，许多单位出高价也找不下，行了，大家再坚持一下，明天接着练！"

练一天歌，比编一天稿件还累。进了家门，往床上一倒，周公就迫不及待地将我揽入怀中。

一连练了五天，艺术指导也再没有让我们装天真。

这天晚上，刚回到家，打开电视，急着看香港回归前夕的实况转播，香江岸边的同行，把一浪一浪的喜讯传进我家。看着看着，在沙发上睡着了。大概到了凌晨三四点钟，软塌塌的敲门声将我惊醒。我以为小区某个吸毒人员毒瘾犯了没钱买毒品，来寻钱的。听了许久，敲门声有气无力，不像索钱人的敲法。我从卧室墙上摘下从周公庙买回来的镇宅剑，一手持剑一手去开门。黄色的门扉刚一拉开，一个光着膀子的男人顺着门扉的开启，"咣"的一声，硬邦邦地倒在地板上。

平安！我差点惊叫起来。持着宝剑在楼道查看，楼道里并没有别人，又细细地围着平安观察，发现他的腿和头部并没有伤，断定他一定是和食客打架了，吃力地把他从地上翻过来，我傻眼了，他前胸的皮肤被血染得看不清楚哪儿是胸口哪儿是肚脐眼，拉他入客厅，正要屈身去看究竟，他说话了，"饿，饿，饿死了，快，饿死我了。"

做饭来不及了，冲了一大碗奶粉给他，他咂了咂嘴，舔了舔嘴唇，声音木讷着说："太稀了，太稀了，不解馋，稠点，再稠点！"

好在那几年我联系了一家奶粉厂给报社提供赞助，有几千元奶粉的提成。平安的几次死里逃生，全是那些奶粉救了他。

平安又喝了一碗奶粉糊糊才睁开眼睛，打了几个饱嗝，口中喷出的气，像小时候我们家羊圈味儿。他吃力地从地板砖上坐起来，双手揉了揉眼睛，摆了几下头，像被人套上磨子，准备拉磨前要抖擞一下精神的黄牛或者毛驴，他扶着墙挣扎着欲站起来，努力了几次，没有成功，索性一屁股坐下去，懵懂地问我："咋又是你救了我的命？这是你救了我的第几条命了？"

我抖着手去摸像古代女人胸前戴着红肚兜一样的平安，他用双手抓住我的手说："没事，不疼了，本来身上还有劲，咋见你就一点儿劲也没有？"

他没有力气站起来，调整了坐姿说：“过去全国人民的救星是毛主席，我看我的救星就是你。在我心中，你比毛主席给我的恩情还多！”

我欲扶他上床，他用力地推开我，像一条瘦骨嶙峋的狗，双手支地爬进卧室靠着床沿坐在地上，并示意我关灯上床，自己顺势躺下身子睡在地板上。我在犹豫，到底如何安顿他，等我从厕所小解回来，他的呼噜声像夏季三伏天山野的林涛声，粗犷地响彻沟洼。

这时，我才发现他的脚上穿着女人的方口绣花布鞋，我在纳闷，他从哪弄到女人的布鞋，还是一双在这座城市很难见到的方口黑灯心绒布面、绣着红梅花的女式老布鞋。看到他的脚，我恍然大悟，他一定是去偷情被人捉了奸。

从浴室拿来一条毛巾，盖在他的伤口上，关灯上床躺下。林涛声蜂拥而至，我无法入睡。

迎接香港回归的那天，是我们举办歌咏比赛的日子，太阳透过窗子照进卧室时，平安还没有醒来。我早早去了单位。

街道上，红旗招展，人人面带笑意，天蓝得如用清洁剂洗过一般，空中的云彩比往日纯净了许多，灰色的城墙上，三角形旌旗在风的鼓动下，不住地发出啪啪声，走在城池里外的人，远远就能听到。行走在喜庆的街景中，我自己激动不已，这是一个值得记住的日子，在自己的一生中，这样能使自己和国人一起激动的日子并不多。到处歌声嘹亮，有单位的人，在礼堂里放声歌唱，退休的老年人们，自己组织结盟，在环城公园里比赛。人们以相同的心情和不同的举动，庆祝一个伟大的日子。

报社在局里二十多个单位的激烈竞争中，终于拿回了第一名。捧回奖牌，同事要求总编请大家吃大餐，总编让会计给每人发三百元。他说：“香港回归，是一个大家庭的团圆，单位就不大餐了，回去和家人好好吃一顿，以示庆祝吧。”大家兴奋得欢呼雀跃，有几个中年妇女扑上去抱住总编在他腮帮子上乱啃，会计红梅从女人中挤出来，提了提自己的裙子，向地上连吐三口说：总编脸上的好肉全让年轻女娃啃了，我只吃了一个扣子。

回到家，平安把房间收拾得整整齐齐，还把我褪下来沾满汗渍的衣服洗干净挂在阳台上。他白天去煤场查看了一下，发现整个院子空了，房门也被人砸坏了。他对我说，东西没有了，钱还有哩。我问他钱在哪里。他说，钱埋在北门外城墙根下。下午，他从城墙根取了钱回来，听说我没有吃饭，他把我拉到了小区门口的四川鱼庄。晚上，他咬牙切齿地给我讲述两天来他的经历。听了他的讲述，我感觉到，他对这座城市的情感大打折扣。

香港回归前夕，市公安局对全市所有流动人员进行了全面大清查。平安没有身份证、暂住证、从业证、健康证，他留下的常青、雇用的小燕也没有三证，他们成了标准的三无人员。

在我帮他收钱的那天晚上，平安枕着那剩下的六百多元早早睡下。翌日一早，他蹬着三轮车把昨晚挣下的钱埋在北门外他存钱的地方，又从城东的胡家庙批发市场，购进了比当日多出一倍的牛羊肉，他还准备让我请假帮他，他没有想到，香港回归，会在市民中产生如此大的影响，通过食客的议论，看着食客的反应，他发现了城市人和农村人不一样的地方，城市人的心和国家的愿望贴得很近，哪像乡下人，只知道自家的柴米油盐酱醋茶，不把国家的大事当回事儿。就像人要休假，城里人可以在一周休两天，而乡下人，一年到头一天也不休，就是大年初一，有人也不闲着。

清晨，平安将采购的肉拉进院子，小燕洗完了穿肉的签子，常青准备好了晚上用的木炭，清洗了酒杯。一直忙到中午，三个人正准备吃饭，远远地，平安看到几个穿着天蓝色制服的人，穿过院门外的泡桐林，越过院中的煤炭堆，径直朝他们走来。近了，才看清是五个警察，四男一女。他们走到平安的饭桌前，其中一个虎背熊腰的警察什么话也没有说，从平安手里夺了筷子，踢开饭碗，凶巴巴地对他吼道：“走，跟我们走一趟！”那一刻，他脑子里闪出一个念头，一定是昨晚的烤肉出了事，他想，要是肉吃死了人，自己一定也活不成了。

平安如此想着，眼睛惊慌地掠过面前警察的身子和脸，他发现那个穿制服的女警察将一双闪着亮光的手铐，套在小燕的手腕上。小燕的脸已无血色，白得发亮，好似十五晚上挂在天上的月亮。他从几个警察中间挤了过去，明显觉得有人在抓他却没有抓着，他扑向小燕，用双手抓住小燕的双肩，扑通一声跪在地上，哀求着穿制服的女警察说：“求求你，妹子，她是个孩子，什么也不知道，不要吓着她，天大的事我顶着，求你了，妹子！”

平安跪下后，小燕才开始放声大哭，声音像三伏天树上猫头鹰的哀鸣，尖锐而悠长。

女警察并没有理睬他的哀求，面无表情地拽着小燕的手铐，将其带出洒满阳光的院落。

他仍旧跪在地上，声泪俱下地继续恳求另一个警察：“放了那孩子，就是犯下国法，让我死也行，孩子是无辜的！”

四个男警察和远去的女警察一样，没有人回答他，他们一脸冷酷，把他和常青带出院子。穿过煤场时，平安发现院子里空无一人，他看着自己从宁夏运来的煤块，突然明白，不是烤肉吃死人了，这些人是来收拾三无人员的。想到此，顿时心中豁然亮了一下，他看到刚才还悬在天上的一块黑疙瘩云不见了。到了院外，他拧过头，看着自己的门敞开着，整个院子里所有的门都敞开着。

他被带上一辆面包车，车上不见小燕，也没有常青，车内比他洗过的桑拿房还要热。车子拐到能看见城墙的地方，停下了，有人拖着他下车，他急忙用目光寻找小燕和常青，还是没有看到。他和车上的人被扔进一个黑暗潮湿的房子。看到许多的陌生面孔，他明白，这城里，有如此多的人，从四面八方来此求生，说着湖北话和四川话的人最令他敬佩，更令他敬佩的是一个四川女人。她坐在地上，用他听不懂的话跳着骂着高声喊着，她皮肤白嫩，声音尖，骂人像唱歌，特别好听。平安说那女人说话像唱关中地区的碗碗腔或是陕北民歌。她在地上一蹦一跳高声野气地叫到："妈个巴子，你们这会儿说我们是三无人员，你们收税、收钱时，为什么不说我们是三无人员？"

没有人理会女人，女人的话多得说不完。女人用异样的目光看着和她一样被关在房子的人，希望有人能为她帮腔，可那些被弄进房子的河南人、陕西人个个呆若木鸡。无人声援，女人继续说："香港回归，天大的好事，我们的心情有多幸福，可是你们，你们这些吃着我们，喝着我们的国家人，是咋子整的嘛？为啥子要用这种方法让我们迎接香港回归？太不像话了，太不像话了！"

平安被四川女人的言行吸引着，他想，一个女人比一屋子男人还有胆量，如果有机会，一定要找到这个女人，向她讨教，学学她的胆识。

在城墙内关了没有多久，一屋子人又被装上一辆全封闭面包车，上车后，不是让人坐着，而是躺着，像装木椽或是拉运条子猪肉那样让人躺着，人上摞人！他正好和那个骂人的漂亮女人压在一起。开始时，两个人背靠背，女人身上的香味使他很受用，后来那种气味香得使他头晕，女人嫌他身上的汗味太浓，不停地用手推他。起初还能推开一些距离，人上不停地压人，推不动了，女人还在骂着，没有人理她，她不再骂了。女人实在受不了被压的痛苦，翻起身来平躺着，平安正好趴在她身上，他将两只手放在她脖子两边，像夫妻做爱一样地保护着女人。女人高喊着她的乳房快要破了，还是没有人理她，车开动了，平安悄悄对女人说："没事，我帮你扛着，能好一些。"女人喘着粗气，没有再说话，他用足了劲儿帮女人扛着，扛着扛着就扛不住了。他身上又压了人，索性他将自己的身体压在女人身上。他说，那一刻，女人两个丰满的乳房顶着他的胸口，他的周身像过电一样，觉得自己的下半身有什么东西被释放了出来，他闭上眼睛没敢多想，车就到了收容所。人们下车后，女人没有下车，她晕死过去了。过了一会儿，女人被工作人员抬上一辆救护车拉走了。他说，女人走后，他发现自己的裤裆湿了一大片，他有些后悔，没有问女人的住址和传呼号。

在收容所关了两天，平安心里只想着三件事，一是自己的肉是不是坏了？会不会有人帮他把门锁上？自己藏在北门外城墙根的钱会不会被人发现弄走？二是小燕和常青会不会受到伤害？三是自己会不会被判刑，会不会因这事，把自己在老家犯下的事带出来？经过观察发现，所有人被关进收容所后，什么事儿也没有，只是按时吃饭，就是没地方睡觉。第一天，关进去的人不知道会是什么结果，个个脸色发灰，提心吊胆。到了第二天，人们知道是为了迎接香港回归，维持社会秩序，大家的情绪安静了许多，有人开始找人说话，打听对方从事的工种，发什么财，哪里人？看着人们的精神压力有所缓解，他想起了被自己压在身下的那个女人，她会怎么样，会不会有生命危险？

第二天下午，平安的心开始烦躁不安，想着自己那么多的肉，如果没人管肯定会坏的，他想找人给我打电话，可那些管理人员没有人理他，他想，一定要想办法逃出去。白天上厕所时，发现收容所后面的厕所里大粪正好被院子外的菜农掏空了。他观察了一下，如果想逃，完全可以从尿槽里溜进大粪池，然后攀上大粪池的沿子逃走。

晚上，他按白天的计划行动了。夜深人静时，他先在尿槽里撒了一大泡尿，然后顺着尿槽滑下去，沿着大粪池的壁爬出大粪池，快出大粪池时，收容所的大院里传出了喊声，他一使劲，大粪池沿子上的一块石头划开了他的胸膛，血流如注，他抓起一把土往伤口上一按，跑进菜地里蹲下来听动静。一直等收容所里没有了声音，他才感到伤口钻心地疼，他脱了身上的背心，往伤口上一按。抬头看见远处天空的光团，他想那里一定是城市，他穿过庄稼地，向有灯光的地方跑。不知跑了多久，脚下的菜和土块绊倒他无数次，他终于看到一个小房子，房子门开着，一个女人在房子门口清扫着院落，他走近时发现那是一个公厕。清扫场地的妇女先看到他，以为是小偷或是强盗，她对他说："这儿啥都没有，你到这儿能弄啥吗？"

他扑通一声跪在女人面前说："快，救救我呀，我怕是不行了！"

女人看到是一个受伤的男人，有些吃惊，进一步，她看到平安胸膛上糊满了血，女人不知所措。平安蹲在地上对女人说："用你的水管，帮我冲一下身子，我身上全是大粪。"

女人担忧地说："伤口见凉水，是会感染的！"

"没事，冲吧！"平安忍着疼回答女人。

女人想了想说："那你脱衣服吧！"

他脱光了衣服，女人从厕所拉出了水龙头，对准他冲了起来，两个年龄相仿的人，没有羞涩，也不见外，冲完后，他蹲在地上找衣服。女人收了水管说："你的衣服上全是大粪，不能穿了，我给你找衣服吧，你个子也不高，就穿我的！"

他穿上女人的衣服，接过女人递过来的热水，一边喝，一边把自己的遭遇讲给女人。女人听完他惊心动魄的故事后说："你就在这儿睡上一觉，恢复一下体力，天明后，我给你去买药，再给你表弟打电话！"

他头摇得像拨浪鼓对女人说："不行，不行，我要回去看我的肉，肉要是坏了，那可是几百块呀。"女人跑进自己的住处，拿出十块钱递给他，抱歉地说："儿子在这儿上大学，他爸身体瘫了在家里不能动，我在这儿给娃挣生活费，娃今日刚把钱带走，我也没多的钱给你，这十块钱你到夜市上买点吃的！"

他接过钱，向女人磕了头，沿着女人指导的方向向北走，一直走到我家楼上。

第二天，平安去了他的煤场，院子的铁门大开着，原来住的那家人不知去向，整个院子空空如洗，就连他烤肉的铁架子也不见了，木炭、钢炭煤块一点也没有留下。知道自己的东西没有了，他心里倒坦然起来。他对我说，不用说，一定是和他住在一个院子的把东西弄走了。他忍着痛到派出所报了案，做了笔录，又到城市北门外的城墙下取了自己藏在那里的钱回到我家。

连续在社区诊所打了三天消炎针后，伤势有所好转。第七天，我俩一起去了南郊，目的是找常青和小燕。在郊区一个市场，平安买了一身女人衣服和几袋水果。我说："小燕还不知道能不能出来，你买这衣服干啥呀？"

他一脸鬼笑说："就是小燕出来，也不会穿这样的衣服，你不要问，到地方你就知道了。"

他叫了一辆出租车，让司机把我们拉到城乡接合部的一个公厕前。至此，我才明白他要感谢那个给他鞋和衣服的女清洁工。

女人见到平安有些不好意思，平安除把买的东西给女人外，还从身上掏出二百元塞在女人手中，女人推让着，平安用右手抓住女人的两只手，用另一只手硬把钱塞进女人胸前的口袋。

女人说："大哥，你越是这样，我就越觉得对不住你，其实，那天晚上，我身上还有一百块钱，我怕你是骗子，没给你！"

听女人如此说，我有些生气，走到女人面前用质问口气说："你看他像骗子吗？"

女人摇了摇头说："唉，不说了，不说了，你们不知道，现在的骗子，啥手段都用上了，有一回，我明明看见一个男人没有小腿，用两个膝盖在地上走路，等我把钱给了，人家把绑在腿上的绳子一解，撒开腿就跑了。说实话，我到现在还一直认为，你那天晚上是在肚子上画着画呢！”

平安拍了拍女人的肩膀说：“没事，我不怕你怀疑，你是好人，是好人，就应该得到回报！”

女人揭开平安的衣襟问：“伤好了吗？”

平安把衣服撩起来让女人看，说：“还没有好利索，再过几天会好的！”

女人又问平安：“那天晚上天那么黑，你咋知道这个地方呢？”

平安嘿嘿一笑着说：“我昨天专门来找你，你不在嘛！”

收容所正在放人。平安鬼鬼祟祟地躲在门外墙头边，他怕收容所再把他收进去。我找到了小燕和常青，人家同意放人，要交两个人的食宿费，六百元。交了钱，我把小燕和常青领出来。两个年轻人看上去并没有受多少委屈，只是小燕的手腕上有铐子铐过留下的一对浅红印，平安拉着小燕的手说：“对不起，女子，叔没有保护好你们！”

小燕抽出手满脸笑意说：“你已经做得很好了，这些我全记在心上，你不必自责的！”

常青走到平安跟前，向平安要了一支烟点燃后吸着说：“干爸，我们在里面咋找不到你呢？我和小燕一直在一起，就是找不到你，你没有受苦吧？”

他得意地拍拍自己的胸脯说：“没有，我比你们出来得早呢，你看，我和你王叔这不来接你们吗？”

一场风波过去了，下来该做什么，他心里没有谱，他给了两个年轻人路费，让他们回去办身份证。常青临走时，他对常青说，你回去后可千万不能说你遇见我了，那样的话，我又得被公安局抓进去。

小燕和常青走后，他一直闷闷不乐。有一天，他突然对我说他想告公安局。

我笑着说：“你别开玩笑了，这么大的阵势，全市抓了多少三无人员，公安会给你赔损失？你，一个连身份证都没有的人，咋能告赢公安局呢？”

他用手抓了抓头皮说：“我总觉得哪儿不对呀，公安局肯定不会收我的东西，但他们有责任呀！你想想，税我缴着，执照我有呀，虽然执照上不是我的名字，但我总认为我做的一切都是合法的，我也是给国家做着贡献呀！我总觉得自己很委屈，公安局它是讲道理的，我咽不下这口气嘛！”

平安重新收拾了煤场的房子，还是想卖煤和烤肉，他说，烤肉利润高、来钱快。我问他：“你手头的钱够吗？”

他说：“资本没有一点问题！”几年闯荡，他已经懂得什么是资本了。

有一天，杨思敏告诉我，平安让她代理案子，我问是什么案子，杨思敏说："平安的东西全丢了，损失挺大的，他想和公安局打官司！"

我笑着对杨思敏说："你是不是没案子代急疯了，一个连身份证都没有的人，还想和公安局打官司？官司赢不了，再把他弄进去咋办？"

杨思敏故意用蔑视的目光看着我说："你还是你们报社的什么首席记者，对法律一点都不懂！我认为这个官司可以打，国家有《行政诉讼法》，民告官很正常，但能不能赢，我没有把握！"

我用挑衅的口气说："你还真要帮他打官司呀？"

杨思敏闪着好看的眼睛笑着说："可以试试呀！为什么不试试呢？"

我说："你就是想挣可怜人的钱，他已经没有钱给你交代理费了！"

杨思敏生气了，她站起来激动地说："你要是这么说，我还真就偏要代理这个案子，把它做成法律援助，一分钱都不收！"

我知道什么是《行政诉讼法》，也知道什么是法律援助，更渴望杨思敏为平安代理案子，但我不想让平安再折腾。我亦知道杨思敏的脾气，故意用激将法激她，让她想办法为平安做法律援助，没想到，一向聪明伶俐的杨思敏还真上当了。

平安听说杨思敏不收钱代理案子，马不停蹄地跑来问我官司到底打还是不打。我故意装出不冷不热的态度说："我不支持，也不反对，你们折腾吧！赢了我替你高兴，输了不要怪我没有提醒！"

他笑呵呵地说："不要你管，你只要陪我和杨律师吃一顿饭就行！"

饭吃得很别扭，杨思敏一直没有理我，她和平安故意一唱一和地说案子。她给平安分析说，所丢的东西一定是住在院子里的人变卖了，我们就要让公安帮我们追回来。听他们那么一分析，我觉得有道理，但我还是绷着脸没有参与他们的分析。分手时，杨思敏用她纤巧的素手扭着我的耳朵说："别绷了，把神经绷断是划不来的哟！"

有天晚上，我正沉浸在热风中写文章，两个警察急匆匆地叫开家门。我心里一惊，平安又出事了？警察的问话却令我喜出望外。他们是来核实平安丢了什么东西，要我写个证明，说要给平安申请国家赔偿。年龄大的警察让我劝平安不要走法律程序，最好做私下调解。

我满口答应了。我说："只要能追回损失，可以动员当事人撤诉。"大龄警察说，平安丢失的东西，是和他住在一个院子的人给变卖了，他们之间为了争客户，有些矛盾，那家伙一看平安被我们带走了，想着他一时半会儿回不来，起了贪念。

警察带着我的谈话笔录匆匆忙忙地走了。

后来我才知道，平安在杨思敏的怂恿下，不但天天去政府和公安部门上访，还把事情经过告诉了《法制报》的记者，公安部门怕媒体曝光，把平安的诉求列入议事日程。

一个月后，公安局的人给平安送来了二万六千元。拿到钱，他来给我报喜，还让我叫上杨思敏一块吃饭。

杨思敏见到我后有些得意扬扬，她故作姿态，居高临下地拍着我的肩膀调侃道："大记者，要好好学习呀，人不学习，不但知识不够用，就是思想和意识也会跟不上时代哟！"

我表面上装出不屑一顾，内心对杨思敏佩服有加。饭菜上齐后，杨思敏举着杯子，眼睛瞪得大大地继续用挑逗的口气说："请问阁下，您……现在最想做什么？"

我喝下一口酒，放下酒杯说："最想抱住你亲一口，以示感谢！"

杨思敏一手举着酒杯，一手伸向空中朗声叫道："那就来吧！还客气什么？"

她把手中的酒杯碰向我的酒杯，杯中的红色液体在橘黄色的灯光下荡漾着暗红色的光，像一面小小的旗帜。

碰过杯，杨思敏走到我跟前拍着我的肩膀对我说："大记者，你认为我是傻子呀，你用激将法刺激我，我认了，说实话，我知道你们俩人的感情很深，你们的感情中没有杂质，像清澈的山泉。在城市，遇到你们这种质朴的感情是很难的，所以，我也就给你装傻，这回你高兴了吧！"

杨思敏从我身边离去，走到平安对面坐下，她说："孟老板，你有这样的兄弟是你的福气，我呢，是被你们的感情感染了。我也是报答大记者的恩情，当年我考律师没有钱，是他带着我出去拉广告帮我凑钱学法律，才有了我的今天！"

平安用公用筷子一边给杨思敏和我夹菜一边说："原来你们俩还有过去呀，我兄弟可没有给我说过！"

杨思敏朗然笑道："我们的过去，可不是一般人想的那样，你可别乱想哟！"

平安笑嘻嘻地说："知道了，知道了！你们都是些高级人，文化人，过去的事，也一定是高尚的事。我要在这座城市活下去，还要靠你们。我不敢胡想，也不敢乱说，就是你们两个钻到一个被窝里把床摇塌，我也不敢胡说的！"

杨思敏听平安如此说，有些着急，她拍着桌面对我吼道："你，你，你看你表哥，几乎要制造出此地无银三百两了，让他不胡说，他倒胡想了！"

我哈哈大笑道："行了，行了，你俩不要吵，现实生活中，只有这种事情是说不清、道不明的，有没有事，只有你知我知，什么叫人言可畏，人言可畏就是为这种事制造的成语！"

吃过饭，平安掏出一千元给杨思敏，杨思敏断然拒绝了，她说："我说过不收钱，你就不要客套了！"

杨思敏走后，平安神秘兮兮地对我说："公安局给我的钱，远远超出了我丢的东西呢。"

我说："这里面还有精神损失费呢！"

他摇摇头问我："啥是精神损失费？"

我说："以后你慢慢会懂的，我现在一下两下给你说不清！"

他用公安局给的钱，全部租下了那个小院，计划重新开始卖煤和经营烤肉生意。

有一天，他又请我和杨思敏吃饭，他想让杨思敏从看守所捞出那个偷卖他东西的人。杨思敏听后，把筷子往桌子上一拍生气地说："你是不是有病哩？你认为我一天到晚没事干陪你玩呀！"

看着杨思敏生气的样子，他并没有放弃自己的想法，他说："那人也挺可怜的！他进去了，孩子和老婆咋活吗？"

杨思敏见平安固执己见，用筷子敲着盘子说："他卖你东西时，就应该想到这些，他也是几十岁的人了，为什么要贪别人的东西，他眼中有法律吗？你记着，孩子犯错误，可以原谅，大人犯错，不可饶恕！"

他嘿嘿嘿地笑着对杨思敏说："道理我明白，可心里总觉得欠人家的。你说，他也是拖着一家老小到城市来求生，为了这点事，一判就是好几个年，老婆孩子咋过呀吗？我总觉得是自己的失误，给他带来了灾难，我要是有身份证、暂住证、健康证，公安就不会抓我，我不离开煤厂，他就不会起贪心，也不会进监狱！"

杨思敏摇摇头，伸开双手做出无可奈何之状。

九

平安在西京生活了四五年，一直没有身份证。我曾多次告诉他，要想办法将身份证办出来，他先是毫不在乎地摆着头说："有什么球用？没用。"有时他也会叹气道："要办身份证，肯定要和公安打交道，那就是自投罗网，人家就会来找我。"

有一天，他对我说，人要是没个身份证，在城市跑来跑去，像私生子，无根无据啊。

好在那时候，社会生活对身份证需求并不多，银行存钱，报个姓名，银行也会给你办个黄纸皮手掌大的存折。

吃过了没有身份证的苦头之后，平安意识到身份证的重要，他用手抓着头上已经有了白茬的头发，一脸无奈地对我说："咱这回就是没有身份证，有个身份证，公安也不会把咱整得那么惨。"

从那时起，他一心想办身份证，自己又不能回去，办身份证的想法没有办法实现。令他没有想到的是，常青再次到西京来，竟然带来了身份证领取通知单。平安问常青是如何弄到身份证领取通知单的。常青对我耳语道："我干妈的本事很大，她能指挥动他们的村长，是村长给办的。"

平安问："那照片是从哪来的？"

常青说："你记得不，有一次，杨律师给你照过一次，是王叔让杨律师为你照的大头照啊。"

我突然想起来，常青曾经向我要过平安的照片，原来他萌发了帮平安办身份证的想法。

常青说："干爸，这回你可以放心了，我干妈不但帮你办了身份证，还把家里的事情处理妥帖了，听说还有一点账没有还完，她说等她把账还完后，就来西京和你会合，到了那时，你们就是破镜重圆了。”

面对常青眉飞色舞传播的好消息，平安一脸兴奋。但我注意到，他在兴奋的同时，脸上浮现出一丝不安，他的眉毛甚至还跳起了别样的舞蹈。我突然明白，他在为一个女人而忧虑。

平安心中卧着一个女人，那个女人就是他们被送往收容站时，他趴在身上保护的那个女人。女人在哪里？长得什么样儿，我一概不知。我想探究平安的私生活，我不想让他因为一个女人再添伤痛。

常青回来没几天，小燕也兴高采烈地回来了。小燕回来时带着两箱红艳艳的早熟苹果。渭北是全国有名的苹果基地，苹果的味道和品相自然是独一无二的，渭北旱塬上缺水，上苍却给那里的沃土赐了生长优质苹果的条件。八月的苹果是一年中最好吃的，平安吃着小燕带的苹果悄悄对我耳语道：“八月的苹果，如青春的女子，汁多味香。”一个人一旦进入了另一种生活，他会无意间表达自己的感受。

如何探究平安的所谓情人，我想用苹果做诱饵开始查起。我告诫自己，必须要做得天衣无缝，不能让小燕和常青知道平安的私生活，如果他们知道平安在外边还养着情人，一定看不起他，也不会再信任他。平安在两个年轻人心中已被偶像化，如高塔屹立在他们心中，塔一旦倒塌，对他们的伤害不言而喻。

小燕送了我一箱苹果，我一直没有打开。有一天，平安来了，我告诉他，自己犯胃病，不宜吃酸性的东西，让他把苹果带走。他不假思索地提议送给杨思敏，我告诉她，杨思敏也有胃病，从来不吃苹果。其实，我知道杨思敏最爱吃苹果。面对包装精美的苹果，平安盯了半天说：“如果你真不吃，我就要送给一个客户。”我让他快拿走。他直接从地上扛起箱子就走。我想，他一定是要把苹果送给那个我没有见过的女人，我计划跟踪他。他下了楼后，我去关窗户，才发现太阳还在西边的天上挂着，我想，这样跟踪会被他发现。于是，我又跑下楼梯把他叫了上来，告诉他我的传呼机掉床底下了，让他帮忙移开床找传呼机。

找到传呼后，西边的天上还有橘黄色的云朵在远处燃烧，我又让他帮我把书架换个位置，他一一从书架中把书取出来，移了书架位置。我再去看楼下，灯火已点燃了街景。我感觉他有些着急，书架刚放好，他洗过手脸从地上扛起苹果就下楼。要是过去，他一定会将原来放书架的地方打扫干净才会离开。

平安急匆匆走后，我换了衣服，火急火燎地找出一顶黑色的遮阳帽和一副太阳镜，从车棚取了自行车，跟踪了他的三轮车。

他没有意识到我在跟踪他，他将苹果小心谨慎地放到三轮车上，扭头看了一下我们的楼道口，打开三轮车的两道锁，跳上车，向纬二十六街奔去。看着他摇头晃脑的姿态，能猜想他的心情一定是愉快的，天下任何一个偷情的汉子，在会见心上人的路途中，想必心情都是愉快的。

出了街巷，他又向东行进，车在拐弯时他还向后看了一下，却并没有发现我，他以为我还穿着迎接香港回归单位发的红色T恤，殊不知我已经换了一件黑色圆领球衣。到龙道村十字时，红绿灯叫停了他的三轮车，他又朝后看了一下，我慌忙躲起来，绿灯亮后，他直直向大明宫方向奔去。

终于，我看到了占据平安心房的四川女人，她住在铁路小区一个简易房子里，房子门口开着一个小卖部，她的长相如平安从收容所回来描述的一模一样，四十多岁，皮肤白净，五官匀称，身体发胖，两个乳房很饱满，走起路来节奏感很强。平安将苹果搬进她的小门店后，我听到她声音激越地说："你好有心，我这儿有。"

平安在女人的小卖部并没有停留多久就出来了，出来时他用舌头不住地舔着嘴唇，我不知道那个女人给他吃了什么，也许是半根舌头。出了门，他骑着三轮车又风风火火地走了。女人忙着招待站在门口买东西的几个女孩。我计划买包烟，买东西的姑娘走后，我和女人聊了起来。

女人有一定的文学知识，语言结构中夹杂着一些诗性的文学词汇，发音很好听，手也好看，手掌厚实，指头细长而圆润，像我上小学时董秀润老师的手。手腕上戴一个银镯子，是那种传统工艺制作，泛着古色。女人很性感，像一团吸引男人的鲜肉，胸前的乳沟，深浅均匀，高低适中，白中透亮，看着使人想到维纳斯。告别女人后，我在怀疑，这样的女人，如何会和平安走到一起？她看中了平安的钱吗？我决定进一步考量他们的交往。

锁定了平安的情人，接下来怎么做，没了主意。那一刻，我觉得自己做了一件无聊和愚蠢的事。

之后的许多日子，我一直追问平安是不是在外边有女人。他自然不肯承认，有时，他还誓言旦旦地要发咒，被我阻止了。如何用事实让他服输，我一直在寻找破解的办法。

这一年，全国运动会在西京召开，我告诉平安，今年西京要开全运会，声势比迎接香港回归可能还要大，政府要举办一系列活动，公安部门有可能还要对城市的流动人口进行检查，我建议他给常青和小燕放假，让他们回去，我自己也去午子山下和妻女团聚。我想如此一来，他的煤厂就剩下他一个人，他一定会与情人约会的，常青走时，我向常青要了平安煤场的人门钥匙。

平安在不知不觉中中了我精心设计的圈套。

一个秋雨纷飞的夜晚，当我用常青留在我家的钥匙悄悄打开煤场的大门，轻手轻脚地走到平安睡觉的房子门口，用唾沫点湿窗户纸看到室内灯光下的情景时，我为自己的计谋而得意。橘黄色的灯光下，粉红色的床单上，有一只黑山羊和白绵羊正在举行着云雨之欢的技巧表演，当白山羊采用另一种姿势将自己的面颊迎对着我守着的窗户时，我看清了她的五官，白胖的四川女人。如遇到烈火的干柴，两个人不但放纵着情欲，也放开了声音，女人的叫床声像临盆分娩时痛苦的呻吟，又像母牛喊春，平安的声音像他每次将一袋沉重煤块扛上肩头的吃力声，他甚至还连续喊到哎哟妈呀，我日她妈呀。面对灯光下的他们，我想起了小时候在山上放羊时的情景，我从地上抓起一把煤渣向窗户砸去，煤渣砸断了电灯开关，一瞬间，灯光带走了所有的声音，世界窒息了，只有细细的秋雨声在屋顶匆忙地奔跑。

许久，平安持一把手电打开门出来查看，手电照向我站立的另一个方位，我转身进了他的房间，拉开电灯，床上的女人尖叫起来，平安返身回来，看到我，惊得手中的手电“啪”的一声落在地上，他的脸上写满了尴尬，床上的女人静静地看着我，身上的被子开始发抖。

我什么话也没有说，站了一会儿，便走了，我听到雨伞上的雨滴在唱歌，是一支快乐的小夜曲，平安如果能听到的话，那一定是一支令人不安的奏鸣曲。

许多日子，再没有见到他。我感觉似乎不想他了，我想，他一定在想着我的，他在不停地想我，我能感觉到，他在构思给我的解释，一日又一日，一遍又一遍地打着腹稿。

我们像闹了矛盾的夫妻，相互憋气。

有天晚上，四川女人轻轻敲响了我家的门扉，她不卑不亢地站在客厅，落落大方地将她带来的一条香烟和一大瓶可口可乐放在餐桌上，面对她的到来，我反而手足无措。我们相持了许久，她对一直发愣的我说：“你这个兄弟，也不给大姐找个坐的地方，让姐站得好辛苦。”她不像对陌生人说话，语气完全是对待自家兄弟，她好看的目光中有一种亲和力向外流喷。

我似一只受惊的兔子，看到了猎人。俄顷，才醒过神来，有些心惊胆战地为她指出座位。她的屁股刚落座，就看到了我凌乱的厨房，她又抬起屁股进了厨房，很快就弹奏起了锅碗瓢盆交响曲，我站在她身后，看着她，她浑圆的屁股似磨盘，我想这样的女人，一定承载着精彩的故事，我放弃了戒备心，好奇地等着看她如何将表演进行下去。

四川女人历来是有见识的女人，她们不但长得好看，皮肤白净，说话好听，而且能干会干。她也不例外，不大一会儿工夫，厨房被她收拾得井井有条。她又开始扫地拖地，没有一丝陌生感，好像她来过我家似的，对房间的每一个部位了如指掌。

终于，她收拾完了，当她重新坐到餐厅旁边时，通红的脸上有了细细的汗珠在发光。尽管她如此卖力，我却装出不被她的行为感动的样子，依然视她为仇人，争夺嫂子席位的对手。

她喝了口水，用手理了刘海儿开始说话："兄弟，坐下，你站着让人觉得好累。"

我像一个听话的孩子，乖乖地坐下来。她说："其实，你不必怨你哥的，一切都是我的错，是我勾引了他，但你放心，等你嫂子来后，我不会再纠缠他，我们只是满足对方的需要，一时的需要，你细看看，我咋能嫁给他，那大街上的人们不是笑掉大牙嘛。"

我一直没有说话，她却说得滔滔不绝，她还知道我在写平安的故事，她说一个男人的故事如果没有爱情没有性生活，是多么没味，我今晚就是来给你送补充材料的。她如此一说，我对她产生了好感，她是一个读书的女人，只有读书的女人，才知道书中什么故事能吸引读者。

接下来她给我讲了她和平安的故事。

那次被收容后，她之所以敢胆大妄为地在车里骂人，因为那时候，她没有活下去的欲望。他男人在城北工地上给人修楼房，要不到工资，动手打了老板，打掉了老板三颗门牙，被判刑了，男人判刑后她很绝望，她对这座城市产生了恨意。她没有想到，在被送往收容站的途中，平安能趴在身上保护她，她被平安的行为感动了，她想，在这个陌生的城市，还有人能帮自己抵抗外来的压力，还有人能给她温暖，她改变了想法，平安在她身上发泄激情，她是知道的，也是快乐的，她伸手摸了一下自己被平安弄湿的衣服，心底深处开始为一个陌生男人而悲哀，她在心里说：你保护了我，我一定要报答你。到医院后，她装病，她想只有装病才能躲过进收容所。她没有想到，平安在医院里找到了她，看到平安胸前的伤，她哭了，平安把她从医院接出来。从那以后，他们俩有了来往，有许多夜晚，平安住在她的小卖部，她还特别向我说明，她没有花平安的钱，小卖部是她老公挣钱开的，她说她知道我的故事，知道我的所有，虽然她没有来过我家，但我家的柜子里装的什么，家里的家具放在什么地方，她都一清二楚的。她让我放心，她不会抓住平安不放，因为她有女儿，女儿在城南读大学，她和老公来西京就是陪女儿读书。等老公刑满了，她就会过自己的日子。之所以要和平安交往，她觉得平安是一个心地善良的人，心比女人还细呢。男人进去后，她对城市很怕，是平安给了她力量，让她有了活下去的信心。

她用乞讨的目光看着我，好似让我回答什么。我定定地看着她说："你去把我哥叫上来吧。”她惊讶地问我：“你怎么知道他在下面？”我说：“叫他上来吧。”

平安就站在我家防盗门外，她刚把门打开，平安像贼一样耷拉着脑袋进来了，他竟然跪在我面前，求我原谅。我不知道如何是好。我坐着没有动，说：“你们回去吧，好自为之，都是一大把年纪了，要知廉耻，最好不要无事生非。”

平安并没有走，他拧身坐在餐桌旁的椅子上，用舌头舔了一下嘴唇说：“今晚我们就不走了，夜这么深，咋走呢。”

我臊了，“你们还想把我家当淫窝呀，想在这儿寻欢作乐吗？”

平安装出一副可怜相说：“不是的，不是的，是有一件事，想和你商量，你们报纸不是在举办农民工诗歌大赛吗，我俩合写了一首诗，想让你给看一下，到时给弄个奖什么的，给我们的人生加个鼓励嘛。”

平安从口袋中掏出了几页皱巴巴的纸递给我，我细细地看了一遍，被他们的诗吸引住了。看过之后，我问是谁主笔写的，他们相互推让着，我笑着说，是不是你们俩在被窝里合作的。四川女人笑了，她的脸上少了水分，笑起来却很好看，她一笑，把一条冰河笑开了。她说：“你个死老弟，啥子都晓得。”他们合作的诗歌像冰河里的浪花，一朵朵，从我眼前漫过，我被他们的诗歌感动了。毕竟是经历过人生的一对男女，他们看懂了我读他们诗歌的心情，在诗稿背后偷偷地向对方抛着媚眼。

城市的蚂蚁

我是一只城市的蚂蚁
爬着走路
背负着生活的压力
没有机会抬头看天
还得一步步向前

我喜欢城市的道路
绿色的花草林立的高楼
匆忙的脚步声香甜的梦
虽然我不知道他们是谁
但那些声音
我听起来非常亲切

我是一只从农村逃到
城市的蚂蚁
渐渐适应了陌生的环境
虽然生活很累
但内心却充满着快乐
我不奢求别人在意自己
也不奢求别人认可
和理解什么

我几乎忘记了大山的身影
忘记了屋后那片庄稼地
门前那条潺潺的小河
承载我年轻时的记忆

我是一只城市的蚂蚁
只会爬着走路
没有机会抬头
虽然有时爬行很累
但我欣慰，自己
是一只城市的蚂蚁

是一首好诗，言了志，抒了情，阐明了自己的立场，写出了自己的感受，我简直不能相信诗出自他们之手。

收起诗稿，我故意问道:“你们从哪儿抄的诗？最好把原稿拿来让我对照一下。”

我的话刚一落音，女人急了，她急忙从自己带来的袋子里掏出一个本子给我，她告诉我，那是她已发表的诗歌的剪贴本。

文人相轻，任何文人，对他人发表的作品都怀有一种敬意，我也不例外，虽然我对诗歌不在行，但我对文学是热衷的，诗歌是小说的妹妹，我们经常如此说。

她的剪贴本上粘贴着自己发表的诗歌，在我们副刊上也发表过几首，其中有两首是我编的，真是山不转水转。

虽然我已经吃惊异常，但我的表情还控制在生分之列，我不会让他们因为写出了几首诗而放纵他们的情欲。我把剪贴本还给她，点燃一支烟吸着，我没有给平安敬烟。平安看到我点燃了烟，自己也点燃一支烟吸着，他们的四只眼睛紧紧地盯着我，似要从我口中吐出的烟雾中查看清我此刻的心事。

我没有看他们，将目光投向他们身后白色的墙壁，墙壁上有两只秋天的蚊子似在寻找着谈情说爱的场所。我说："你们的诗歌，当然可以参赛，但你们的情感我是不认可的，我不希望你们给自己添麻烦，也不希望你们给我添麻烦，更不希望你们给平静的生活添麻烦。"

四川女人还要说什么，被平安一把挡了回去。他说："好了，我们走吧，只要你收下我们的诗，就是原谅了我们。"

春节前夕，我们副刊举办的农民工诗歌大赛评奖结果出来了，经过专家评选，《城市的蚂蚁》当仁不让地获得了一等奖。

在酒店举办的小型颁奖会上，平安和四川女人同时站在领奖台上，引来了许多羡慕的目光，一些外地领奖者纷纷对他们表示祝贺，一个延安的女诗人走上前去将自己带来的一双绣花鞋垫送给平安并握着平安的手说："是你们夫妇的诗歌感动了我，城市的蚂蚁，这个形象真是太好了。其实我们从外地来，生活在这大城市，有时我们真的还不如人家城市的蚂蚁哩。"

平安接过鞋垫，脸上泛着亮光，他对陕北女人说："感谢你的鼓励，以后我们会写出更好的诗歌来。"那天的颁奖晚会上，不知道为什么，四川女人一直不太高兴，她脱去了平日里张扬的服装，穿着一套蓝色的工装，形象没有平时那么洋气和精神。

晚上，平安和四川女人请我吃饭，饭桌上，四川女人又换上她平日穿的相对张扬的衣服，她的心情并不愉快，后来她告诉我，他男人过几天就要出狱，让我放心，她会好好过日子，不会再给平安添麻烦。说着，扬起好看的脸看着平安，眼泪唰唰地流了下来。

平安举起酒杯，也是满脸泪花，他对女人说，感谢你对我的照顾，大家都好好过日子吧，我们做不了夫妻，还是兄妹，在这个城市，彼此照应着。

几年来，平安第一次在我面前流泪。我们三人碰了酒杯，平安擦了脸上的泪说："这人呀，日他妈就是贱，全贱在这感情上，有病能治，没钱能赚，只有这男女之间的感情呀，日他妈，比啥都折磨人，失去一个心爱的人，比死了老娘还让人难受。"说着，眼泪流下来，洇湿了枣红色的桌面。

十

城市的季节和乡村不同，生活在城市里的人，无法分清春夏，只有天真正热的时候，人们才知道是夏天光临了。

这一年夏天来得迟一些，城市北门外的合欢花映红了城墙，气温才慢慢升起来。

气候干燥，平安喉咙疼了一个多月，中药西药吃了无数，病情不见好转，他说自己怕是得了喉癌，问我有没有什么偏方，我告诉他有些偏方在乡下听人说过，可城里找不到材料。

我打电话问杨思敏，杨思敏说她知道有个偏方，不但灵验，且材料比较好找。她让我到北门城墙外与她会面，说那儿就有那种偏方的材料。

太阳喜滋滋地站在北门箭楼上，目不转睛地看着城墙外的园林，似在偷窥我与杨思敏的幽会。杨思敏穿着一袭粉红色的连衣裙，她是到城墙外帮我采撷合欢花的。她说让我采撷合欢花让平安泡水喝，一准能治平安的病。

我俩来到合欢树下，想尽办法却够不着采撷。无奈，杨思敏踩在我的肩膀上，我慢慢从地上站起来，她终是采撷了一束。正在我俩笑得浑身无力时，平安从东边的草坪上猫着腰贼头贼脑地过来了。他看到我和杨思敏吃力的样子，并没有喊，杨思敏刚从我肩膀上下来，他阴阳怪气地喊道：“还说没事呀，你们好浪漫哟。”

看到平安，杨思敏脸一下子泛上红色。她把采撷的合欢花递给平安，气喘吁吁地说：“还不是为了你，你还瞎咋呼。”

接过合欢花，平安一下子明白。他说：“对对对，这合欢花就是专门治喉咙疼的药呀，我咋把这茬给忘了呢！”

杨思敏不住地搓着双手说：“就这，你还在胡说八道哩。”

我告诉平安，是杨思敏想到合欢花能治喉咙痛的。

平安不住地向杨思敏点头说："对不起，我错了，我是以小人之心度君子之腹呢。"

杨思敏一边为我拍肩膀上她留下的脚印，一边问平安："你还说我们哩，你一个人在这儿弄啥哩，不会是约会吧。"

我知道平安是存钱去了，城墙下有他的存钱罐。

平安嘿嘿一笑说："是呀，刚约了人，嘿嘿，嘿嘿。"

杨思敏对平安说："今日要好好罚你，我们在为你的病想办法，你却污蔑我们，今日不吃饭了，你得请我们洗脚。"

平安说："碎碎个事，不为别的，就你为我的病着想，今日我得好好谢你，你说咋整就咋整。"

杨思敏想了一会儿说："算了，你挣钱也不容易，咱去坊上吃羊肉泡馍吧。"

平安抖着手里香气迷漫的合欢花说："羊肉泡馍要吃，脚也得洗，走。"

洗完脚，街道的霓虹灯开始泛困，有些灯不住地眨着祈求的眼睛。抬头看去，有雨水在霓虹灯前误导着人的视线。

平安站在街道，一次拦下两辆出租车，杨思敏上车后向东行，我们朝北走。

坐在车上，平安感叹道："有钱就是好，你说我这脚脏得和猪蹄子似的，那些漂亮的女娃，还稀罕地抱在怀里，弄得我不好意思呢。"

我说："他们和你一样，还不是为了挣钱养家糊口？"

平安说："是呀，任何一个来自农村的人，想在这城市生存，都要付出，都不容易。想想那些女娃，我比他们还是好一些，我在想，要是我家贤子，有一天找不到事做，会不会也给人去洗脚呀，那可真是亏了先人了。"

平安喝了合欢花熬的汤药后，不到一周，喉咙便好了。他说："还是老祖宗的法子灵验，你说我咋就没想到呢？"

我告诉他，为什么我们一直在提倡继承传统，因为先人的智慧快让岁月弄丢了。

淑玲在春夏交替之时来到西京。

天很热，我从汉中回到家，刚把钥匙插入锁孔，门却被人从里面打开了。

灯光下，淑玲高晃晃的个子使我猛吃一惊，我以为自己走进别人家。正在我纳闷时，淑玲笑嘻嘻地说："是我在你家呢！"

她把一杯开水放到茶几上，转身进了卫生间，卫生间的水声欢快地响起来，响了一会儿，她从卫生间出来又进了厨房。我坐在沙发上看着她，好久不见，她苍老了许多，身子显得单薄，皮肤黑了，走路的脚步声还是那么轻盈，脸上的笑意看起来比之几年前有了变化，眼睛不像当初我见到时那么有神气。换上鞋袜，喝着水，想着淑玲的经历，心里泛起一丝同情。我在想，这样的女人，若是生活在城市，一定是个时髦之人，可命运却让她走着另一条人生之路。正在我为她的人生做着幻想时，她走到我面前对我说："洗澡水好了，饭也快好了，你是先吃饭还是先洗澡？"

我笑着对她说："先吃饭吧，饿得很呢！"

她闪进了厨房，不是去盛饭，而是用脸盆打水让我洗脸。洗过脸我刚一转身，红、黄、白、绿兼而有之的一大碗鸡蛋面就放在了餐桌上。

洗完澡，回到卧室，她将厨房收拾干净后换上一件睡裙，坐在床边的圈椅上，她白皙的两条长腿裸露着，在黄色的灯光下显得分外耀眼，我不知道是她无意还是有意的，单薄的睡裙底边被压在屁股下，两条大腿之间留出很大的面积，打眼看去，似没有穿内裤似的。

一盘香蕉和一盘鲜红的樱桃放在她手边，她把一根剥好的香蕉拿在手上，好像在等我的到来。我上了床，她把香蕉递给我，眼睛笑成一条细缝说："你吃吧，这东西很好吃的！"

我一边用毛巾擦拭头发一边对她说："这东西不是男人吃的，你看看，那是女人最爱吃的，你吃吧，我不爱吃！"

她闪着好看的眼睛笑嘻嘻地说："你们文化人也开玩笑，我就喜欢听你们文化人说话，你们说话，总是一语双关的，好听，有意思，能让人想到很多事情哩！"

我想，这女人和普通乡村女人不同，她不像平安给我说的，没有文化，只有一张好看的脸和一个好身段。

夜很宁静，夜色很美，月亮贴在窗上，城南夜空中隐约传来诵经声，悠远而空灵，看到淑玲，我想起了少年时大姐们合唱的《学习大寨好榜样》，远远听去，和这城市的诵经声有些相似。靠窗而坐，月亮看见了我的内心，她在笑我，我已经很久没有用心与月亮交流了，我想，这个月亮是不是老家那个月亮。

不知何时，淑玲起来了。她来到我房间，与我并肩而坐，她身上的气息被窗户进来的夜风吹拂着，在房间里荡漾，发出诱人的馨香，我怕这种气味迷倒自己，立即起身下床，逃到另一间房子里去。

淑玲又追了过来，她想做什么，我不得而知。干脆，谁也别睡了。这是一个充满魔法的夜晚，我用严肃的口气对她说："嫂子，咱们俩好好聊聊，我想听听你这几年的经历。"

这是我第一次称呼淑玲，以后的多少年间，我一直叫她嫂子，无论是见面还是打电话发短信。

黄色的灯光下，我看到了她的眼泪汹涌而出，脸上的笑在一瞬间消失得了无踪影。我感觉到了她的委屈，她不是一个会卖笑的人，她之前对我的笑全是用泪水覆盖着，泪水流了，笑声随着泪水一起流走了。之后，她一直哭到天明，在她身上，我看到一个人眼泪的量，怕她的眼泪流干，眼眶干裂，我不停地给她续着茶水或者咖啡。

她的确是个不平凡的女人，男人出事后，她扛起了一切。她知道男人不会丢下她不管，她对他的看法就像当初认准他一样：有责任感，会来事，能挣钱，脑子活络，心地好。她说："在农村，一个女人，有了这样的男人，就拥有了幸福。"

连续喝了几口水，她淡淡一笑接着说："那瞎㞞也是个不安分的人，有时，也会在外边拈花惹草，但他不会太出格，用你们的话说，他有底线，他不会把更多的钱花在女人身上，只是偶尔为之。"

我想听她往下说，她扭捏起来，停了一会儿，她叹了一口气说："他那样做是为了找心理平衡，因为我有毛病。那时，我还很年轻，他翻过秦岭去河南开金矿，地里活没人做，村长总帮我，帮着帮着，就帮出事了。有天夜里，他回来，我和村长还在炕上睡着，被他逮个正着，我和村长吓个半死，他却坐在炕边抽烟，他揭开被子问村长……"说到此，她又叹息了一声说，"唉，不说了，我咋给你说这些呢，怪丢人的，不说了，不说了！"

好奇心驱使我，我说："你说吧，这儿没有人，我不会把这些说给平安的，这事他也给我说过。"

淑玲和村长的事平安的确给我说过，他说过之后感叹道："放心，村长会帮她的！"

平安说村长和他是从小玩大的，淑玲本来要和村长成亲，是他在他们中间插了一杠子，夺了村长心爱的女人。村长弄不来钱，是他的钱吸引了淑玲，他能体会到村长一直都在恨他，眼红他，也在帮他，帮了许多。平安说山里干部腐败主要在作风上，他们村穷，干部没有什么可贪，只有贪女人的身子。他还说，这男人呀，为什么得不到的会那么在意，而弄到手的就不在意了？他说他能体会到村长是活在一种痛苦中，是一生的痛苦，是无边无际的痛苦。

淑玲喝了口水，用手擦了嘴边的水渍微微笑了一下说："也没啥说的，就是平安揭开被子问村长：'你忙完了没有，你忙完了让我忙一阵子！'

"村长穿好衣服倒退着走了，出了门大喊一声'我的妈呀'，就倒在地上，我扑下床要送村长，被他阻止了，他把村长送回家，村长回家后害了一场病，他和我去看过几次，他每次去，给村长说着宽心话，带厚重的礼物，弄得村长看到他浑身打战。

“送村长回家后，他回来了，我吓得浑身发抖，我想他一定会打我，我不知道自己还能不能活到第二天。那瞎屃却没打我，他把为我和娃买的衣服，一件一件，像展览似的掏出来摆在炕上。之后，他脱了自己的衣服，赤条条地站在地上，脸黑着，喘着粗气，我想他是应该要我的，但他没有，他站在地上用手做着龌龊的动作，解决着男人自身的问题，还逼迫着我看着他，一直到他发泄完，才上床睡下。我不知道自己该做什么，想亲近他却怕他打我，不亲近他，看到他可怜的样子，又心疼，没有办法，我只有哭，哭了整整一夜，天明后，他放下一堆钱走了。临走时他丢话给我，他说，你要记住昨晚的一切，记住我的痛苦，记住自己的怕，我要是不爱你，你活不到今天。他问我记住了没有，我浑身哆嗦说，记下了，我记下了。

“整整一年，他没有回来，他托人把钱捎给我，那时贤子要吃奶粉。春节时，他回来了，在家住了几天，放下钱又走了。等他再回来时，我生了吉祥。贤子已经懂事了，看到女儿，他抱着使劲亲，他对我说：‘不再出门了，我们修房，我们过日子。’

“从此，我们的日子好了起来。有儿有女，有了代销店，有了车，有了一切。好日子来了，他变瞎了，时不时有女人来家找他，来的女人，从她们眼神中，我能看出来他们之间的关系，但我从来不说破，只要是来家的女人，我就好吃好喝地待着她们，她们觉得没有意思就走了，走后不再来了……”

人世间，每一个人都是一部书，平安和淑玲是一部很精彩的书。

我再次为她的杯子里添了水，为自己点燃一支烟，我问：“从那时起，你和村长还来往吗？”

她说：“来往，只是很少有机会。就是这几年他不在，村长帮我处理了他弄下的乱子，帮我让儿子上了重点中学，还把女儿安排进了北山的金矿。王记者，你说我是不是一个命好的女人？遇到两个男人，咋都是好男人？不怕你笑话，我都很在意他们。本来我是不想来西京的，村长让我来，他说年龄都大了，不能胡来了，要给自己积德，要给孩子们留面子。”

村长是个什么样的人，依了我和平安的感情，我是要恨那个没有见过面的男人的，听淑玲如此说，我的恨没有了。我不知道在平安心里是如何想这些。

淑玲用双手揉搓了一会儿脸，接着说：“车出事后，好在都是我们沟里的人。

那天镇上逢集，冬天，天黑得早，人们都没有买票，虽然伤了不少人，但大伤的只有三个人，有一个腿坏了，有一个脊柱坏了，有一个坏了右胳膊，还有几个头破了，皮肉伤，没有赔偿。”

我插话道：“平安扔下一摊子偷跑了，你不恨他吗？”

她很平静地说：“没有，一点都没有。他跑有他跑的道理，他要是不跑，肯定是要坐牢的！我不想让他坐牢，他知道村长会帮我，村长有权威，在镇上和县上也有很多朋友。”

她表现出无奈的样子说：“处理完事，家里全空了，只留下八间瓦房了，能卖的全卖了。”

她停顿了一下问我：“你知道我咋样处理事故车的吗？”

我说：“卖了？”

她得意地笑了一下说：“我一把火把车烧了！出了那么大的事，村长帮我摆平了一切，公家的人没罚一分钱，但我烧车时，被公安人员收拾了，冬天是防火大季，公安的人说怕引起山林着火，把我弄到派出所，让吸取教训，他们是杀鸡给猴看，关了一晚上，第二天，村长又把我领回家了！”

淑玲的讲述，深深地吸引着我，阳光何时爬上窗台，我没有感觉到，她的故事一环套一环，听得我心潮起伏。我打开窗子，楼下传来吵闹声，新的一天开始了。

我对她说：“嫂子，谢谢你给我讲了这么多，其实，平安这几年在城里也很苦，有几回真的是差点活不回来，好在还活着，你们好好过活，好好赚钱，让过去都过去吧！他的梦想是要在这城市买套房子，我支持他，我想你也有这样的想法吧。”

她站在了阳台上，轻轻推开窗纱，把头伸向窗外清新的空气里。她伸开手想抓一把阳光，阳光在远处，只抓到了从屋子里飞出去的一缕烟雾，有一些烟雾冲出窗外时还打着旋子，袅袅地融混于远处的阳光中。我想，淑玲和平安的经历和那一缕烟雾一样，本身带着一些瑕疵，可他们融混在城市里，谁也看不到他们的曾经，这就是城市和乡村的区别。城市是一个庞大的遮蔽体，身上有毛病的人融进城市中，身上的毛病被城市遮蔽了，人，带着曾经，从乡村挤进城市，像一滴污水汇进清澈的海洋。

淑玲用怪怪的眼神看着我，不好意思地说：“王记者，你和平安说的不一样，他还是没看清你，他是以小人之心度君子之腹呢，你不会笑话我吧？”

我往前站了一下，伸手拍了一下她的肩膀，像男人间那样鼓励说：“嫂子，从今以后，我们就像兄弟姐妹一样处着，放心，做弟弟的咋会笑话嫂嫂呢，人不是常说老嫂比母嘛。”

淑玲借了我的话题，木讷着声音问道：“母亲想抱一下儿子呢，儿子愿意吗？”

我还真是为难了，这个女人，到底是一种什么性格。我还没有做出是否让她拥抱的准备，她一把将我揽入怀中，抱得很紧，头紧紧贴在我的脸上，拥抱了许久，使我的身体失去重心，我只好将身体靠在窗台上。哪是母亲抱儿子，倒像久别重逢的情人间的拥抱。她放开我时，泪如雨下。

十一

淑玲开始做饭，我在床上想着心事，有人敲门。她麻利地打开门，平安风风火火地进来了，他抱着一个大西瓜直奔卧室。他往床边的圈椅上一坐满脸堆笑说：“哎呀呀，你回来了，你嫂子住这儿打扰你了吧？”

我第一次看到平安脸上的匪气，我真想从床上起来抽他一耳光。

我冷冷地说：“你不是去了镇安吗？咋又回来了呢？”

他很急切地从口袋中掏出一张火车票递给我，说：“你看，我刚从火车站回来！”

我和平安的谈话出现僵局时，淑玲把早餐端上桌子，吃饭是在无声中进行，吃过饭，平安领上淑玲走了，我叫住他说：“把钥匙带上，我这几天要去外地的！”

平安去找红富，还是想从野山再弄木炭。夏天来了，夜市会比春天和冬天更红火，野山通了火车，红富的什么亲戚在火车站工作，他们想通过火车把木炭运出秦岭，我不知道他们的想法能否实现。

当记者多年，从来没有去过陕北，单位安排让我去陕北参加一个招商会，我高兴得一夜没有睡好。从小在陕南的大山里长大，一直想了解沙漠是什么样子，更吸引我的是延安的宝塔山。

我不知道平安那样的房子淑玲是如何住进去的。从陕北回来，第一件事就是把陕北的大红枣和小米送给他们。平安还真把木炭从秦岭里运了出来，整个夏天，他们的生意很红火。平安说，我是他的真朋友，在他顺利时，总是看不到我的身影，当他遇到困难时，我就在他身边。他常给淑玲说，自己之所以能活下来，是我给了他支撑。

叫小燕的女孩又回来了，她和淑玲在院中那棵高大的梧桐树下穿肉串，平安和常青在火辣辣的太阳下砸着煤块，房子前后摆满了纸箱子，我走近一看，箱子里装着木炭，他们是偷梁换柱把木炭运出来的。看到我，四个人全停下手中的活计。常青从平安手中接过钱，飞出院子，淑玲打开储藏肉的冰柜，从中取出半块西瓜用刀切开后，常青把一盒好烟放在我面前。

四个人相处很和谐，我突然觉得他们像一家人，勤奋、友善、仁爱、宽厚、协调、服从。老的，有疼爱之情，小的，有孝敬之意。这个平安，简直是个人才，依了他的智慧，担任一个大集团公司副总应该没有问题，只可惜他的罗锅腰弯得太深，坐不到宽大的写字台前。

吃西瓜时，我的目光和淑玲撞到一起，问她："除了卖烤肉，还做啥？"

淑玲把目光移向平安说："逛西京城，能去的地方都去了，看了我最想看的王宝钏，拜了我最想拜的唐僧，上了我最想上的大雁塔，吃了我最想吃的羊肉泡馍，喝了我最想喝的糊辣汤，逛了我最想逛的民生百货和解放百货大楼，总之，一切满足了！"

我对平安说："应该再带嫂子去一下高新技术开发区，那儿才是代表西京走向现代化的地方！"

平安抬头看着我，咽下口中的西瓜说："去了，她说那儿楼高，看着头晕，没转两圈就回来了！"

看着脏乱差的房子，我说："咋睡呀，房子小，再弄一间大的吧！"平安站起来拉了我的手说："来，你看看，这是啥？"我跟着他出了房门，走进另一间房子，我的目光有些发蒙了，哪像卖煤人住的地方，纯粹是新人的婚房，地上铺着黄色米格人造革地板，墙体用壁纸贴过，床上是色彩艳丽的毛巾被，地上有沙发、茶几，门口有鞋架，架子上摆着不同颜色的拖鞋，窗口安了空调，令我想不到的是，玻璃窗上还有窗花和双喜字。

我怪腔怪调地对淑玲说："嫂子，你们又结了一次婚呀？这喜酒可是要喝的。"平安说："喝，喝，一定喝，就是今日不行，今天弄的肉多，等我把这些肉卖了，明天不进肉了，咱们好好喝酒，喝个一醉方休！"

在装饰的房子里，我压低声音对平安说："你不要光想着你们快活，把两个娃要给人家带好，人家大人把娃交给咱，咱要负责哩，特别是这个常青，从小没爹妈，除了教会娃挣钱，还要多给娃一些关心，好坏娃还把你叫干爸哩。"

他眨巴着小眼睛说："我知道呀，一直把娃当自己儿子一样待着，不信你问他。"

我又问："那个女娃，叫什么来着？"

他吐掉口中的西瓜子说："小燕！"

我问他："小燕住在哪里？你总不能让两娃住一个房子吧？"

他有些急了，扔掉手中的西瓜，用手臂擦了两腮的瓜汁，将一双手在胸前擦了说：“咋会呢？我让小燕给你看门，住在你家，等你老婆回来后，我会另安排房子的，娃没把你房子给你弄脏吧？”说着，转身从枕头下拿出小燕的身份证给我看，“她不会动你家啥，我押着她身份证的！”

晚上，驻秦南记者站的叶怀玉来我家。怀玉是女诗人，也是酒疯子，在西凤酒厂院墙外长大，从小受酒气的熏陶，喝起酒就发疯，发疯后爱说些酒话，不是大海呀大山呀抒情一番，就是说爱呀恨呀吼叫一通。她认为没人读诗了，就试着写小说，把自己写的一部中篇小说处女作拿来让我看，我们一聊，就是大半夜。

我和怀玉沉浸于诗歌和小说中，却害苦了在我家睡觉的小燕，晚上十二点，就在怀玉激情地朗诵她的小说中她认为最精彩的一段描写时，小燕就站在我家门外，正要举手敲门，却听怀玉说，“这可是我的处女作，你一定要用心指导哟。”小燕不知道什么是处女作，但她知道什么是处女。事后，淑玲笑着告诉我说，小燕给她说，那个女人一直说自己是处女，让你给用心指导。小燕听着我和怀玉的说话声，趴在门框上细心分辨着，觉得家里的女人不像我老婆，她决定不打扰我的美梦，悄悄返回煤场。煤场的大门早早关了，可怜的小燕怕自己一个人在街上行走引来麻烦，倚着我家的门睡在门口。怀玉酒喝多了，说自己热，要打开门让空气对流，我怕她在楼道乱吼叫，死活不让她开门，可哪能阻挡有着诗人疯狂劲儿和野性的她呢，怀玉刚将门打开，小燕顺着开启的门倒进门里。怀玉不知道小燕住在我家，看到小燕惊叫不已，我走到门口时，小燕已经苏醒，她揉着眼睛站起来怯怯地对我说：“王叔，我打扰你们了！”

我有些心疼小燕。她住在我家，每天帮我把房子收拾得井井有条，窗子被她擦得干干净净。我本打算抱着小燕进门，却被她拒绝了，她低着头像自己做错了什么事，小声说：“对不起！”

小燕揉着眼睛进入向阳的那个房间，她并没有上床，而是在地上铺了报纸，从衣柜里拿了一床被子，睡在地上。我问她：“你这是什么意思？”

她仰起头说：“床给阿姨留着。”说过，细细的呼声像山间的呦呦鹿鸣响了起来，不知道她是装的还是真累成那样了，我想她装的成分多一些。

看到小燕睡下，怀玉迫不及待地将我拉入大房间并掩上门扯着我衣领说：“你这家伙，我咋看你今晚心神不定的，原来是我坏了你的好事，哎哎哎，没想到你咋是这样的人呢，看起来一本正经，这么小的孩子你也下手呀？”

我生气了，扯开怀玉的手并把她按在床沿上，说：“你弄清楚了再说，千万别胡说八道啊！”

怀玉推开我吃力地从床沿站起来，指着我的鼻子说：“你呀，还是我敬佩的偶像哩，呸，狗屁，原来也是个披着羊皮的狼，一肚子坏水。”

我能理解怀玉，诗人都是如此，疾恶如仇，也只有拥有如此气质的人才能成为真正的诗人。

我一直敬重怀玉，跟她相处许多年，虽然她的婚姻生活有些曲折和悲哀，但人品是纯粹的，我常说她是拥有优良品质的女诗人。

接下来我把小燕和平安以及常青和淑玲的故事给怀玉讲了一遍，怀玉这才平静地对我说：“是这样，对不起啊，来来来，我给你道个歉！”说完，她抱着我在腮边狠狠地吻了一下，我推开她：“行了，一股酒味，快把人恶心死了，一会儿我就要吐。”

怀玉说我诬蔑了她，在我不经意间，又一次抓住我，可着劲儿把我推到床上，之后骑在我身上，支使着我，当我用力推开她正要起身时，我从门缝里看到了小燕闪动的眼睛。我怕引起小燕的误会，一边起身一边说：“别胡来，一会儿把小燕吵醒了，人家孩子还认为咱俩真有什么见不得人的事儿呢。”

怀玉翻身起来，气喘吁吁，头发也乱了，她坐在床沿上气不接下气地说：“不会的，那孩子累了一天，早就进入梦乡了。”说过她重新上到床上，拉开被子自己睡下了，我只好睡到客厅的沙发上。

十二

淑玲到西京后，平安的发展如虎添翼，不到两年时间，他们拥有了十几万元的存款。平安一门心思想买房，淑玲坚决反对。淑玲说："儿子就要上大学，上大学不是闹着玩的，花钱如流水，哗哗的，如果买了房，占用了流动资金，儿子上学的钱咋办？"淑玲已会用"流动资金"一词。平安想想也是，放弃了买房的念想。

没过多久，又发生一件事，几乎把平安计划买房的钱全折进去。

华灯按程序点亮街景时，北城街道办、工商、卫生、防疫部门联合组成检查组，开始对南岭夜市进行夏季食品安全综合检查。用平安的话说，是几个部门联合进行免费会餐。七八个人，男男女女，穿着干净的制服，腋下夹着不同款式的皮包，有人手中还拿着光度很强的手电，检查组夜夜到夜市来吃喝，一连吃了五个晚上。吃到最后，七八个人变成十几个人，检查人员带来了家眷和朋友。

那些天，电视新闻配合着这些只吃喝不出钱、只吃喝不检查的人，天天都有他们的新闻播出，播出的新闻，使市民看到了食品安全的可靠。而那些检查人员吃过喝过不算，"检查"结束，临走时，除了带上烧鸡、猪头肉、酱牛肉之外，还给每个夜市摊位留下一万元罚款单，带头的负责人说，谁不交或拖延缴款日期，再加罚款数额。

开办夜市的人，大部分是进城的农民工或外地人，明事理的商户，积极配合联合检查组，按要求如期缴了罚款。平安却坚持不缴，他不服气，他的不服气与我有很大的关系。他认为我是记者，是记者就应该管管这样的事情，在他心里，记者的权力是无边无际的，管住这些只吃不查的人应该是一件信手拈来的事。他的另一种想法是，检查组不应该这样呀，你们吃了喝了拿了，没有检查出一家有问题的摊位，却让商户平均交罚款，罚的什么款？一交就是一万。一万元，对于检查组的人，只是在罚款单上画几个字，而对于卖烤肉的人，是多少汗水？

有天晚上，平安找到我，义愤填膺地给我说了检查组的情况，他让我写报道，揭露那个名实难副的检查组，他说："太明目张胆了呀，太作践政策呀。"听了他的感慨，我思考了一会儿告诉他，"文章我写不了，就是写了我们的报纸也刊登不了。"他歪着头眼睛大得像鼓环问我："为什么？"

我说："社会上很多事你不懂，你有证据吗？谁能证明人家吃你们了，喝你们了，还收罚款吗？"

他将手在沙发扶手上一拍，哈哈一笑说："这简单，明天我就能给你拿到许多人的证言，证明他们吃了喝了还拿了。"

我冷着脸说："只要你能拿来证明，我就写这样的揭露文章！"

他激动地说："等明天晚上我把证言给你拿来，你必须写！"

我告诉他，不要多的，只要有三份证言，我就能写还能见报。

第二天晚上，他很晚才来，一副垂头丧气的样子，坐入沙发像一摊稀泥从墙上脱落下来似的。我问他搞到几份证言，他窝着嘴，摇摇头声音有些沙哑地说："一份都没有弄到！"

他接过我递上的茶水一口气喝下去，气呆呆地说："你说这人都咋了，咋都活得没有一点真实感呢？明明白白的事情，咋就没有一个人敢做证呢，这男人的血性都到哪儿去了？我咋就活不明白了呢？"

为给他降温，我续上茶水，说："这回你说对了，只有你没活明白，夜市上的老板都活明白了！"

他用奇怪的目光看着我，半天没有说话，不认识我似的，然后低下头用舌头不停地舔着嘴唇，我感觉他的思想像一个机器在脸膛里不住地翻腾，总想探寻一种东西，一种他还没有发现的东西，他的脸上似要往下流水，却没有流下来。坐了一会儿，他走了，脚步没有了力度，像腿上的筋被人抽取了一般。我把他送到楼梯口，安慰他："当忍则忍，不要想得太多。这城市，不比农村，水深得永远看不到底，你可不能胡来，要想在这座城市生存，就必须学会许多东西，忍是你必须要学的功课。"

他有些不服气，用咄咄逼人的眼光看我问："你能不能告诉我，学习什么内容？"他的语气极具挑战意味。我知道他的牛脾气上来了，他在恨我。我并没有生他的气，我说："学学社会学吧！人活一世，没有谁能把社会学学精的！"

他没有再说什么，低着头踩着灰暗的楼梯走了。

一连几天没有见平安。那几天，单位进行职称评定，大家你争我抢，人人心里装满了敌人，所谓敌人，就是平时相携而行共求生存的同事。

周日早晨，窗外梧桐树上的小鸟用快乐的歌声将我唤醒，看着窗外明媚的阳光，学着用鸟语与小鸟们对话，可那些小鸟压根就没有把我的良苦用心当回事，任我如何调整舌头和口型，它们就是不接我的茬口。小区外谁家娶新娘的鞭炮声由低向高升腾，听着那迅速而过的炮声，我想起了远方的妻子和女儿，抬头望着天上的云朵，真想让它们为妻女捎去我的祝福。我在想，西京的天这么热，午子山下此刻多么美好呀！刚把思念的话语说给白云后，有人敲门，声音很响。平安拿着一份晚报脸笑得像弥勒佛似的跑到我家来，他挥舞着报纸说："你看，这个城市还有比你能的记者，人家就敢报道我说的事情。"

看过报纸，我一脸冷色问道："这是你提供的？"

他有些得意地说："是呀，为了弄这事儿，我几晚上都没有摆摊，专门到晚报去跑，除了报社，我还跑到纪委，我就不信，真没有人管这样的事情！你看看，这不是曝光了吗？"

听了他的话，我把报纸撕得粉碎，狠狠地砸在他的脸上，我说："你还想不想在这个城市混？不想混了你就早点滚，免得我整天为你提心吊胆！"

相处多年，这是我第一次用最狠毒的话骂平安，看到我的凶相，他感到吃惊，他正要和我争辩，淑玲踩着楼梯上来了。看到我正在骂平安，她也吃惊不小，她拽了平安的衣服说："你疯了，你和咱弟咋说话哩，你们俩是不是都喝酒了，走走走，有啥到屋里说，别在这儿丢人现眼。"

我并没有让他们进门，反锁了门，抛下还在发愣的他们，独自气咻咻地跑向楼下。我不知道他们夫妇是如何离开我家的。走到车站，正好来了一辆去朋友处的公交，我跳上车，逃也似的离开了小区。整整一天，我沉浸在歌声中和牌桌上，一直到晚上，喝得醉醺醺地回到家。

淑玲一个人坐在我家门口的台阶等我，她帮我打开锁，扶我进了门，倒了水让我洗了脸和脚，又把我扶到床上。她一边干着一边说："一个人的日子真不好呀，要是媳妇和娃都在该多好，唉，家家都有本难念的经，人人心中都有苦水哟。"

听到她的自言自语，我没有搭理她，见我没有理她，她又忙碌着收拾起房子。等她收拾完后，才坐到床边。我想对于这样一个像姐姐一样关心自己的女人，我不能太难为她，我坐起身上，将头靠在床头说："嫂子，我今天早上有些对不住你和老孟，你们要原谅我，你原谅我不？"

她用手捏着我的脚说："亲兄弟一样的，什么原谅不原谅的，我就是弄不清，你到底是咋了？你发那么大的火，我问了一天，那死挨刀子的一个字都不说，问多了还骂我，你能告诉嫂子，他到底做错了什么，让你那么生气？”

我说没有什么。话一出口，突然觉得说没有什么是个错误的敷衍，我必须要把事情的严重性告诉淑玲，否则一旦出了事，他们连个思想准备也没有。淑玲见我正在想心事，她用手轻轻拍着我的腿低声问道：“是不是那年我初到西京抱了你，让你哥知道了，他找你算账哩？”

淑玲如此说，我一下子清醒了，我说：“别胡扯，你知道吗？他不应该把检查夜市的人告到纪委去，还捅到报纸上！”

淑玲听后哈哈笑道：“我还以为是啥事哩，原来是这事，这回你是误解你哥了，他这回可是瞎猫逮住好老鼠，做了件好事，你还不知道吧，今天晚上，夜市可热闹了，检查组的人，不但为每位老板退了钱，街道办一个姓王的领导还专门找到你哥，给他发了奖金，鼓励大家向他学习哩。领导说让大家学习他敢于与不正之风作斗争什么的。”

听了她的话，我本想给她发一通火，告诉她，平安的做法是最愚蠢的做法。转眼一想，对于一个妇道人家，说些太深奥的东西并没有意义，我说：“那还不错的，恭喜他！”

我为平安担心不是没有道理。在平安没有来西京之前，我也遇到过同样的事情。渭北一个菜农在枣园小区开了农副产品直销市场，也是街道办几个部门组织人员进行联合检查，检查过程中，他们吃拿卡要，那个菜农和平安一样到处投诉，结果让人打伤住进医院，不但菜没有卖成，差点丢了性命，菜农临走时，跪在菜市场高声地骂道，狗日的枣园市场，我要再到西京来，我都不是我妈生的。

听了我讲的故事，淑玲的情绪一落千丈，她默默地坐了一会儿便走了。我的心情也难以平静，我已感觉到平安闯下了大祸，可他还沉浸于领导发奖、夜市老板们夸奖的喜悦中。

生活中，有些事情并不是人们看到的那样，作为一个记者，我们经常遇到一些平常人想不到的事情，特别是城北城乡接合部，文明和野蛮同床共枕的地方。

平安的愚蠢之举，带来的恶果比我想象的来得要早一些，不到一周，街道办领导给他发的奖金还没有花掉，夜市老板们赞扬他的语言还在身边，他的人生又一次陷入泥沼。

立秋之后，夜市进入新一轮红火期。被人们赞扬的平安有些飘飘然，食客们听说平安敢与不正之风作斗争的事迹后，都相信他是一个值得信赖的生意人。老百姓对不正之风早已深恶痛绝，但更多的人是麻木，有人敢明目张胆与不正之风作斗争，这个人一定会受到百姓的敬重。食客们把对平安的敬重演化成实际行动，夜夜拥到平安的肉摊前，用多吃烤肉支持平安的生意。谁也没有想到，平安的烤肉却出了问题，一下子把五个人吃进了医院。

爱吃烤肉的是那些回头客，平安虽然叫不上他们的名字，但他们每个的容颜平安早已熟记于心。

有天晚上，平安的烤肉摊前来了一群生面孔，个个膀大腰圆，胸口上绣着腾空飞舞的龙，臂膀上刻着深蓝色的蛇，有人还在胸前刺着危废标识的骷髅头。来人长得凶相毕露，他们见了平安像见了自己的兄长，彬彬有礼，个个嘴巴像抹了蜜，不叫大哥不说话。开始时，平安对他们怀有戒心，怕他们吃了烤肉不给钱，挑头的看懂了平安的心思，将一千元提前给了平安，平安这才把悬着的心放进肚子，开始真诚地为他们服务。一帮人吃了两个钟头后，心满意足地走了。平安给他们找钱，领头的挥挥手说，不用找，明天我们还来，兄弟们是来支持你这个敢与歪风邪气作斗争的老哥的。

食客们走后，平安提前收拾了摊子，兴奋地回到住处，淑玲清点着钱数，小燕收拾盘子，常青清洗着穿肉签子，平安浇灭了木炭火，正在洗脚，两辆警车，一前一后，像两个吵架的兄弟似的，呜噜呜噜开进了院子，警报声哀鸣般划破夜空，惊得院子墙上的土渣直往下落。平安急匆匆地刚把大门打开，一双凉飕飕的手铐准确无误地套在他热乎乎的手腕上，警察借着车灯提着平安的衣领，一把将他投进警车后面带有铁栅栏的车厢里，另外两个警察径直走到淑玲跟前，让淑玲带上钱一起去医院。淑玲忙问："咋了，出了啥事了？"警察告诉淑玲："烤肉把五个人吃进了医院，正在医院抢救呢！"淑玲惊恐万状抬头望了一下警车，没有看到平安，她急匆匆扑进里屋，把钱搜出来拢在一起，跟着警察上了警车。警察没有理睬小燕和常青，警察对发呆的小燕说："女子，看好门，不要乱跑，说不定还要你去做证呢。"常青胆战心惊地扑到老警察跟前问道："你们把我爸带到那里去呀？"警察说："北城派出所，你们看好门，不能乱跑，跑也是跑不掉的，知道不？"

常青说："知道，知道，放心，我们不会乱跑，我要等我爸回来！"

警察带着平安和淑玲到医院看了正在抢救的食物中毒者，警察问平安："这些人你都认识吧？"

平安戴着手铐，低了头仔细分辨后说："认识，但不太熟悉！"

警察说："你还算老实，这几人今晚是不是在你摊子上吃的肉？"

平安说："是的，几个都是的。"

警察把平安和淑玲从医院带进派出所。警察问淑玲一共带了多少钱，淑玲说自己没有数，说着就把自己的包底朝天倒在警察的办公桌上，几个人一数，四千多元。警察将桌子一拍，怒气冲天地对淑玲说："就这点钱，连检查费都不够，把你男人留下，你取钱去，明天上午带不足十万元，连你一起收拾。"

淑玲惊慌着说："没有那么多钱，我到哪儿弄呢？"

警察说："那是你的事，如果死一个人，你们就得赔一条命！"

一直没有说话的平安仰着头说："那五个人都死了，我们只有两个人！"

警察扭头看着平安恶狠狠地说："要不是看你年龄大，我真想抽你两耳光！"

平安说："你把我打死也没有用，关键是救人要紧。"

平安说话的目的是让淑玲看他的眼色，淑玲却一直没有看他，淑玲接了警察打的收款条便走了。

凌晨三点，我睡得正香时，淑玲敲开了我家的门。淑玲没有我想象的那么惊慌，倒像说别人家发生的事一样，很平淡很详细地给我讲述着整个事情发生的过程，包括每一个人说的每一句话，每一个细节。我用心听着，并没有说一句话。淑玲絮絮叨叨地讲完后，问我咋办呀。我说："先凑钱给人家看病，没有其他办法。"她问我："警察让先拿十万元，你说咋办？"我说："你先交三万元吧，另外给我准备三千元，我让律师来帮你们处理。"

淑玲转过身子，解开裤子，好像从内裤里拿出一沓钱，从中数出四千元给我。她说："兄弟，嫂子没有求过你，以前都是你哥求你，这回嫂子求你，无论咋办，能让你哥不进监狱就行，至于钱多钱少，没啥，保人要紧。你知道，吉祥快来西京上学了，要是没有你哥，你说这个家还有吗？"

我接过钱，从中抽出一千元还给她说："尽量吧，明天律师就会帮你们处理这些事情！"

淑玲说："我对律师不放心，我还是希望你能帮你哥！"

我说："律师是我的朋友，也是我哥的朋友，你放心，人家比我懂法律，办法多。"

正在此时，房门又响了，小燕和常青站在门外。看到淑玲，两个孩子进了门。淑玲看到两个孩子一脸哭相，劝说道："没多大的事，我去医院了，一共五个人，人都好好的，医院正在抢救，没事！"

常青将一沓钱递到我手上说："王叔，这是我的全部积蓄，都交给你，还有这个存折，你把这些钱给杨律师吧，杨律师一定能救我干爸的。"

常青的话刚一落，小燕也把一沓钱递到我手上，她说："我只有这么多，只要能救下我们老板，不够了我再想办法！"一直脸色平静的淑玲，听了两个孩子的话，把他们揽在怀里，三个人都哭起来，声音大得惊动了楼下谁家的狗汪汪吼叫。

几个人静静地坐了一会儿，我让他们回去，说："你们安心睡觉，明天我和杨律师一起去！"

杨思敏下午才到我家，她上午在开庭，休庭后连饭也没有吃就坐出租车赶了过来。

听了我的叙说，杨思敏好看的眉毛闪了闪说："只要人没有死，不会有什么大事，北城局有我一个同学在那儿当处长，我想问题不大，只是你们要准备钱。"

她笑着说："你听说我要钱，一定又会讽刺我。这回呀，代理费是代理费，除了代理费，估计得一万元公关。"

我说："好吧，我相信你，不过，在花钱上，你抠一点，平安的情况你知道的！"

杨思敏说："跟你代理，啥时候想过赚钱的事？放心吧，我尽量把事处理好！"

在杨思敏的努力下，平安被行政拘留了十五天，五个人住院一共花去五万元，事故总算平息了，平安几年的辛苦钱赔去一大半。平安从拘留所回来的当天晚上，在一家小酒店请了客，杨思敏、我、淑玲、小燕、常青五个人参加，酒席上大家都没有说话，平安也没有过多地唉声叹气，淑玲也没有指责平安，平安每喝一口酒，只说一句话："这城市的水实在是太深了！看不到底呀！"

吃完饭，平安从淑玲的包里拿出两千元给杨思敏，杨思敏说："好了，不要给我钱了，我这儿还有钱给你们哩！"

杨思敏从包里掏出一万元放在桌子上，说："我同学没要这些钱，我同学说，自己是一个农民的儿子，农民工在城市做事的艰难他一清二楚，出了这样的事，咋能收钱呢，只有想办法帮他们从困境中走出来。我同学还说，农民工进城后，像无头苍蝇，乱飞乱撞，只知道赚钱，不看路线，不管方向，社会上又没有一个真正能教育引导他们的机构，没有人给他们做指导，这是社会的悲哀，也是农民工的悲哀。城市的门打开了，农民拥进来了，拥进来做什么，如何做，没人管，没人教，导致了治安混乱，民事案件、刑事案件直线上升。"

杨思敏说着，把钱推向平安。平安站起身子，扑通一下跪在杨思敏面前，见平安跪下，淑玲、小燕、常青也都跪了下去。一向嘴硬、能说会道的杨思敏被一家人的举动感动得眼泪长流，声音颤抖着说："你们这是做什么呀？你们这是给我折寿呀！"她走到淑玲跟前拉起她，一边擦眼泪一边说："好了，你们的心意我领了，快起来吧！"

几个人从地上起来重新坐好后，杨思敏说："给你们说实话，你们不要感谢我，要感谢王记者，是他一再叮咛我，要处理好这件事，他对我有恩，我没有办法，我把他当兄长看待，他的事就是我的事。总之，老孟没有被判刑，这是万幸，今后，你们一定要好好生活，做事多动脑筋，做任何事要想前因后果，不要再盲目了。”

平安从那一万元中抽出一部分给杨思敏，杨思敏拒绝了，她只抽出一百元说坐出租车，便匆匆忙忙走了。

我把杨思敏送到楼下，她压低声音对我说：“我同学分析，老孟的事故，有些不正常，有些像是蓄意陷害，或者是有意敲诈。”我对杨思敏说：“这话就不要再说了。”

杨思敏停下脚步，用吃惊的目光看着我说：“你知道，你为什么不告诉老孟呢？”我说：“要是告诉他，他又去刨根寻底的，那他还咋在这个城市活呀！”杨思敏说：“是呀，他这个人，怀着一颗纯净的心到城市来，哪里知道城市和官场是多么复杂和险恶，他要是有你这种圆滑就好了。”

我说：“你是骂我还是在表扬我？”她鬼兮兮地一笑说：“兼而有之吧！”

一辆出租车停在我们面前，一声“拜拜”，杨思敏就被霓虹灯吞噬了。

平安一直对自己被公安拘留耿耿于怀，他认为自己是冤枉的。我说你知道就行了。他说我现在才想明白，你为什么当初用报纸砸我的脸。

淑玲说：“唉，咱毕竟是农民，就是在这城市住一辈子，还是弄不清城市的事，要是当初听他叔的话，半座房钱也不会让人讹去。”

我说：“还是那句话，要想在这城里活，就得学许多东西，什么叫随大溜，你看，那些老板交了一万元，什么事也没有，你倒好，不听劝，苦果自己吞了吧。”

平安说：“我原来以为乡村警察瞎，没想到这城里的人瞎了，比乡村还可怕。我有种感觉，像这些瞎人，早晚是要遭报应，他们在做，天在看着哩。”

我说：“我也相信，这些事和人，总有一天会浮出水面的。”

有天夜里，平安带着淑玲和小燕提着一盒月饼来我家，平安对我说，从今往后不再卖烤肉了，他只卖煤，他让我给小燕找一个学电脑的学校。他还给常青加了工资，把常青留下帮他卖煤。

十三

平安的儿子吉祥被女儿贤子送到西京时，大约是八月下旬。平安在西京生活了近十年，儿女都没有到过西京，淑玲多次要带孩子到西京玩，均被平安以各种理由拒绝了，他用硬邦邦的口气说，你非要带他们来也可以，那你就不要来了。淑玲无奈，只好每次对儿女说，好好学习，好好工作，再过几年，等你爸在西京把房买下了，咱一家人就做城市人。

买房，是平安的最大目标。他的愿望是把房买好后，再让儿女来西京，那样就可以证明自己当年逃跑不是为了贪生怕死，不是为了躲轻闲，也不是为了把灾难留给他们的母亲，而是为了给他们在异地他乡建立生存的阵地，创造好的生活条件。

吉祥被西京一所广播电视大学录取了。平安得到消息后，一连请我吃了三次饭，说是要好好庆贺庆贺，足见他对儿子考上大学是多么看重。我说："你也别夜夜笙歌，天天盛宴了，考上了是好事，可现在的大学生就业也麻烦得很哩！"

他嘿嘿地笑道："有你在我还怕他没工作？"他几乎把我看作是无所不能了。

我知道他把我看高了，可又有什么办法，还得陪着他过弹冠相庆的日子，他天天乐乐呵呵的，见我就情不自禁地说："不管咋说，我们孟家总算出了个大学生。"

又一次吃饭时，他神秘兮兮地问我："你当年考大学时难不难？"

我说："我没有考试就上了大学，那时上大学是不用考试的，只要表现好，部队就直接把人送进了大学的门，而且还不用花一分钱。"

他又问："那你说说，考大学难不难？"我笑着说："当然很难的！"

他说："有多难？"我给他打了比方："有一条河，河下是滔滔不绝的江水，河上是一个独木桥，有几万人要过这座独木桥去上大学，可大学里只能坐下那么一小部分人，过得晚的人就进不了大学门，而要过桥的人都是些身强力壮、年纪在十八九的小伙和姑娘，你说难不难？”

他听后若有所思地说：“太难了，这么难，我家吉祥能顺利地过了，真是不容易啊！”

吉祥和贤子到西京后，俩人闹着要平安带他们出去玩，平安说：“要去你们自己去，我没有时间陪你们！”

淑玲对平安说：“你没有时间，就让我带他们去吧！”

平安黑了脸色说：“你也不能去！”

淑玲问：“为什么？”

平安说：“不为什么！”

平安分别给了女儿和儿子一人一百元钱对他们说：“去吧，你们想去哪里就去哪里，坐出租、坐公交，随你们的便。”

淑玲担心地说：“他们要是跑丢了咋办呢？”

平安有些不耐烦地说：“那他们就不是我孟平安的儿女！”淑玲听了此话，再没有说话。

晚上，平安让淑玲做了一桌丰盛的菜，把我也叫过去。菜上了桌子许久，还不见两个孩子回来，淑玲急得团团转，平安则坐在饭桌上稳如泰山，他对淑玲说：“放你的七十二条心，我说过，他们要是回不来，就说明他们不是我的儿女！”正在此时，贤子和吉祥提着鼓鼓囊囊几包东西回来了。

贤子有工资，她从康复路买了一大堆衣服鞋袜，花花绿绿摆在灯光下。看到儿女平安归来，平安眉飞色舞地说：“一个父亲，如果连自己的儿女能吃几碗干饭都不知道，他就不是一个合格的父亲。”

几年未见，吉祥变化很大，个头高了，身子单薄了，嘴边有淡淡的小胡须，脸上多了些许沧桑。吉祥经历了高考，用平安的话说，像结了一次婚，破了人生的墙。饭桌上，吉祥说了自己的专业和学校的大概情况，平安听后脸上升起了阴云，一阵沉默后，他举着酒杯一脸祈求的样子对我说：“能不能想办法把吉祥弄到一所警察学校？这可是我的心愿，这个心愿你在多年前就知道的。”还没有等我说话。他又喝了一口酒继续说：“这西京城，一共有两个警察学校，我都提前考察过了，两所学校都在南郊，一所是警察学校，一所叫警官学校，无论上那个，只要能穿上警服就行。”

平安的愿望我一直放在心上，吉祥上学的事，我早有准备，知道他是一个不达目的不罢休的人。我说，你准备一万元吧。他为难地一摊双手说：“这会儿手上还没有，给我三天时间，我把账收回来！”

吉祥一脸厌烦说："我看不用花钱，上什么学校都一样，我不想当警察！"

吉祥的话刚落音，平安脸色瞬间变得铁青，瞪着眼睛对儿子吼道："上也得上，不上也得上。除非你不上大学，我就不信我管不了你了，你说，你到底上不上？"

吉祥委屈地站起来，声音低沉地说："我不想让你花那些冤枉钱！"

平安说："什么是冤枉钱？这是为你的将来打基础哩，好在咱还有你叔这关系哩，放到别人，拿着钱给谁送呢？"说过，他轻轻拽了吉祥的裤带让他坐下。

吉祥用筷子在菜盘中胡乱扒拉着说："那就听你的！"

几天后的晚上，平安一家三口拿着一万五千元来找我。平安让淑玲把钱给吉祥，让吉祥跪着把钱交给我，他对儿子说："我是让你小子记着，这是我和你妈的血汗钱，为了你，我们豁出去了！"

吉祥利索地跪到我面前，声音怯懦地说："我知道！"

我扶起吉祥，接了钱数过之后说："我让你拿一万元，这咋是一万五呢？"

平安说："你总要给人家买些东西，请人家吃个饭吧，总不能干巴巴地把钱给人家呀？"

我说："也是，钱，我先接着，多退少补，你放心，不会再多的。"

平安打发吉祥和淑玲先走，然后神秘兮兮地对我说："其实，钱我早就准备好了！我是故意做给吉祥看哩，让他知道这些钱的来之不易，要不他是不会重视上学的！"

我问他："你这种教育方法行不行？"

他笑呵呵地说："管它行不行，教育孩子是没有固定方法的，我只用我的方法！"

第二天，我把一万元送给了所认识的司法系统里的一个管警校的朋友，朋友只收了五千元，对我说："行了，让你侄儿提档去东南郊的那个警察学校报到吧！"我正要转身离开，朋友笑着说："你过来，过来，你是不是弄错了，你姓王，你侄儿咋姓孟呢？"

我先是愣了一下，之后稳了情绪对朋友说："是表侄儿呀！"

朋友还是笑着说："你这家伙，告诉你，不是重要亲戚，这事儿办不成，别说五千元，五万元也没有人揽你这事儿。"

我说："那是当然，若不是重要亲戚，我还没有时间操这份闲心呢！"

朋友说："那行，信你一回！"

那时，大学录取还没有实行电子化管理，托关系改一个学校相对容易一些。

回到家，我把余下的一万元给了平安。平安和淑玲则非要留下五千元给我，我说："你们这哪是给我钱哩，是在侮辱我的人格！"

“他叔不要算了，谁让他是咱的亲弟呢！”淑玲伸手将钱夺走了。

吉祥入学前夜，平安又请我吃了一次饭。他把小燕也叫了回来。离开煤场的小燕，变了一个人似的，应了古人言，女大十八变，越变越好看。小燕由丑小鸭变成了白天鹅，不但皮肤白皙洁净，个头也长高了许多，头发不再像在煤场时总是乱蓬蓬干涩着，很光滑地披在肩上，眼睛也多了光气，衣服穿着更是得体，白色短袖T恤把小小的胸脯裹得紧紧的，两个乳房在胸前直挺着，像两只快乐的小动物，黑色的筒裤裤角笔直地搭在一双高跟鞋亮亮的鞋面上，说话和做事的动作像个文员或者秘书，与之前判若两人。我想，环境对一个青年人的成长是多么的重要。

小燕还是那么可人，嘴甜，眼里活多，谁杯子里的水降了水位，她立即添进一些，只是倒水的动作和过去在煤场完全不同。我和平安的烟头上长出烟灰，她会立即将烟灰缸递到我们手下。我还发现，吉祥看小燕的目光有些异样，他的眼睛总是在四处追踪着小燕的身影，小燕则不停地躲着吉祥。这个看似粗俗的平安，真是聪明过人！他是在培养儿媳了。

小燕的到来，常青表现得异常兴奋。小燕帮着别人倒水，常青却想着法儿为小燕服务，弄得小燕有些不自然。常青的想法我们都知道。吃饭本来是一件快乐的事，小燕像经历了一场难堪，我感觉到小燕没有吃好，常青夹在她盘子里的鸡块鱼块基本上没动，饭没有吃结束，小燕就提出要走，说晚上有一门平面设计课，也是最关键的一门课。

小燕离开饭桌，常青也站起来，他提出要送小燕，小燕笑着说：“不用了，门口就有公交车，一下子就能到学校！”

常青还是把小燕送出了大门，他用迷离的目光送小燕出门。平安发现了吉祥的失态，对儿子说：“把书念好，别想别的，如果连书都念不好，我看就是小燕那样的女孩也不会看上你。”

吉祥入学后，学习很努力，一学期下来，给平安拿回了两张奖状。平安把两张奖状拿到标牌市场做了镜框，张扬地挂在他和淑玲睡觉的房间，像昔日在家供老祖先的神主。

平安也有了许多变化，穿衣服有了讲究，做事和说话变化更大，做事不再像过去那样疯疯癫癫，说话也像个女人慢条斯理的，多了思考和判断。

吉祥一米八五的个头，不但长相上背叛了平安，个性也像其母亲，说话声音洪亮但不扎耳，手脚勤快，做事条理分明。星期天，他回到煤场，脱掉身上没有编号的警服，开始砸煤，一直砸到周日晚上，背着霓虹去学校。高高的个头，周正的五官，魁梧的身板，走起路来矫健敏捷的步伐，真是一块做警察的好料。

第二年春夏之交时，政府对卖煤有了限制，环保部门对二环内的煤场进行清理。平安问我，能不能改做其他项目，商量了几个晚上，也没能想出更好的项目，只能继续卖煤。枣园南岭不能待了，必须去二环外。

端午节前夕，平安抱着一捧艾草来。我问："艾草是从哪儿弄来的？"

他说："是淑玲从渭河边采撷的！"

艾草在客厅地角一放，香气溢满房间。住进城市的乡村人，对电视和公交车上的粽子广告没有太深的感触，只有嗅到艾草的香味儿，才知道端午节真的到了。

我问他："渭河南岸，正在开发，你们到那儿去做什么？"

他说："找房子，找场子。跑了半天，在汉城找到一处，环境不错，离你远一点，没办法嘛，二环内不能再待了，政府的人天天嚷嚷着要收东西。"

端午节那天，我去汉城，感觉他租下的地方不错，院子大，空气也好。房子门前是一块大麦地，四四方方的，麦地周围是一排排高大的钻天杨，景致像一个大画框。麦子熟了，一片金黄，微风吹过，麦浪一波一波的，如诗似画，这种风景我好久没见过了，这种芳香味也是我多年没有嗅到的。吃饭时，发现饭桌上饭菜不及以前丰富，酒的品牌也换成了价格低的。我打趣道："别人是老子逼着儿子成熟，你倒好，是儿子逼供着你成熟哩！你呀，和以前不同了，你那些疯狂劲没有了。"

平安往口中送进一块黄瓜咀嚼了半天说："牙齿都掉了好几个，哪还有张狂劲儿？这儿子对我来说就是催命鬼，是来讨债的。你不知道，每周回来，第一句话就是，老爸，请把后天走时的钱准备好，这一周要去外地训练的，最好多带一些。总之，他每次要钱，都有新词，目的只有一个，要钱。"

淑玲插话道："咱过去没有供过大学生，这供一个学生咋这么怕怕呀？"

我笑着对他们说："吉祥个头高呀，吃得多，很正常呀！"

我们正吃饭，小燕穿着一袭粉红色的连衣裙提着一大包花花绿绿的东西风风火火地来了，像回到自己家，麻利地在水龙头上洗了手，自己到灶台找了筷子。常青依旧向小燕献着殷勤，小燕很客气地拒绝着。小燕吃了几口饭后，从自己的包里掏出五百元钱交给淑玲，笑嘻嘻地说："这是我从你们这儿走后第一次领到的工资，婶婶，我把它交给你，算是在你这儿入个股，你们亏了，我也不要了！"

小燕的举动引起了我的好奇，我想起了她第一次和吉祥见面时彼此看对方的眼神，猜到了其中的事理。没有想到两个年轻人发展得如此之快，同时我又在想，小燕给淑玲的这些钱，是不是吉祥从淑玲手中要去的那些钱呢？不管咋说，小燕能这样把钱给淑玲，说明她是一个有思想的女子。

我问小燕："工作了？"

小燕笑笑地端着酒杯站起来走到我跟前，一脸阳光说:“谢谢王叔，我被招聘到一家报社做排版，这都是王叔给我指引的方向呢。为了感谢您，我先喝为敬，王叔，您自便，行不？我知道您不太喝酒。”小燕说过，自己很爽快地喝了一杯。

吉祥开着一辆电动三轮车回来了，脸上涂满了煤渍。吉祥刚把车停下，小燕就过去为他倒水，让他洗脸，又从屋里拿来衣服，两个年轻人配合默契的程度，不是一日两天养成的。

吉祥上学的第三年，平安又一次出了事，事故差点要了平安的命，这一次事故的发生，影响了平安后来的发展。

女儿贤子到了结婚的年龄，对象是北部山区金矿上的。冬天，贤子准备结婚，让父母回去为她办嫁妆。平安从小视贤子若掌上明珠，听到女儿的召唤，加之多年没有在女儿身边，觉得亏欠女儿太多，想置办些像样的嫁妆弥补对女儿的亏欠。他把煤场交给常青管理。常青问他回去多久能来，他说，大概半个月。临走前，把煤场的煤做了盘点，除了现金和外欠账外，把大约五万元的煤交给常青，他对常青说:“这五万元交给你，干爹信得过你，你只要保证干爹回来时，五万元还在，挣下了，全是你的！”

常青高兴地说:“请干爹放心，儿子绝对不会让你失望！”

平安对常青还是有点不放心，又到警校给吉祥做了交代，他让吉祥多回煤场看看。

周日，吉祥回到煤场，小燕也回去了，没有大人在场的约束，两个年轻人公开了自己的恋情。白天，吉祥和小燕在煤场砸煤，晚上，两个竟然住到一起，他们忘记了常青的存在，在房间里嬉戏打闹，整整闹腾了一夜，他们的一举一动全被常青偷窥到了。吉祥没有到西京前，常青一直追求小燕，时时处处为小燕着想，重活累活自己抢着干，让小燕做一些轻松的活计。有时外出送煤，还背着平安和淑玲给小燕买些好吃的。有一次，常青给一家商店送煤，老板见常青一脸蜡黄，问常青是不是肚子饿了，常青说是的。老板给了常青一个肉夹馍，常青忍着饿，把馍带回来给了小燕。

吉祥到西京后，小燕疏远了常青，常青对吉祥的恨慢慢浮上心头，他从来不说，他心里明白，无论从哪方面讲，自己都不是吉祥的竞争对手。

第二天晚上，吉祥和小燕还像前晚那样缠绵，常青忍不住了，气冲冲地敲开吉祥的门，眼含凶光对小燕说:“你能不能不要忘记还有别人的存在？女人家不要把脸不当脸，女人没有了廉耻，和坐台小姐有什么区别？”

常青的一番话，惹怒了吉祥，他愤怒地下床要打常青，被小燕拉住了。小燕说："你不知道，常青是帮你爸创下这份家业的，你不要惹他，是咱们有错，咱们忽视了常青的存在，是咱们对不起人家，咱们真的有些过分了！"

周一，吉祥上学去了，留下小燕和常青在煤场，吉祥走时担心常青找小燕的麻烦。小燕说："没事的，我们在一起相处了这么多年，大家都是了解的，我会向常青解释我们之间的事，会告诉他自己对生活的选择！"

吉祥说："我这一去要好久才能回来，我们要去陕北实习，你要是有什么事儿，给我爸打电话。"

小燕拉着吉祥的手说："不会有什么事儿，你放心去实习吧！"

吉祥走后，小燕在煤场收拾屋子，为常青洗了衣服，做了好吃的。常青送煤回来，看到小燕为自己做了那么多事，把对小燕的恨隐藏起来，像往常一样，与小燕说话，见常青对自己没有敌意，小燕便给他讲了自己对生活的选择。常青说："我知道我配不上你，但你也不能太不把人当人，你看你们俩，旁若无人，太过分了，你知道我有多伤心吗？"

常青说着，哭了起来，越哭越伤心，最后跑到自己的房子去哭，一边哭一边向小燕诉说着自己对她的好，小燕是个心软的人，见常青哭得如此伤心，走过去安慰他，她没有想到，常青竟然对她产生了施暴之心，常青见围在床边的小燕不住地安慰自己，一翻身扑下床，抱住小燕，把小燕按倒在床上，很麻利地脱去了小燕的衣裤，小燕本来是要反抗的，在那一瞬间，她想起了常青抢平安的事，知道常青是个亡命徒，自己再怎么反抗也逃不出去。她宁静地躺在床上一动不动，她还想起了《今日说法》里一个教授经常讲的话，在遇到色狼劫色时，保命比守洁更重要。小燕的不反抗，倒使常青为难了，看着小燕安然自若的神态，常青把小燕的衣裤还给她，用被子盖住小燕白花花的身体，用自己战栗的双手抱住小燕哭诉道："小燕，你知道我有多爱你吗？"

小燕坐起来，她用双手抱住常青的头哭着说："我知道，常青，我不是傻子，但爱也不是你这样爱呀。你想要什么我给你什么，可那样你心里就好受了吗？我俩自到这个城市后，就生活在一起，我们看着对方成长，看着对方从苦难中爬过来，你总不能把我们共同构筑的美好记忆，用这种方法毁灭吧。我记得，你当年把自己舍不得吃的肉夹馍留给我吃，现在你却想着要做坏事？我一直把你当哥哥看待，可你这样做，像一个哥哥应该做的吗？"

小燕的一席话，彻底将常青说醒了，他从床上下来，把小燕的鞋从墙角移到床边，自己则坐到一旁去流泪。小燕穿好衣服，为常青倒了水，帮他洗了脸，她说："不要难过了，来，我们一起做饭吃，行吗？"

吃过饭，小燕又为常青收拾了床铺和衣服，对常青说：“不要胡思乱想，我们都是苦命人，我们要好好地生活，知道吗？等过一些日子，我会帮你介绍一个女朋友，行吗？”

常青站在煤堆旁目送小燕离开了煤场。望着小燕走去的背景，思想乱作一团，他有些后悔，不是后悔自己有了坏想法，他后悔自己没有下定决心占有小燕，小燕在他心中美过这个城市所有的女人。

小燕走后，常青没有再去送煤，在院子里整整转了一天。这一天，他回忆了自己和平安在一起的日子，也回忆了和小燕说过的一些话，他觉得无论从哪方面讲，小燕都应该做她的女人。可如今，小燕跟了吉祥，他越想越觉得心里难受，遂产生了报复平安的想法，他认为自己得不到小燕，是平安从中作梗，是平安设计了一切，才使他不能和小燕在一起。

常青在西京生活了七八年，结识了一些社会朋友，他用电话把自己的痛苦和想法说给宋刚。宋刚比常青大七八岁，家住渭北原上，长得五大三粗，胸口长着长长的胸毛，双臂上刻着蓝色的龙，常年四季留着光头。常青是在看守所认识宋刚的，宋刚听了常青的诉说后，对常青说：“你傻呀，他们夺走了你的女人，你可以夺他们的财产呀！再说，这些财产本来也有你的份儿，是你用七八年时间帮他们积累的，就是按股份算，你也要占许多股的。”

常青听信了宋刚的话，觉得宋刚说得有道理，此刻，他想不起平安对他的好，想到的只是平安的精心设计，让自己儿子夺走了他心爱的女人。经过筹划，常青把平安经营了近十年的煤场廉价变卖给了宋刚，他们谈好协议，双方画押签字，等常青把字签完后，宋刚从身上掏出了一把刀，指着常青的胸口凶神恶煞般说：“你小子要是识相，立即从这座城市给我消失，否则，就到阎王爷那儿去报到吧！”

常青没有想到，宋刚会骗他，他哀求了半天，宋刚给了他两千元，拿到两千元后，常青从汉城消失了。

宋刚知道自己如此霸占煤场肯定会出问题，雇用了手下的马仔，短短几天，把平安屯积的煤处理掉，自己住进了煤场，支起牌桌，约一帮狐朋狗友天天打牌喝酒等平安。

半个月后，平安和淑玲回到煤场时，傻眼了。淑玲哭得死去活来，平安恨得咬牙切齿，平安要和宋刚说理，宋刚拿出了常青和他签的协议书。平安气得发疯，从地上捡起一块砖头向宋刚砸去。宋刚在监狱里当过牢头，他扔出的砖头还没到宋刚跟前，宋刚手中的斧头将他砍倒了……

我赶到中心医院时，淑玲、吉祥、小燕在手术室门外哭得一塌糊涂，我是用了记者证才得以进入手术室，医生做着手术，平安躺在手术台上，半个脑袋壳子向下垂着，我很清晰地看到止住流血后一个人大脑的结构是那样的复杂，我的心快要从胸腔里蹦出来。平安还在用手机回答着公安人员的询问。主刀大夫生气地从平安手中夺过电话，摔向手术室的墙角，并命令我立即从手术室消失。

手术做了两个小时，平安被白纱布包得严严实实，由护士推着从手术室里出来。平安的手机是我送给他的，西门子 S4，样式像砖头，很结实，医生用了那么大力气把手机摔到墙角，也没一丝损伤。主刀大夫走出手术室摘了口罩说："没有见过这样的人，咋那么硬实呢？大脑都快停止运动了，还能接电话！"

我苦笑着对主刀大夫说："这人是铁做的！"

主刀大夫摇摇头说："少见，真是很少见！"

手术后，平安一直没有睡着，他的脑子里想的是如何要回煤场。没有煤场，一家人连落脚的地方都没有。我家成了他们一家人暂时栖息的地方。住了三天院，平安就闹着要走，喊着地方小，急得慌，家里没有别人，小燕下班后就来做饭，吉祥放学后也回来吃饭。躺在床上的平安，从包头的纱布缝隙望着高晃晃的儿子和乖巧的准儿媳，木讷地说："日他妈，我们要是有这么一套房子该有多好，一家人团团圆圆的，像个人家过活呀！"小燕一边为平安喂水，一边说："只要你身体好了，大家一起努力，还愁买不下一套房子？"

吉祥用毛巾为平安擦着嘴边纱布上的奶液，安慰道："爸，你放心，我一毕业就去工作，到那时，你就可以休息了，房子的事，交给我们年轻人去办！"

我和淑玲坐在床边的沙发上，看着小燕和吉祥对平安的照顾，觉得像自己的儿女对待自己，心里很温暖。淑玲一直在抽泣，她既心疼丈夫又心疼儿子和准儿媳。喝完水，平安让吉祥把他扶起来，叫淑玲拿出两千元给我，让我叫杨思敏来。他对淑玲和吉祥说："现在只有杨思敏能帮咱，在这个城市，除了你王叔外，我就信杨律师！"

我走到床边对他说："这会儿杨思敏是帮不上你的，只有找到常青，杨思敏才能帮你，要想办法找到常青！"

提起常青，平安把身体移到床边往痰盂里吐了一口痰，恶狠狠地说："只要他狗日的还在这座城市，我就是挖地三尺也要把他找出来！"

他从病床上溜下来对淑玲说："给我三千元，我去找那驴日的，三天内我就能找到他！"

吉祥和小燕拉住了平安，限制了他的行动，吉祥说："你估计他在哪里？我去找，你身体这样咋去找呀！"

平安挣脱掉吉祥拉他的手，站起身子，扯了扯衣服说：“我有我的办法，你们不用管！”

正在此时，我的手机响了，单位的印刷出了问题，把一个人物的姓“江”字印成“汪”，总编让我们中层去报社研究解决方案，如何把发行出去的报纸从各地收回来。总编说，一个中层领导跑两个地区，我在电话中对总编说：“让我去汉中吧！”

总编笑着说：“想老婆了？”

我说：“公私兼营一回不行吗？”

总编说：“这回的事儿可不是弄着玩的，弄不好是丢帽子的。”

“丢也是你的帽子，我们的帽子不怕丢！”我回答道。

在汉中忙了一周，发出去的报纸一份没有外露，主渠道被我堵死，自办发行那一块，直接从邮局拉回来在汉江边毁之以炬。

刚回到西京，闻知平安夺回了煤场。虽然只是空场子，他们一家人有了栖身之地。

问平安是如何找到常青的。他告诉我是东城派出所找到的，他还告诉我，自那年他给东城派出所送了感谢信之后，一直和派出所保持着联系，每逢年过节，他都会给派出所的相关人送些礼品和土特产。他有自己的处世哲学，谁能说他的处世方式没有实用性呢？

他与派出所近十年的交往，我一点也不知道，由此可见，为了生存，他用了多少心机。

接下来的问题比较复杂，常青并没有收到卖煤场的钱，宋刚用协议骗了他。宋刚将平安的头砍伤后，领着自己一帮兄弟逃之夭夭。东城派出所找到常青后将其投进看守所，常青的交代一直在虚实之间变换，先说宋刚胁迫他写了手续，又说是自己起了报仇之心。人进了看守所，我和平安没有办法见到他。平安想到了杨思敏，以帮常青请律师为名，让杨思敏为常青作辩护，目的是让杨思敏从常青口中探到事情发生的真实经过。常青知道自己犯下不可饶恕的错误，抱着破罐破摔的心态与杨思敏周旋。每见一次杨思敏，给一个不同的说法，搞得杨思敏云里雾里找不到北。

“接下来的路应该咋走？”平安用手摸了摸头上的伤疤，问杨思敏。

杨思敏站在看守所围墙下想了很久才说：“还得下功夫找宋刚，找不到宋刚，什么办法也没有！”

平安又去了东城派出所，他希望东城派出所能帮他找到宋刚，派出所的人告诉他，事发地不属于他们管辖，他们有心无力。

平安又去北城派出所，把事情给当班的民警细说一遍，民警连看也没看他一眼说:“就你的事多，你从农村跑到城市，到底来做什么，是怕城市警察没事专门给警察们寻事呢，还是自己吃饱了撑得慌？我咋感觉就你事儿多呢？你看，不缴罚款是你，向纪委反映问题是你，给记者提供新闻也是你，陷害他人也是你，能不能回到乡下去好好过自己的田园生活，何必在这个本身不属于你的地盘上惹是生非，弄得别人不得安宁，搞得自己狼狈不堪。”

平安本来想和值班警察理论一番，他想起了上次被这家派出所拘留的经历，强忍住内心怒火，自己安慰自己说何必呢，没有办法，悻悻地离开了派出所。

走出派出所值班室，他纳闷起来，警察连看他也没有看，咋说的事全是他的事呢？他站定身子思索了半天，发现值班室对面有一面大镜子，警察是从镜子里看到他的。那一刻，他心里泛出一丝安慰，他在想，警察的口气生硬，态度恶劣，听话听音，说明警察其实是在操心他的事哩。

没有生意，一家人生活在西京是一件可怕的事，照此下去，连儿子的学费和生活费也拿不出了。平安越想越怕，头上的线还没有拆，四处乱跑，令他没有想到的是，就在这时，有人给他送钱来了。

十四

头场雪刚一落下，把市里的灰尘全部覆盖了。雪落在树上，树枝胖了，雪落在地上，化了黑水，街道到处湿漉漉的。雪将入冬以来笼罩在城市头上的土盖头揭开了，也把树枝和街景上的脏气洗干净了。

我们单位召开年终总结会，人人喝得醉醺醺的，大家到城市中心广场借着雪景去拍照，总编说要把“全家福”印在报纸上。正在我们拍照时，小燕发传呼给我，说晚上请我吃饭，已经订下饭店，还说她爸也要来，请我一定给她个面子。小燕说话的语气和过去有着天壤之别。城市宛若一座开满不同学科的学校，把一个当年一脸黑煤渍只知道砸煤块的姑娘，教育成了能说一口标准普通话，且话语中含有文学色彩和官腔成分的蓝领。我答应了小燕，我想，小燕可能要订婚，或者是晋级了，依小燕的好学精神，当个照排室主任不是没有可能。我工作十几年，认识了不少同行，小燕所在的报社是个所谓的“小报”，没有我们有影响力，也是新闻繁荣的一分子。我干这一行久了，有点体会，像照排、发行、拉广告、跑赞助之类的人才，不需要学历，多是农民工，大学生们是不会静心去做那些的，拉赞助和跑广告业绩好的，往往是具有农民工身份的员工，他们没有学历、没有文化知识、没有什么资本可以炫耀，他们头脑灵活，在拉赞助时说话没有官腔，为了在城市生存，他们不怎么顾及脸面，他们的业绩往往比有学历、有文凭的大学生们好，他们的出现，为时代创造了一个新名词——打工记者。

晚饭定在汉城一家有档次的临街饭馆。我赶到时，小燕和他父亲已坐在餐桌旁。第一次见小燕的父亲，一位来自渭北旱原上的果农，脸上爬满了括号，牙齿满是水渍，黄中泛黑，说话粗声大气，但每说一句话落地有声。他粗壮有力的大手和我相握时，口中浓烈的烟草味一下子就喷到了我的脸上，他一脸兴奋对我说：“王记者，早就应该来谢你的，总觉得和你们文化人坐不到一块，今日是硬着头皮来了，不来不行呀，再不来，我就不算人了！”

我不知道自己要说什么，还没有张口，他又说：“燕子能有今天，全是你和他平安叔给的，听娃说他平安叔最近遇到一些难处，我是来帮他的！”

他扭头朝门外看了一下，发现平安还没有来，转过脸笑嘻嘻对我说：“王记者，是这样，我这儿带了三万块钱，想通过你转给他平安叔，让他渡过难关，你看行不？”

他终于给了我说话机会，我一时不知道如何回答他，想了一会儿说：“这事要等老孟来了再说，我不好定！”

小燕抢着说：“王叔，是这样，我和吉祥的婚事今晚定哩，你也看到了，我爸就我这么一个女儿，他这些年的辛苦全为了我，我遇到困难了，他肯定是要帮的。但贴钱嫁女，不但理说不通，旁人也会笑话，恐怕平安叔也不同意，他是一个啥性格的人，你比我清楚，所以，我爸想通过你来转这些钱，给平安叔留个面子，又能解决他的困难。这样做，反过来还是为了我，你说呢，王叔？”

看着小燕父亲诚实的笑脸，我能说什么呢？什么是关中人的厚道，一件事情的发生，让我比读多少古今书籍都更明了和直接地了解了这一点。

小燕父亲点燃一支烟吸着，一脸笑意说：“王记者，咱虽然没有见过面，但对你和他平安叔的为人，燕子给我说得多了。不说别的，就你们给燕子安排的这前程，我打心眼里佩服你。人说我们关中人厚道，我看你们陕南人更有远见卓识，燕子给我说，她已经当了什么主任，你看看，一个农村娃，连大学的门朝哪儿开都不知道，还能在这大城市当个什么主任，听起来有些天方夜谭，我一直认为燕子是哄我开心哩，今日到燕子单位一看，人家那些人一口一个主任地叫着，你不知道，我这心里呀，都不知道咋比喻了。这些呀，全是你和她平安叔的功劳。现在，他平安叔遇到困难了，你说我不帮行吗？”

平安一直说我是他的贵人，没想到，还有人与我争着做他的贵人，听了小燕父亲的一通表白，我的心快要从胸腔里跳出来，真想不到，一个弓着腰的平安，有何德何能，让那么多人为他操心，为他分忧。

杨思敏说得很对，真诚，真诚是一个人的立身之本，真诚是一个人处世的灵魂，一个人，只要心是真诚的，这个世界上就没有他的敌人。杨思敏还说过，她为什么喜欢帮助平安，因为她欣赏他的真诚，还有他坚韧不拔的毅力，她曾对我绘声绘色地说，一个人的真诚，可以感动世界，让你宁愿无偿地为他做任何事情。我想，小燕的父亲一定是被平安的真诚感动了，虽然他没有见过平安，但他已经从女儿身上感受到了平安的真诚。

平安和淑玲一块走进饭店，小燕的父亲经女儿的指点从玻璃窗外的飞雪中看到平安后，立即起身去迎接，两双粗糙的手握到一起时，我似乎看到真诚的火花在饭店门口闪闪发光，照耀天空，那光亮使街上的飞雪停止了降落，使饭店的灯光显得暗淡。

看着平安头上像苗族男人一样包着的纱布，小燕父亲用手轻轻地摸着说："还疼不？可不敢这样乱跑呀？一定要包严实，可不能冻着了！"

平安从头上抓住小燕父亲的手说："没大的事儿，不疼了，一点都不疼了！"

说过，他拉着小燕父亲的手径直走到餐桌边。

大家坐定后，平安憨笑着从棉衣口袋中掏出一瓶茅台酒小心翼翼地放到桌面上，他对我说："兄弟呀，今日你也要破费哩，我看这饭菜你就买单吧？"

小燕忙站起来对平安说："叔，不要王叔买单，我已经向吧台交了钱！"

平安一边把一盒中华烟的锡纸撕开，一边说："你王叔是你们的亲叔，他这亲叔可不是白当哩，你们订婚，他不破费咋行哩？"

平安把烟递给小燕的父亲，故意不给我散发，却把烟盒在手把玩着说："你看咋办吧？反正我目前是一穷二白了，你当弟的，这时不出手搭救，等到何时呀？"

淑玲站了起来，一把夺过平安手中的烟盒对他说："别胡说八道，他叔给咱帮的忙还少呀，没有他叔，怕你坟上的草都几尺高了。"她抽出一支烟双手递给我说："你哥就是这人，别见怪，你比我了解他！"

小燕父亲听淑玲如此说，帮腔道："其实呀，你们的啥事女子都给我说了。王记者，你知道我最佩服你哥哪一块，就是那年香港回归，警察查三无人员要带走小燕那一段。女子回去给我一说，从那时起，我就认定他叔是个汉子，就想着，一定要和他成为兄弟，没想到，如今让两个娃帮我圆梦了。"

我们正说着，吉祥提着一大盒蛋糕大步流星地进了饭店，小燕父亲站起来看着吉祥，眼中放出异样的光，脸上的皱纹平展了，也搓着一双大手开心地对我说："兄弟呀，你是个能人，也是我们俩家人的贵人。"

他看似在表扬我，其实是在表达对吉祥的赞美。不说别的，就吉祥的个头他一定十分欣赏，他的个头和平安不差上下，一个矮个头的人，看到自己晚辈长得那么高，心里怎能不激动呢？

饭吃得很可口，大家很少说话，小燕一会儿给这个夹菜，一会儿给那个添酒添水递纸巾。毕竟是第一次见面，平安收敛着自己一贯自由散漫的个性，小燕父亲只低着头喝酒吃菜，小燕劝父亲少喝酒多吃菜，父亲抬头看着平安说："我有数的！"

小燕不停地给我倒酒，喝过几杯后，我觉得酒的味道不太对路，正在我细品时，小燕父亲却说："这茅台酒呀，真是好酒，过去只听人说过，从来没有喝过，不怕你们笑话，长这么大，还是第一次喝这东西，在咱们农村，茅台酒只是个名词，就像中华烟一样，知道的人多，真正喝的抽的没有几个人。"

小燕父亲话一出口，我发现平安脸上的肌肉抽缩了一下，紧接着他的脸浮上了红色，我知道他是心虚，连忙举起酒杯与小燕父亲碰了一下说："是呀，这东西只有国宴上常有，平常百姓谁喝得起呢！"

小燕父亲喝起酒来和他个性一样，非常豪爽，像喝水一样没有感觉，这一点和平安不差上下，酒杯到了嘴边，吱溜一声，酒杯连倾斜的角度都免了，酒就到了腹腔中。女儿不住停地劝他，他说，好娃哩，今日是喝酒的日子，你就让爸美美过个瘾嘛。我们开心地看着父女，为小燕父亲喝酒的动作惊叹着，平安很少喝，他一直做思考状。他一端起酒杯，淑玲就拽了他的衣袖说："别喝了，自己头上的伤自己不知道呀，晚上还要开车送煤哩！"

平安把酒杯在嘴边抿一下，轻轻放下。酒喝得差不多时，还没有等我把小燕父亲送钱给平安的事说出来，我一直在思考，用什么样的方式说此事比较恰当。小燕父亲却把三万元从背包里掏出来往桌子上一拍，笑嘻嘻地对平安说："亲家，听燕子说你最近遇到困难，我把今年卖果子的钱给你带来了，虽然咱是第一次见面，但你兄弟的为人和本事我早就明白了，我敢把钱给你，就是相信你，你也别笑话我，说我怕女子嫁不出去，给人塞钱嫁女哩，咱都是农村人，农村人讲究个实在，我感激你哩。我就这么一个女儿，我的一切全是她的，我活也是为她活，死也是为她死。娃他妈走得早，娃没上好学，没想到你和王记者把娃安排得如此好，我打心眼里感激你们！"

平安的脸上挂上红色，像涂了浓浓的脂粉，我看到他站起来时身子有些颤悠，淑玲也动情了，扶着平安，两人一起走到小燕父亲身边。我想不出他们到小燕父亲跟前去做什么，我担心一直没有说话的平安是要去拥抱小燕父亲。令我没有想到的是，平安并不是去接那三万元，也不是去拥抱小燕的父亲，而是扑通一声跪在小燕父亲面前，平安的跪拜，引来饭店不少人的注目。小燕父亲没有想到平安会行如此大礼，急忙从凳子上站了起来弯下腰扶起平安说："兄弟，别这样，你这样我受不起呀！"

平安并没有在地上跪多久，被小燕和吉祥扶了起来，他抓住小燕父亲的手动情地说："兄弟，你，你，你让我说什么好呢？我不知道你是来帮我哩，还是来糟蹋我哩，你这样做，我明天哪还有脸活在世上呢？"

平安的话一出口，我的心跳加速，我担心小燕父亲被平安的话激怒，产生令人想不到的结果。但我的担心实在是多余了，小燕父亲不但没有生气，反而放声朗笑道："你呀，我的兄弟，真是个活宝，你想啥就是啥，只要你认了我这个兄弟，认下我这个女儿做你的儿媳，咋都行，我把女子给你，把钱给你，我都不怕人笑话，你还怕啥，就是有人笑话，那也是笑话我哩！”

平安紧紧抱住小燕的父亲，头拱在小燕父亲怀里，像一个受尽委屈的儿子抱住父亲，张开嘴哇哇大哭，哭声很凄惨，哭得饭店服务员跑过来看究竟，哭得我们饭桌上的人不知所措。与平安相处十多年，无论受多重的伤痛，受多大的委屈，从来没有见他哭过，连眼泪也没有掉过一滴。可他在一个陌生男人怀里如此啼哭，一般人是难以理解的，我想，小燕父亲一定是理解的。

事后，我把平安抱住小燕父亲哭的场景说给杨思敏，杨思敏思考了半天一脸深沉说：“那不是哭，是倾诉，是一个人在绝望时的情感发泄。你想想，他不能对儿女哭，不能对老婆哭，更不能对你哭，只有小燕父亲才适合他的倾诉，因为他相信小燕的父亲才能兑现他的心思。”

本来我们要阻挡平安再哭下去的，小燕父亲挥手阻止了，他用一双粗糙的手轻轻地拍着平安背上的罗锅，一直到平安从他的怀里把头抬起来。

吉祥早已把为平安擦泪的纸巾拿在手上，平安接过纸巾擦掉眼泪露出尴尬的微笑说：“坐，来，坐下！”

他端起一杯酒一饮而尽说：“让大家见笑了，我也不知道自己咋会哭呢，但我告诉你们，我真的没有醉，真的！”

我知道平安没有醉，依了他的酒量，放在平常，喝一瓶也不会醉，虽然茅台酒瓶里装的不是真茅台，但亦不是劣质酒，他是心里憋屈。

看到平安恢复了常态，小燕重新把他父亲那三万元推到平安面前，小燕说：“叔，这钱你一定要拿上，这是我和我爸的一点心意，只要你度过这个坎儿，啥都好说。”

在我的想象中，平安是不会接受三万元的，但平安做事，常常又出人意料。他从饭桌旁笑嘻嘻地站了起来，在众目睽睽之下，很自如地用双臂将那一沓钱轻轻地揽入怀中，再用双手从饭桌上缓缓地将钱捧起来交给身边的淑玲，淑玲一时没有反应过来，她站起来用眼睛瞪着自己的男人说：“你真是喝多了，这钱咋能收呢，你好糊涂呀你！”

平安听淑玲如此说，生气了，他说：“让你拿着就拿着，这是咱亲家的心意，咱为啥不接，不接，就是对亲家不恭，不敬，就是没给亲家面子！”

小燕父亲看到平安喜滋滋地接了钱，脸笑得像苹果花似的说：“这就对了，咱农村人，一就是一，二就是二，你这样真实，我把娃交给你才放心，我一辈子就喜欢直来直去！”

平安看着我，他的目光中多了一些我读不懂的流波，他知道我对他的做法一定不理解，其实我真的不理解。他说："他叔，把你的纸和笔让我用一下，我要给我亲家写东西！"

我还没有从包中找到笔和纸，站在一边的服务员已把笔和纸递到平安手中，平安很快在纸上写了一张借条，然后把笔递给服务员。一瞬间，他用牙咬破自己的右手食指，在纸上两处黑字上按上带血的指印。他把纸交给我，让我也在上面签字证明。当我看到六万元的数字时，我发愣了，我对一脸平静的平安说："只有三万，为什么是六万元？"

平安歪着头咬着牙说："我接到的就是六万元！"饭桌上的人听我说出六万元的数字都发出了唏嘘之声。

淑玲忙着从包里掏出钱要清点，平安迅疾用手按住她说："不用数，就是六万元，我看到的就是六万，不会错的！"

我有些为难，看着平安，看着小燕父亲，不知道如何处理。平安说："你签字吧，兄弟，不会错的，你要是不签这个字，说明你白和我打了这么多年交道。"

平安如此一说，我突然间茅塞顿开，信手在借条上写上我的名字。

签过字的字条平安并没有给小燕的父亲，他自己很仔细地把字条叠起来装入自己的口袋，然后重新举起酒杯对我和小燕父亲说："从今以后，咱三个就是兄弟，咱不拜把子，也不结盟，更不用滴血，咱就是亲兄弟！"

我们三人同饮后，小燕再度给我们的酒杯里添了酒，平安又举起酒杯对小燕父亲说："来亲家，咱俩单独干一杯！"

小燕父亲一扬头将酒送入口中，亮起酒杯笑呵呵地说："老孟呀，我不相信你，咋能把娃交给你呢？啥都不说了，咱们开始吃蛋糕！"

平安把酒杯往桌子上重重一放说："先不急，还有程序没有走完。"他示意淑玲把一个精致的盒子递给小燕，他对小燕说："女子，这是我和你婶给你的心意，分量轻一些，但材料是货真价实的！"

小燕从淑玲手中接过盒子打开，一副金光闪闪的手镯呈现在盒子里。小燕说："叔，你现在正需要钱，你这样做，有点太……"

平安一脸得意地说："没事，叔再没钱，也不会亏待你的，只要你和吉祥都有进步，叔就是死了，也是笑着的！"

淑玲帮小燕戴上手镯，小燕把手举起来让大家看，平安满意地说："我不喜欢女孩子戴什么项链、戒指和耳环什么的，咱戴金镯子，袖在袖筒里，不显山不露水，在城里，咱是普通人，更是朴实人，咱不能和这个城里的人比，咱比不过人家。回到乡下，别人看咱很顺眼，咱不张扬，咱有金子在身，咱就是金命，比啥都好！”

小燕用欣喜的目光呆呆地看着手上的镯子，很是激动，她站起来向平安和淑玲鞠了一躬说道：“谢谢叔和婶！”

“小燕，咋还是叔呢，当改口了呀！”我笑着逗趣道。

小燕父亲也说：“女子，从今天起，不能叫叔了，叫爸，叫妈，重来！”

小燕站起来走到淑玲跟前，淑玲早做好了迎接小燕的准备。小燕一声长长的“妈”的呼叫，两个女人紧紧拥抱在一起，接着，小燕像平安一样放声大哭起来。小燕一哭，惹得一桌子人都流了泪，小燕的父亲一边擦眼泪一边说：“娃二十多年没有叫过妈了，让她哭吧！”

说过，他拿起酒杯与我和平安碰了一下。

小燕哭了许久才从淑玲怀里抬起头来，淑玲扶着小燕坐在自己身边，给小燕擦着眼泪说：“妈理解我娃的心情，不瞒你说，妈和你一样也是三岁时就没有了妈。所以，妈以后知道咋样心疼我娃，咋样把一份母爱还给我娃，只要我娃不嫌妈长得丑，不嫌妈身上的汗味，就行！”

她用双手抱了小燕的脸，在小燕的额头上亲了一口。

小燕再次紧紧拥抱了淑玲，她笑眯眯地用双手轻轻摸着淑玲的脸，重重地在她的脸上亲了一口说：“妈，天下哪有儿女嫌母丑的，再说就我妈这人样，这个头，我看就是个中年模特呢！”

吉祥早已把蛋糕分成一份一份的放在纸碟里，我们开始吃着蛋糕，饭店的广播里突然响起了李谷一的《难忘今宵》。

散席后，众人出了门，我借口小解，重新回到饭店，问吧台服务生：“你们为什么会播放《难忘今宵》呢？”收银员告诉我说：“是刚才那个在地上下跪的先生专门花钱请我们放的！”

这个平安，有几人能读懂他呢？

小燕父亲走后的第二天，我发现我家酒柜中收藏的茅台酒瓶少了一个，打电话问平安那晚喝的茅台酒是咋回事？他在电话中嬉皮笑脸地说：“烟酒都是你的，烟是从你的书柜里偷的，酒不是真的，瓶是真的，瓶也是从你家拿的，但酒瓶里酒绝对是好酒，也是我花了几百块买的呢！”

我说：“你呀，以后不能这样做，你看人家小燕父亲是个多好的人，你却给人家喝冒牌酒！”

他说：“我要是知道人家能送那么多钱给我，打死我也不会那样做，你放心，他下次来，我一定买一瓶真茅台请他喝！”

十五

平安用小燕父亲给的钱和我帮他凑的钱，带着吉祥连倒了几车煤，按薄利多销的原则，将煤送给用户，钱却收不回来。有天晚上，我很晚回家，平安和淑玲站在楼下的雪地里等我，进了门，我问平安："是不是又出了什么事儿？"

平安住到汉城后，来我家次数少了。他一来，准有事。不像过去，住得近，抬脚就到。他有了他的圈子，一家忙生计，吉祥一天天长大，学会扛事儿，不像过去，大小事都靠我权衡利弊。

我想他这次来，一定是让我想办法帮他收外欠账，多日前，他打电话告诉我说，钱收不回来，他快急疯了。

平安把鞋上的雪在门外的脚垫上细细地擦后说："没啥事，心里空，想找几本书看看。"听他如此说，我心里一块石头落了地。

进了门，他一头扎进书房，淑玲和过去一样，忙着在灯光下替我收拾房子，一边收拾一边说："你老丈人到底是个啥宝贝疙瘩？你老婆对他那么贴心，连自己的男人也不要了，一走就是这些年，也不回来看你，不怕你在外边有了别人？"

我说："她父母就那么一个宝贝女子，没有儿子，也没有人接替她，两个老人躺在床上不能动，她不伺候谁管呀？"

淑玲停了手中的活计道："你把他们接过来，放到我们的场子里，我来管他们，保证把他们管好！"

我从书房走到客厅淑玲身边说："就你们的日子，把你们都过得焦头烂额的，再给你们添麻烦，还不把你们的日子又弄乱了？"

淑玲拄着拖把挺起身子，看着我认真地说："我是心疼你哩，你说你这么好一个人，把我们一家子弄得周围全全的，自己却过着和尚的日子，嫂子心酸哩！"

我说："我没有感觉有啥不好的，我爱写文章，喜欢一个人清静！"

平安把书选好了。他拿出一本《厚黑学》，一本《社交艺术》，一本《孙子兵法》，他拿着书走到客厅，往沙发上一坐说："是这样，还有一个月就要过年了，今年的年咋过，咱要好好做个计划。"

"我没有计划，肯定是要回汉中的！"我不假思索地回答他。

平安翻动书页说："我知道你去汉中乡下的，我是说我和你嫂子同你一起到汉中去！"

我说："这怕不好吧，吉祥刚定了亲，你们应该去渭北看亲家的！"

他把书捧在胸前站起来说："让吉祥和小燕去就行了，你说，咱们在一起生活了这么多年，连弟妹是啥样子都不知道。我说话你不要见外，我老认为你在骗我们，也许你压根就没有老婆，或者说早已离婚了！"

细心想想，他说的不是没有道理，身居汉中午子山下的妻子和女儿，连我在西京从平房搬到楼房，楼房是什么样儿都不知道，有时我也在想，那个女人还是不是自己的妻子呢？

我想了一会儿说："行，今年就去汉中过年，让你们上一回午子山，敬敬神，让神保护你们一切顺利。"

平安和淑玲脸上乐开了花。平安说："还别说，我进城这么多年，除了去宁夏购煤，什么地方都没去过。听说汉中是个盆地，冬天地里还是绿茵茵的，这回咱去见识一下，现在不是时兴旅游过年吗，咱也时髦一回，给他过个旅游年，去去晦气！"

我说："这些都不重要，重要的是，那个宋刚案没有了结，你的外欠款还有那么多没有收回来。你们要把心思放在正事上，现在，儿子有了媳妇，吉祥明年就要毕业，这些对你们才是头等大事，不要为我太操心，拿了你亲家的钱，要把钱用在刀刃上，别辜负了人家的希望！"

平安在客厅里徘徊，翻动着手中的书页呢喃道："这些你不要管，我有数，我从你这儿借书的目的，就是寻找方案，解决这些问题！"

我无奈地笑了笑，说："希望这些书对你有帮助！"

平安读完《厚黑学》和《孙子兵法》后不几天，就想出了把不利因素转变成有利因素的办法。

头上的缝线已过了拆线日期，他不但不拆线，还跑到医院让护士给他重新包上纱布，护士有些不解，他问护士，延长拆线日期有什么副作用，护士一二三讲了一大堆道理。平安焦急地问护士过期拆线不会丢了性命吧，护士说那倒不会，因为现在是冬天，感染的机会也不多。平安兴奋地说："那就再给我几天日子，等我处理完杂事，再来拆线。"护士没有办法，只好按平安的要求为他在头上包了新纱布。

全国都在清理三角债，国务院为了处理三角债成立了领导小组。平安被三角债困扰着，他欠着宁夏人的煤钱，许多饭店欠着他的煤钱，有些账他要了许多次，也没有要到。他想从书中找到要账的办法，他的计划，一是要借助国家的政策去要债，二是借助他的伤势去要债。他重新为自己制作了名片，原来的名片是城北生活用煤销售公司总经理，他又在名片中加上公司发展顾问：秦城法律事务所主任律师杨思敏、《企业报》主任记者王起哲。王起哲自然是我。有了新名片，他觉得要想全部收回外欠款，光这些条件还不够，他从医院要回了自己的 CT 片，让淑玲帮他复印了报纸上刊登的各级领导关于清理三角债的讲话。他带着这些东西开始讨账，他对我说，自己给自己订立了目标，力争在半个月内，要回五万六千元外欠账的百分之八十。

初雪下过，天放晴了。平安拄着一根木棍，带着欠条、带着自己的名片、带着医院的 CT 片子开始出门要账了。我告诉他："你这样做，不一定有好的效果，因为那些欠你账的人，都是个体户，他们不一定认知政策和法律。"他把复印了许多各级领导关于清理三角债问题的讲话拿出来让我看，说他还加了几种办法，一是发名片，发各级领导关于清理三角债问题的讲话，震慑欠债人，进行心理攻势；二是以情动人，讲自己的不幸遭遇，让欠债人看他的伤，看他的 CT 片，看他的住院手续。他说，他相信大多数人是有同情心的，听到他的遭遇一定会给他钱的；三是他拿出了一张他和吉祥几个同学的合影，那些同学全穿着警服，他站那些年轻的学子当中，一手拿着一沓欠条，一手在空中挥舞着。

我不知道他的想法能否实现，但我已对他的超常思维产生好奇。在这个繁华的城市，农民工是卑微的人群，他们的智慧不比那些西装革履、开着豪华轿车的人低几分。杨思敏说过，平安是怀着一腔清新的空气活在这个已经有些污浊的环境中，他已被污浊的气息有些污染了，他的单纯随着他腹腔里那些清新的空气消逝了。杨思敏还说过，过去的平安是一头只知道低头拉磨的牛，现在他已经被生活打造成一匹马，一匹不光会拉磨，还会拉车、还会载人、还会供人骑着观光的马。牛和马都是一个头，一条尾巴，四个蹄子，但马比牛有了更多见识。牛的本性是安逸和本分，而马则是奔放和张扬，牛拉磨是蹈常袭故，而马拉车则是开拓进取。

我和小燕也在一起商量，想用媒体的力量，借助国家清理三角债的机遇帮平安要账，我们想了许久也没有想出可操作性的办法。

平安用自己独到的阴阳相配的方法开始要账了，要到第十天的晚上，他穿着厚厚的大衣喜滋滋地到我家来，刚一见到我，就兴奋地说："我的办法成功了，几个欠债的人，听了国家的政策，听了我的诉说，看了我的伤情，主动把钱给我了。"

我也替他高兴，问他："头上的线拆没有？"

他用手摸着头傻笑着说："暂时先不拆，账还没有要完哩！"

我说："那你要保护好头，不要让伤口受凉！"他说："我戴着棉帽子，这不是急着想给你报喜吗？走得急，出汗了！"说过，他又把一顶多少年人们看不到的绿色栽绒帽扣在头上，帽子上一枚金属红五星特别耀眼。

我想象着，平安一定是采取了软硬兼施的办法，先来软的，后来硬的，硬的不行，再来软的收回了一些欠债。我为他倒了杯水让他坐下对他说："你能不能把你要账中最典型的例子给我讲一个！"

他用口中的粗气吹去杯子上面的茶梗，深深地吮了一口说："最典型的，这要让我好好想想！"

想了一会儿，他说："还是别说了，要我说，每一件都是最典型的！"

我说："那你就说最刺激的！"

他向我要了一支烟拿在手上，在茶几面上弹了几下说："你是不是要把这些东西写成文章呀？"

我说："我不写，你讲吧，别卖关子了！"他从口袋中掏出一只手枪对准我。我怕那里面真的射出子弹，忙躲避着说："行了，行了，不说就不说，还动武呀！"

他扣动了扳机，一股火苗喷了出来，他用长长的火苗点燃烟后吸了一口笑哈哈地说："最典型的，就是这个打火机，这是我的精神战利品！"

他要账的第一天，就碰到一个难缠的主儿，他给那个老板宣读了各级领导讲话，那老板坐在写字台前抽着烟连动也没有动，平安接着把编好的自己悲惨境遇给老板讲了一遍，老板坐着没有动，平安一想，这家伙刀枪不入，就想到实施自己计划的第四种方案。这种方案他从来没有给我说过，那就是采用跳楼要账法，脏老板的摊子，引起社会关注。

老板是开饭店的，一听说平安要跳楼，含在口中的烟还没有来得及点，忙从桌子边站起来，老板一挥手，一支黑幽幽的手枪对准了平安，平安看到老板动了真的，心里一阵慌乱，随即又沉静下来，他在想，这个老板这么大的家业，怎会因几千元的煤钱毁掉自己呢？望着黑幽幽的枪口，他哈哈大笑着说："不错，不错，混了半辈子，从来没有想过这种死法，来，开枪，这样的话，我儿子也好收尸！"

他说着，转过身子，把自己的正面给了老板。

老板并没有放弃用枪指他的举动，而是一步步走近他，他也没有退缩，他对老板说："稍等一下，把我儿子的照片和地址给你，我死了，你好通知他收尸！"说着，他从口袋掏出一张大照片甩在老板脚下，老板从地上捡起照片看着，忍不住笑道："你这家伙，要是放在战争年代，准是一条好汉！"说完，老板依然将枪对准他扣动了扳机，一股火苗从枪口冒了出来，老板用火苗点燃了自己口中的香烟。

老板重新坐回自己的位置，把"手枪"放在电话机旁边，笑呵呵地招呼他坐下。老板问他："你做的说的这些，哪些是真的，哪些是假的？"

他从老板面前的椅子上站起来说："没有一点是假的，你可以解开我头上的纱布看看伤，也可以给我儿子的学校打电话，核实我儿子的身份，也可以给我的律师打电话，你也可以给我表弟打电话，我表弟是记者，电话名片上有！"

老板打了我的电话，那时我正在筹划报纸副刊的贺年版。老板核实了我的身份后说，他们饭店想用媒体给顾客拜个年，让我有时间去他们那里，洽谈一下合作事宜。我说："当然好呀，一定会让你满意。"我没有想到，那时候，平安刚从惊恐中出来，坐在老板对面，且经历了生死考验。

老板不但结清了平安的钱，还把"手枪"送给了他。

平安说完后，我接过"手枪"细细看，打火机上全是俄文。

笑过之后他又说："还有些钉子户的账收不回来，我要和你商量，针对赖账不还的钉子户该用什么办法？"

我说："用枪呀！"

他说："虽然这枪是假的，也不能处处都用，要是让公安局知道了，这年就没法过了！"

我笑着说："你还有怕的时候呀？"

他拍拍落在身上的烟灰说："过去光身一人，当然啥都不怕，现在咱也是有身份的嘛，儿子要当警察，儿媳还在文化单位工作，咱不能做那些没水准的事，就是要账，咱也要走正道！"

我想了半天说："还真想不出好办法！"

我绞尽脑汁想不出办法，他却轻而易举想出来了办法，他背着我写了许多材料，到欠账人所属的劳动局、工商局、派出所去投诉，材料交了不少，一点反应没有。最后他又去了法院，报纸上天天报道，某某法院为多少个农民工要回多少工资。法院人告诉他，法院主要承担的是建筑工地上的农民工工资，你属于债务纠纷，不属于拖欠农民工工资。法院人还告诉他，要回货款，需要走法律诉讼。平安问："那样收钱不收？"

法院人说："当然要收的！"

他没有再说什么，转过身离开法院。回到家，他急得团团转。转得头昏脑涨，眼花缭乱。淑玲看后也着急，破例为丈夫买了几瓶啤酒让他喝，啤酒一喝，果然喝出了新的想法。他把所有欠账人的姓名和电话写到一张纸上，又让淑玲复印了许多份。第二天，他买了两块白布，先在一块白布上写上一个大红的冤字，又在另一块白布上写上自己的“冤情”，让淑玲把冤字缝在自己背上。做好准备后，到我家告诉我他的计划，他想让我帮他组织小报记者。我想，他的做法也许能产生社会效果，有了社会效果，就能帮助许多同他一样在这个城市打拼的农民工，也不违法，答应帮他组织几个记者。

小雪飘飘洒洒地下着，嘈杂的城市在飞雪中冷静下来，昔日的嘈杂没有了，那些在马路上行驶的各种车辆，像孩子蹒跚学步，没了过往的疯狂，十字路口的红绿灯给人的感觉多了起来，那些平时给司机带来欢畅的绿灯，似被雪冷藏起来。机关单位里，越是下雪天气，人们上班反而越比平时早了。

淑玲开着三轮车，把身背冤字的平安早早送到市政府大门外。到市政府大门口，平安端端正正地跪在市政府门口的飞雪中。他刚一跪下，各路记者的镁光灯对着他不停地闪烁，引起不少机关干部的围观，出入市政府大门的各种车辆排着长队停在门口，喇叭声此起彼伏。几个保安要拉平安离开，记者的照相机跟了过去，保安只好松手。大约过了十几分钟，一位领导模样的女人来到平安跟前，她身后跟着两个年轻英俊的小伙。女领导从地上扶起平安，为平安掸掉身上的雪，邀请平安到接待室，记者们寻声也到接待室，女领导问明情况后，让跟随她的男秘书不停地打电话。女领导还亲自给平安倒了冒着热气的水。平安捧着水杯的手不住地发抖，他把自己的经历一五一十地说给女领导。过了许久，几辆小车风驰电掣开进市政府大院，车上下来几个劳动、工商、公安部门的领导，女领导把平安用白布写的情况挂在接待室的墙上，让前来的人们细细看了一遍，劳动和公安部门的人说：“这不属于我们的管理范畴！”女领导冷了脸色说：“什么属于不属于，年终协助农民工讨要工资，是当前每一个部门的主要工作，不分什么管理范畴，你劳动部门不是管劳资纠纷吗？你说这不属于你们的工作范畴，什么属于你们的工作？”劳动部门的人还要说什么。女领导挥挥手说：“行了，总之就这么个事，工商部门牵头，其他部门协助解决，再不兑付，让他们停止营业！”

女领导让秘书把平安拿的欠债人的名单和电话复印后发给工商和公安部门领导，她讲此话时，记者的镜头全对住了她。女领导问平安：“老师傅，你看这样行吗？”

平安忙趴在地上给女领导磕头，女领导再次从地上扶起平安，语重心长地对平安说：“师傅，以后不许这样做了，有什么事儿，就说什么事儿。”

女领导又凑到平安耳边，跟平安低语了什么，平安点头哈腰说是是是。之后两人再次握了手，女领导在一帮人的陪同下走进了办公室大楼，平安还傻乎乎地目送着远去的女领导，他使劲吸着女领导留在空气中香甜的气息，另一只手揉搓着女领导握过的那只手。

一些雪从空中掉下来砸在平安的脸上，他没有用手摸脸上的雪，他后来对我说他怕脸上的雪染了手，女领导握过的手的温度就没有了。

记者们走出市政府大门，大家忙着回去写稿件。我发现小燕穿着一件艳红的风雪衣站在门外，小燕发现了我，忙扯了我的衣袖将我拉到一边，急匆匆从口袋中掏出一沓钱塞在我手中说："王叔，我爸说了，让你把这些钱给人家记者，一人二百块，这是昨天晚上我爸给的！"

听小燕如此说，我攥着钱，想了一会儿说："那行吧，你去忙吧！"

我一想有点不对，又对小燕说："这钱你给记者们发，一人只发一百，听我的！"

我把记者们叫到离市政府大门远一点地方对他们说："感谢大家今天冒雪来为一个农民工帮忙，来，这是一点误餐费！"我的话刚一落，小报记者们纷纷前来领取，几家大报的记者站在远处压根没有动，其中一个大报记者对我说："王哥，你可是带头违规哟，让我先给你来个报道！"

说着他们举起相机，对着我啪啪啪乱拍一通。我知道大报记者在想什么，他们看到了我给小报记者的数额，嫌一百元太少。

领了误餐费后小报记者们纷纷踏雪离去，我和小燕走到大报记者跟前，我笑着说："你们呀，报大胃口大，我要的篇幅也要大！"

好在没有几家大报，我给我不熟悉的几个年轻记者每人发二百元，让小燕收了他们的名片后他们就走了。晚报记者对我说："我就不要了！"

我问他："为什么？"

他笑着说："昨天晚上你表哥已给我提前送了！"

他示意小燕离开，神秘地对我说："你这个表哥呀，别看是个小人物，这家伙的脑子是我见过的农民工中最聪明的，这可是个标准的小说人物，你把他写出来，我建议我们领导在副刊上给你连载！"

我说："这是后话，你准备咋做这条新闻呢？"

他说："我只做一张照片，把照片放大放在头版中间位置，主题是年终将近，市领导帮农民工讨工资！"

我说："不错！一定要给咱整好，你们是关键，至于其他报纸，包括我们的报纸，都起不到多大作用！"

晚上我刚回到家，淑玲就来敲门。她一脸兴奋地说：“你的电话咋不通了，打死也不通。”

我问她：“老孟呢？”

“忙着收钱去了！”

我又问：“你不和他一起去收账，到我这儿干啥吗？雪这么大，他头上又有伤，他开车要是出了问题咋办？”淑玲赔着笑脸开玩笑说：“平安让我来谢你哩，我不知道咋谢哩，他说让我今晚住你这儿！”

她一边说，一边从厨房找了扫帚，清扫着地上进门时带进来的雪，又打开煤气灶烧水。我刚坐到沙发上，她又从鞋架拿一条毛巾为我擦拭鞋上的雪和泥。

我从她手中夺过毛巾自己擦着鞋问她，：“你打算咋谢我哩？”

她笑嘻嘻地说：“我不知道哩，你想咋谢就咋谢，只要我能做的，咋谢都行！”

我说：“行了，美美说话，别乱开玩笑，我可是一个光棍，你别让我误入歧途！”

她一边往暖壶里灌水一边说：“就你这人，坐怀不乱、刀枪不入的家伙，我能把你咋呢？哪像平安，早晨摸了一下女领导的手，回到家就不得了，兴奋得不知道自己是谁，抓住我的手左看右看不松手了，结果，把我当作那个女领导收拾了一回，你还别说，感觉还真不一样呢！”

我说：“你们呀，简直是糊弄，他头上有伤，天又这么冷，你们就胡来，还想不想活了？”

淑玲笑嘻嘻地说：“那人就那样，你知道他是说一不二的人，我能拧过他？管他的，没事，农村人不讲究，哪像你们，顾这顾那的，结果呢，病倒多了！”

坐回书房，听到淑玲为取暖炉换煤的声音，我把早晨给记者发剩下的钱还给她，问她：“今天到政府闹的效果咋样？”

她坐在我面前的凳子上一脸兴奋地说：“当然好了，中午刚一过，那些欠债人就不停地打电话让他去取钱，他怕自己忙不过来，让吉祥回来帮他！”

正在我和淑玲说话时，平安带着吉祥和小燕来了。平安把装钱的袋子往写字台上一倒，一堆钱高耸在桌面上。他一脸兴奋地说：“收获不小，走，咱们到街上吃饭去，今天要美美地庆祝一下！”

我从椅子上站起来说：“雪这么大，街上也冷，让嫂子和小燕在家下面条吃，不去街上了。”

平安站了起来说：“那咋行，今日不比往日呀，今日是大庆呀！”我变了脸色说：“行了，快快吃，你们回去，你明天必须到医院把头上的线拆了，否则线就长到肉里去了！”

平安笑道："长到肉里好呀，你嫂子老骂我脑子少了一根弦，长到里面不正好是补上几根弦嘛！"

平安的话逗笑了一屋子人。我把上午给记者发剩下的钱给他，他疑惑地问："你咋连一半都没有发完呢？"

我说："没发完，不是也达到效果了吗？"

他从中抽出500元给我，我拒绝了。

淑玲和小燕去煮面条，我把平安和吉祥留在书房和他们谈话，我说："小燕父亲给了钱，你们要把钱当钱花，以后不要有事没事总到外边去吃饭，要节约花钱，房子是你们要考虑的大事，知道吗？"

父子俩一脸严肃地听我讲了许多，什么也没有说。

接下来又商量了如何找宋刚的事。平安问我：能不能用今天上午的办法去闹公安局？他认为领导最怕影响，想着用这种办法威胁公安部门。

吉祥站起来粗声野气地说："不行，坚决不行，你看你闹哩，人家都给你记着哩，我在上学，你老这样闹，把我闹得上不成学咋办呢？到我毕业后分配时，人家说你父亲是个老上访户，你说人家谁还敢要我？"

听儿子如此说，平安脸上立时泛上红光，说："行，这小子长头脑了，爹听你的，不闹了，但你必须帮我找到那个宋刚，否则你说咱的五万元就让他白白地掠夺了？"

吉祥斩钉截铁地说："你放心，我一定找到他，只要他还在这块大地上！"

吃过饭，平安一家人走了，我想起了晚报记者说的话，平安的确是个小说人物，是个很有文学色彩的人物，我开始构思为平安写小说。

十六

雪一直不紧不慢地下着，电视播音员说，这一年的雪，连续降落半个月，是西京城五十年不遇的。

雪把凄冷的美奉献给城市，同时也把灾难馈赠给了城市。交通瘫痪，出行难成了问题。上下班，除了交警，各级政府官员也上路指挥交通，从市中心到汉城，平时四十分钟的路程，平安说他用了四个小时，那是他经历过最漫长的堵车。政府规定行车不许按喇叭，放在过去，下雪天，光汽车喇叭的叫声，能把城墙上的砖块震落。人们上下班放弃了开车，开始步行，单位会计红梅兴奋地说，下了一场雪，她掉了五斤肉。

刚进入腊月，天突然放晴，万里高空，没有一丝云彩。太阳红灿灿的，阳光照在皮肤上有针扎人的感觉，太阳像一个性急之人，身在寒冷的冬天，却把脚伸进春天的城池，城市积了半个月的雪，在温暖的太阳光照耀下，前后不几天，城市脱去了白色的衣裳，街道到处都是湿淋淋的，马路上各种车辆的底盘好像安装了吹风机，将马路中间吹出一条条干涩的灰色地带，灰色地带与马路边的积水和积雪构成别致的图景，像春天的铧犁，在田野上犁出韵律。电视上说，雪后的大晴，是历史上从来没有遇到过的，好心的电视气象播报员热情的提醒人们，遇到这样的天气，要注意各种病变，特别是老人和孩子，要着时更衣，多饮水，防止疾病传播。

平安兴奋地说："没有想到，天原来知人意呀。"当平安手头上的钱聚集后，老天帮他实现着梦想。他的煤很快脱销了，煤脱销了，买煤人付钱也利索，平安一时又成了有钱人。他听说年后煤炭要涨价，拆掉了头上的线，带着儿子去了一趟宁夏，一次性购进几十吨煤回来。过年没人要煤，他把购进的煤场用土围起来，一年的事情就算到头了。接下来他计划着过年的事。他安排儿子和媳妇去渭北原上与小燕父亲团聚，他和淑玲与我一起去汉中。我说："煤场刚出了事，你们这样一走，再出事咋办呢？"

他说："这回，找了一个能保证煤场不出事的人。"他说的人，是他所在村的副村长，副村长的哥哥是城北公安局的什么领导！

我执意要和那个副村长见面，见面后，也觉得那个副村长是个可靠的人。后来才知道，那个副村长的哥哥是杨思敏的同学，是平安的烤肉出事后，杨思敏求办事没有收钱的人。

西京到汉中只有一条火车路道，我们计划坐火车经宝鸡、阳平关、汉中到午子山。淑玲听说坐火车，特别兴奋，她活了四十多年，从来没有坐过火车。腊月天火车票非常难买，我通过单位内部购票机订了火车票，考虑要坐十五六个小时，买了两张卧铺票一张硬座票。硬座给自己，两张卧铺让平安两口子享受。

腊月二十五，正在我计划收拾东西奔赴秦南与妻女团聚时，一个噩耗击碎了我的所有计划，三弟媳妇打来电话说，母亲病故了。

母亲身体一向很好，咋能故去呢？我哽咽着抓住平安的手，淑玲不停地为我擦着汹涌而出的眼泪安慰道："是天，这样的天，就是收人的，一会儿在冬天，一会儿在春天，一会儿又在夏天，天都糊涂，哪儿能不老人呢？"

等我度过伤心的时刻，稳定了情绪，平安让淑玲陪我回老家，他要了我老婆家的电话，说要做应该做的事，他要做什么我不知道。

归心似箭，看望母亲最后一眼是我最大的心愿。在淑玲的陪同下，经过五个小时的奔波，翻越秦岭，倒换过三次车，终于在黄昏时，跪到母亲的灵堂前。

腊月二十九深夜，庙岭头上爆发出令人撕心裂肺的哭声，村人感到奇怪，应到的晚辈都到齐了，是谁在深夜伤心地哭诉呢？村人拿了火把去迎接，接到的是平安、小燕父亲和我老婆及不解世事的女儿，还接到满满一三轮车花圈。

男人撕心裂肺地哭逝者，当下人很少遇见。村人说，在我们村上，最会哭的数我父亲，除了我父亲，没有男人会哭的。平安的哭是血淋淋的，灯光下，他被我老婆搀扶着，是一种死去活来的样子，他的哭声本来是要引起人们笑谈的，可在那一刻，没有人能笑出来，他的哭声不但令人心碎，几乎要哭得天塌地陷。村上一些妇女和孝子在平安哭声的引领下，重新哭过一场，他们似要和平安一比高低，把腊月天凄冷的山沟哭得阴风四起、寒气逼人。

平安的那场哭，后来成为山里人谈论的焦点，成了一个关于男人哭亡灵里程碑式的传说，村上有人去世，人们一准会谈到平安的那场哭。

平安一直哭到母亲的灵柩前，他用手拍着母亲的棺木哭诉道："婶婶呀，我还给我兄弟说，等过了年，要把你接到西京享清福哩，你咋就这样走了呀？哎嗨嗨，我的婶婶呀，婶婶呀。都是天在要人命呀，你说这是什么天呀，冬不冬夏不夏的，哎嗨嗨，我可怜的婶婶呀！”

是谁都阻挡不了平安的哭，村上几个嫂子让淑玲去劝下了平安，他们为平安套上白色的孝服。我正要阻止人们给平安穿孝服，几位大嫂说：“这是你妈在世时认的干儿子，我们吃过他送的东西，咋不能穿孝服，一定要穿的。”

平安擦掉眼泪，郑重其事地接过孝服，走到我跟前脸色铁青问道：“兄弟，你是啥意思？为啥不让我穿孝服？是我不配给婶婶做孝子吗？”

我抓住他的手说：“你头上的伤刚好，怕你身体吃不消！”

他说：“你要这么说，我就不多心了，你要有别的想法，那你要给我说明的，否则我会生气！”

他一边说，一边让淑玲帮他将孝服套在棉袄上，孝服穿好后，他拉着淑玲在母亲的灵柩前连磕了三个头，从地上起来，他又找到管孝服的人，要求给淑玲也穿孝服。按乡俗置办孝服是有计划的，不得多也不能少，多了不吉利，少了主家会生气，平安一提要求，多出两个人，到哪儿去找孝服，几位管孝服的人一时手忙脚乱。平安看着几位女人在发难，安慰她们说：“你们不用管，我有准备！”

他让小燕父亲从小车上取出他早已准备好的两件白色大褂儿，给了淑玲和我老婆。

孝服穿好后，我把平安、小燕父亲和我老婆接到旮旯里母亲的热炕上，平安这才给我讲了这两天的经历。

平安调用了小燕父亲的小车，把吉祥和小燕送到汉中我老婆家，让他俩照顾我岳父岳母，之后又把我老婆从汉中接到西京后马不停蹄赶到我家。

对平安所做的一切，我十分感动，他历来喜欢为朋友做两肋插刀的事。我怕如此劳累，对小燕父亲有些过分，便对小燕父亲说：“你看这事弄的，怕把你的年都打乱了呢！”我说着，正准备撩起孝袍给小燕父亲磕头致谢。小燕父亲抓住我的肩膀冷了脸子说：“兄弟，你还是没有把我当我兄弟！我说过的，咱们三个是兄弟呀！”我们正说着，主事人让我们去吃饭，刚走出旮旯门，便看到门外成了花圈的海洋，我知道一切是平安安排的。我第一眼看见了我们单位的花圈，第二眼看到了杨思敏的名字，我觉得奇怪，又一想，平安什么事儿做不来？有他参与的事，什么也不奇怪。

吃过饭，平安在院子转了一圈，为帮忙的人们毕恭毕敬地散了他自己带的香烟，之后他倒背双手在院子里徘徊着，他走着看着似在找东西，又像在挑毛病，主事人跟着他，帮忙的人跟着主事人，他们像一个检查团，里里外外巡查着。

平安走到楼门外大核桃树下，突然抬头看着院内，拧着脖子对主事人说：“大哥呀，你是不是感觉婶的葬礼少了些啥呢？”

主事人毕恭毕敬地对他说：“你看少了啥，提出来，我们去补办，一切还来得急！”

他的一番话把主事人也弄蒙了。

他并没有急着把自己的心里话说出来，像一个有着涵养的上级领导，重新背起手，不停地向门前小河边走。绕过茂盛的竹园，站立在村外的小河边，慢慢地抬头看着庭院，自言自语又似在对主事人说：“啥都好，就是不热闹嘛！”

说着，他又给大家发烟，一边发烟一边说：“我婶在世时，是个爱热闹的人呀！我每次来，她总是有说有笑的，我们不能让她就这样冷冷清清地走呀，做儿女的，不能按着老人的个性为她送终，那样是有罪过的。大哥，你一定要想办法给咱请戏来，热闹，一定要热闹！”

主事人把平安拉到一边压低声音对他说：“这事要主家定，关键是钱的问题！”

他用双手把自己带来的烟塞在主事人棉袄口袋说：“大哥，钱不是问题！我没有来之前，其他几个兄弟定的事接着照办，我来后，热闹这一块，我说了算，特别是钱的问题，该花的就花，一切我包了！”

平安在院里院外细细地转了一圈后，瞪着两只眼睛对我说：“这咋行呢？”他当着众人面，提高了声调指责我说：“你是省城的大记者，别人没见过世面，难道你也没有见过？咋能这样呢？人要知道报恩，你能当记者，是不是婶当年挖药卖柴、养猪养鸡供的你？你要好好地借这个机会报答她呀！就这么一次呀！你是怕花钱吗？钱的事不要你管，我全包了！”

平安的一番数落，将我说得无言以对，也把我的几个弟弟说得抬不起头来，把我老婆和许多围观的人说得目瞪口呆。我老婆听了平安的一番话后，扯了我的衣襟低声说：“这人是弄啥的，看起来特别有钱，你不知道他到我家后，买下的东西如山一样堆了一大摊，这人看起来很一般，做事像个大领导，是个大企业家吧？”我说：“是的，他是企业家，做事特别有魄力！”老婆说：“人家说得很有道理，你们兄弟几个，真的不能这样静悄悄地把老人安葬了，应该热闹一点才行！”

平安越说越来劲，围观的人越来越多，人们用好奇的目光看着我和平安，渴望看到一个不同寻常的葬礼，特别是一些老人，他们直直地看着我，希望我能带头在山野办一个具有时代气象的葬礼，好给他们的儿女们带个头，立个标杆。主事人走到我跟前拉了我的手说：“老大，其实吹鼓手和戏早就联系好了，你看要不要来？”

我老婆从我身后挤到人前抢先说："要，一定要！咱这儿人不是爱唱秦腔吗？有秦腔没有？也是要请的。"主事人说："啥都有，就看老大要不要！"

我说："那就请吧！"

平安从外边扑进来抢着说："除了秦腔还有什么，一并请来！"说完，他从身上掏出两千元交给主事人，主事人看着我，脸色有些为难。平安意气风发地说："这是订金，他们演完后再算总账，一切我包葫芦头。"

主事人抓着平安的双手说："不应该让你出钱！"

平安一把抓住主事人的手说："你还不知道吧？老大是我的救命恩人，我正愁着没法报恩呢，你放心去办，一切要花钱的地方都找我，不要动账房的钱。"

主事人满脸堆笑，围观的人不断地鼓掌。主事人并没有接钱，他说和其他帮忙人商量。说完，他一挥手，几个青年就跟着他一道去了厦房，过了一会儿，主事人返回来说："吹鼓手和戏都在山外的鹿池川，能不能把你们的小车和三轮车开去给咱接回来？"主事人眼巴巴地看着平安，平安回答时有些不利索，他还是吃不准小燕父亲的脾气，他知道小燕父亲连开了两天车身体吃不消。躺在热炕上的小燕父亲并没有睡着，听主事人如此说，从炕上坐起来说："没问题，我去，谁给咱带路？"

大约是夜里三点时分，我们家的大院里开始热闹起来，一台秦腔，一台现代歌舞，一台在院子内，一台在院坝外，两厢对着演，有竞争的趋势。不知从哪儿来了那么多的观众，把院内院外挤得水泄不通。十几盆子木炭火不够了，又有人生起了篝火。起先，几个弟弟对平安如此铺张扬厉有意见，他们是看在隆重的气氛上，才给予配合。

寒气笼罩的村庄沉浸在沸腾之中，这种热闹的场景，是山村从来没有的，吃过夜饭，村中许多老人跑到我跟前拉了我的手说："好，不错，你娃不愧是做大事的，有见识，真希望我们死后能像你妈一样，有个好葬埋。"

天快明时，演员和观众又吃了一顿馍糊面后散去了。

上午，一切是宁静的，演员睡了，观众走了，平安和淑玲在我母亲灵柩前的稻草上发出沉闷的鼾声，主事人怕孝子们受冷，把几盆木炭火围绕在灵堂前。

宁静一直持续到午时，院坝外一声唢呐尖锐的长调，像军营里的起床号，整个村子被吹醒了。母亲定在下午三时落葬，按风俗，落葬前的饭至关重要，帮忙的人们踩着唢呐的长调重新走上了各自的岗位，刀声叮当，人声喧嚣，吵闹声，哭丧声不断。我真怕吵闹声惊醒母亲，不停地走到母亲棺材前去观察。主事人明白了我的心思，他袖着手走过来说："你要有这种想法，可以让吹鼓手到村外的马路上去唱，这样闹腾，会影响做饭的！”平安不知从哪儿钻出来，他把一盒烟塞给主事人笑着说：“我看了一下，你们村子门前的土塬上有个平台，像个戏台子，要是放到那儿唱戏，美得很，就是怕人家戏班子不乐意去。”没想到，现代歌舞班子的人一听说可以去高处唱，竟然同意了。领头人找到我说：“我们不怕冷，可以去寒风中唱，但我们听说你是省城的大记者，你能不能在你们报纸上帮我们做个宣传？”

我转过身，看着一头长发的年轻人笑着说：“你咋知道我是记者？”

他说：“你大哥说的！”

他指着平安。我想了一会儿说：“可以，我可以给你们做大量的宣传，给你们做半个或一个版面的广告宣传都可以！”青年人问：“收钱不？”

我说：“这是什么话，不收钱，但你们要把照片拍摄好，你看我穿着孝服没有办法给你们拍照片！”青年人一高兴，抓住我的手说：“没问题，我带了数码相机的！”

青年人走后，我抓住平安的手问：“这是你想出来的点子？”

平安说：“我常看你编的报纸，什么乡村大写真、大纪实的，就认为你把这些年轻人活跃乡村文化生活的事写个大纪实，应该可以，弄个文图并茂，对你来说，还不是小菜一碟？”

太阳铺排在村庄里，冬天的雾霾像夏天的炊烟一样开始在村庄上空涌动，阳光斜斜地从门前的山头射下来，温暖开始漫延，村庄又迎来了一番热闹。那些青年人上到门前的土塬上，他们放开歌喉像电视中一些广告片的制作，自由地疯狂起来，许多孩子跟随着他们攀上了土塬。

留在院内的秦腔班子，也不示弱，我似乎能感觉到，秦腔班子，有一种被淘汰的危机感在他们胸间激荡，他们在挣扎，像在和玩歌舞的年轻人争夺乡村文化传播阵地。

后来才知道，唱秦腔的人上了平安的当。平安对他们说，自己的老人年纪也大了，如果他们唱得好，到自己的老人百年时，一定会请他们。只有我知道，平安父母坟上的荒草有一人多高。

安排好唱戏的，平安将我拉到花圈前，二十多个花圈，每个都有名有姓，每个挽联的落款都是我非常熟悉的人。我问平安；“我并没有告诉单位呀，单位的花圈咋来的？”平安说：“我给你们单位打了电话。”

我问他：“你咋说的？”

他说：“我告诉接电话的人要找你，有特别急的事，对方问我是谁？有什么事儿，我告诉对方，我是你弟。”

我说：“你明明是我哥，咋又成我弟了呢？”

他说："我是想告诉对方我是你哥的，我一想，你的档案在单位，人家一查，你没有哥，那我后边的话不成假的了？"

接电话人告诉他我请假回家了。他问人家："那麻烦了，我哥是不是到我嫂子家去了？"

对方说："是呀，他定了去汉中的火车票呢！"平安故作焦急地说："唉，咋这么不巧呢，我们家出了大事，我哥的电话也打不通。"

对方问出什么事儿了。平安说："我母亲去世了，找不到我哥了！"

平安说到此，我已经猜到接电话的是财务主管红梅。红梅是个细心人，平时和我关系不错，她接了电话，一定会安排送礼的事。

平安说到此有些得意，他说过了一会儿，他的手机响了，还是接电话那个女人，问他有没有人能到我们单位来。平安问："有什么事吗？"

对方说："我们领导安排让我代表单位为你母亲行孝，只是没人能去，你哥的电话的确打不通。"

平安此时表现得大方得体，他对电话那头的红梅说："谢谢你们，不用了，心意到了就行了！"

对方说："那咋行，你哥在我们单位行了这么多年情，他有事，我们不能袖手旁观，是这样，你安排个人，到我们单位来一趟，我一会儿统计一下，看都谁行情，我说的是个人，单位的情，我们领导说了，给你哥一千元，给老人买个好花圈。"

平安说："不用了，真的不用了，谢谢你们领导！"

对方说："你一定想个办法派个人来！"

平安说："那好吧，我们有一个老乡，就在你们单位附近打工，是个女的，让她去找你吧，你贵姓呀？"对方说："好好好，我叫红梅，我等着！"

平安挂了电话，捂住肚子大笑，他让淑玲坐出租车去了报社。红梅问了淑玲我们家的情况，把三千元给了淑玲，并给了淑玲我同事的名单，还让淑玲写了条子。

平安在小燕父亲开车从渭北赶往西京那个时间段，用此方法告诉了杨思敏，他还让杨思敏转告了我的许多朋友。杨思敏问平安有没有告诉我们单位？平安告诉她单位的钱都送来了，具体多少他没数说不清，大概是三千多吧。杨思敏问平安，你还知道王记者多少朋友。平安说："你们这些高级人的圈子我知道的不多，你就给咱操劳吧，我想你和我兄弟关系好，他的朋友你应该都知道的！"

杨思敏说："好好好，你不用管了，等我把数字和人落实好后告诉你！"

小燕父亲的车刚西京时，杨思敏把落实的人名和钱数用短信发给了平安，平安回电话问杨思敏，钱如何才能到他手上。杨思敏告诉他："你先回去帮你弟弟办丧事，回来后到我处取钱，行情的人都在四面八方，钱收不上来，我收齐后将钱给你。"平安说："妈妈呀，这行情哪有欠账的？到时我把东西给置办了，有人不给钱咋办？"

杨思敏想了一会儿说："也是的，不过你放心，你弟弟人缘好，不会的，我们这些人都是讲信誉的！"

杨思敏是平安最敬佩的人，他自然相信杨思敏的话，后边这些话是他故意说给杨思敏的。

我问平安："连账带钱一共有多少？"

平安说："四千多块吧！"

我抬头看了看账房对平安说："去把账给人家上了！"

平安扭头看账房，看了一会儿，回过头压低声音对我说："依我看，这些账就不要上了，就是写了每个人的名字，你们家的人也不认识，我认为上账没有意义。再者说了，就你们这些兄弟和媳妇，上了账的钱，你还有份儿吗？依我之见，这些账，咱不上了，这些钱，咱花给老人，真正了却了行情人的心愿，也免生许多是非！"

我用眼睛看着母亲的棺材想了一会儿说："依你吧，你想咋花就咋花，但也不能乱花。"

平安说："有了这些人的名字，我打电话给我乡党，他在县城卖花圈，他的毛笔字写得好，你看，这些落款，写得多好呀！"

的确，挽联上的毛笔字，有行草，有楷书，有隶书，还有笔画工整的宋体字，每个花圈上都用了不同的字体写上敬挽者的单位和名字，看起来很流畅和美观。

他指着杨思敏的名字问我："你有没有看出这花圈上少了什么？"

我说："这还用问吗？没有我母亲的姓呀！"平安从自己口袋中掏出一瓶墨汁，他让我填上母亲的姓。

我许久没有写过母亲的名字，上学时，家庭成员栏目里一年写一次，工作后几十年，几乎连一次也没有写过，结婚后，家庭成员只写了妻子的名字。

人生如此，给了自己生命的那个女人，到最后被人们忽略不计了。本来与自己毫无关系的另一个女人，替代了给了自己生命的那个女人，被自己日日夜夜牵挂着，时时刻刻跟随着自己的名字游走在档案里，存续于历史中。

看着花圈，我心里溢出些许安慰，几十个花圈摆满庭院，在冬日的阳光照耀下，泛出鲜艳，远远看去，整个庭院升腾起一团灿烂，这种景观是村上从来没有的。村上的老支书，过去当过县里的党代表，只有他去世时，才收到花圈，别的村人去世后，从来没有送花圈的习惯。我为平安的创举感到高兴，我在想，平安要是不来，母亲会和其他村人一样，默默无闻来到这个世上，又默默无闻地去另一个世界。我用感激的目光寻找平安，他正挥笔在花圈上写上人们对母亲的称谓，他写得很潇洒，众人看得很入迷，许多围观者的身子随着平安手臂的舞动轻轻地摆动着，好像在给平安增添力量，穿着一身孝服的二弟媳妇也站在围观人群当中，她看着看着看出了问题，低了头口中嘟囔着什么走到账房去查账，她在想，这么多花圈应该是要上账的，每个花圈后面都应该有一笔钱。

平安的毛笔字写得很工整，人们对他的字赞不绝口，正在此时，二弟媳妇拿着账本气咻咻地走到平安跟前，她指着账本问平安："平安哥，你带来了这些人的花圈，咋不给人家上账呢，这样，我大哥将来咋给人家还人情呀？"

二弟媳妇的提问，平安并没有惊慌，他生在农村长在农村，对于农村生活和农村人，是熟知的，他慢慢地弓起腰，微笑地看着二弟媳妇说："你们这次共记几本账？"

二弟媳妇回答："只记一本账！"

平安用手中的毛笔指着二弟媳妇手中的账本笑着问："这本账你大哥走时能不能带走？"

二弟媳妇甩着头上的长孝布眨眨眼睛说："不能！"

平安说："那还记它做什么？"

二弟媳妇说："将来好给人家还人情呀！"平安又弯下腰给另一个花圈的挽联上写字，他将身子的正面给了二弟媳妇，说："谁还，你们还？还是你大哥还？"

二弟媳妇毫不含糊地说："谁方便谁还！"

平安用笔指着花圈上几个人名字问她："这些人你认识吗？"

二弟媳妇摇摇头说："不认识！"

平安说："这就对了，这些人全是西京城的人，人家的人情只有你大哥还，这些人全装在你大哥的心里，所以我就没有记，就是记了，大家都不知道他们是谁！"

二弟媳妇在村上是有名的能女人，她没有想到，平安的几句毫不经意的话，把她问住了。围观的人看到平安和二弟媳妇在斗嘴，个个笑得前仰后合。老丧是喜事，不忌讳开玩笑，二弟媳妇觉得丢了脸面，到母亲灵堂前去哭，她一哭，引来更多的笑声。有人低声议论平安说："这家伙，看起来不咋样，样样都行，是个多面手！"人们的议论我听到了，平安也听到了，他依旧心平气和地写他的毛笔字。

平安刚把字写完，歌舞团的长头发小伙拿着照相机来找我，他让我看他们在土塬上拍的照片。我一一看过，觉得不错，小伙正要离开，平安拽了小伙让他把每个花圈后面人的名字拍下来，主事人不解地问平安拍这个做什么用。平安笑着说：“要账呀，这些人全是欠着账呢！”主事人又问平安，“城里人行情还有欠账的？”

平安说：“这不是热丧吗，过年了，单位人都放假了，有人回家了，我只用电话和人家沟通，他们答应送花圈的，如果我不留下证据，回到西京，咋向他们要花圈的钱哩！”

主事人抓住平安的手说：“你呀，真是一个明白人，做事粗中有细，难怪你住在西京城！那西京城是啥地方？是有钱有头脑人待的地方，一个人要真想在城市待下去，没有智慧不行呀！”

平安笑笑地拽了我的手说：“全是跟我弟学的，要不是人家，我早就死到西京城的北门外了。”

众人又是一阵狂笑，大家用欣赏的目光看着平安，把他当笑星看。

太阳将人的影子浓缩到最小时，午饭开始，歌舞团的青年人从土塬上下来，帮忙的人认为平安是一个爱逗乐子的人，就怂恿平安唱歌，平安四处跑着躲着，最终还是被几个青年人抓到了，他们把平安抱着，有人把麦克风塞到平安嘴边，平安拧不过众人，告诉抱他的青年说：“放了我，我给咱唱，唱得不好，大家不要笑话。”

长发青年问平安唱什么？

平安清了清嗓子说：“唱陈星的《流浪歌》吧！咱不是一直在西京流浪嘛。”

音乐响起，平安的眼泪下来了，情绪饱满，刚一开口，掌声响了起来，他的声音极像陈星，如果闭上眼睛，只听不看，还真以为是陈星光临现场，连我也感到惊奇，平安什么时候学会唱歌的。

唱过一曲，有人拿来纸，很夸张地为平安擦眼泪，有人从柴堆里拿来带叶的柴枝，当花送给平安。平安下不了台，他一曲曲地唱下去，全是陈星的悲情歌曲，饭菜上了桌子已经凉了，人们还是要求平安再唱。主事人一看，如此下去要误大事，差人关了电闸，午饭开始了。

母亲送往坟地的场面是壮观的，两拨吹鼓手，前面领头的是洋鼓洋号，后面压阵的是唢呐和芦笙，二十多个花圈被着孝服的男孝子们举着，跟在棺材后面。送葬队伍长吊吊地走在村外的小路上，隆重程度不言而喻。

下午，逝者入土为安，生者重新过起了平静的生活。主事人在和歌舞团的长发青年人结账时，出现了人们想不到的结果，长发青年不收分文。主事人将长发青年领到我和平安跟前，平安从凳子上站起来，轻轻关上房间的门，笑着说：“不收就不收吧，给，把这个拿上！”

长发青年不知道平安给他什么，接过细细看后笑着说：“好，大哥，这个我就拿着，到时找你，可不要不认账呀！”

平安笑哈哈地说：“要是不信，你们出了山，打我电话，这儿没有信号，要不你们现在就可以试着打一下！”

长发青年摆了摆手笑着说：“不用了，不用了，依了大哥的见识，这算啥呀，不管咋说，你都是西京城的人，没有信用，西京城咋能接纳你呢！”

长发青年人说过，一挥手，领着他的队伍一摇一晃地告别了村庄。

平安没有想到，他正和秦腔班子的人说着付钱的事儿，长发青年又涎着笑脸回来了，这回他是找我的。

秦腔班子的人听平安说歌舞团的人没有要钱，正要派人去核实，长发青年来了，他把平安给他写的东西让秦腔班子的人一看，秦腔班子的领头人说，我们也不要钱。他提出让长发青年给他们的团队照了几张照片，同样让我在报纸上给他们做宣传。

长发青年说：“这事儿简单，走，你们到院子外面的阳光中，我给你们弄出一些 pose 来。”

秦腔班子的领头人摇摇头表示自己不知道是什么是 pose。长发青年拉着他的衣袖往外拽着说：“做了就知道！”

在长发青年的摆布下，秦腔班子的人摆出不同姿势和组合，长发青年给他们拍了照片。拍摄结束时，长发青年将数码相机端到秦腔班子的人面前让他们一一看过说，这就是 pose。

平安又从身上掏出一张纸给了秦腔班子的人，领头人拿着纸片满意地走了。

主事人一直没有弄明白平安与这些吹鼓手做了什么交易，他看到这些人唱了戏和歌，走时没有收钱，拍着平安的肩膀问他：“你给人家写了什么，人家就不要钱了？”

平安仰起头哈哈大笑，一束阳光被他笑得在他的脸上打战。他说：“天下哪有这么好的事？人家演出不收钱，我给人家打了欠条，西京城的钱不是没有收回吗？”

主事人着急地拉了平安身上的孝服说：“老弟，你这不是糊弄吗，账房收的有钱，你不能这样呀，这样砸了我们王家人的门脸呀！”

平安抓住主事人的手说：“行了，你不要管，我给人家说了，我到西京收齐钱，会及时把钱给人家的！”

主事人说：“原来是这样呀！”他想了想又说：“我还是感觉哪儿不对劲。哪，算了，人家已经走了，也只能这样了。”

送完所有的人，平安和小燕的父亲也准备走。主事人对平安说：“明天就是新年了，走什么呀，就在我们这儿过年吧！有你在，我们就不看春晚，把你在西京城的经历好好给咱说说，我们爱听你说话呢。”

平安、淑玲和小燕父亲留下了。

晚上，在给母亲的坟地送祖火时，我们兄弟几个跪在冰冷的坟地，平安在墓洞口负责烧纸。我在心中默默地对母亲说：“你养了儿子一场，儿子热闹地把你送走了，你就安心吧！”

透过熊熊火焰，我似乎听到母亲在墓穴里声音低沉地说：“不是你给了我热闹，是我那个干儿子给了我热闹！”

十七

年前下过大雪后，一直到五一节，天没有丢下一星儿雨。城市在飞扬的尘埃中度过春天，沙尘暴时不时光临，阻止了春天行进的步伐，花开得晚过时节，叶绽得拖了节令的后腿。春旱的消息天天在电视里播出，听得人心焦得如热锅上的蚂蚁。放在过去，平安会天天在我耳边叨叨："你说这天是不是要人命呀？这么久不给雨水，农村的春播地咋整呀？地里没有墒，玉米咋下种呀？小麦肯定全在地缝里抬不起头来了，油菜肯定长成侏儒了。"

现在，平安不想那些了，听不到他杞人忧天的念叨，他似乎已忘记了自己是农民，忘记了土地上的四季，忘记了秦南北部山区还有他的亲戚和朋友，天一年不下雨，他也不会念叨出一句关于农村和土地的话来，他的脑子里不再有土地的概念，不再有土地里的庄稼，不再有故乡的山水，他的生活似乎与土地没有关联。他想的是如何卖掉囤积的煤，如何收回卖煤的钱，如何尽快在这座城市买套房子，完成自己的宏愿，把自己由一个农民变成城市人。

他比我转化得还要彻底，我与农村的相望与我的职业有关，与我得到的信息有关。我们的报纸读者对象是农民和乡村工作者，所以，关于农业、农村、农民的报道相对多一些，对我而言，住进城市的时间比平安长，但我的乡村情愫还被土地牵系着。

五一节前夕，与平安相约，他开着三轮车，我们去终南山看农村的旱情。单位放假后，他打了退堂鼓，他说他没有时间，他有些抱歉地笑着对我说："你一定会说我是个忘本之人，其实，我并没有忘记我是谁，我并没有忘记庄稼在地里的渴望，深夜里，我睡在床上，也能听见庄稼的哭泣声，只是我的脑子里全装着生意，生意呀，老弟！没有生意，这个城市就没有我的活路呀。"

中午，我俩正争论得不可开交时，给母亲送葬的那个歌舞团长到西京来了。他对西京的地理位置很熟悉，在他给平安打过电话不大一会儿，他坐着出租车到了平安的煤场。见到团长，我殷勤似的把给他们写的文章从平安的房子里找出来让他看，他接过报纸，并没有我想象的那么激动，说他几天前就看到了。我说："那么快？我刚寄走没几天嘛。"他说是平安让人专门给他送的。他告诉我："孟经理这个人很有意思，讲信誉，人真诚，做事一言九鼎，可以交朋友，也可以合伙做生意。"

平安被团长夸得有些不好意思。寒暄片刻，平安领着团长到他堆煤的地方齐齐参观了一遍。返回房子，团长拍拍平安的肩膀，又抓住他黑乎乎的手说："没有想到，你在西京做的是小生意，像你这样有智慧的人，做这样的生意有些大材小用，你应该做与智慧有关的行业。"

平安嘿嘿地一笑，用舌头舔着嘴唇，双手抓着头皮说："啥智慧，一个抛家弃舍的农民，到这繁花似锦的城市来，能活下来就不错了。做啥都一样，目的只有一个，挣钱，这个城市啥都不认，认钱，没钱，就是要饭也没人给。"

团长问："今年情况咋样？"

平安说："还行吧，日怪的，天不下雨了，生意反而好了。"

他一边给团长倒茶一边将目光透过门前的田地看着远处的高楼说："这城里人呀，好像生活与天没有关系似的，下雨也行，不下雨也行，天不下雨，自来水照样用着，连价也不涨。哪像农村，天一旱，人心就慌慌，心里就有压力，到了城里，我明白一个道理，农村人的命运，天掌握着，城市人的命运，天管不着，全是人家政府掌握着。难怪那么多的农村人往城里挤，全是想摆脱天的掌控嘛！"

平安这一论断我从来没有想过的，听他一说，觉得还真是那么回事。

团长笑嘻嘻地说："你现在已经摆脱了天的管束了，活得自由自在的！"

他指着我笑着说："还不是全靠老大的照看！没有老大，我哪有今天？"

接下来，团长讲了他这次来找平安的目的。他对平安说："我受人之托，有事来和你商量哩！"

平安停住了倒茶的动作问："是不是也想在西京发展？在西京发展，要卖煤，我能帮你，要做其他的，我不行，老大一定能帮上你！"

团长摇了摇头，开玩笑说："就我这智慧，要在西京发展，别人把我卖了，我还帮人家数钱哩！西京我是不会来的，还是在老家发展稳妥一些。虽说我们的行当算三教九流，好坏还能混口饭，就是今年天大旱，死人的多，请吹鼓手的少，结婚的多，讲排场的少，放音乐的多，听我们唱歌的更少，所以我思谋着改行，今天不是来求你了吗？”

听团长如此说，平安有些吃惊，他站起来说：“你真是开玩笑，我能帮你什么，人没个人样，钱没个钱数，权没个权位的！”

团长也站了起来，拍拍平安的肩膀说：“你还别说，这回还真就你能帮上我！”

我意识到团长一定有什么事求平安，也站起来用两只手扶了他们一人一个肩膀对他们说道：“有事坐下来好好说，别激动，别激动嘛！”

三人一同坐下后，团长用眼睛看了平安一会儿，又看了我一会儿，郑重其事地对平安说：“我想买你老家的房子哩！”

平安问：“要买哪一座？”

团长说：“如果情况许可的话，两座都想买下来哩！”

平安问：“买房子做什么？”

团长说：“想弄个小型冶炼厂，和几个朋友合伙弄，自己哪有那么多资金呀！”

平安又一次站起来，他在地上转了一圈说：“这还真是个大事，这要容我和家人商量，全买是不可能的，买了我将来回去住哪里？”团长说：“你还回去呀，西京城这么好，你回去做什么？”

平安往茶杯里倒着茶说：“蜀国虽好，不是久留之地，现在还能动，将来老了呢，还不是要回去嘛。”

团长说：“那就买一座吧，把另一座租给我！”

平安说：“这也要和家人商量，我不能做主的！”

团长一看有门，便说：“行，咱不说了，走，找个地方，咱三个去吃饭，喝酒，我请客！”

平安一边摸口袋一边笑着说：“开玩笑，你大老远到西京来，咋能让你请客呢，要请也是我兄弟俩请你才对！”

说过，平安返回里屋拿了钱，我们三人一块穿过凌乱的村庄到了街上。

吃饭时，团长再没有提买房之事，在他们两人划拳时，我到吧台交了钱，我想这客应该由我来请，团长在母亲葬礼上的表现，不但给了平安面子，也给我赢了面子。最后结账时，我们三个人在吧台前扭作一团，最终还是团长出了钱，他出钱的理由是，他知道我给他写的文章要是放在别的报纸上发表，那是要花不少钱才能刊登的，基于此，我们的拉扯才算终止。

吃完饭，团长再没有去平安的煤场，他说：“我要回去，其他几个合伙人还在等我的消息呢！”

平安问他：“你来办事，事还没有定，你回去咋给人家交代哩？”

团长说："我相信你会帮我的，我就在老家等你了！"

平安思索片刻后，说："你看这样行不行，我把两座房子都让你们用，你们也不用出钱，你们按股份让我入股。"

团长说："好呀，这事儿一准成，要不咱俩一块回去？"

平安说："行，但我要和老婆孩子商量一下，你等我，明天咱一块回去！"

团长兴奋地说："行，我再到西大街买几件乐器，完了我等你电话吧！"

晚上，平安把团长说的事说给淑玲，淑玲自然是激动万分，但她也提出了要求，她要给他们留下一间房子，不能全租出去，平安问："为啥嘛？"淑玲说："你没看人家城里人，也是把房租出去，人家房东还要留下一间来管理房客哩，咱也一样，留下一间猛然间回去也好有个去处！"

平安认为淑玲说得有道理，他扭过头微笑着看着我说："咋样，这过日子还是女人想得周全嘛。"

第二天，平安和长发团长回秦南去了。

两天后他又回来了，回来时带了租房协议让我看，我感到合同的条款有问题。他急切地问："哪里有问题？"

我说："你看，你的房子让别人用，本来他们给你出钱的，不管多少，都是他们给你钱的，对吧？"平安说："是呀，是的！"我接着说："可你这么一弄，我估计你将来不但得不到一分钱，有可能还要往出掏钱哩！"

他不赞成我的说法，他抢过合同重新看了一遍，连连说："不会的，人家写得很清楚，他们一共投资六十万元，我房子的租金每年是两万元，就是说我占他们投资的两股，当然具体分红人家没写，我也理解，事刚开始做，没有收益，所以就不能在合同上写分红嘛！"

我再次从他手中拿过合同细细地看后说："那要是他们赔了呢，你也跟着赔吗？你的房子不但让人家白用了，你还得向外出钱呢！"

他想了一会儿，认为我的话有道理，忙说："那我应该咋办呀，还有没有纠正的办法？"我告诉他："最好的办法是，你不要入股，就收房租！"他脸上表现出为难的样子说："可这合同都和人家签订了，还做了公证，我不能反悔呀！"我思考了一会儿说："那就先按合同办吧，也许他们的冶炼厂效益好呢！"

七月，吉祥毕业了。毕业后去哪里工作，成了平安日思夜想的头等大事。有一天，他对我说："这个任务还得交给你，你能让他上学，你就有办法让他就业！"

我带着他买下许多礼品，去找过去给吉祥安排入学的朋友，朋友已经退休。朋友对我说："现在呀，上学容易，找工作难于上青天，若是主要亲戚，就好好想办法，如果不是主要亲戚千万别揽这事，太难了，实在是太难了！”我让朋友给我提点建议，他想了一会儿说：“想进公安系统，根本是不可能的事，你找人看交警那一块行不行！”

我说：“我没有那方面的人，你能不能给我推荐一下，看找谁合适呢？”

他把烟灰弹在一个漂亮的烟灰缸里说：“我没有人，只是个建议！”

回到平安处，我说：“东西白送了！”他说：“没事，权当是答谢人家哩，过去人家把娃送到学校，连咱一口饭都没有吃嘛！”

人们盼了多半年的雨终于来了。星期天，我正借着雨水擦拭家的玻璃，平安和淑玲一人穿着红雨衣一人穿着绿雨衣来了，平安见到我连雨衣也没有脱，忙从身上掏出一张名片给我，他说吉祥的工作有了着落，这个人说一定能办成。

接过名片，我看了一会儿，是个中介机构的经理，我说：“就靠这一张名片能管用呀，你们是咋认识？”

平安说：“是在雨中认识的。”他说：“上午这个经理开着一辆高级小车去汉城，小车陷进了泥坑，我用三轮车帮他把小车拉出来，我一看这个人有气派，像是个吃国家饭的人，跟他闲聊时说到了吉祥的工作，人家就说他是做这方面工作的。”

我问他：“人家没有说需要多少钱？”他说大概得三万元。

这天下午，平安约了名片上叫王成的人。见面之前，我告诉平安不要告诉我的真实身份，就说我和他一样，是个农民工。三十多岁的王成开着别克，个子不高，光头，皮肤白净细腻，衣着讲究，说话操着纯正的西京口音，人很精干。我们一起在龙首茶室坐了一会儿，经过分析，我认为王成是个办事不靠谱的人。谈好安排人的价格、时间、去向后就分手了。王成告诉我们，他大哥在市人事局，吉祥会被他安排在南郊车辆管理所上班。平安问何时上班，主要是做什么工作。王成说，只要钱到位，随时都是可以上班。

我问：“那孩子的档案是不是要带过去？”王成说：“当然要带的，正式工作没有档案咋行？”回家的路上，平安问我这个人靠谱不？我说说话干脆，办事不太可靠吧。

他说：“那我把钱给你，你给咱把关。”我说：“送钱的事，你自己去吧，不过要让他打个条子，万一出了什么事得有个证据。”停了一会儿我说：“先别送钱，再对这个人做些了解吧。”他答应再去做了解。

王成说他大哥王峰在市人事局工作，我通过关系了解到，王成的大哥不但在市人事局工作，还是分管人事的副局长。

平安不知道通过什么渠道找到了王成的家，给王成的父亲送了礼。他说王成的家在郭杜镇，家里的情况非常不错，高门大户、青堂瓦舍，绝对是个有钱的大户人家。

印象中，有钱的人，往往不会做坑蒙拐骗的事，平安信了王成，我也信了。

我不知道他什么时候把钱送给王成的，送了多少。七月份，吉祥一毕业，还真去了车辆管理所上班，吉祥去时，单位并没有让他交档案，也没有让吉祥带户口。吉祥的档案一直放在学校。

吉祥上学那阵，许多学校都实行了不带户口的做法，平安给吉祥早早把户口转了。他说，一个人，上了大学还没有吃到商品粮，那有什么意义，那还不是和20世纪70年代县上在山里办的五七学校一样吗？纯粹是农民大学生。一个大学生，还吃着粿粿粮，那还是大学生吗？咱上大学的目的是什么，就是要端上国家的饭碗，国家的饭碗是什么，那就是皇粮呀，皇粮是什么，那就是旱涝保收。

吉祥到车辆管理所报到的那天晚上，平安请我吃饭，也叫了小燕。小燕和吉祥没领结婚证，平安却给他们在煤场装了一间洞房。平安说："今天请大家吃饭，一是恭贺我儿子终于有了份儿工作，二是恭贺我快要当爷爷了。"平安的话音刚落，我就扭头去看小燕，小燕有些不好意思地说："王叔不要笑话，这个时代和你们那个时代是不一样的！"看小燕肚子的确有了变化，我忙举起杯子对平安说："双喜临门，来，喝起。"平安说："这样的事让你们这些主导文明的人笑话哩，别人可以笑话，你不能笑话，你是娃的叔，娃有了娃，你和我一样，就升了一级嘛！"

我说："那是那是，自己的娃，哪能笑话呢？"

吃过饭，吉祥扶着小燕走了，淑玲忙着去结账，平安把我拉到一边说；"我想给娃把婚结了，你看行不？"

我说："那有什么不行的，木已成舟，生米都做成熟饭了，就结吧。"想了一会儿又说："不知道小燕的父亲有什么条件，那可是个明白人，咱不能让人家抬不起头！"我的意思是，不能让吉祥和小燕在煤场里结婚，那样对小燕父女不公平。我想如果在煤场结婚，小燕娘家人来后，一定会有微词。

平安明白了我的意思，他用双手扶着自己的头说："我咋把这一茬儿给忘了呢？是这理，咱租房，租楼房，让两个娃在楼房里结婚！"

吉祥的婚房租在红庙坡，平安说他们老家也有一个叫红庙坡的地方，他自到西京后，就喜欢红庙坡这个名字，他在西京挣到第一笔钱是在红庙坡，租的第一个煤场也属于红庙坡，儿子结婚也放在红庙坡，等将来生孙子时，也在红庙坡。他幻想着对我说："有一天，儿子会不会在红庙坡当个派出所所长或交警队队长什么的？"我笑着说："不是没有那种可能，只要吉祥努力，也许有一天还能担任这个城市的公安局长呢。”

房子租下后，吉祥粉刷了墙壁，擦拭了灯具，更换了窗帘，增添了一些家具。他们弄好后，让我去检查验收。我走进房子一看，感觉不错。平安说这次婚礼让我主持，我说：“我从来没有给人主持过婚礼，连基本程序也不知道。”平安瞪大眼睛说：“你不是会弄网络吗？从网上找去，我听人说，网上啥都有哩！”

我答应做吉祥的婚礼主持。

小燕的肚子越来越大了，走起路来像鸭子，一摇一晃的。我发现她走路时有意识挺着肚子，也许是出于女人的本性。

平安计划在国庆节为吉祥和小燕举行婚礼，吉祥的户口在学校迁不出来，领结婚证成了问题。

我开玩笑说：“大街上到处都是办证电话，你可以和他们去商量。”

他说：“其他事可以忽悠，这事万万不能，关系到孟家未来的大事，哪怕暂时不办，也不能作假的！”

我笑着说：“你也有认真的时候！”

他说：“那要看是啥事，像这样的事认真是必须的！”

国庆节放假后，平安叫来小燕父亲商量，小燕父亲看着女儿高挺的肚子也犯愁，他说要是托个熟人在他们那儿应该能办，可是女儿这样不方便，咋办呀？两亲家商量了一番，由小燕父亲找个人代替女儿去民政部门登记，最后还真把结婚证拿回来了。

有了结婚证，平安就准备为吉祥举行婚礼，又叫来小燕父亲商量，小燕父亲对我说，依他的意见，只要有证，婚礼可以不办。原因是小燕挺着个大肚子不方便，另外一个原因他哼哧了半天没有说出来。我知道他心里在想什么，他是怕别人笑话。接下来小燕父亲的话有些生冷，他的举动却温暖着平安一家人，他先是从口袋中掏出五万元放在桌子上，说是给女儿的陪嫁。他把钱交给小燕说：“这是爸爸给你的陪嫁钱。”转过脸他又对平安说：“啥都好，但有一点我不满意，就是没有房，在这个城市没有房是一件非常悲哀的事，所以你们要想办法买房，总不能老租房住吧？”

原本是一件很开心的事，小燕父亲一句话，不但使议题陷入僵局，从此也伤了平安的心，也是这句话，给他们在之后的交往中产生了不利因素。

听了小燕父亲的话后，平安看着淑玲，淑玲看着我，他们的脸上顿时升起乌云，乌云笼罩着整个场面，饭桌上再没有快乐和兴奋。小燕父亲的话看似很随意，却像一把钢刀，直接插入了平安夫妇的心。

买房是平安在这座城市奋斗的主要目标，如今，孙子将要来到这个世界上，他的目标却越来越模糊了。

时间在尴尬中流逝，人心在时间中经受打磨，小燕父亲知道自己的话伤害了对方，但他并没有给对方缓和的余地。那一刻，我发现他是一个生性果断的人，他和平安不是一类性格的人，平安处事会给对方留有余地，他不会，正因为他不给对方留余地，所以他的事业比平安有成就。男人面软必受穷，这是一个从俗语里锻造出来的真理。小燕父亲的意思是没有房子，女儿的婚绝对不能结。

过了好久，平安觍着笑脸说："是这样，咱们今天就定房子的事。我给亲家说实话，咱目前租下的房子，就是我计划买的，人家要四十二万元，可以按揭的，我就是一时凑不足那 50% 的按揭，所以，一直没有定下来。当然，也不是没有钱，如果东拼西凑，还能凑一些，但都是些小数额，如果交了房钱的一半，摊子就不能运转了，所以我一直没敢下决心。"

小燕看到平安为难的样子，挺着大肚子走到她父亲身边，将双手搭在父亲的肩头，撒娇似的说："爸，你不要为难他们了，他们一直在努力着，这些都使我为之感动呢。再说了，只要我和吉祥真心相爱，哪儿都能住，这西京城有多少人没有自己的房子，不是照样活得很阳光很幸福？我知道你是为我好，可是有些人有了房子没有爱，那又有什么意义呢？行了，房子的事咱不说了，慢慢来，总会有的！"

小燕的语气很平和，她的话刚一说完，我看到平安的眼泪哗哗地流了下来，我不知道他是羞愧还是感动。平安一流泪，小燕父亲也有些坐不住了。他忙给我使眼色让我说圆场话。我并没有听他的，毕竟我和平安的情感比他的情感要深一些，他今天的表现虽然不算过分，但对于一向好面子的平安，已经伤得不轻。见我坐着没有动，小燕忙过去，从自己口袋中掏出纸巾替平安擦着眼泪说："爸，行了，我爸也是为我着想，你也别难受，我爸不知道咱的情况，我知道呀，别人不理解，我理解，要不我为什么要嫁给吉祥呢？"

听小燕如此说，平安慢慢抬起头，用袖口擦了眼泪对小燕说："都怪我没本事，让你为难了！"

正在小燕父亲无法下台时，平安的电话响了起来，欢快的秦腔曲牌把场上的不愉快气氛一扫而光。平安清了清了嗓子，激动地从凳子上站起来，一边用袖口擦眼泪一边问对方："人抓住了没有？抓住了，好，好，我就来，我就来，谢谢你们，谢谢你们！"

收了电话，平安脸上浮上一块快乐的云彩，对我和小燕父亲说："宋刚抓住了，宋刚抓住了，派出所让我去哩！"

听说宋刚抓住了，一桌子人都激动地从凳子上站起来，我忙问：“是哪个派出所？”

平安说：“城东，城东派出所，就是那个，那个，你知道的。”

小燕父亲最后一个从凳子上站起来，他挥着手对我说：“咱一块儿去，看看这个家伙是个什么样儿的人，咋这么恶呢？”

平安用眼睛看着小燕子父亲，又向我挤了一下眼，他的意思是不想让小燕父亲去，我知道从此刻起，他心里已经开始对小燕父亲有些厌恶了，或者说他们之间产生了隔膜。平安是个爱憎分明的人，谁对他好，他恨不得把自己身上的肉割下来给谁吃，谁如果惹了他，给他丢了面子，他恨不得立即置对方于死地。此刻，他与小燕父亲的感情已经分崩离析。我没有赞成平安的意见，小燕父亲有车，开车去会快一些。在去派出所的路上，坐在车后排的平安不停地发感叹，他有些得意地对我说：“唉，这世上呀，神没有错敬的，香没有错烧的，你看，你不主张让我给城东派出所送礼吧？这不，还不是人家给咱把事办了？”

十八

走进派出所院子时，我们第一眼便看到了戴着手铐、双臂套在一棵粗壮的梧桐树上的宋刚。三十多岁的宋刚长得五大三粗，头上没有一丝头发，光亮的脑壳上有几道疤痕，眼睛瞪得像鼓环，眼珠不住地打着转转，给人的第一感觉此人不是个本分的角色。他双臂抱着树，表情痛楚，脸上的汗水不停他往下滴落。看到我们走近，他用陌生的目光审视着我和平安，当他看到小燕的父亲时，脸上出现了惊讶状。小燕父亲也认出了宋刚，他走到宋刚跟前，用手摸了宋刚的光头说："妈的，原来是你小子，你何时能长大呀？"

宋刚抬起头，用渴望的目光看着小燕的父亲说："村长叔，你是来救我了，是我爸让你来的还是我媳妇让你来的？"

宋刚说着，将头甩了一下，蒙在眼睛上的汗珠被他甩在树干上。树干上就有灰色的花朵绽开了，宋刚睁着一双大眼睛，忽闪忽闪地望着小燕的父亲。

小燕父亲蹲下身子，用审视的目光看着宋刚说："谁也没有让我来，是我自己来的，小子，你知道吗？你这次害的是谁？是我女儿，小燕，你抢的煤场是我女儿家的。"

宋刚脸上一瞬间浮上难堪，他摇着光头说："村长叔，你给派出所说说，放了我，卖煤的钱我一分不少地还给你，打伤人的医疗费我全部认了，行不？我媳妇快要生了，如果把我关了，我媳妇咋办呀？我混了这么多年，才混下一个媳妇，叔，侄儿求你了！"

看到宋刚的可怜相，小燕父亲从地上站起来，用手抹去宋刚脸上的汗，然后看着我和平安，故意用一种哀求的口气说："这娃看起来恶，其实不是瞎娃，他爸过去是我们的村长，干了一辈子村干部，我们关系一直不错，是他爸一手把我培养成他的接班人。他爸当干部时，给娃在村上的企业寻了活儿做，后来卸任了，娃也没事做，就跑到西京瞎混，混瞎了！”

我看着平安，平安看着宋刚，宋刚看着我，都没有说话，平安正要给宋刚递烟，不知从哪儿跳过来一个年轻警察，用警棍指着平安的鼻子粗声吼道：“你要干什么？”

平安愣了一下，手中的烟被年轻警察的警棍击落了。年轻警察一吼，办公楼里一下跑出许多警察，一位年长警察见到平安说：“老孟呀，你看看，是不是这家伙抢了你的煤场，用斧头砍了你的头？”

平安满脸堆着笑说：“就是的，就是的，让你们费心了，我不知道咋感谢你们哩！”

年长警察显然是个领导，他接过平安递上的烟，点燃后双手叉腰说：“谢什么，你这个老孟，我们维护社会治安，抓逃犯，替老百姓办案还要谢吗？”

平安点头哈腰说：“那是的，那是的！”说过，平安又问年长的警察：“抓住了这家伙，接下来咋处理呢？”

年长警察一边往办公楼里走一边说：“这不是让你来商量吗？主要是看你的意见。走，到里面去说！”

我和小燕父亲准备跟着平安往里走，被持警棍的年轻警察挡住了。原本希望平安能回过头来叫上我们，他压根就没有回头。

这边，宋刚又在乞求小燕父亲。他说：“叔，你只要能放我回去，钱我全部给人家，不，全给我小燕妹子，我家里的经济状况你是知道的！”

看着宋刚的样子我在想，这么一个人，咋能做出用斧头砍人的事来？他的野蛮真的能被手铐铐住吗？

宋刚将一口痰吐在地上，他想用此声音引起小燕父亲的注意，小燕父亲扭过头去看他时，他说：“叔，其实我压根就没有想霸占人家财产的，都是我结下西京这帮狐朋狗友，他们逼着我弄的。说实话，你知道我为啥没有给这个老板的伙计付钱呢？就是那个叫常青的，就怕他把钱花了，真的出了事，退钱时，他拿不出来！”

小燕父亲认真地看着宋刚说：“只要你把钱能全部给人家退出来，把打伤人家的医疗费给人家还上，我尽量想办法吧！我不行了，还有你爸哩，你爸就你这么一个儿子，你一天到晚弄的这叫啥事？把你爸的脸丢尽了，行了，别嚷嚷，让我给你爸打个电话和他商量一下吧！”

小燕父亲走出派出所大门，我也跟了出去，他拨通了宋刚父亲的电话，两人说了好一阵话，小燕父亲才收了线。他转身走到我跟前说：“老孟的钱能回来，老村长答应给把钱送过来。他说儿子前一阵给他交了六七万元，说是自己在西京做工程挣下的钱。还说这小子的媳妇今天早晨刚生下一个儿子。”

我说：“那咱收了钱，公安上不放人咋办？”

他神秘兮兮地对我耳语道：“咱是要钱哩，放不放人与咱没有关系，他们把钱退了，可以换得轻判呀！”

在门口等了大约有一个多小时，平安才从派出所的办公楼里出来，同行的一伙有七八个人，走出派出所大门时，他好像没有看见我和小燕父亲似的，连说带笑地走向一个酒楼。小燕父亲见状有些生气，我劝他：“你不知道，平安和这些人关系很铁，只要他能把钱要回来，给咱小燕买房，管他呢，难道咱少他一顿饭呀？”

小燕父亲说：“那咱也走吧，在这儿待着也没有什么用！”

我俩又一起走到那棵梧桐树下，小燕父亲对宋刚说：“小子，叔给你道个喜，你媳妇给你生了个儿子。”

宋刚一听，哇哇地哭出声来，他把自己的头向树上碰着，后悔的样子看后让人心生恻隐。

小燕父亲一手叉腰，一手扶着梧桐树弓着背小声对宋刚说：“行了，我和你爸商量了，尽快想办法给人家把钱退了吧，看人家公安咋处理。你没看人家和派出所的关系，人家的儿子也是公安上的，你知道吗？”

宋刚把脸上的眼泪向树身上擦着，拖着哭腔儿说：“叔，全靠你了，你一定要想办法，老侄信你！”

小燕父亲拉了我的手对宋刚说：“你知道这是谁吗？是小燕的公叔，人家是这个城市的大记者，关系硬得很，记者是什么，你懂吗？那就是见官大一级，只要你想办法快快把钱给人家退了，人家给上头领导说一句，说放你还不是小事吗？”

宋刚把光头顶在树上说：“叔，你说话我全信的，你快和我爸联系，过了今天就不行了，人家就会把我送到南郊的，我害怕去南郊呀！”

小燕父亲用手拍拍宋刚的肩膀说：“行了，不看僧面看佛面，你爸帮我好几十年，我能不帮你吗？放心！叔给你想办法，你好好配合公安给人家老实交代，可记住了！”

宋刚头点得像小鸡啄米：“叔，侄儿听你的，一定听你的！”

反过身，小燕父亲拉我的手上了他的车一起回到北郊。

一直到了晚上，平安才从派出所回来，进了我家的门，他先给小燕父亲和我道歉，说中午那会儿，他本来是想叫我们和他一起去陪派出所的民警吃饭的，但那个所长说他不想见记者，他觉得有些案子让记者一报道就不好办了，记者一报道，上级领导就会给他们施加压力，他们很讨厌那些做法，有些案子，完全可以小处理，但记者一报道就成大案了，处理起来比较麻烦。平安说的这些也许小燕父亲不懂，我十分清楚。

平安仰起脖子喝了一大杯水打着嗝说："所长问我大概有多少损失，我说有十几万元。所长说十几万元怕是不能全追回来，追回七八万元没问题。所长了解到，这个宋刚是个孝子，在西京弄的钱全交给了他父亲，他父亲又当了一辈子村干部，还有就是宋刚的妻子快要生孩子了，只要他们交了钱，案件就可以在小范围处理。"

听平安如此说，我在想，这个平安，简直是个人精，究竟是用什么办法把派出所的人哄得团团转？难道仅仅是钱吗？应该还有他的真诚，杨思敏说过，真诚是无畏者的通行证，真诚没有高低贵贱之分，真诚在社会交往中有时比金钱更能发挥作用。派出所所长说得有道理，记者在工作中，往往注意了新闻性，喜欢哗众取宠，根本不在意新闻背后的另一番人间烟火。有些案子，本来是很小的事情，经记者一报道的确成了大案要案，不但为公安机关增加了压力，也改变了当事人的命运。

深夜，派出所又打电话让平安去一趟，说是又抓回了几个参与抢劫煤场的人。这回，我和小燕父亲没有去。

平安前脚刚走，宋刚父亲到了西京市北郊，小燕父亲让宋刚的父亲把车开到我们小区，被对方拒绝了，说他们在一家距我们小区不远的夜店里等我们。

宋刚父亲固执己见，使我感到此人并非等闲之辈。他带着四个人开着一辆小车来。我见到宋刚的父亲后，感觉人并没有我想象得那么老，在我的想象中，他是一个手持旱烟锅、穿着褪了色起了毛的半旧红卫服或是中山装的瘦老头。但坐在我面前的是一个壮年人，他的气质和小燕的父亲不同，一个是久经沙场的将，一个是初出茅庐的帅，见到宋刚父亲，我想起了以前采访过的那些城中村的村长，城乡接合部的另类文化装扮起来的他们，虽然官不做了，气势犹存。

小燕父亲见到宋刚父亲后也没有我想象的那么硬气，像下级见了上级，他有些胆怯地点头哈腰对宋刚的父亲说："这一回的事，出到咱两家了，刚子用刀砍的是我亲家公，盗窃的煤场是我亲家在西京干了十几年才攒下的家当，没想到真是大水冲了龙王庙！"

宋刚父亲的脸上并没有因为小燕父亲的软话而起笑意，他指着我说："这是你亲家公？"

小燕父亲忙说："不是，不是，这是小燕的公叔！"

也许是从脸上看到了我与煤炭无关的气色，宋刚的父亲问道："你是从事那一行的？"

我还没有开口回答，小燕父亲忙说："记者，省报的记者，咱燕子的工作就是他叔给安排的，燕子也在报社工作！"

宋刚父亲听说我是记者后，脸上闪现出一丝古怪的表情，看小燕父亲的目光也由原来的不屑转换成一种疑惑，随后他对我说："对不起，给你们添麻烦了！"

我依旧端坐着没有说话，场面出现了僵持状态。我的不说话，给宋刚的父亲一种威慑力，他这才起身走到我跟前说："你看这样好不好，你哥的钱，我们全赔，包括住院的钱。你给咱想办法，最好是不要关人，我就这么一个儿子，儿媳妇今天才生了孩子，我想你能做到这些的。"

我示意他坐下，喝了一口茶说："老宋呀，你高看我了，这事儿咱拿不住，要看公安的，你有这种想法固然很好，也是人之常情，我建议你要在公安方面做工作哩！"

宋刚父亲平静地挥舞着手说："公安的工作要做，但关键还是受害人的态度，你们能给我个面子，放儿子一码，我定会感激你们一生！"

我想了想说："好吧！我做做我哥的工作，咱几个方面都试试，你看行吗？"

宋刚父亲的脸色变得活泛起来，他站起来走到我跟前，用力地握住我的手说："我相信，有你出面，事情一定能向好的方向发展，人常说你们记者是见官大一级嘛！"

我冷冷地说："那你们就去派出所吧！我哥正在派出所呢，他和那里的所长很熟悉！"

宋刚父亲让随从从车上搬下几箱苹果给我，我推让着，苹果最终还是装上了小燕父亲的车，我让小燕父亲带他们去，宋刚父亲摇着手说不用了，说他和那个所长也很熟悉。

我不知道宋刚父亲所说的话里有多少是真实的，有多少是故弄玄虚，有多少是打肿脸充胖子，但此人的架势不卑不亢。如果没有我的职业身份做支撑，估计平安和小燕父亲两个人联合起来也斗不过宋刚父亲。宋刚父亲走后，小燕父亲对我说："你别看这人不当村长了，比当村长还牛呢，他现在是一个外资企业的顾问，那个果汁厂就是他在任时招商引资招来的，这人年轻时也在西京待了好多年，对西京熟悉得很哩！"

那晚，小燕父亲还住在我家，他几次要去派出所都被我阻止了，我说："你放心，你亲家和派出所的关系铁得很，咱都不用操心，就算去了也不一定能帮上忙，反而会添乱呢，你就等着好消息吧！”

小燕父亲递了一根烟给我，笑嘻嘻地说：“我有个事求你哩，只有你能帮上！”

其实我知道他要说什么，我说：“你放心，这回钱一旦到手后，我第一个就让他们买房子，你也就放心了！”

小燕父亲惊讶地说：“你是个神人，我想什么你都知道！”

我说：“这不光是你的心病，也是老孟十几年的念想，他活着的最大目标就是想在西京买套房子，我看这回，一定能实现的！”

说过，我俩上床睡下，都没有睡着，操心着平安的事。

翌日上午，平安还没有回来。淑玲就急着打电话来问结果，我告诉她没有任何消息。她准备过来给我们做饭，我挡了，我告诉她：“好好照看小燕，不要操闲心。你放心，饿不着你亲家，人家是有钱人！”

小燕父亲看我挂了电话，笑着说：“你说我亲家这两口子，劲咋这么稳呢？放到别人，一个个早都急疯了，你看我亲家母，人家该弄啥还弄啥，也不问问我亲家的情况！”

我说：“事经得多了，人皮拉是一方面，另一方面是小燕一个人在家，她放心不下的！”

小燕父亲自知自己说错了话，忙说：“走，咱吃饭去，你想吃什么，我请你！”

我和小燕父亲吃了午饭，又回家睡了一会儿，打平安手机再也打不通了，我们去了派出所。

平安睡在派出所一间办公室里打着呼噜，身边的桌子上有面包也有饮料，头下枕着一个纸包，我想纸包里一定是钱，等我们叫醒他，打开纸包一看，里面竟然是一块砖头。平安看到我俩揉着眼睛说：“钱还没有到手哩！”

我问：“那个宋刚呢？”

平安说：“放了！”

小燕父亲压低声音问：“那边能给多少钱？”

平安说：“不知道，估计不会很乐观，宋刚父亲半夜时叫来了一个什么乡党，说是市公安局的，人家在一起说事，根本就没有叫我！”

小燕父亲听平安如此说，突然想起了什么，他惊呆呆地一拍双手说：“瞎了，市局有我们一个乡党，是个什么队长，听说官儿很大，怕是他们要黄咱们吧？”

听小燕父亲如此说，平安站了起来，不停地在地上打转转，脸色乌黑，不住地往地上吐痰，时而双手抱着头，像鸭子一样曲项向天歌。转了一会儿，突然对我说：“你呀，关键时刻应该出面的，他们要知道你记者，还敢糊弄吗？”

我笑着说：“他们早就知道我是记者，你放心，如果他们这次敢胡来，我有办法治他们哩！”

平安说：“你光说得好听，上次让你写稿子你不写，人家晚报咋敢写呢？”

他旧话重提，我生气了，我说：“晚报给你带来好处了没有？结果是什么？”

他往地上吐着痰，说：“瞧我这烂嘴，你别往心里去，大人不计小人过，别生气啊！”

我抽出一根烟给了小燕的父亲，说：“我要是生气，这会在家睡觉哩！还管你的事？”

一辆警车开进了院子，警车上下来几个人，有的穿着警服，有的着便装，他们进了办公楼不大一会儿，就有人出来叫平安进去了。

平安进去后，我领着小燕父亲去附近看一个展览。下午五点，我俩又转到派出所，脚刚踏上派出所门口的台阶上，平安一脸兴奋地从派出所的办公楼里一跳一蹦地出来了。小燕父亲抓住他的手要问结果，平安推开小燕父亲的手急切切地说：“快上车，回去说，回去好好给你们说！”

车没有去我家，也没有去汉城平安的煤场，直接被平安指挥到前几次吃饭的那个酒店，到酒店门口时，淑玲、小燕和吉祥已在那儿等着，平安租房的房主也来了。见到房主，我知道平安要做大事了，他一定在派出所用电话安排好了一切。

饭菜比前几次丰盛许多，平安并没有说在派出所的事，而是不住地给房主敬酒，房主是个能喝酒的人，五六个人，不到一小时，就喝掉两瓶红西凤。

酒喝得差不多了，平安先给小燕甩了个眼色，然后对房主说，我要买下你的房子。接了平安眼色的小燕在自己包里找着什么，找了半天也没有见拿出来，又专心听房主说话。我不知道那个眼色是什么意思，但我想，一定是个非常重要的眼色。

房主用餐巾纸擦了腮边的汗和嘴边的红辣子说：“我就等着你哩，别人早就想买哩，但我喜欢你这人的诚实劲儿，所以一直给你留着！”

平安接着往房主的杯子里倒酒，边倒边问：“总共多少钱？全部把钱给你我没有那个能力，但付你一半的钱，我凑足了，今晚就给你。”平安话一出口，我看到小燕和淑玲都在翻动自己拿来的包。只有吉祥一个人静静地坐在小燕身边，笑盈盈地看着房主。

房主又喝下一杯酒，把酒杯往桌子上一放说：“老孟呀，今晚的酒不错，菜也不错，你这人呢，也不错，首先我要告诉你，我没有醉，你知道吗？我没有醉！凭你今晚的招待，说实话了，房子，原来给你说了多少钱？”

平安一脸笑意说:“四十二万元!”

房主抓住平安的手用力地掐了一下,然后又高高地举起酒杯说:“不说了,来个整数,那些零头,权当是我今晚请你们吃饭了,喝、喝、喝酒,你知道什么是缘分吗?这就是缘分!”

房主的话一出口,平安一家人脸上乐开了花,我和小燕父亲的脸也被他们一家人脸上的喜气映红了。

平安把从派出所拿回来的钱往桌子上一拍说:“给,这是八万元,订金,你先拿着,一会儿再给你数!”

至此,我们所有人才知道派出所给平安赔了八万元。除了平安外,我们几个人的目光像有人指挥一样,在饭桌上无声地交流了一遍。这个平安,简直是热蒸现卖,我想,他是在用这种方式回答小燕父亲。

房主并没有收钱,他说:“你这个人呀,聪明一世,糊涂一时,你不想想,我都成这样了,能收钱吗?你要是用假钱忽悠我,我不是吃大亏了?我不收钱,但我把话放在这儿,四十就是四十,不变的,绝对不变了!”

房主说着,扶着椅子站了起来,对平安说:“你们不是有车吗?走,送我回去,你今晚送我回去,就有好事等着你哩!”

平安忙扶了房主说:“好好好,走,亲家,咱把王哥送回去!”

我们一直在酒店里等到平安和小燕的父亲回来。等他们回来时,平安手里举着一份卖房协议,开心地说:“好了,协议签订了,他就不会变了!”

说过他拿起酒瓶,将半瓶酒一口气喝了下去,然后哇哇大哭起来,他一哭,淑玲和吉祥的眼泪也哗哗地往下掉,我的眼泪也不由自主地流下来。

小燕父亲见状说:“行了,行了,你们都不要哭了,我知道是我的错,不应该逼你们买房!我也是带着吉祥如意来的呀,我要是不逼你们,那宋刚就找不到,就算找到了,你们和他父亲联系不上不也是白搭吗?所以说,好坏都是我的!”

平安听小燕父亲如此说,走过去抱住小燕父亲,哭得更伤心了。

一顿饭在哭声中结束了。

这个夜晚,对平安来说,是人生的里程碑,犹如他脱离母体来到这个世界一样重要。

回汉城的路上,经过一个商店时,平安让小燕父亲将车停了下来,他买了香表和许多礼炮放在车上。小燕父亲说:“这样太危险了!”

平安木讷着声音说:“狗屁,走,出了事都是我的!”

刚回到煤场,平安就点燃了礼炮,引得不少人赶来看究竟,平安觍着笑脸嘻嘻哈哈地给来人一一发了烟，一些不抽烟的女人，平安也硬把烟塞在人家手上。人家问他半夜三更、不年不节的放炮做啥？平安摇着头说：“要当爷了，升级了，心里幸福，幸福，是不是影响大家了？”

人们看到平安已经有些醉态，怕他伤害到自己，个个拿了香烟一溜烟似的全跑了。平安一个人跪在院子里，哭笑不分，自说自念，一边抹眼泪一边给已经到了天堂许多年的父母烧香焚表，告慰他们的在天之灵。

小燕父亲有几次要去阻拦和劝慰，被我和淑玲阻止了，我和淑玲理解平安的心，我说：“让他去闹腾吧，他的心太累了，需要宣泄的！”

大家都处在兴奋中，平安是在明处用行为诠释兴奋，而其他人把喜悦埋在心里。每个人的心都在激烈地震荡着，正在一家人用不同形式庆贺买房之事时，小燕的肚子里也开始闹腾了，不大一会儿工夫，从吉祥和小燕的房子里传来了小燕撕心裂肺的哭喊声，听到小燕的哭喊声，淑玲麻利地从门外的煤场蹦了出来，手舞足蹈地说：“快，快，我们的孙子也赶来凑热闹了，亲家，快开车，去医院，去医院啊！”

小燕要生了，我和平安在外屋等候着，淑玲和小燕的父亲跑进里间，俩人吵吵嚷嚷地用被子裹着一头汗水的小燕，让吉祥抱着，淑玲在后边扶着，正在吉祥抱着小燕往小车跟前跑动时，从小燕衣服里掉下一件东西，平安从地上捡了起来交给我，我一看是一支录音笔，这才意识到原来在饭桌上平安给小燕抛媚眼是让小燕对房主的谈话做了录音。

小燕被吉祥抱上车，车正要启动，小燕却清醒地喊道：“好了，好了，不去医院了，生了，生了！”

婴儿尖锐的哭声从夜空中传来，听到尖锐的哭音，断定是个男孩，淑玲抱着孩子，吉祥抱着小燕，一前一后返回房子，平安忙问：“是孙子还是孙女儿？”

淑玲声音兴奋地回应：“是你的心愿，你如愿了。快，烧水，烧水，给我孙子洗澡澡！”

平安刚往煤炉里添了几铲煤，又从凳子上拉走了小燕的父亲，指示小燕的父亲往煤炉里添煤，他自己不知从门外边什么地方一手抓着艾草，一手抓着桃树枝兴冲冲地扑进房子。他用温水洗过艾草，放到一边；然后又把桃树枝插在小燕的门旮旯上。所有人都在忙，我不知道自己该做什么。我在想，这个孩子来得正是时候，他一定是在娘肚子里知道爷爷奋斗了半生，给他买下房子，急着来为爷爷恭贺的吧。

婴儿的哭声特别尖锐和高亢，几乎住在汉城的人都能听到，周围许多煤场的狗听到婴儿的叫声吼了起来，村边路过的出租车听到狗在狂叫，也按响喇叭，整个汉城的夜在喧腾着。

许多人家的孩子，都是踩着宁静来到这个世上的。平安的孙子从准备出生到真实地来到这个世界，全在吵闹声中过来的，不知道他对这个世界有什么认知，他的哭声是在宣告，这个世界上多了一个男人。

淑玲给婴儿洗完澡，孩子的哭声停止了。她从小燕的房子里跑出来对我们说："真想不到，咋这么顺产呢，现在人生个娃，都要进产院的，咱这孩子，怕知道咱没钱进产院，自己就跑出来了。"

吉祥兴高采烈从旮旯里蹦出来，说到外边给小燕买她想吃的羊肉泡馍。

小燕父亲霍地从地上站起来，伸手阻止了吉祥，急切地说："胡扯，半夜三更，到哪儿买羊肉泡馍？再说这晚上能随便乱跑吗？"

吉祥犹豫不前，淑玲从旮旯里钻了出来说："年轻人尽胡想，咋敢吃羊肉，能消化了吗？"她拽了吉祥的衣袖说，"去陪燕子，看着你那宝贝儿子，老娘给燕子做吃的，我知道小燕这个时候吃什么合适！"

小燕吃过饭，已经是夜里两点多了，我和小燕父亲准备回到我家睡觉，平安不让我们走，他说："你们都在，咱给娃取个名字吧！"

我说："你是个半拉子文人，又会作诗，你取吧，我们取了不合你的意呢！"

平安说："真让我取？"

小燕父亲笑道："只有你取的才是最合适的！"

平安用舌头舔了嘴唇，双手抓了抓头皮，笑嘻嘻地说："其实我早就想好了，小名叫孟幸福，官号呢，就叫个汉城，孟汉城，行不？"

我俩觉得不错。我说："不错，很大气。这回我们该走了吧？"

平安说："你们不是想听派出所的事吗？"

我想他是兴奋过头了，想让我们同他一起分享这些美好时光。

我们重新坐下。

小燕父亲故作认真地弯腰问他："人家给了八万元哪？"

平安吃惊地说："你们咋知道的！"

小燕父亲直了腰杆说："宋刚父亲给我打电话了！"

平安仰起头压低声说："我估计是十万元，派出所可能留下两万元。"

我说："不管那些，咱的钱到手就行了！"

平安用眼睛盯着楼板看了一会儿说："其实咱没损失那么多，让人家出了那么多钱，咱有些对不起人家！"

我用手中的打火机指着平安，气愤地说：“你呀，扁担挑水走滑路，心挂两头，你还是做生意的人，你会不会算账？这五万元快一年了，你知道人家城里搞融资咋算账哩？五万元不到一年就能赚三个五万哩。如果拿这五万元去倒腾煤，你要赚下多少哩？”

平安说：“如果那样算，当然不算多，可我这心里总觉得哪儿不太对，哪儿不对呢，我也说不清！”

小燕父亲用宽慰的语气说：“这些你就不管了，只要把咱的钱拿到手就是了！”

“其实我一句多余话都没有说，我只给人家说了，我兄弟是个记者。我知道他们最怕记者，最后所长给我说，让我告诉你，这件事就不要报道了。”

我说：“谁乐意报道，真要是报道了，你就拿不到那么多钱！”

平安还要说什么，小燕父亲拉着我离开了汉城。

路过农贸市场，到处都是公鸡的打鸣声。我觉得奇怪，在城市住了十几年，从来没有听到公鸡打鸣的声音。

十九

幸福不期而至，对吉祥而言，像一篇锦绣文章后面加上了规整的省略号，吉祥与小燕的婚礼也省略了。

风和日丽的一天，小燕兴高采烈地把幸福抱出来认天地。认天地是我们老家传承几千年的风俗。也就是孩子出生第十天，无论男孩女孩，从娘胎里来到这个世界的第十天，都要被母亲抱出家门，到门外认天地，呼吸新鲜空气，这个日子也是一个值得庆祝的日子。在我们老家，一个人从出生到死亡，都有许多不成文的风俗约定，人们在漫长的岁月里，将不成文的东西约定成俗，那些风俗伴随了人的一生。孩子出生第十天，才被看作是真正的人，十天之前的日子，每天都有一个说法，什么三天鬼，四天抽，五天风，六天风，七天风，八天雨，九天神。自从孩子落草到地，人们就怕孩子过不了十天，家人提心吊胆地为孩子操心，连生人也不得进家门，怕生人身上附着阴气、鬼气、神气、邪气、凉气，影响孩子度过安全期，特别是怕鬼来催命。所以孩子过十天时，亲朋好友都要到家祝贺。

幸福过十天时，我为幸福买了童车送了过去，平安却不让我打开童车的包装，他说:“等到幸福满月时再打开吧！”

我问他:“为什么？”

他说:“到满月时要大过，把三件喜事往一块儿过哩！”

我问:“什么三件大事？”

他掰着手指说:“儿子结婚、孙子满月、乔迁新居，一起走。到西京几十年了，总看着别人家有喜事，自己从来没遇过喜事，总是在苦涩中度日月，苦把我压够了，也压怕了，我要扬眉吐气一回，让西京人见识一下，罗锅也有挺直的那一天！有时路过村上，遇到人家给娃结婚，我都想走过去，送几百元礼，坐在人家的席面上美美吃一顿，享受一下过喜事的滋味。”

这天下午，我正和平安在煤场的空地上喝茶，杨思敏开着车来了。想不到的是，她和我一样，也是带着一个童车来，她的童车和我的一模一样，来自同一个超市。

平安欣喜地安排杨思敏坐定说：“你们俩应该在一个锅里搅勺把才对！”杨思敏听不懂平安的俗话，她愣着，闪着好看的柳叶眉，不解地问平安：“一个锅里搅勺把是什么意思？”

平安将嘴噘向我着示意杨思敏问我。我笑着对她说：“意思咱们两个可以在一个锅里吃饭，在一个床上睡觉，在一个枕头上同眠。”

杨思敏几乎笑出了眼泪，她伸出纤细的手指着我说：“呸，想得美，老孟肯定不是这个意思，是你做白日梦胡编的。”

我说：“他的意思是咱俩做事能想到一块儿。”

杨思敏依旧笑着说：“这还差不多，大意我明白，是不是你给老孟的孙子买了和我一样的车？”

我笑着说：“何止是一样，是一模一样，而且还是在一个超市买的呢！”

我们正在说笑，平安租房的房主，带着一个建设银行的工作人员来了。我把杨思敏介绍给房主和年轻人，房主很客气地与杨思敏握了手。

我对平安说：“你要搬进新房子，咋不叫你亲家一块来呢？”

平安说：“人家有人家的事，这是咱自家的事就不麻烦人家了！”

平安从场院回到里屋去了，他要动员全家人一块儿去酒店。小燕包得严严实实从屋子里出来，她刚站到门口，杨思敏急着去看幸福，幸福见了杨思敏可能是笑了，杨思敏看后手舞足蹈起来，她的笑声引得我们一行人都跑过去看幸福。淑玲从屋子里出来说：“咱走吧，这儿太凉了，一会儿会冷的！”我四处找吉祥，小燕告诉我吉祥还没有下班，他下班后直接去酒店。

我坐在房主的车上，平安一家人坐在杨思敏的车上，不一会儿就到了酒店。

大家推荐杨思敏点菜，杨思敏拿着菜单看了一会儿对房主说：“咱吃些可口的吧。老孟买房虽然是大事，但他的经济情况不能和大家同日而语，大家不会有意见吧？”

房主用疑惑的目光看着杨思敏说：“这个平安到底是个啥人？咋交下的人都是些懂事的人呢？”然后指着杨思敏笑着说，“我见的律师多了，像你这样能为当事人着想的不多，那些律师哪像你呀，唯恐当事人的钱到不了自己口袋！”

杨思敏笑着说：“我总认为，人以群分，物以类聚，能坐到一个桌子上的人，最起码心性是大同小异的。有些人，有些事，是没有办法的，有些人爱讲究，有些人好面子，有些人是打掉牙往肚子里咽，有些人是花自己的钱如从身上割肉，花国家的钱从来不心疼，总之，社会情绪在膨胀，浮夸风在生活中游离，风气瞎了，生活本身有病了。我们生活在大的病灶里，如果再不坚守自己那么一点本色，我们就活得太累了。但不是所有的人都乐意那么做，也不是所有的人都有能力抵制这种歪风邪气，你抑制，你就是另类，就会被人看不起。我经历过这么一件事，给我印象很深，多少年了，每次坐在饭桌上，我都能想起来。有一年，我给一个大房地产开发商做代理，也是一帮人在一起讨论一个案子，点的菜吃不动剩下一桌子，最后房地产老板自己打包带回家了。我问他带着这些东西做什么用，是不是喂狗，人家说是自己全家人第二天的饭，你们知道，面对他我是怎么想的？”

建行的青年人说：“你一下子笑了，在心里说，我咋能遇上这样一个抠门的人呢？”

杨思敏指了指房主，笑嘻嘻地问道：“大哥，你猜测一下，我当时是什么想法？”

房主点着烟思考了一会儿说：“你一定对那个人肃然起敬！”

杨思敏说：“你咋会这样想呢？”

房主说：“因为你的心是善良的，善良的人往往敬重有德的人！”

杨思敏突然站了起来走到房主跟前握了他的手摇着说：“大哥呀，知音，知音呀！”

房主也站了起来对杨思敏说：“妹子，给我们公司当法律顾问吧，我欣赏你的德行！”

双方相互留下名片，各自坐回自己的位置。杨思敏重新开始点菜，她看了一会儿菜单说：“我有两条原则，一是要吃饱，但不一定能吃好，因为吃好是没有标准的，一碗面条是个饱，一盘鲍鱼也是个饱，鲍鱼我就不点了，人家这是川菜，也没有，就按常规来吧，保证让大家吃饱！”

房主怕听不到杨思敏的第二个原则，忙问道：“第二个原则是什么？”

杨思敏双手捧着菜单压低声音说：“吃共产党嘴要张大，筷子要伸长，吃朋友嘴要张小，筷子要伸短。”

说过，她自己先咯咯咯地笑起来，笑过之后她又补充道：“这话不能乱说，但在实践中有人是这样实施的！”

房主笑嘻嘻地说：“你呀，杨律师，一语中的，一语中的！”

吉祥回来了，他给每个人打过招呼之后，静静地坐到小燕身边，吉祥本身是一个不太言语的人，穿上警服的他显得更加精神和帅气。

杨思敏把写好的菜单交给服务员后对房主说："人都到齐了，咱们说正事吧。"

平安把自己准备的资料摆在桌面上，房主也把房产证之类拿了出来，建行的青年人同时打开了自己带来的文件夹。

合同是提前打印好的制式合同，银行的表格也是制作好的，不大一会儿工夫，银行的表就填完了。最后，银行的青年人停了手中的笔抬头问平安，房主的名字要过户到谁的名下，平安毫不犹豫地说："写上孟吉祥吧。"

银行的青年人正低头去写，小燕抱着孩子站起来说："不行，应该写上孟平安！"

这一小序幕的出现是大家没有想到的。房主看着小燕问："女子，为什么要写你爸的名字呢？是你们小两口怕那百分之五十的按揭有包袱？"

小燕把孩子交给吉祥，挥舞着手说："叔，不是的，我和吉祥商量过了，这房子不能写我们的名字。我们还年轻，有能力还那百分之五十，我们想的是，我爸在西京苦苦奋斗了这些年，这房子应该是他的，我们不能让他在这个城市连个名分也没有。你们不知道，他在西京城活着的最大愿望就是买一套房子。为了这房子，他被人用砖头砸伤过头，差点死了，香港回归那一年，我们没有暂住证，被政府收容，他怕自己卖的肉坏了，从收容所厕所的尿槽里溜下去，从大粪池爬出来，厕所里的石头划破了他的肚子，肠子几乎能从肚子里流出来。就那样，他赤着身子，光着脚，从城南收容所走到龙首村。为了攒钱，还被人陷害送进公安局，把前十几年挣下的钱全部赔光，他被人用斧头砍破半个脑袋，死里逃生……总之，他为了实现买房的愿望，死过多少回，又活过来了，因为他的愿望没有实现。你们说，他这样含辛茹苦用命换来的钱，买下的房子不写他的名字写谁的？"

小燕像一个励志的演讲家，用充满激情的词句和抑扬顿挫的语调，一口气说了平安在这个城市的经历，听得淑玲和吉祥泪如雨下，听得房主眼圈红润，听得银行的青年人不住地用眼睛从平安的脸上探寻着什么。只有我、杨思敏和平安是平静的，因为小燕说的全是我们经历和见证过的。

平安一脸通红站起来给大家发烟，他说："娃说的没错，这些，的确是我经历过的，还有我的兄弟，他是最好的见证。也可以说，我的每次绝处逢生，都是我兄弟救了我的性命，当然还有杨律师，杨律师像一个妹子一样关心我，不嫌我丑，不嫌我脏，不嫌我土。说实话，我这人命好，我和我兄弟、杨律师都是萍水相逢的朋友，不沾亲不带故，但我总觉得，他们是我在这座城市的亲人，要是没有他们，我可能早都不在这个世上了！"

此时的吉祥已经哭出了声音，他一边擦泪一边哽咽着说："爸，不要再说了，说正事吧！"

淑玲也擦了眼泪，拉着吉祥的衣袖说："行了，让人笑话，哭啥哩？过去的都过去了！"

平安揉捻了自己的脸皮说："好了，不说了，就写孟吉祥吧。"

吉祥霍地一下从桌子旁边站了起来说："爸，你不要乱说，就写你的名字，美美的，我们情况好了，将来还会再买一套的。你放心，你儿子不会让你失望的！"

小燕从吉祥怀里接过孩子，吉祥绕过众人走到平安身边说："爸，你奋斗了几十年，在这个城市总不能没名没姓吧？就让你的名字给这个城市添一点励志精神不好吗？"

平安抬起头看着儿媳深情地说："娃呀，爸还能活几年？咱一次写到位，省得我将来死了，你们还要再办一次过户手续，还要缴遗产税什么的。"

在平安一家人争论不休时，杨思敏扯了扯我的衣袖，将我叫到一边让我拿个主意，她的意思是应该写上平安的名字。她让我说，我让她说，我推辞说我跟吉祥走得太近了，不方便说，应该由她说，因为她说出来就有法律的含义在里面。

杨思敏用她好看的眼神细细扫视过我一番后，拉了我重新回到桌子边，她清了清嗓子，将自己面前的一沓资料垫在肘下，伸出带有黑色大珠子手链的右手在空中轻轻地舞动着，说："是这样，你们一家人呀，做晚辈的媳贤子孝，当长辈的舐犊之情油然已见，着实令人感动，这是我从来没有遇到过的。常见的是在购房时一家人你争我抢，没见过你推我让的，依我的意见，就写上父亲的名字。刚才儿媳也说了，他们还年轻，有的是机会，这一点大家是有目共睹的！"杨思敏把话头递给房主问道："王大哥，你还有什么建议也可以说嘛！"

房主被杨思敏的一举一动迷惑着，没想到杨思敏会让他发表意见，他愣是没有回过神来。我知道这个有着许多财富的城中村的富农分子被杨思敏的言行吸引着，看着他没有回过神的样子，我忙用手指了指他说："杨律师让你发表意见哩，看看这房到底写谁的名字！"

房东并没有表现出失态的样子，他慢腾腾地将噙在嘴里的烟点燃，然后慢条斯理地说："我什么都没有想，只有感动。我真不敢相信，在这座城市里，还有这种真情的存在，为了这份少见的真情，我再让出五万元！"

杨思敏带头鼓掌，大家都鼓起掌来，掌声似在为城市人很少见到的真情在呐喊，掌声引来许多在酒店就餐者关注的目光，那些目光中有羡慕，有不解，也有厌恶。

平安和房主在一沓沓纸上签完字，平安抬起头时，泪花中闪着餐厅里的灯光。淑玲看了看平安的脸色，把二十万元交给房主，吉祥从吧台拿来点钞机。房主把钱推给银行的青年人，年轻人点过之后，又把钱推给房主，房主从中抽出两万元分别给了平安和小燕，他说：“你们给我上了一课，这是我交的学费！”

平安站起来准备阻止房主的动作，被房主推开了。房主激动地说：“兄弟呀，你不是一个真诚的人，哪儿能赢得这么多的好朋友？我也要加入你的圈子，不行吗？”

平安紧紧握了房主的手说：“谢谢你！你才是我最大的恩人，是你真正帮我圆了梦啊！”

大家平静之后，杨思敏一挥手，服务员将热菜凉菜一起端上桌子。

二十

交了房子的首付款后，平安手头只有房主赠予的两万元了，他又回到老家信用社贷了五万元。手头有了七万元，他又如鱼得水，又马不停蹄地去宁夏购进两车煤。

他计划在冬至来临之前把煤销售到百分之八十。

有天晚上，他对我说："现在和过去不一样了，过去是给自己挣钱哩，现在全是给人家挣钱哩，信用社的利息一大笔，银行一个月也得按揭三四千，过去，可挣可不挣，累了可以歇，病了可以休，现在不行。现在是套上磨子的驴，不走不由自己，银行把紧箍口套在你脖头上，你要是有一丝怠慢，人家就是不念经，到了月末，让你头疼你就得疼，要罚你钱你就得认罚！"

我安慰道："人活着都是一样的，都是在与困难作斗争，你不要看那些开着豪车、住在别墅里的大老板，他们也一样，也是为了钱日日夜夜睡不着，时时刻刻在殚精竭虑！"

他摇摇头说："人家是为国家富强做贡献哩，咱活的啥？咱是在为自己的梦活哩！"

我说："你也不用悲观，你也为国家做着贡献的，你每个月缴的税也是为建设这城市做贡献了。说不定街上哪盆花，路边哪棵树，街道里铺的哪块砖就是用你缴的税钱买下的呢！"

他抓抓头皮嘿嘿地笑着说："你们这些吃着国家饭的人，说话都向着国家，思想境界就是高，一样的事，让你们一分析，就有道理。经你这样一说，我倒不自卑了。其实，你不知道我心里想啥哩，我老想，城市这么好，咱给人家做了什么贡献？平坦的路咱走着，好看的花草咱白看着，就连公交车咱也享受着国家的补贴，咱不用操一点儿心，啥都有人给提供着，咱住着亏心呢！"

买房之后，平安心理发生了变化，他心里一下子有了这座城市，他把自己看作是这个城市的一分子，从心里爱上这座城市，就像爱上了自己的母亲或儿女，没有任何条件，有的是一腔感激。位卑未敢忘忧国，他的思想境界升华了。

现实生活不全像他想的那样，没有房时想房子，有了房时日子并非他想的那么好过。现在的他像一个逐渐长大的青年，过起了节衣缩食的日子，不似过去，动不动就去饭店吃饭，动不动就喝好酒抽好烟。之前他说的三件喜事一块办，到幸福满月时，一家人悄悄搬进了新房，没有给任何人打招呼。那天是周末，我想起了幸福的满月。我把平安退回来的童车在超市换成肉和菜，外带一盒蛋糕，去给幸福过满月。淑玲在新房里做了七八个菜，我们一起说说笑笑地吃过，算是暖房和庆祝。

吃过饭，小燕示意吉祥洗碗筷，自己忙着给平安两口子铺床，我们三个大人在新房里聊天享受轻闲。淑玲发现小燕给他们收拾床铺，走过去拉了小燕的手心疼地说："燕子，才过满月，动不得的，我和你爸不会住这里的，我们住这儿了，煤场咋办呢？"

小燕拉着淑玲的手，两人来到客厅让我评理，小燕说："我和吉祥在煤场住，你们就住在这里。再说，那边烧煤取暖没人说闲话，这边煤烧多了，烟气大，人家物业上会管的。"淑玲抓着小燕的手走到平安跟前，把小燕的想法告诉了平安，平安抬起头，用爱怜的目光看着小燕，口气硬生生地说："不行，你们就住这里，如果嫌烧煤取暖不好，明天我给你们买个电暖气，你刚出月，身子最当紧！"

小燕轻轻扭动了一下身子说："爸，没事的，咱是农民，又不是城市的金枝玉叶，再说，坐了一个月，再不活动活动，人都坐出病了！"

平安铁定了心，用劝慰的口气说："这房子是给你们买的，就是让你们住的，我和你妈一天到晚弄得黑乎乎的，住不了几天，还不把房子弄脏了？"

小燕强辩说："爸，你说的这是什么话呀？再干净的房子都是给人住的，什么黑不黑，脏不脏的，你们不住，我们住着晚上也睡不踏实。将来幸福长大了会说我们没有孝心，他会说，爷爷奶奶辛苦了半辈子买的房，他们都没有住，你们凭什么先住呀？"

房间里传出了幸福的哭声，正在洗碗的吉祥急忙丢下碗筷，关了水龙头跑进旮旯，抱着幸福走过来小心翼翼地递给小燕。然后坐在平安身边，语气平和地说："爸，就按小燕说的办，要不是这样，今晚你们先住这里，我们三口先住过去。"

平安还要说什么，我站起来拍着平安的肩膀对淑玲说："嫂子，行了，不要推让了，我看吉祥说得对，你们老两口今晚先住下，体验一下新生活，再说，咱们老家不是讲究孩子满月要挪窝嘛，让他们住过去，权当是给孩子挪窝哩，你们住几天后，去去潮气，再让他们长住，难得孩子有这份孝心！"

平安站起来用舌头舔了舔嘴唇还要说什么，淑玲说：“行了，就按他叔说的办吧！”

当初，平安租下一楼，吉祥和小燕不太满意，平安说有一天自己老了，卖不动煤时，就在一楼办个小卖部，干自己的老本行。

吉祥让小燕包好幸福，自己走出房门发动了拉煤车，先送我回家，然后去了汉城的煤场。

回到家，我一直无法入睡，我在想，人世上的事也许在讲阴阳平衡，平安的命那么苦，苍天却赐给他一个好儿媳。当年那个只知道穿肉串，头发发黄，一脸黝黑的小姑娘，如今已是人妻人媳人母，小燕一定不会想到，自己的人生梦想之花会在这座城市如此灿烂地绽放。她是一个知恩图报的女人，是一个知道奋进的女人，也是一个懂得生活的女人。城市于每个农民工的到来，都用公正的方式接纳他们，个性决定命运，知识改变命运的古训是每个人改变自己的最好武器，武器使用不当，人生的路不尽相同，小燕就是一个会使用武器的女人。

吉祥却是一个不会使用武器的人。

吉祥进单位半年多，档案一直没有进去，档案进不去，同工不能同酬，吉祥很是痛苦。说是大学生，工资还不到小燕一半。

平安问我：“要不要去吉祥的单位看看，到底是咋回事？吉祥的档案为什么迟迟没有进入人家的单位呢？”

我让他给那个办事人打电话，电话再也打不通了。

第二天，我请假去了车辆管理所，找到人事部门，一个女人抬起眼皮懒洋洋地看着我说：“孟吉祥啊，是有这么一个人，在这儿工作了一阵子就被解聘了。”我问她为什么。女人有些不耐烦地说：“他是个临时工，解聘他还要什么理由？”

面对吉祥的问题，我真不知道如何给平安交代。小燕刚出月，一家人正在兴奋头上，我不想把真相告诉平安。单位没有吉祥，吉祥每天还去上班，他在哪儿上班呢？又从哪儿往回拿钱呢？

平安背过我，去了郭杜，找了当初办事的人。他当初描绘的清堂瓦舍没有了，展现在他面前的是村庄的废墟，他以为自己跑错了地方，重新找了参照物，再沿着记忆中的路往前走，结果还是到了那个满是废墟的村庄。

平安无奈，开着拉煤车回来了，他没有告诉我他了解的情况，我也没有告诉他我掌握的情况。

有一天，单位聚餐，同事们都在春风得意地吃喝玩乐，只有我被吉祥的事儿搅得没有兴致。会计红梅夹着一个鹌鹑蛋放在我的盘子里笑着说：“西北名记，给，吃什么补什么，回到汉中，不要让弟妹失望哟！”

红梅没有想到，她的话一出口，惹得大家狂笑不止，反倒把自己弄得下不了台。编辑部主任举着杯子走到红梅跟前，神秘兮兮地问：“你咋知道西北名记的蛋不行了，你检验过吗？我的蛋早就不行了，你咋不给我也补一下呢？”

红梅是单位最胖最有韵致的女人，也是最有同情心的女人，个性落落大方，爱说些粗俗的玩笑话，大家都喜欢和她开玩笑。她掌握着单位的财政大权，我们一帮记者从外地采访时别人送了东西，总会送给她一些。我也如是，一来二去，我和她的关系由以往的一般变得密切起来。

我站起来对红梅说：“不好意思，让大姐为难了！”

红梅笑着说：“是我不好意思，把词用错了，没事，只要大家开心，比什么都好！”

转过身红梅又夹起一个鹌鹑蛋放到编辑部主任碗里高扬了声音说：“来，给你也补一个，要不你会吃醋的！”

大家又是一阵狂笑。

红梅从饭桌上站起来，将筷子在空中挥舞着像李德伦似的说：“刚才，编辑部主任说，他的哪个哪个不行了，要吃鹌鹑蛋来补，还有哪位不行的，报上来，我给你们一起补。”几乎所有男同事异口同声地吼道：“我们全不行了。”红梅并没有被这帮男人唬住，她一手捂着嘴，一手向空中挥舞着喊道：“服务员，再来十盘鹌鹑蛋！”

所有人敲盘敲碗，狂笑不止。

吃过饭，总编让大家去革命公园拍“全家福”，这是报社的惯例，也是时下各类媒体的流行做法，每到年底，把所有采编人员照片刊登在报纸上，一是为了大家下去拉广告不会被企业认为是假冒报社的人，二是为了与读者互动。

大家踩着雪向革命公园行走时，我把红梅留在后面对她说：“你爱人不是在交警队当领导吗？能不能给我安排个学生进去，哪怕是临时工也行！”

红梅笑着说：“给你吃了一个蛋，你把姐粘上了！”

我从口袋中掏出平安老家信用社主任给的那块黄金，对红梅说：“你看，你给弟吃的是白蛋，白蛋也不白吃，弟要还你的是黄蛋！”

红梅的脖子上一直挂着黄色的饰物，她对金子的认知自然不是外行。看到我手里的金子，红梅眼睛突然发光，双手接过金子，牙齿轻轻地咬了一下说：“真货呀！”

我说：“假货敢给我姐吗？”

红梅很随意地把金子装了起来说：“我问问你哥，但我不保证，就是事不成，金子也不会还你了，你们这些记者，天天在外边，谁知道你们收了多少礼？你知道，女人见了金子，比见了那个还有感觉呢！”

我故意问：“那个是什么？”

她把我的肩膀一拍，嘻嘻地笑道：“傻弟弟，鹌鹑蛋呀！”

春节放假时，红梅给了我消息，她说可以让我侄儿去她老公的交警队，主要是在公路上巡逻，工资不高，也很辛苦。我说只要有事做，年轻人，没事的。

周日，我去了汉城煤场，想把此事悄悄告诉吉祥，我没有想到，煤场里只有小燕一个人，她穿着一件黑色警用棉大衣，戴着厚厚的线织帽、棉手套和口罩，挥舞着大锤正在用力地砸着煤块，我还以为是淑玲，我说：“嫂子，让我来帮你吧！”

小燕停住了挥舞的大锤，摘掉了口罩笑容灿烂地说：“叔，是我！”

看到小燕的一瞬间，我愣住了，赶忙走过去夺掉她手中的大锤，批评她说：“你这孩子，连百天也没有过，咋能这样呢？”

小燕没我想的那么矫情，她笑着说：“没事，我外婆当年在世常说，他们那一拨人，上午生了孩子，下午还修大寨田呢！”

走进房间后，小燕洗了手，泡了茶，侧着身子坐在我面前。她坐定后，我发现她脸上的表情起了变化。我赶忙说：“小燕，你的身体是不是有问题？有问题就说，千万不能扛！”

小燕勉强地笑了一下，定定地看着我的眼睛，停了一会儿说：“叔，自从我到西京后，咱们就在一起，我把你当亲叔待哩，不是我的身体有问题，是我的心出了问题，吉祥出事了！”

我故作平静地说：“吉祥在那儿上班好好的，出了什么事儿了？”

小燕用她白得像雪一样的手捋了捋被汗水粘在额前的刘海儿，说：“叔，不瞒你说，吉祥的工作是个临时工，早就让单位解聘了！”

我故做吃惊地问：“为什么？”

小燕将头伸出老长看着门外低了声音说：“吉祥和他几个同学晚上去西万公路偷着挡外地车罚款，被人家告了，单位知道后就把他们几个人全开除了！”

我依旧装作什么都不知道的样子问：“你爸你妈知道不？”

小燕说：“他们不知道，我和吉祥商量了，这事儿不能告诉他们，我爸妈实在是太操心了，信用社贷款、银行按揭，已经把他们压得喘不过气儿了，如果知道吉祥被开除，他们一定会生气的，我们做晚辈的无能，不能给他们幸福，但也不能给他们气受。眼下快过年了，我和吉祥的意思是把这事儿瞒过年，然后另给吉祥找个工作！”

我又问："那吉祥每天出去做什么？"

小燕说："吉祥在高新区给一个同学帮忙，人家多少给些钱！"

我问："那他不上班，你爸让他上交工资咋办？"

小燕说："这不是难题，前些年我娘家爸给我的钱我存了些，每到月底，我就拿出来让吉祥交给我爸我妈，就说是自己单位发的！"

喝过茶，我敬佩地看着小燕，被她的真诚和孝心感动着，一个多么令人敬重的女子。我在想，她和我一样，在乡村长大，又从乡村来到城市，她把乡村女人的朴素和孝道融进了城市生活。如果她从小生长在城市，今天的她还会不会因为自己的男人被开除，隐瞒自己的公公婆婆呢？也许她早就暴跳如雷，指着平安和淑玲的鼻子埋怨他们教育出来的儿子有问题。生活中这样的实际事例太多了。许多城市的女人娶了来自乡村的丈夫，她们不是嫁，是娶，就是她们摆脱了娘家人的束缚，立门另过，生了儿女，丈夫永远摆脱不了娘家人的霸气。无论丈夫有无能耐，在她们眼里，丈夫永远是乡巴佬，没有气质和修养，浑身带着泥土味，除了生理需要把他们当作丈夫，大部分时间她们把男人不当回事。我的同事从巴山深处到西京，大学毕业分配到单位，他把自己嫁给了这座城市，嫁给了只有高中学历的银行柜员，本科和高中学历的差距，同样被女方家人看不起，总认为我那同事没有文化，没有气质，没有品位，不懂高雅，买菜质量不高，送礼出手小气。刚结婚那几年，同事到单位来，脸上总带着伤，大家问他，他总是说，骑车碰的，一直碰了好几年，同事当了中层领导，脸上再没有伤了。他妻子见了我总说，"他呀，能有今天，是我们一家人培养的结果。要不是我们的栽培，靠他？还不是个小记者。"

有一年，平安曾委托我给小燕在城里找个对象，根据小燕当时的情况，我建议小燕找个城中村的，有钱有房，可以过上轻松的日子。小燕当时就回绝了，她说，要找还是找从乡村来到城市的人，她不想高攀，也不想嫁有钱人，要找就找一个有共同语言的人，因为她看不惯城市人的傲气，不想在人家一家人吃饭后，坐在沙发上嘻嘻哈哈看电视之际，自己却在厨房闷头闷脑地洗锅抹灶。她还说，自己宁愿过穷日子，也要精神愉快。

坐了一会儿，我对小燕说："吉祥的事儿，我早知道了，只有你爸你妈他们还不知道，你们想得对，目前，就不要告诉他们了，让他们在快乐中过个新年，今年，对你们一家人而言，的确是个新年！"

小燕吃惊问我："叔，你咋知道的？"

我说："你甭管我咋知道的，总之我知道了。你整天说把我当亲叔看哩，在心里你还是没有把我当亲叔看嘛，这么大的事儿，你为什么不告诉我？我要是知道了，就会想办法来补救的！”

小燕的眼泪下来了，是那种不动声色的流泪，微笑着泪就流下来了，是内心压抑后的释放，她一边擦泪一边说：“不知道为什么，是不是我命不好，认识了我爸之后，总是给他们带来灾难，包括你，给你也添了不少麻烦，我就不好意思再给你添麻烦！”

看着小燕的眼泪，能想象到她内心承受着多大的压力。我表现出兴奋的样子对她说：“行了，这个问题，我已经帮你们解决了，也不要埋怨吉祥，在别人看来，也许他做得有点过，但我的想法是，他和你一样，是为了减轻你爸的负担，为了这个家！”

小燕的心情开始晴朗起来，她说：“我没有想到，你是这么理解他的，我为什么不敢告诉你，就是怕你看不起他。吉祥对你有一种畏怯感，你是做学问的人，他当年没有考上好大学，是你帮他上了学，他一直认为你看不起他，这些年来，只要在你面前，他说话很少，总怕说错了什么，我不知道他内心对你是什么感觉，但我一直告诉他，你是我们家的恩人，是一个把我们家的所有人当亲人的人！”

是的，我的确对吉祥有点看不上眼，不是对他没有考上好学校看不起，是对他当年过早地和小燕同居有看法，有几次，他背着他爸偷偷收了货款，为自己买了名牌皮鞋让我很诧异，这些抱怨的起因，是我对平安的同情和理解所致。相处许多年，我对吉祥的理解不够透彻，犹如吉祥看我一样，宛若我对淑玲的理解不及对小燕的理解那么透彻和明晰。小燕由当年扎着小辫的小姑娘成长为人妻人母，穿上时尚的衣服，有时有一种城市女人的范儿，但在我心里，她还是那个住在我家能主动为我擦玻璃收拾房子的小姑娘。她思想的纯洁，意识的简单，使我对她有一种亲情感，视她如自己的女儿或小妹。时间是人们相处的见证石，磨难是人们相知的磨合剂，人们只有共同经历过磨难，才能看清对方的内心。我看清了平安和小燕内心的东西，所以对他俩的了解与对吉祥和淑玲的认知不尽相同。

小燕听说我解决了吉祥的问题，脸上的阴霾一下子散尽了，她说：“其实我早就想给你说，吉祥不让说，我也就不敢说，我想你应该有办法的！”

她擦了眼泪说：“叔，我说一句话你不要笑话我，我一直把你当父亲一样看待，有些事我想给你说，都不想给我两个爸说，你信不？”

我从地上站起来说：“信哩，因为你理解我，信任我。有些话有些事你放在心里觉得太沉重，也想让人与你分担！”在这种语境中，我怕自己站起来引起小燕的误会，又坐下说：“我想问你，你觉得自己对婚姻的选择是不是正确的？也就是说你体会到幸福了吗？”

小燕揭开炉盖，往钢炭炉里添了几块煤说：“我觉得很幸福，真的！你说我一个没有上多少学的农村女娃，从小失去了母爱，懵懵懂懂跑到城里来，一下子遇到你和我爸这么善良的人，现在又有了房子，有了孩子，虽然生活压力大一些，但从内心讲，我觉得很幸福！”

我又问：“那你觉得和吉祥的结合是不是也很满意？”

小燕不假思索地说：“是的，吉祥表面上看起来语言不多，但他是一个内心透亮的人，和他父亲一样，心中有梦，有火，也有责任感。在我心里，虽然他犯了错，那也是为了这个家，为了减轻老人的负担，为了还买房子的钱。只是他还年轻，没有人生的经验，做事没有分出轻重！我对他是这样看的，一个有孝心的人，起码他的人品不会很差。”

我从来没有和小燕说过这么深刻的话题，更没有在一起谈过她和吉祥的婚事，小燕如此看待吉祥，使我感动，她是一个真诚纯朴的好女人，尽管她年纪不大，但她的内心是强大的，一个能为他人着想的女人，谁能说她不是一个值得敬重的人呢？在那一刻，小燕在我心中已经长成大人，或者说能和我一起谈论人生的人。

幸福醒来了，他用铿锵的哭声叫走了小燕。等小燕把幸福抱过来时，幸福在襁褓中对我发出灿烂的微笑，我的心里一时有一丝说不出的东西，我开始思念自己的女儿。小燕似乎看出了我的心思，她把幸福举到我面前用快乐的声音说：“让爷爷亲一个，爷爷也在想他的女儿呢！”

亲吻过幸福，我的眼泪真的出来了，眼泪竟然滴在幸福的脸上。小燕忙从口袋中掏出纸巾要为我擦泪，被我阻止了。我重新坐回凳子，燃起香烟。小燕将乳头塞进幸福的口中，她怕对我产生不好印象，侧身坐着，用衣襟遮盖了丰满的乳房。

看着小燕头上还戴着棉线帽，我有些心疼地说：“你以后不要砸煤了，还是少做一些力气活儿，身体是自己的。等我把吉祥的事安排好，你也应该去上班，你们报社的领导天天给我打电话要人，好像我不让你上班似的！”

小燕用手捏了捏头上的帽子说：“还不知道能上班不？家里这种情况，上班心里也不踏实，再说，我要是上班幸福咋办？”

我说：“这些你放心，我想问你，你喜欢上班还是喜欢在家？”

小燕爽朗地笑道：“当然喜欢去单位，单位可以使人有一种成就感，也是制造快乐的地方，一帮年轻人，无忧无虑、嘻嘻哈哈的，但我也是爱我们这个家，叔，你可不要误会我，我没有逃避的意思。”

我把为吉祥安排工作的字条交给了小燕，她看过之后，抬起头，两眼迷茫地看着我问道：“咋给人家送礼呢？”

我说："这些你不用管，到时我会告诉你的。不会花多少钱，办事的人你妈认识，到时我和你妈去就行了，这事年前不要告诉你爸妈，可以告诉吉祥，让他们好好过个年吧！"

春节临近时，妻子打电话告诉我，岳父的糖尿病严重了，要我早点回去规划一下墓地和棺材。岳父岳母一生没有儿子，几个女儿全嫁到南方，只有我们为他们尽孝养老。淑玲曾多次开玩笑问我："你到底是上门女婿还是娶了媳妇？说你是上门女婿吧，你却没有和岳父岳母在一起住，人家也没有指望上你。说你是娶了媳妇吧，一个人守着空床一过就是十几年，把美好的青春都浪费了。"我笑着说："这是一种趋势，你别急，等你们幸福长大后，你就知道什么是421家庭了。"

淑玲眼睛瞪得大大地问我什么是421家庭。我告诉她："一对年轻人养四个老人，养一个孩子，不分谁是儿子和女婿，不分女儿和儿媳，四个老人都得管，你说是不是这样子？"

淑玲想了一会儿说："还真是，这城市就是和农村不一样，城市恐怕早都是421家庭了吧？"

我说："还城市呢，农村也出现了这样的问题，就是大家没有给他个准确的定义。"

淑玲说："是呀是呀，这就是421家庭，原来我听人说过，我没有弄清，怕丢人也不敢问人家，你这么一说，我一下子明白了。"

腊月二十八，单位放了假，我急匆匆地去了汉中。令我没有想到的是，正月初五，平安和淑玲坐着一辆出租车，带着许多东西到老婆家来了，他们拿着小燕绘制的路线图一下子就找到了。

正月初六，我陪他们夫妇上了午子山，游览了名扬陕南的樱桃沟。初七那天，老婆请了当地的阴阳先生给岳父和岳母看坟地，阴阳先生在我们的引领下，上坡下涧，东看西算，低测高量，无论走到哪里，阴阳先生手中的罗盘始终不离手，怕丢开手谁抢了去似的，折腾了大半天，终于画了线定了桩。

平安看着阴阳先生眯着眼睛掐着手指口中不住地念念有词，把我拉到一边说："秦岭这么大，这么宽，咋风俗习惯和咱们老家一样呢？你不是说这陕南人崇尚的是蜀文化吗，咋弄阴阳这一套和咱们老家没有一点区别呀？"

我说："整个中国，包括台湾、香港、澳门，在这事上都是一样的，这是中国传统文化的一部分，只是城里人不这么做，他们没有条件，楼房人家给你修好的，一个公墓决定了一切，哪有机会让你请阴阳先生。"

平安笑着说："城里人不信这一套，日子过得比农村人好，农村人爱弄这些，日子过得没有城里人好呢！”

我说：“这就是城乡差别嘛。”

平安看着远方的午子山顶说：“是呀，我就体会了这一点，主要是城里人文化水平高，见多识广，思路开阔，我总觉得人家城里人见啥都不稀罕，比如说马路上两车相撞，围观的多是乡下人，城里人看一眼，明白了事由就走了，人家的眼睛里把事就没当事。”

淑玲拄着一根木棍趔趄着走过来，她脚下沾着厚厚泥巴，泥巴拽着她的腿脚，走起路来身子左摇右晃。平安蹲下身子用手为淑玲抠掉脚上的泥巴。淑玲遥望着午子山顶说：“人家这地方的山上全是土，咱们老家山上大多是沙石，所以你看，人家什么东西都长得好。这是正月天吧，你看地上全是绿的，还有就是水好，你看河里的水多大呀！”

我说：“这里属于南方，咱们那儿是北方！”

他们听后觉得吃惊，平安用眼睛看着周围的山势说：“原来听人说过，秦岭是分出了中国南方和北方的，今天一看还真不一样，原来这就是南方呀！”

我进一步解释道：“从地理划分，这儿属于南方，也可以说是南北方的过渡地带，真正的南方和这儿还是有区别的，比如福建、江苏、海南、台湾和香港，那才是真正的南方，像海南，这会儿人们穿着单衣过年呢！”

淑玲把头抬得老高细细地看着天，我想她是想从天上看出南北差异吧。她痴情地看了一会儿四周雄伟秀丽的群山说：“这山这么大这么高，叫什么呀？山上长的树和咱们老家也不一样的！”她指着一棵葱绿的芭蕉说：“这是什么呀？长得这么好看，正月天还嫩生生的，招人喜欢！”

我正要回答淑玲的一连串问题，我老婆走过来笑嘻嘻地告诉淑玲：“你问他还不如问我，他所知道的还是我教的呢！”

淑玲伸手拉了我老婆的手说：“你们这地方真好，空气吸到肚子，感觉像喝了蜜一样，甜丝丝的！”

老婆将淑玲头上一根草皮轻轻摘下来抛向空中，搓搓手，指着四周的大山说：“这山是巴山山系，也就人们通常说的大巴山，当然咱们能看到的只是一部分，整个巴山山脉大得很，延绵几千里，西到四川，东到湖北。你所说的这植物叫芭蕉，有一首歌叫《雨打芭蕉》，很好听，就是唱它的，芭蕉喜欢南方泥土，还有棕树、榕树，也是长在南方，你们看，我们家的棕树、榕树都长起来了！”

回到家，邻居已做好饭，给老人看墓地是喜事，邻人和亲戚都起来道喜。吃饭前，平安从淑玲裤子口袋里掏出一千元交给我老婆。平安要钱时，淑玲脸上起了细微的变化，别人没有注意，我看得很真切。

我老婆拒绝收平安的钱，两个人推来让去，像打架似的，惹得众人大笑，我阻止了他们，从平安手中夺过钱，抽出二百元交给我老婆，将其余的塞进淑玲的裤子口袋。

人们的笑声终止后，开始吃饭。阴阳先生给平安说着什么，平安没有听懂，我也听不懂阴阳的话，只是嗯嗯地答应他。

墓地定好后，老婆决定正月十五前开始动工修建，我留下钱给老婆，和平安淑玲回了西京。

有天晚上，我和淑玲提着我老婆送给平安的几根腊肉去了红梅家，从红梅家出来，淑玲懵懂地问我："咱们刚才去了哪里？"我说："同事家呀，那个女主人你不记得了？"淑玲说："那是什么家，纯粹是宾馆呀，连个做饭的地方都没有看到，灯光花里胡哨的，把我都照晕了。哎，还别说，你看人家那女人长得多富态，人都说女人胖了不好看，你看人家，穿得也合体，咋胖得那么好看呢？"

我说："我说这女人你是第二次见吧。"

她说："就是的，那年你妈老了，就是那女人把钱给我的。"

我说："咱不需要看清什么，只要人家收下咱的礼就是了！"

正月十五上午，老婆用电话告诉请到修墓人了，她还告诉我，她从老人的被子下面捡到八百元，问是不是我留下的，我告诉她是平安留下的。刚挂断老婆的电话，小燕打电话告诉我吉祥报到上班了。

晚上，淑玲拿着两千元来谢我，我说："你疯了，给我钱干什么？"她说："为了吉祥的工作，你把金子送给人家，人家那女人都说了，你还瞒着我？"

我说："那金子放在我那儿也没用，给吉祥把工作安排了，比什么都重要！"

淑玲的眼泪唰唰地下来了，她一边流泪一边说："我真不知道咋谢你哩，我要是能长成红梅那样就好了！"

我说："为啥？"

她说："要是那样，我也就配勾搭你一回，把你对我们的恩全报答了！"

我安慰道："行了，你咋老往裤裆里想呢？思想太不健康了！"

她擦了眼泪说："那你说让人咋谢你哩？总不能老欠你的！"

我说："要谢我，等开春后，把我的被褥给我拆洗了，今年女儿要回西京上初中，到时你帮我带孩子！"

淑玲立马破涕为笑道："可我总觉得那样的谢不是谢，我真不知道咋样才能从内心谢你呢。"

她说着，从床边站了起来，又说："我想抱你一下，让我抱你一下！"

我有些犹豫，正在我想如何拒绝时，她一下子将我抱住，放声地哭起来，哭声吓得我浑身发抖。我定定地站着，任她抱着我哭泣，她哭着哭着身体就软了下去，最后身体就落在地上，她一边哭一边说："谁弄的这政策，把农民放到城市来，农村多好的日子不好好过，非要跑到城市来受这洋罪，我都快疯了！真的，他叔，我都快憋死了，这样下去咋办呀？回又回不去了，可这城市哪有咱活的路呀？我受不了，我实在受不了！"

淑玲的哭诉表达了她内心的压抑，也是对现实生活的诅咒。我不知道自己如何劝她，蹲下身子，为她擦着眼泪让她将头靠在我的肩膀上，我俩相依坐在地板上。

地板是平安铺设的，地板上有平安的血，有淑玲的泪，有情的记录，有义的承载，亦是我和他们一家人交往的见证，我在想象，如果这些地板如我构思的一部科幻小说，在未来的许多年之后，当幸福长大成人，他拿出这些地板，会从上面看到他爷爷奶奶是如何从农村来到这座城市，在这方地板上计划未来，诉说过去，在地板上伤心地哭和开心地笑。

我像哄孩子一样，一边为淑玲擦泪一边不住理着她的头发，她身上的汗味是那样强烈和刺鼻，而我却没有觉得汗有臭味。

相拥了许久，她的哭声停止了，她仰起头看着我，声音颤抖着说："好弟弟，不要笑话我，真的太累了，我心中的憋闷不知给谁讲，平安那么勤奋，媳妇那么孝顺，孙子那么可爱，我想流泪都没地方流，我只有流给你了。要是在老家，有了委屈，可以去山沟无人的地方，痛哭或放声唱歌、唱戏，把心中的积怨吼出去。可在这儿，在别人的地盘上，连个哭诉的地方都没有，我不能面对家人流泪，他们都太累了，我不想给他们再添累。不知道的人，看似我们一家人过得很幸福，特别是我们家的亲戚，个个见了都说我是个有福的人，找了个好男人，住进了城市，买下了楼房，没出彩礼钱，娶了媳妇生了孙子，可只有你知道，我们过的啥日子，压力有多大，日子有多苦。见过老家的亲戚，我不能说我的苦，有一次我大姐向我借钱，我把苦衷说给她，她说我得了便宜又卖乖，还说我进了城了，变瞎了，变假了，变得不会说人话了，你说我冤不冤呀？"

我说："人都是一样的，特别是在城市，每个人从外表看去都是光鲜的，其实内心都有苦衷。你就说我吧，十几年了，老婆和孩子在远处，你和平安夜夜枕一个枕头，可我呢？一个人独守青春，谁不想老婆娃娃热炕头呀？还有那些大人物，你不要看他们在场面上耀武扬威，他们也有自己的苦衷，人就是在苦难中生存的，也是想着法子克服困难的，人一旦没有了苦难，就没有了动力，克服困难的过程就是创造的动力，有了动力才能改变现状！”

淑玲笑笑地说：“啥道理从你嘴里说出来都好听！那我问你，你苦不苦？”我说：“苦呀，咋不苦？一个人的日子也不好过呀！”

淑玲把她的手伸出来摸着我的脸说：“我还以为你没有苦呢，整天乐呵呵的，笑起来一脸佛爷相，心宽得能开进去我们家的三轮车！”

我说：“总的来说也不算苦，你看，咱是农民的儿子，父母你也见过，小时候做梦都没有想到咱会住在城市的高楼上，想想，也不错，心里就不苦了！”

淑玲从地上起来，拉了我的手微笑着说：“好了，你又把我说活了，真想美美咬你一口，算了，咬了也就把你弄脏了，你权当是我的神哩，在心里把你敬上，有啥就想给你说，心里敞亮多了！”

我说：“我还有一件事要说给你们，要真心对待小燕，那孩子心比你苦，压力比你大，你想想，吉祥早就没有了工作，可她一直没有告诉你们，你说她是一个多有心计的孩子。我的想法是，开春后，就让她去上班，年轻人要有属于自己的生活，总在你们身边，不是个事儿。”

淑玲一边为我整理衣服一边说：“行，听你的，燕子真的不错，我会心疼她的，只要吉祥有工作，我们一家子就会轻松一阵子。你不知道，自从知道吉祥丢掉工作，整天提心吊胆的，老担心平安知道，我和燕子在家像做贼似的，说个话都是想几遍才敢出口！”

我把淑玲拿来的两千元塞进她的口袋，送她到楼下，平安开着三轮车在楼下等着，平安说：“你俩在楼上弄啥哩这么长时间？”

我说：“你想我们能弄啥，我对嫂子说，让她对小燕好一点，他们报社那个社长又找我了，要小燕快回去上班哩！”

平安掏出一根烟递给我点燃说：“行了，你们不要瞒我了，你们做啥事还认为我不知道是吧？”

我和淑玲在一瞬间惊得四目相对，我们真以为平安知道了我们做了什么，好在我们并没有做什么，脸上有了惊慌，心里却很坦然。

淑玲神情紧张地说：“你不要胡想呀，我给他叔送钱哩，你不知道呀！”

平安下了三轮车，用手拍了拍车座说：“我知道你送钱哩，你送人，我兄弟还要看上哩！”

我一直没有说话，看着平安，他吸着烟说：“是不是给吉祥又找下事做了？”

平安的话一出口，我和淑玲再一次表露出吃惊的神情。我说：“吉祥好好的，找什么工作？”

他吭哧了半天说:“你们别骗我了，我是第一个知道吉祥丢了工作的！没有工作后，他一直在高新区给朋友帮忙，我偷偷跟踪过他几次，一直没有说破，怕小燕担心，小燕刚生了孩子，气不得。我也怕你们担心，你们一直在忙着给吉祥找工作，我嘴上不说，心里啥都知道，你们是怕我担心，咱们呀，唉，都是替对方想着。我也不知道，上世修了什么福，遇到你这样的好兄弟！”

说过，他扑向我，把我紧紧抱在怀里，他的眼泪沾在我的脸上。淑玲紧拉慢拽地把平安从我身上拉开，说:“你的衣服上有煤，别把他叔的衣服弄脏了！”

他擦了眼泪说:“过一阵子，我给兄弟买一套新衣服！”

春寒料峭的夜晚，我们的话题有些沉重，为了缓和气氛，我拽着平安厚厚的棉大衣袖口说:“你啥都知道，那你说，我刚才在屋子里和嫂子还做了什么？”

平安笑着说:“能做什么？在你嫂子心里，你就是她的神，就你嫂子的样子，她敢对神做什么？”

淑玲有些得意说:“我抱着神哭了一场不行呀？”

平安用手拉了她的手感叹道:“唉，你也是眼睛瞎了，嫁了我这么不中用的东西，也只能对神哭！”

说过，淑玲上了车，三轮车被路灯吞噬了，破旧的响声高亢地回响在楼宇间。

望着他们远去的背影，我的眼眶里有东西溢出来，又被一阵寒风吹落了。

二十一

幸福两岁时，平安计划把孙子送到幼儿园去。

在幸福成长的两年间，平安过了两年正常的日子，用他的话说，宝贝孙子是老天送给他的吉祥物，自从孙子来了之后，一切都很顺利，他对孙子比什么都器重。他常说，幸福是真龙天子，说不定将来是个人物。是人物，就要受到良好的教育，他要让孙子早点进幼儿园，早日学习知识。

两年间，他还清了信用社的贷款，银行的按揭也能准时还上。吉祥的工资虽然没有小燕工资高，两个年轻人除了留下自己很少的生活开销，把工资全交给了淑玲，淑玲又过上了她在老家的日子，成了一把手掌柜，家里的所有收入和开销全由她掌管着。平安买了一辆新三轮车，新三轮车比原来的运量更大。有一次，平安的新三轮车刚使用不久，就被北城的交警没收了，吉祥知道后，没有费多大劲儿就要了回来，去交警队取车时，平安让我陪同，他要向我证明，吉祥长大成人了。长期以来，平安已感觉到我对吉祥的不屑。办完取车手续后，平安笑笑拍着吉祥的肩膀对交警说：“这是我儿子！”

看到平安自豪的表情，年轻的交警笑着对他说：“好，不错，个头很高嘛！”

他又指着我对交警说：“这个是我弟，在新闻部门工作，当了多年记者，现在不当了，专门管记者。”

年轻交警走过来握着我的手说：“不好意思，给领导添麻烦了，我们也是无奈，最近全市都在整顿机动车。”

在与年轻交警握手的一瞬间，我发现平安的脸色由红变黑。他推车的动作有些走样儿，我以为他有事儿，丢开交警，赶忙过去帮他。他用古怪的眼神看着我，冷言冷语地说：“没事，走吧！”

刚跳上车，车就发动了，我发现他并没有什么异常。当车在风中飞奔时，我突然明白，平安为什么脸色突变，他气愤于警察与我握手而没有和吉祥握手。

吉祥意识到父亲的变化，并没有在意，他坐上三轮车后，紧抓了我的手，借着风势对平安说："爸，你以后要学会掌握交警的工作时间，掌握了时间，你就会发现规律，了解了规律，你就会躲开他们，那样比较好一些！"

平安没有理睬吉祥的提醒，反而将车开得更快了。吉祥扭头向我尴尬地笑了一下，摇了摇头。

此事发生后没几天，平安的车又被城中交警中队扣下了，他没有告诉我，直接让吉祥去要车，他认为儿子有能力将车要回来。扣车的交警是位刚从部队转业的军人，任吉祥如何好说，终是没有放车。两人要了几天，也没有将车要出来。平安说他愿意接受处罚，交警告诉他这次所扣的车必须全部没收，缴多少罚款也没有用。平安无奈，最后说给我，他说："还得麻烦你呀！"我说："你们要了几天都没有要下，我也不敢肯定，只能试试，给我准备几百元钱吧！"

他将一千元钱和车钥匙塞进我的背包。

我把平安车被扣的事说给红梅，并许诺："中午我请你吃饭，你想吃啥就吃啥！"

红梅听后爽快地说："过一会儿签完到，我领你去取。要准备一点东西，现在这社会，空嘴说话不行！"

我问红梅："拿什么好？"

红梅说："烟，那家伙爱抽烟！"

她特别强调："你们抽的那种可不行，人家要档次高一点的！"

我问："得有多高？"

她笑着说："比你们高一点就行，也不能太高，惯坏了他们的毛病！"

上午十时，我和红梅去了城中交警队。交警队距单位只有两站路，我本打算坐出租车去，红梅说："你骑车带我就行。"

我和红梅刚走进交警中队大院，就遇到了交警中队队长，队长见了红梅就像见了自己的妹妹，兴奋地说："妹子，咋几天不见又瘦了呢？"

红梅笑着说："瘦了不好吗？我倒是盼着多瘦一点哩！"

红梅是单位最胖的女人，对胖女人的赞美，人们爱说她又瘦了，如此一说，双方都会开心。

队长说："妹子，咋，有事才来找哥吗？"

红梅问："能不能到你办公室说会话呢？"

队长笑着说："啥事？还这么神秘，不会是要和哥幽会吧？你就是约，我也不会去的，一是这阵子忙，全市都在整顿机动车，二是我要是去了，咋能对起我陈刚兄弟，我们可是生死之交呀！”

红梅拽了队长衣襟笑着说：“你能活到150岁，整天都那么开心！”

队长说：“见了我妹子能不开心？你瞧我妹子的气质长相，哪个男人见了不开心？”

红梅压低声音说：“快到办公室说事，我上午还要报账哩！”

队长笑哈哈地说：“有啥事在这儿说，只要不是咱们那点私事，什么事儿都可以说！”

红梅接过我手中的烟递给队长说：“也没有什么大事，我同事他哥的车被你们收了，破三轮，但他哥一家子靠那辆车养家糊口哩！”

队长拒绝了烟，他拿起罚单看了一眼说：“又是这家伙，这家伙和我与你们家陈刚一样，刚从部队上转业回来，还不太明白世情，是个直性子，只认事儿不认人，就是那种秀才遇见兵，有理说不清的死性子人！”

我看到能说会道的队长脸上徐徐地爬上了一些为难的神情，赶忙说：“罚款我们认了，只要能把车给了就行！”

队长低下头，犹豫了一会儿说：“没事，他就是再牛，我说话他还是听的！”

队长开始拨手机，对扣车的警察说：“你扣下的一辆红色三轮车，是城东中队陈队长爱人单位同事的，把车放了吧，不要罚款也不收停车费，人家给你拿了一条好烟，在我这儿，陈队长当年和咱们是一个部队的，不看僧面看佛面！”

红梅听队长如此说，有些感动，她说：“还是我哥牛，行，赶明儿到家来，妹子给你和陈刚炒菜，把那个扣车的战友也带上，你们喝酒叙叙旧！”

队长说：“本来哥是不能收你的烟的，你能求哥，本身就是给了哥面子，但遇到这个家伙没办法。行了，你们去一楼东边第一个房子领钥匙、拿手续，然后到市体育场西边取车，我还要去开个会哩！”

红梅感激涕零地说：“行，妹子感谢你，一定到家来呀！”

队长风风火火，一脸风光，给红梅抛出一个生硬的飞吻，跑上了楼梯。

回单位的路上，红梅说：“世事就是这样的，没办法，权力主宰着生活，人们为什么敬畏掌权者，道理就在于此，对你哥来讲，这三轮车就是一家人的生活，可对这些人呢，两句玩笑话问题就解决了！”

到了单位门口下了车，红梅说：“唉，你看我，这不是班门弄斧呢，咋给你讲这些道理，你们整天就是弄这些理论的！”

我问：“中午咱们吃什么呀？”

红梅说：“行了，一个农民工赚钱不容易，咱吃人家的血汗钱，能咽下去吗？”

说过之后，红梅突然又想起了什么，她说：“你侄儿遇到这事咋不给陈刚说呢？”我说：“你也不想想，这事儿他能给你老公说吗？”

红梅说：“也是，以后遇到这样的事儿，你就直接给我说！”

回到办公室，我打电话给平安，让他来取车，最好是让淑玲来。

平安问：“花了多少钱？”

我说：“来了就知道了！”

淑玲提着一箱老家特产豆腐干来了。红梅接过礼物开心说：“嫂子总送东西给我，我都不好意思了！”

我说：“你是嫂子的贵人！没有什么不好意思的！”

晚上平安和淑玲提着豆腐干到我家来。

那时，岳父已去世，妻子把岳母和女儿带到西京，平安和淑玲来我家时，总带着不同的礼物。

平安向我道歉来了。他说：“上回城北要车，交警和你握手，没有和吉祥握，我当时很生气，看来这人和人还是有区别的，能在社会上走的人，都是眼中有水的人，我总以为吉祥工作这么多年，没有权应该有些势了呢，看来是我太自以为是了！”

我说：“你有时实在是让人不可思议，就那么一点事儿，值得不？”

他转移了话题：“我想把上午你给省下的钱给小燕买辆电动车，那样的话，幸福上了幼儿园后，接送会方便一些！”

我说：“这事你们早就应该办了！”

淑玲说：“给小燕说过几回，小燕没有同意，她说要好好攒钱还房贷！”

我说：“车还是要买的，小燕的单位换了地址，离家远了，吉祥又在东郊，有了电动车，方便一些，你们也省事省心！”

秋天，幸福被送进了幼儿园，小燕有了电动车，平安和淑玲办了农村合作医疗，他们一家人的生活步入了正轨。

妻子、岳母和女儿到西京后，妻子开始上班，女儿上了初中，岳母患糖尿病，行动不方便，我每天下班后急着回家照顾岳母，几乎是两点一线。与平安一家的交往发生了变化，没有什么大事，不逢年过节，不再有来往。

对这种变化，我有一丝淡淡的忧伤，经常会沉浸在过去相处的日子里，回忆那些痛苦和快乐。平安说他也是那样，他说：“十五年呀，咋那么快就过去了？”

我说：“也不短呀！你到西京时，啥都没有，现在房子、儿子、孙子都有了，你说短不短？”

平安感叹道:“现在我才想起父母,是他们给了我一个好身板,这十五年,除了和人打架被人打伤外,身体一直没有别的毛病,省了多少钱呀!”

生活中有时会出现一些奇怪的现象,用科学的道理解释是第六感觉,用陕西人的话说是:陕西地方邪,说啥就有啥。这种奇异的现象,经常在人们生活中出现,但一直没有一个准确而通俗的学术概论。有时正在说某个人,想到那个人偏偏在那个时间节点上出现了。有时一个人会突然想起某一个人,那个人的电话或短信就来了。对于出现的好事,人们往往会说,你说话真应,而对于所预言的坏事,人们会说你的嘴真臭。

平安的嘴就臭了一回,那天,他刚给我说感谢父母给了他一个好身板,他的身体就出现了问题。

知道平安住院的消息时,他已从死亡线上回到人间,躺在中心医院内科的病床上。

走进病房,展现在我眼前的一幕令我有些尴尬。本想退出房间,小燕喊道:“王叔,快,快来帮我爸翻个身!”

其时,小燕正给平安擦身子,擦的是男人最羞涩的部位。听到小燕呼唤,我放下手中的奶箱走过去,帮平安把身子翻过来,使他面朝下背朝上。我对小燕说:“这事让你妈来做,你做多不方便呀?”

小燕直起腰,用不解的目光看着我说:“王叔,这话从你嘴里说出来我可有些吃惊了!你不是别人,你是传播文明的天使呀。”说过,她低头继续用毛巾擦平安的背,从背一直擦到屁股,再到小腿直至脚跟,擦得很细心,我看得很真切、很感动。擦完,她又让我帮忙把平安翻了过来,她为平安穿上一套白底蓝格的新睡衣。之后她用手轻轻摸着平安的脸说:“爸,爸,你醒醒,我王叔来看你了,王记者,你弟。”

平安脸色灰暗,苦楚相外露,双目紧闭,没有任何反应,与死人不同的是口中还有温热的气息在流动。

小燕倒掉水,坐在床边,用手不住地按摩着平安的太阳穴和虎口的穴位,我坐在床边的凳子上,早已是泪如雨下。小燕从床头给我递过来一张抽纸,我擦了眼泪,再抬头去看平安并拉动他的手,他依旧没有动。小燕说:“医生说了,是深度昏迷,但生命能保住,怕的是将来会落下半身不遂!”

平安对我所表示出的热情没有任何反应,我只好重新坐回床边的凳子,小燕为我倒了开水说:“就是半身不遂,也没有关系,我们一定会好好照看他,依了我对我爸的了解,只要他能醒来,就一定会站起来,他不是一般人,他是孟平安,孟平安是谁，是永远的不倒翁，王叔，你信不？”

我说：“我信，信哩，不光是你，我和你有同样的认知，因为我和你一样是他坚强不屈个性的见证者！”

淑玲抱着幸福进入了病房。我说：“嫂子呀，这儿需要的是安静，环境和空气都不好，你咋把娃抱来了呢？”

小燕从淑玲怀中接过幸福对我说：“是我让我妈把娃抱来的，医生说，要让人醒来，需要用他最熟悉的声音呼唤他，我爸对幸福好，也许幸福的声音能使他清醒！”

小燕把幸福轻轻地放到平安床边，幸福见到爷爷后，急急地扑过去用他的小手拍打着平安的脸叫道：“爷爷，爷爷，不要睡了，起来，起来，我要吃冰激凌，起来给我买冰激凌！”

平安依旧没有任何反应，幸福用他的小手捏平安的鼻子，用另一只小手，去挖他的鼻孔，再用小嘴亲吻平安的脸。平安脸上的胡须很长，幸福用小手去拽他的胡须。小燕见状，端来热水用热毛巾敷在平安的脸上，从自己白色的背包中拿出一个新买的剃须刀开始为平安刮胡子。淑玲走过来要与小燕争抢，小燕说：“我来吧，你累了歇着！”淑玲坐到一边去流泪。小燕用身子挡住平安身体的上半部分，幸福就跑到病榻的另一端，不停地用小手抠平安的脚心，掰平安的脚指头。他发现平安依旧没有醒来，自己也折腾累了，就扑到淑玲怀里不停地说：“爷爷死了，爷爷死了！”

淑玲的眼泪汹涌起来，幸福又忙着为淑玲擦眼泪，淑玲用双手推开幸福哽咽道：“爷爷没有死，快去叫他回家吃饭，大声叫！”

小燕为平安刮完胡须，从自己包里拿出一个新买的指甲刀，开始为平安剪脚趾甲，幸福到床的另一头，趴在平安耳朵前高声喊道：“爷爷，爷爷，起来，起来，回家吃饭饭，吃饭饭了！”

平安的手动了一下，小燕发现后，惊得停止了手中的动作，丢下指甲刀，用双手抱了平安的头说：“爸，爸，你终于醒了，醒了，幸福，快叫，快叫，爷爷醒了！”

幸福再次爬到平安的耳朵边不停地叫喊，我和淑玲也挤到平安头边，小燕丢开双手，跑出病房，在医院楼道里高声野气地喊道：“医生，医生，我爸醒了，我爸醒了！”

平安醒了，幸福兴奋地用小手拽着平安的手说：“爷爷，爷爷，你醒了，快，婆婆让你回家吃饭饭哩！”

平安的手慢慢抬起来，他想用手摸幸福的脸。幸福抓住他的手，放到自己脸上。平安慢慢睁开眼睛，嘴张了几张，想说什么没有说出口。他的神志醒了，他看到我和淑玲的泪眼后，发出了艰难而丑陋的笑。他的笑怪怪的，他的笑像一味良药，止住了幸福的叫喊，笑停了我和淑玲的眼泪。医生和小燕进来时，平安挥舞着手示意自己要坐起来，医生同样兴奋地说："奇迹呀，这么快就醒来了，这个病人的意志太让人难以置信了！"

我对医生说："只要他能醒来，就一定会坐起来，就一定会走！"

医生说："你们不要太乐观，也许是一种假象呢！"

我说："不会的，这个病人不是常人，他的意志力一般人是不具备的！"

医生扭头看着我说："你是作家吧？也太理想主义了！"

小燕说："医生，你真厉害，一眼就能看出我叔是作家呀！"

医生说："具有理想主义个性的人都适合做作家！"

我说："我不是理想主义者，对于这个病人的传奇故事，我正在记录着，到时出了书，一定送给你一本！"

医生说："好呀，我期待着！"

平安再一次挥舞着手要起来，小燕问医生："能不能扶我爸起来？"

医生说："轻点吧！"

小燕和淑玲从床两边扶起平安，平安把手伸向我，他要和我握手，我立即抓住了他的两只手，他的笑有些阳光气息，他吐字清晰地说："日他妈的，差点和你握不上手了！"

医生拨开我们，走到平安身边伸出三个指头问平安："这是几？"

平安还没有说，幸福就叫道："三——"

平安用手拨开幸福对医生说："谢谢你！不用那样，我的头脑很清醒，你就是给我面前放一沓钱，我也会数出准确的数字！"医生说："你创造了奇迹，那么严重的积血这么快就清醒了，真是少见呀！"

平安说："我去了那边，人家把门的黑着脸说：你来做啥？你在阳间的账还没有还完呢，回去，把人世间的账还清了再来！"

他的话逗笑了一屋子人，医生转过身来对我说："作家先生，你写了这位患者的书，一定要让我看，他真是一个奇迹，你们也许不懂，他脑子里积血真的很严重！"

我问医生："接下来我们应该做什么？"

医生说："看他的神情，的确如你所说，是个怪人，再观察吧，也许什么都不用做了呢！"

医生走后，幸福扑到了床上，骑在平安身上，紧紧抱着平安的头说："爷爷，爷爷，你不会死的，因为我还没有长大，你要是死了，谁给我买冰激凌呀！”

小燕从平安身上抱过幸福放到地上凶巴巴地说：“别这样，爷爷的身体还没有好！”

幸福噘着嘴歪着头说：“你就知道心疼爷爷，那你咋不把爷爷叫醒呢？还是我把爷爷叫醒的，你凶什么呀！”

说着又重新上到床上，这次再没有骑在平安身上，而是揭开被子，麻利地钻进被窝。平安微笑着说：“行了，你们还别说，还真是幸福把我叫醒的，我记得自己在黑暗里行走，路上没有一丝光亮，正走着，远远听到幸福在喊我回家吃饭，我转身又往回走，走着走着就看到了光明，就看到了你们！”

小燕一边为平安喂水一边说：“爸，不要这样说，怪吓人的，幸福还小，别吓着他！”

幸福又从被窝里钻了出来说：“不怕，我和爷爷一样是男子汉，是不倒翁，我不怕，就是不怕！”

平安看到每一张破涕为笑的脸有些难为情地说：“好了，你们该做什么都去忙吧，我明天就回家，这医院不是咱待的地方，待在这儿，就是没有病也成了病人了！”

我拍着床铺说：“行了，好好住着，想吃什么，我让家里给你做，你不是爱吃我们家做的魔芋拌汤吗？我让老婆做好给你送来。你不用愁，再说了，你不是有合作医疗吗？花一些钱，好坏国家还给你报一部分，你也不想想，农民看病，何时能报销呀，安心住着，我给家里打个电话，告诉一下你的情况，让老婆马上给你做拌汤，我老婆总说你是个有开拓精神的人，你可别让她失望呀！”

说过，我转身问小燕：“把消息告诉吉祥了没有？”

小燕说：“吉祥正往这儿赶呢！”

走出病房，我打算到医生处问清情况，小燕也跟了过来，医生说：“只要人能醒来，问题不会太大，这个病人体质好，抵抗能力强！”

我问医生：“什么时间可以出院？”

医生说：“看样子，一周应该差不多吧！”

一周内我天天下班后去医院看平安，有时回家晚一些，老婆总说我把平安看得比她妈还重，我不与她争辩，她哪里知道我和平安的感情呢。

出院后，平安在家歇了一些日子，又开始卖煤，从此，他不再抽烟、喝酒，好在身体恢复得很快，和过去没什么区别。

有一天，我正在校对稿件，平安打来电话说他人在县上报销他的住院费，按国家说的是应该报销百分之五十，可他报销下来连百分之三十都不到。我说：“这一点我不太了解，帮不上你。”他停了一会儿说：“算了，唉，算了，人家能报销百分之三十也不错，咱一年不就交了那么十几块钱？反正我把我这些年交的已经弄回来了。”我知道他是让我想办法托人给他多报销一些，可我离开家乡几十年了，哪有那些关系呢。

平安已经能宽容对待一切了，要是放在过去，他一定不是这样处理问题，是病改变了他的个性，病不光改变了平安的性格，也可以改变天下所有人的性格。人，一旦经历了生死，心就有所改变，眼中的世界就不同了，会看淡许多东西。

平安的一场病，不但改变了他自己，也改变了他身边的人，包括我。小燕对我说：“不想再让我爸卖煤了，如果有一天，真的再出了大问题怎么办？”

我说：“这件事你和吉祥好好商量一下，要不行在你们楼下给他们开个小卖部吧！”小燕把她的想法告诉了平安，平安说：“不行，一个小区里已经有几个小卖部了，我们再开，不会有收入的。趁我现在还能动，慢慢帮你们一些，我把人生看淡了，早晚都是死，就是死法不同罢了！”

有天中午，小燕骑着电动车到我们单位来，她说要请我吃饭，我问她有什么事儿，她说没有什么事儿，就是路过我们单位，正好中午没处吃饭，想和我在一起吃个便饭。

吃饭时，小燕笑嘻嘻地对我说：“说没事是假的，有事想请你帮忙哩。”她说她想让我帮忙给平安买一套西装，给淑玲买一条裙子。裙子她自己可以选，西装她不懂，自认识吉祥后，吉祥就穿着警服，从来没有穿过西装，所以她不懂西装。

听小燕如此说，我有些莫名其妙，我笑着对小燕说：“就你爸那样子，罗锅腰，能穿西装吗？”

小燕说：“试试嘛，我想应该可以！”

我问：“为什么要买西装？”

她往我的盘子里夹着土豆丝说：“社会上目前不是流行补照结婚照吗，我想给他们拍结婚照，另外我爸总想穿西装，却从来没有穿过，我们也没有给他买过。他总是一件夹克穿到底，我想借这个机会给他置一套，他高兴时拿出来穿上，也许他会是另一个样子哩！”

我说：“你是不是嫌你爸有点那个，给你们丢人了？”

小燕有些着急，用筷子敲着自己的碗沿说道：“你看你，你把我当啥人了？我是那种人吗？”

我说：“那你为什么要给他买西装呢？”小燕说：“我知道我爸想穿西装多年了，有好几次，你的西服在我们家挂着，他总是偷着穿上，在镜子前照着笑着，还有我娘家爸的西装在家里放着，他也偷偷穿上在镜子前左照右照的。原来他喜欢穿警服，就是吉祥在学校时穿的那些衣服，自吉祥被那个单位解聘后，就再没有穿过，你说他是不是想穿西装呀？”

我想了一会儿用指头指着小燕说：“你呀，谁家娶了你，真是祖上积了德，行，帮你，咱既然要买，就给他买质量差不多的，要让他真正地高兴一回！”

小燕双手相互搓着，搓了一会儿将手在空中一挥说：“我就知道你能和我想到一起，这事我给吉祥也说了，他指责我吃饱了撑的，说有那钱还不如给老人买些好吃的。吉祥也是好心，只是他不懂他们，也许他们距离太近，视角模糊，看不清对方的内心！”

吃过饭，我骑着自行车，小燕骑着电动车，我们先去了康复路，转了一大圈，小燕没有看上一件，之后又去了民生百货大楼，小燕看上了一套，一问价格五百多，小燕有些犹豫。我说：“太贵了，五百多块，他要卖多少煤才能挣回来呀！”

小燕用手细细地摸过那套西服，又让我穿在身上试过，她远看近看了好大一会，最后斩钉截铁地说：“就是它，我爸一生没有穿着过这么好的衣服，就让我真实地尽一回孝吧！”

买了西装，又开始为淑玲找裙子，我建议她：“裙子不一定要品牌的，再说就是把名牌裙子让你妈穿上，别人也认不出来！”

小燕想了一会说：“有道理，可这样对我妈不公平！”

我说：“听我的，咱们去罗马市看看！”小燕点头同意我的建议。

到罗马市后，小燕一次为淑玲买了两件裙子，一件是连衣裙，一件是百褶裙。分手时，小燕告诉我，不要对两个老人说出衣服的价格，就说是几十块钱买的。

有天晚上，我正在家吃饭，平安和淑玲穿着一新来了。他俩刚进门，我家人没有认出他们，以为来了别的贵客。平安西装革履，淑玲是长裙，他们来时手上提着一吊肉，弄得我们莫名其妙。看到平安夫妇如此行头，第一个发笑的是岳母，岳母用平安听不太懂的陕南话夸奖他们，平安却以为岳母是在讽刺他，脸上闪现出不愉快的表情，我笑着告诉平安：“老人家是在夸你呢，你咋还变脸了？”

平安这才转换了脸色说：“我没有听懂！”我说：“你没有听懂就生气！”

坐定，平安兴奋地告诉我，他们今天拍了结婚照，小燕领他们去的，花了不少钱。他还说，放在过去，他不会这样，现在他想开了，人活一生，要学会享受，城市人为什么看起来精神，主要人家是会享受。

奋斗了多半辈子，穿一件五百多块钱的西服，平安就认为那是享受。这就是农村人和城市人的差别，我真不知道平安知不知道在民生大楼有上万元一双的皮鞋。

有一年，母亲到西京来，我和妻子带老人到民生百货大楼去逛，母亲看到一双鱼皮皮鞋，认为那是一双好鞋，要给我买，让妻子去问价格，妻子告诉母亲那双皮鞋一万多块钱。母亲笑着对妻子说："我人老了眼花了，难道我娃的眼也眼花了，你再细看一下那小数点在那儿堆着，一双皮鞋一万多块，人皮做的也要不了那么多。"妻子笑着对我说："你还说咱妈没文化，妈还知道小数点的位置呢。"我和妻子正说着，母亲拄着拐杖自己摇摇晃晃地向柜台走去，我和妻子牵着手跟在母亲身后，看母亲如何识别价格，母亲走到柜台前，伸出她弯曲的手指对着柜台上的玻璃，先是一二三四五地数着，之后又把头贴在玻璃上口中念道：个、十、百、千、万。也许是灯光太亮，她的视线有些模糊，数过一遍后，摇摇头，旁若无人地四处张望了一会儿，又重新数了一遍，又是个、十、百、千、万地念叨着。母亲的样子像她壮年时在我们家春天的庭院里，数老母鸡孵化出来的小鸡。我和妻子被母亲的行为惹得忍不住笑了起来。母亲并没有顾及我们的笑，她还在数着，她总认为是自己的大脑有问题，在她的大脑里，一双看似平常的皮鞋，咋会卖一万多元。数过之后，母亲的情绪有些失落，她视我和妻子不存在似的，丢下我们，一个人找到一个红色塑料条椅坐下去，目光中流露出茫然。看到母亲的举动，妻子的脸上浮现出一丝忧伤，她抓紧我的手说："这就是乡村母亲，个头看似渺小，情感却是多么丰富，你发在报纸上那些文章总是寡然无味，你就写今天的母亲，现在的母亲，你看，她的目光中是什么，她的内心这会在想什么，你把这些写下来，让这些城里人看看，他们总以为乡下人都是简单的人，他们哪里知道乡下人的情感是多么丰富。"

母亲坐了一会儿，起身要走，我和妻子过去扶她，母亲说："回吧，没有什么转头，都是些日弄人的东西。一双鞋，一万多，那在农村就是一座五檩四椽的瓦房，谁会把一座瓦房穿在脚上，这些疯子，这城里人都有病哩。"

我和妻子小心翼翼地扶着母亲踏上电梯，妻子示意我不要接母亲的话，我们俩的目光在母亲头上交会，母亲气哼哼地离开了民生百货大楼，从此，再没有在城里转过。

看到平安，我想起了母亲，平安和母亲一样，但又不一样。平安已经能接受城市的东西，虽然他的接受有些被动。

我故意装出看新鲜的样子，用手摸着平安的西服衣领说："不错呀，你穿西服年轻了许多，你现在走到街上，谁能说你是个卖煤的，最起码是个副总！"

平安咧着嘴将眼睛笑成了一条缝儿说："谁知道我的哪一点感动了上天，给送来了这么一个好儿媳，比贤子还亲，你说我这命贱得跟车前草一样，咋能逢上这么一个好儿媳呢？”

我看着淑玲说：“你们这样想就对了，看来人是要得病的，人一旦病过一场，就清醒了许多！”

平安把我家的沙发拍了拍，动作带出一丝优雅，但他毕竟是在做作，优雅有些生硬，他坐进沙发的动作和过去有了天壤之别，过去他总是那么“扑通”一下就落座了，然后两腿叉开，而现在的他，二郎腿跷着，一双黑黑的手搭在膝盖上，腰杆直挺着，脚上发亮的皮鞋映着灯光，射出一团朦胧的斜光。坐定后，他用舌头舔了嘴唇说：“就是的，人，走一回鬼门关就不一样了，我想明白了，从现在开始，我要学着做城市人，要学着城市人的样子生活！”

我坐在他对面，看着他的动作笑了起来，并示意淑玲也坐下，淑玲学着平安的样子，做出一些优雅的动作来。妻子为他们递上茶水又忙着学习电脑去了。岳母则被淑玲扶回自己的房间。淑玲回头坐下，又成了过去的坐法，平安纠正了她的坐姿。平安说：“你穿着洋装，就要对得起身上的衣服，穿着裙子，再把两腿叉开，那裆里的东西不是让别人看见了！”

淑玲立即挺直了腰杆合拢了膝盖。我笑着逗趣：“不错，真是穿上洋装成了洋人，从哪儿学的，这么快呀？”

平安说：“今天照相时人家教的，你说这样是不是就是城市人了？”

我说：“你们放松，别拿得太紧，看着你们，我比你们还累！”

淑玲发出一声大笑，笑声带出一个响屁，她的身子像鼓足气儿的气球，气儿放了，一下子就软了。平安用左肘顶了淑玲还有些浑圆的乳房说：“严肃点，要不配不上你的衣服！”

淑玲的笑声止住后，我对他们说：“什么是城市人，现在哪儿还有城市人？我看你就是城市人，现在能奋斗的都是城市人，过去城市人靠国家养着，养尊处优，现在呢，所有城市人都在奋斗着，能奋斗的都是城市人，你也不要学什么城市人，你就是标准的城市人，千万不要邯郸学步，把自己丢了！”

平安听我如此说，傻乎乎地笑着说：“我穿了西服你就说我是城市人，过去你可一直说我是乡下人什么的！”

我说：“我们都是双栖人，也可以说是边缘人，是生在乡下的城市人，是生活在城市的乡下人，我们要保持我们的传统，乡下人本分的传统，勤劳的传统，但我们还要有城市人的奋斗精神，这与穿什么没有关系，与脸黑白也没有关系，与你做什么事也没有关系，关键是意识和观念！”

听我如此说，淑玲有些懵懂，也有些着急，她露出好看的笑，小声问我：“那你说我是城市人还是乡下人？”

我回答：“我们都一样，都是生活在城市的乡下人，也可以说是生在乡下的城市人！”

淑玲摇着头依旧笑着说：“你还是没有说清！”

我干脆说：“咱们都是城市人了！”

“我明白了。”淑玲高兴地抓住平安的左臂摇了摇说：“你明白了不？咱也是城市人了！”

平安的脸变成一朵大丽花，说道：“走，我请客，把老人带上，咱好久没有在一起吃饭了！”

我说：“你行了，改天吧，现在什么时候了还吃呀！”

平安说：“那行，改天吧！”

从沙发上起身后，平安反身抚平了杏黄色的沙发巾笑着说：“城市人不好做，就这么坐了一会儿，我的腰比扛煤还累，还是让我做乡下人吧！”平安这么一说，逗得我和淑玲笑了起来。

二十二

春风给楼下的泡桐树挂满粉红色铃铛的时候，岳母在城里待不住了，她伸手从窗外抓一把温暖的阳光，涂在脸上，心更急了，非要回到她的午子山去。她说，她的魔芋如果不及时除草，就不会有好收成，她的茶山不安排人照看，别人就会偷采她的茶叶，我们拗不过她，妻子只好带着老人返回午子山。

女儿住进了寄宿学校。

清明节前夕，连续下了两天难得的春雨，温和的春雨不但把城里人从干燥的气氛中解救出来，也使乡村的禾苗像过生日一样感到欢畅和惬意。冒着淅淅沥沥的雨，翻过被茫茫白雾包裹着的秦岭，回到老家的山沟给母亲去上坟，关中平原上已是热风习习，可故园的山沟，还处在岚气笼罩的朦胧时节。一路上，看到春雨打落开在山野堤岸上一波一波五颜六色的野花，心里的忧伤不由自主地泛起。清明时节雨纷纷，应了古诗的意境。忙忙碌碌从山里回到西京，已是晚上十一点多。打开门，淑玲和衣安静地睡在我的床上，几床被褥被她叠得整整齐齐放在床头，房间里释放出被褥被阳光晒过的味道。轻轻地叫醒她，问她为什么不盖被子，她说怕弄脏了。我有些生气，一把拉开被子盖在她身上，她却很麻利地从床上起来说她不睡了。然后走到厨房为我做了面条，还为我烧了洗脚水，她做事的风格与过去有了区别，现在的作为更像一个侍奉主人的保姆。我端着饭碗，将脚浸泡在温水里。她看到我的自在，笑着说她要走了。我停止往嘴里送饭的动作，略带生气地说："雨这么大，天这么晚了，路又那么远，你咋走？干脆就睡这儿。"

淑玲犹豫了一会儿说："也行，反正我有重要的事给你说。"她垂着两臂站在我面前，等着我吃完饭后收拾碗筷。

我已经累得精疲力竭，吃过饭刚上到床上，淑玲却又把我叫了起来，说是有话想给我说。她说，有一件事儿不知道咋处理会好一些。听她如此说，我不能再睡了，我起来坐在床上，窗子外面有一股冷风吹进来，我打了个寒战。她见我起来又忙着把我按进被窝说：“你睡着，我简单给你说一下。”我说：“你干脆上来吧，地上太冷，你上来坐在那头，你说我听。”她关了窗子上了床，这次，和第一次与她见面的那个晚上不同了，那时她一心想靠近我，而如今她的双脚在被窝里总是躲着我。我只听她说，平安让她给人做保姆，下面的话我没有听清，周公急切切地把我叫走了。

不知道淑玲昨晚睡在哪里，清晨醒来，她已将早饭做好放在锅里，人没了踪影。

中午，平安电话告诉我，准备让淑玲给卖给他们房子的人家去做保姆。

下午，我顶着蒙蒙细雨提着从老家带回来的核桃、木耳和黄花菜，去了平安在汉城的煤场。春雨中的汉城如诗意般碧绿，既有城市的文化气息，又有乡村狂放自由的野性。

平安和王善在房间里喝茶，见我走进门，俩人不约而同地站起来，我随手把自己带的东西递给了王善，说：“这个干脆你带上算了，东西不多，品尝一下老弟的一片心意！”

“那我就不客气了！”王善微笑着接了我的东西。

自从那次在卖房过程中，王善一而再再而三地给平安让价，我对这个有钱人有了新的认识，也喜欢上了这个有钱人，他是一个接地气亲近穷苦人的有钱人，是一个值得人尊重的有钱人，他没有玷污父亲给他取下的名字，是个名副其实的善人。

等我坐下，王善将一支烟迫不及待地塞在我手中，一五一十地告诉我，为什么要请淑玲去他家做保姆，他弟弟王良出了大事。

王良是北城区街道办负责人，因渎职和腐败问题被上级纪检部门约到宾馆谈话，连续谈了三天三夜，其受不了头顶上大灯泡的照射，趁谈话人不注意，从宾馆的窗子跳了下去，性命保住了，人却成了残废，下肢被医院锯掉，只能靠轮椅摇动余生。丈夫出事后，年轻美貌的妻子和他离了婚，带走了女儿，家里财产被组织收缴。

王善叹气道：“父母离世早，我兄弟二人相依为命走到今天，没想到弟弟却是腐败分子，他之所以变成今天的样子，大部分责任在我，是我从小娇惯他。这些年来，自己忙于生意，只知道挣了钱给他打点仕途，盼他不断进步，疏于思想交流，没想到，他的人生观和价值观发生了变化，成为玩权贪财之人，辜负了我的希望啊！”

听着王善的讲述，平安为我俩的杯子续了水，坐到我身边对王善说：“老哥，啥都不说了，这个忙兄弟帮，不为别的，为你老哥一片苦心。你能求到我，也是我的荣幸，你尽管放心，你弟妹就是那样的人，只要你们不嫌弃就行！”

王善喝了一口茶，看看我，又看着平安，语气凝重地说：“兄弟，咱先把话说清，弟妹去我家，一个月按五千元报酬付给她，多少你不要嫌，如果能照顾一年，除了支付六万元之外，我还会从房子里减几万元给你，直接说吧，我想用每年十万元请弟妹帮我照看我弟哩！”

王善如此说，平安慌张着从凳子上站起来说：“老哥，咱先不说这个，先让你弟妹去试几天，看你弟能不能适应，如果能适应，啥都好说。”

王善挥了挥手，示意平安坐下，又向我和平安敬了烟，继续说：“没有不适应的，不到一年时间，换了十几个保姆，实在没有办法，才想到弟妹。以我对你和弟妹的了解，不敢说百分之百合适，起码百分之七八十没有问题！”

我不知道平安对王善此话如何理解，那一刻，我脑子里出现另外一种想法，王善不是给自己的弟弟寻找保姆，似乎是在寻找配偶或年龄相当的性伴侣。淑玲的长相和个头以及肤色，虽然没有城里女人的气质，但让她穿上上好的衣服，嫁给一个风光不再的残疾人还是般配的。我心里如此想，但不能把想法告诉平安，他是一个知恩图报的人，依了他的个性，他不会不给王善面子。

他们谈好后，王善兴奋地走了，他说次日开车来接淑玲。

淑玲在王善家干了半个月之后，背着平安来找我，说她不想在那儿干了，她告诉我，王善的弟弟虽然没腿，心却瞎怪得很，总要求她做些不可思议的事情。比如让她陪他睡在一张床上，有时还要求她为他擦身子，她不同意，就给她发脾气，摔家具，砸东西。

淑玲如是说，我肯定了自己当初的猜测，却不知道如何帮她，告诉她：“这些话到此为止，不要告诉平安！”

淑玲瞪着我说：“啥话嘛，敢和他说，依了他的脾气，还不直接用刀把人砍了！”

淑玲还告诉我，王善家特别有钱，住的是别墅，父子俩都做房地产，女儿嫁到国外，老婆一天到晚啥都不做，就在外面闲逛。她发现，王善的家人根本不把他弟弟王良当回事，似乎那一家人压根就瞧不起这个没腿的人。我告诉淑玲：“有钱人看不起当官的，当官的看不起有钱的，这是世情，你只管做好自己分内的事，不要管人家家里事！”

淑玲用手拍了我的肩膀，又扯了我的耳朵笑着说：“你竟说糊涂话，我把你当亲弟弟才给你说这话，你却打官腔，你让我做好，咋样才能做好？我总不能为了钱去陪那个没腿的男人睡觉吧？”

的确是个问题。

我想考验一下淑玲，故意问她："如果有一天，让你和平安离婚，去嫁给那个有钱人王良，你愿意不？虽然是个没腿的，但人家有钱呀，你可以从苦海中爬出来，过上神仙一样的日子，像王善的老婆一样，天天口袋里装上钱到处胡逛，你看咋样？"

"呸！"淑玲将一口唾液狠狠地吐在地上，骂咧咧地说："我真想吐在你的脸上，这是你当弟弟说的话，你以为你姐是啥人？我可不是为了钱啥事都做的人，如果你这样看我，那是门缝看人——把人看扁了。钱是啥东西？能买下人的心？虽然我们没有钱，但我们活得安宁，他王良就是给我一百万、一千万、一万万，我也不会从他的。你不是说过嘛，要记得我们是从哪里来，来这里做什么。我可不是到这城市来卖身求荣的。再说，他王良心有平安好吗？平安人长得难看，身上脏一些，可他的心是好的，我们一家人的日子是热火的。"

听了她的表白，我总算放下心来。我说："好，不愧是我们山里人，有骨气，我要的就是这样的姐姐！"

我鼓励淑玲发挥自己的智慧，对她说："我相信你一定会处理好这些事，我对你的希望还是那句老话，不要忘了自己是谁，我们是从哪里来的，到这城市来做什么。还有，不要忘记你已经是有了孙子的人了！"

我的话像一剂壮胆药，使淑玲充满信心，她又一次把手搭在我肩膀上，笑嘻嘻地说："好弟弟，你放心！姐不会给你丢人，姐也是有智慧的人，虽然姐的智慧不能和你的智慧相比，但你相信姐，一定会处理好这件事！"

淑玲临走时一再叮咛我："不要把此事说给平安！"

虽然淑玲信誓旦旦，但我想这是一个很严重的问题，如何处理好这个问题，得有一个万全之策。

有一天，杨思敏突然到我们单位来，要我请她吃饭。城市的女人都是这个样，总爱让男人请自己吃饭，当然是朋友才会这样。吃饭时我把淑玲的问题说给杨思敏，令我没有想到的是，杨思敏哈哈一笑说："多大的事儿，交给我，再加两个菜，帮你解决！"

我问她："加什么菜？"

她说："一个也行，鲍鱼吧！"

我没有加鲍鱼，加了一份粉丝蛤蜊，类同鲍鱼。吃过后，杨思敏告诉我三天后她给我解决问题的方案。

三天后，杨思敏还真来了，她把一沓厚厚的复印材料放在我面前，一脸得意地告诉我："这些材料就能解决你所面临的问题！"

我还没有看清是什么材料，她又将材料收了起来说："走走走，还是那天那家饭馆，粉丝蛤蜊味儿真不错！"

按照杨思敏的计划，我和平安去看了一趟淑玲，我和杨思敏商量的方案没有告诉平安。

真没有想到，在这座高楼林立的城市，还有如此幽静的住所。五月间明媚的阳光将小院笼罩得青翠欲滴，幽静的小路旁几束鲜艳的美人蕉红得血染一般，别墅前的牡丹花正绽放着迷人的芬芳，一向大大咧咧的平安置身其间，似乎连气也不敢喘，我自己也像刘姥姥进了大观园，总怕脚下踩伤了什么芥蒂。院子里十分清静，在白色别墅向阳的地方，淑玲正帮王良按摩着太阳穴，一曲《女巫医》轻音乐从别墅一层欧式拱形圆窗子里缥缈而出。王良眯着眼睛，尽情享受着淑玲的按摩，我们走到近前，俩人竟然没看到我们。小院的门是我提前打电话让淑玲开启的，淑玲知道我们光临小院的目的，她还在电话中一再告诉我："要说一定要说透，还不能让王良尴尬，要给对方留面子，不为病人，就算为了王善，我们也要把事情处理好。"而平安只知道我去看淑玲，他并不知道我带他去还有另外一件关乎他自己的事。

令我没有想到的是，平安见到王良后，丢下手中的东西，几乎是跪到轮椅前紧紧握了王良的手说："哎呀妈呀，咋是你呢，咋是你呢？"

王良揉了揉自己被太阳光照蒙了的眼睛，握了平安的手说疑惑地问："你是？"

淑玲停止了按摩，对王良说："王哥，这是我丈夫，叫孟平安。"

王良再一次揉搓着自己的眼睛细细地看着平安说："我咋看你这么面熟呢？"

平安从轮椅旁边站起来说："你忘了，那年，你还给我发奖来呢！"

片刻回忆后，王良终于想起来了，连忙说道："对对对，你举报我们单位的人在工作中吃拿卡要，还上了晚报呢！"

平安用舌头舔舔嘴唇说："唉，别提了，就是那件事之后，我还出了一回事，让人报复了，差点丢了命呢！"

我发现平安说此话时，王良的脸上泛起了青色，我更坚信杨思敏提供给我的材料的真实性。

平安那年卖烤肉遭人报复后，只有杨思敏的同学知道事情的原委。我请杨思敏吃过那次蛤蜊粉丝后，杨思敏让她同学重新找到当年那份案卷，复印了案卷中的部分内容，主要是那次烤肉吃伤人案件的线索来源。我没有问杨思敏是如何弄到材料，如何告诉她同学要材料做什么，只知道杨思敏的同学已经是纪委的什么领导。等我细细地看过材料之后，才真正意识到当年那个案子是多么残酷，也就是那个冤案，把一个农民工在这座城市十年的心血和汗水化为乌有。在那一刻，我不但坚定帮淑玲的信心，还想着要报复这个道貌岸然装着一肚子坏水的家伙。就连杨思敏听我说了淑玲的遭遇后也气得直咬牙根，愤恨地说：“天是公平的，是天惩罚了坏人，你看，他不是栽了吗？”

平安像对待自己的兄长，用他粗糙的双手亲热地摸着王良的空裤腿，给人的感觉，面前坐的不是被自己老婆服侍的主人，也不是曾经给自己下过黑手的仇人，而是自己至亲至要的亲人。等他俩热闹一番后，王良似乎才想到问我。平安告诉王良，我是他小舅子，是淑玲的弟弟。王良伸出细腻得如女人一样的手与我紧紧相握。

进到别墅的第一层，王良让淑玲给我和平安泡了咖啡，取了香蕉和榴梿果。我没有说话，只听平安一个劲儿告诉王良，他的兄长是自己的恩人。大约说了十几分钟，我让淑玲带着平安到小院外面去，我告诉王良，他们家出了点小事，让他们俩去商量解决的办法，我陪他说说话。我问王良姐姐对他的照顾满意不？王良兴奋地说：“非常满意！”

我说：“我姐姐读书不多，有不对的地方你要原谅哦！”

王良说：“真的很好，没有什么可挑剔的，感谢你们，在我最困难的时候让你姐姐来帮我！”

我赔着笑脸对他说：“应该的，你哥视我姐夫如兄弟，我们帮你是应该的，再说你们也付了报酬！”

等平安和淑玲走出小院，我把我的记者证递给王良。紧接着我又把杨思敏复印的那份材料放到他的轮椅前的台板上。王良看了我的记者证后，笑呵呵地说：“就我这样子，没有什么可采访的，已经是日暮途穷的残疾人了！”

我着：“王哥，我不是要采访你，是想核实一个案子，就是当年我姐夫的烤肉吃伤人的那件案子，有纪委的朋友告诉我说，那件案子是有人故意制造的一起冤案，是在报复我姐夫！”

我的话还没有说完，王良的额头在一瞬间沁出了些许细密的汗珠。我从茶几上取了抽纸递给他，他接过纸巾，故作镇定地问：“有这事？”

我又把杨思敏复印的材料向他面前轻轻推了一下说：“有，整个案子的轮廓我基本弄清了，包括那些被肉吃伤的人，我也采访到了其中的两个，他们告诉我，有人指使让他们那样做，并且是官场的人！”

王良毕竟是见过世面的人，并没有被我的问话吓倒，他依旧没有动我推向他的那些材料，笑嘻嘻地对我说：“没想到你们记者的权力还挺大的，这么复杂的案件，你们也能理清头绪！”

我告诉他：“记者的责任是匡扶正义，主持公道，况且这个案子发生在自己家里，这些年来，我并没有放弃对这件案子的探究！”

他不解地问我：“那你为什么要找我？”

我说：“因为你当时在夜市里给我姐夫发了奖，还号召人们向他学习，后来他出了事，我们再去找你帮忙，一直没有找到你。所以，我对这件事一直耿耿于怀！”

“探究清楚后是不是还要报道？”他问我。

我说：“有这个想法，现在还没有最终确定！”

他说：“已经过去那么久了，新闻时效性早就过了，还报道它做什么，没有现实意义了嘛！”

我并没有急于回答他，故意做出思考状态，然后将自己的目光投向天花板，那儿有一行洁白的石膏莲花被人们直愣愣地固定在房子顶端的墙角。王良的目光也追随着我的目光看向天花板，随后，我又把目光投向窗外的花园，落在窗外红艳的美人蕉上。有一只蜜蜂从门外飞进来，在屋子里盲目地盘旋，它一会儿绕着王良的头在飞，一会儿又在我的面前探寻着什么，王良从轮椅扶手上拿起那份复印材料赶走了蜜蜂，过了一会儿他清了清声音说：“五百年前，我们是一家人呀，一个王字倒过来写也是王字！我有个想法，和你商量，那个案子就不要再纠缠了，毕竟过去了那么久，我想我的经历你也知道了，其实当时那样做也不是我的主张，是有人给我了暗示，这不，我遭到报应，你也看到了。这些事，就不要告诉你姐和姐夫了，我们私下处理吧，我会想办法处理好这件事，虽然我成了现在这个样子，但至少还有几个好朋友吧，我想你一定会相信我还有能力处理好这件事。”

我用目光紧紧盯着他问道：“用钱解决吗？”

王良说：“还有什么别的办法吗？这个世界上，唯有钱才能解决一切！”

我说：“是这样，这件事我可以放一放，但还有件事，我想和你沟通，关于我姐照顾你的事，我希望你要有个正确的想法，不要用官场上那种手法对待她，她是个农民工，你可不能把她当作一个工具，一个泄欲的工具，她的心是善良的、纯洁的，生活是平静的、和谐的，家庭是美满的、幸福的，媳贤子孝，孙子也长得可爱！”

听了我的话后，王良脸上的汗汹涌而出，身子不停地发抖，之后他竟然放声大哭，“请你原谅我，我错了，我的人生方向全都错了！”

看到昔日称霸一方，如今威风扫地的腐败分子，我一时不知说什么好，我从沙发上站起来，走到他跟前扶了他发抖的肩膀，安慰道：“好了，过去的都过去了，还是要向前看，你真的要向你哥好好学习，你说他和你一母同生，为什么他会有菩萨一样的心肠？也许他在生意场也是一个唯利是图的人，但他懂得做人的规则，而你却忘了做人的底线！”

王良伸出一双湿溜溜的手，紧紧抓住我的手说：“老弟呀，你也是见过世面的人，水脏了，哪儿还能养到净鱼呢？这些道理你懂的！”

原本我还要说什么，发现平安和淑玲从门外进来了。王良吩咐淑玲为我和平安做饭吃，我谢绝了。我对淑玲说：“姐，好好照顾好王哥，王哥如果有不满意的地方，我要拿你是问的。”

说过，我叫上平安准备离开，王良却抓住我的手，转动着轮椅，将我拉到另一间房子。他从自己睡觉的床头柜中取出一个银行卡塞给我说：“听说你姐家买了房子还欠着债，你先把这些钱拿上，帮他们垫上，余下的我会想办法帮他们还上！”

不知道银行卡里有多少钱，我拒绝了。他有些激动地说：“我实话告诉你，当年他们的冤案是我一手策划的，这些钱权当是我向他们赎罪哩！”

我拍着他的肩膀说：“你能承认自己的错，我已经很欣慰了，至于钱我是不会要的！”

他说：“你是怕我欺负你姐姐吗？不会的，我就是有时心里很烦，胡思乱想，希望你能理解，你放心，从今往后，我不会再有其他想法！”

我说：“我相信你！我也希望咱们的相处能和你哥一样，像兄弟！”

告别了世外桃源，平安忙着回到煤场去，他说下午答应一个回民烧饼店送煤给人家。我一个人行走在灞河岸边，春风荡漾着灞河堤柳，如一面面绿色的旗帜，将灞河装点得诗意盎然。一河清波潺潺而流，自南向北，为这座古老而崭新的城市增添了韵致。举目南望，终南山隐约闪现，似一个屏障，也像一堵围墙，紧紧包裹着这座历经沧桑的城池。灞河电厂的高烟筒向外喷施着白色的烟雾，彰显着这座城市的勃勃生机。看到电厂，我突然想到了杨思敏，听她说过，她父母家就在电厂，打电话给她，她果然在父母家，我们相约她开车来接我去看她父母，我想把与王良的“相遇”告诉她。

二十三

这一年初夏，春天来得相对早一些。

五月份，生长在北京，嫁到美国洛杉矶的一个同学到西京来旅游。她一直对西京的城墙十分着迷。这天下午，我正领着她在北门外东则的城墙拍录像，在草长蝶舞的花坛上遇到了平安。他一个人坐在城墙外的凉亭里数钱。我知道他是来此地取钱的。过去没有身份证时，他把自己挣下的钱埋在城墙的某个砖头下，后来淑玲来后，管钱成了淑玲的事，他的私房钱永远都会放在城墙下。他曾经告诉我，除了把挣下的钱交给淑玲外，他自己多多少少还留有私房钱。他喜欢这座城市，他说他一直把城墙看作自家的院墙，没事时，或者有大事想不开时，他一个人会到城墙下，背靠城墙独坐一会儿。把自己的心思说给城墙。他说，每当他靠在城墙上，心里就会平静许多，他把城墙看作是朋友或父亲。

他没有看见我们，只顾低头数钱，我悄悄转到他身后，一把从他手中夺去了他的钱，他并没我想象的那么紧张，从凉亭朱红色的长凳上站起来说："早就看见你了。"

我说："看见了，也不打个招呼，光知道数钱。"

他将身子依在柱子上压低声音说："你和美女偷偷约会，我要是向你打招呼，尴尬的是你而不是我。"

我说："告诉过你，美国来了客人，你知道的。"

他扭头看了一下站在阳光中的同学说："你不是说美国人吗，咋是个中国人呢？我还想着是个黄头发蓝眼睛的，还在心里说，你开了洋荤哩。"

我把钱还给他，挥手让同学走上凉亭，向他作了介绍。他伸手与我同学握手。他们的手还没有放开，整个城市摇晃起来，同学一声尖叫，扑在平安怀里。我的眼前看不清东西，头一下子晕了。当我睁开眼睛时，发现眼前所有的东西都在晃动，我拉了他们逃出凉亭，三人一起倒在草坪上。同学紧紧依偎在我的怀里，她浑身颤抖，脸色发紫。大地颤抖了几分钟后，趋于平静。街上的行人开始呼喊，行走在马路上的车辆陆续鸣叫。

一切的嘈杂过去了。我想起了上学的女儿，平安想起了他的家人，令我们想不到的是，所有的电话打不通了。好在大地摇晃之后，我们并没有看到城墙上有一块砖头落下来。

平静之后，平安第一次让我见识他放钱的地方，他将我和同学领到城墙下，双手挖开了城墙下一块草坪，从土里取掉几块砖头，一个装过鲁花食用油的桶子出现在我的眼前。那是他的存钱罐，多少年来，他的秘密一直神奇地装在我脑子里，此时真正见识了他的智慧。桶子里钱不是很多，大概有万元左右，他把带来的钱装入塑料桶，然后重新埋好，我们走出了城墙根。同学好奇地问他为什么要把钱放在这里，他得意地说，自己也不知道为什么，但他喜欢做这样的事。他说他觉得这样做，感觉自己与这座城市距离很近，感觉这座城市就是自己的。

吃饭时，我告诉平安，同学虽然生活在美国，但一直在写书法，他希望同学能为他写一幅字。我们到了书院门，由于地震影响，摆摊设门市的人全关了门。我和同学站在北门里看灾后人们的精神状态，同学说，她想不到今天的中国，面对如此大的灾难，竟然像没事似的，这是中国人的进步。要是在美国，人们早就集聚在广场上。我说是不是中国人把生活没有当回事。她说不是，是中国人有了见识，懂得了地震的常识，因为大的地震后，不再发生更大的地震，这是文明的表现。

我们正说话时，平安不知从哪儿拿来一瓶华山墨汁和纸笔来。同学喜欢浪漫，当场将纸铺在公交车的站台，为平安写下一幅字。

平安念道："你把这座城市装在心里，这座城市就是你的。"他一时没有理解字意，在同学写字时，他不停地反复读诵着那些站在白纸上的黑字。当同学将一幅"笔命"的狂草递到我手上时，平安突然惊叫起来。他兴奋地说："明白了，明白了，难怪人家能在美国生活，你看，这话说得多好呀，你把这座城市装在心里，这城市就是你的。对对的，咱过去一直不能融入城市，就是咱没有把城市装在心里么，咱总认为自己是外人呀。"

看到平安对自己的字大加赞赏，同学也激动起来，她说："其实，这也是自己的体会，小时候，我们受的教育一直说美国如何如何糟，其实，真正融入美国后，你会发现美国并不是过去我们想的那样。"

为了回报同学，平安又一头钻进书院门市场，不大一会工夫，提着一盒皮影出来送给同学。同学握着她的手说："欢迎你到美国玩，我一定会陪你们走遍美国。"

平安许诺第二天再请同学吃饭，同学嫌地震带来的浮躁闹心，机场的飞机恢复飞行便匆匆告别了西安。她在告别时告诉我，一定要把平安的故事写出来，她说，平安的经历，不是一个人的经历，是中国新时期一段历史的佐证。

人们没有想到，西京城的感觉并不严重，而四川却死了那么多人。有一天，平安问我，他想向灾区捐款，苦于不知道把钱给谁。我想到了那个他曾经爱过的四川女人，我们一起去看望那个女人，那个女人回了四川。平安打通了女人的电话，我俩凑了两千元汇给那个女人。三个月后，四川女人又返回西京，她告诉我们，地震中，她的母亲不在了，平安又给女人一些钱，这次我没有反对他，我自己也给了那个女人五百元钱，算是对灾民的一种安慰。为了抚慰女人的伤痛，平安把自己珍爱的那幅字装裱后，送给了四川女人。

淑玲一直在王良家工作，每周回一次家，看看儿子儿媳和孙子，温暖一下平安。曾经见过几次淑玲，她不但人变了，气质也高雅了，举手投足有了城市女人的范儿。小燕看到淑玲的变化，找过我一次，把她的担心告诉了我，说她看着淑玲一天天变得洋气起来，产生了担心，怕她找不到回家的方向。我严厉地批评了小燕的想法，告诉她："你爸妈这一代人的情感，不会像你们这一代人没有责任感，他们的情感是经过火煅水淬的，你放心，她不会有事。特别是你妈，虽然人变得洋气了，她骨子里流淌的是山里人的血，这是不会变的，要变她早就变了！"虽然我对小燕如此说，但看着淑玲一天天的变化，我自己心里也没个底儿。

冬天是钢炭煤销售的旺季，整个冬天，很少见到平安，女儿开始上高中，我也从记者岗位退下来负责一个网站工作，网站不需要外出采访，必须按时坐班。

这年春节，我们在西京过的。

大年初一，王善请我们吃团圆饭，饭店定在城北一个五星级酒店，王家人全部到齐，他先后跑了两趟。先把我们一家拉到饭店后，又把我拉去汉城，他怕平安不去赴宴，索性拉上我去做动员工作。让一个煤黑子去五星级饭店就餐，的确难为平安，但王善对平安说："这一切都是为了你，我才这样安排，你是主角！"

决心已定不去赴宴的平安经不起王善的恭维，最后还是换了王善给他买的夹克衫坐上了王善的林肯小轿车。

丰盛的两桌，王善家一桌，我和平安家一桌，菜是平安一家人从来没有见过的，我想没有见过如此丰盛菜肴的还有我岳母和女儿。岳母举起筷子竟不知道从哪里下箸，淑玲替岳母想着，不断地往岳母的碟子里夹菜。我们这一桌静静地吃着，而王善家那一桌总是不停地吼着叫着，饭吃到中途，开始敬酒，我无意间瞥见王善要拉他儿子为我们这一桌敬酒，儿子拒绝了，一身珠光宝气的王善妻子看了看我们的桌子，阻止了王善拉儿子的动作。王善只好自己一个人一手拿着红酒瓶，一手举着高脚杯一脸祥和地来到我们的饭桌。王善妻子的举动不光我看到了，平安也看到了，平安的目光中也多了一丝不屑，但他还是兴奋地站起来迎了王善举过来的酒杯。王善敬过酒之后，王良坐在轮椅上也过来敬酒。他围绕着饭桌圆圆转了一圈，在王良敬酒过程中，王善急切切地趴到我耳朵小声告诉我，让我转告平安，不要透漏卖房过程中的一些事，我站起来与王善重新碰了一下酒杯向他点点头。轮到我们向王善家的饭桌敬酒时，我动员平安和我一块去，平安死活不去，小燕怕我失却面子，从桌子上拿起红酒瓶和我一块为王家人敬了酒。

两轮酒敬过之后，服务员拿来了无线话筒，王善开始致辞："很高兴今天大家聚在一起，过一个不同寻常的年，真的很高兴，首先要感谢王记者，在他的统筹兼顾中，舆论放过了我们一家。在这里我不多说了，有些事情在这里也说不清，今天是个快乐的日子，我们只说一些快乐的事！"

听王善如此，我有些莫名其妙，但在一瞬间，我似乎明白了王善表达的内容。我真是小看了这个生意人，他不但是做生意的精英、为人处世的高手，也是一个政治觉悟敏感的企业家。他所说的舆论放过他们家，指的是我和王良在他们家别墅里的那场对话，只是关于王良陷害平安的那件事他怎么知道的？难道王良把我和他的对话告诉了他。我不敢多想，我想有些事，要发生时就让它发生吧。

接着，王善又说了些感谢平安和淑玲的话。之后他拿着话筒走到我跟前，让我致辞，我还没有站起来，平安抢过话筒，用自己黑乎乎的手捋了一下自己的头，然后开始说话，他没有想到话筒声音很大，先吭吭了几声，然后说道："首先，我要感谢王记者！是他在这些年来，对我们一家的照管，才使我们过上了正常的生活。当然，今天在这里，我更要感谢的是王总，王善总经理，是他，给了我们这顿从未见过的年饭，更是他，让我认识到，在这座城市，还有义气，还有情谊，还有善良，还有爱心。在此，我代表我们家大大小小，隆重地向王总鞠个躬，表示感谢！"

在平安鞠躬的时候，站在两桌之间金黄色灯光下的王善显出一丝紧张，他担心平安说出他们买房的事，不住地向我抛着眼神，我也怕一向耿直的平安说些不应景的话，便麻利地从椅子上站起来，走到平安跟前准备抢过话筒，但平安却坚持要把话说完。

平安并没有说我和王善担心的话题，他拿着话筒走到王家的餐桌前，声音亮清地说："除了真心感谢王总外，我还要感谢王总的家人，王总的夫人和儿子，为什么呢？”

王善又紧张起来，他几乎是扯了我的衣襟，让我阻止平安，我用眼神告诉他，平安是一个很聪明的人，他不会说一些不合时宜的话，我似乎看到王善脸上有细密的汗珠沁出。

正在我和王善发神经时，平安的话语又传进了我们的耳朵。他挥舞着手说：“为什么呢？因为我知道王夫人家是高门大户，是名门望族，这样一个家庭培养出来的人，能屈身与我们一家一起吃饭，一起过年，可以说是走出高府，与民同乐，不但是我们的荣幸，也是我们的荣耀。我呢，是一个从山里来到这个城市讨生活的农民工，所以，我要感谢王夫人，你们的大恩大德，我将会铭记终生！在此我代表我们全家，祝福王总一家，在新的一年里，大福大贵，财源广进，万事如意，祝福王夫人永葆青春，永远年轻！”

掌声四起。

终于，平安把话筒递到我手上，由于之前过于紧张，话筒到我手中，我竟不知道应该说什么，只简单地向人们道了祝福。

之后，王善向参加就餐的每位孩子发了一千元的红包，我发现王善回到自己的位上，他妻子还高兴得合不拢嘴，不住地指着平安向丈夫说着什么，我想，一定是平安的巧舌让王善的妻子十分开心。平安的一席话不但令王善的妻子开心，可以说是改变了就餐的气氛。在所有的就餐人里，只有王良一个人孤独地自酌自饮，似乎他是一个多余的人。他不能与我们一桌人亲近，王家人待他如同陌生人一般。我想，如果他要是不出事，这样的场合，他一定是一号人物，然而，他却连一个配角也不是了。在人们的传统里，有酒先敬官人，其次才敬有钱人，可他只是一个阶下囚式的人物，不但没有给王家增光，还给家族抹了黑，王家人冷落他也在情理之中。

聚餐后的第二天，平安带着一家人给我拜年，他将我叫到书房告诉我，王善给了他十一万元，六万元是淑玲的工资，五万元是王良发给淑玲的奖金。他想不明白王良为什么要给淑玲发奖金，问我：“会不会王良做了什么对不起我的事，一下子给那么多钱？”

我想了一会儿说：“你别看王良现在是只落架的凤凰，他的实力还在，因为在他最困难的时候，淑玲帮了他，可以说是挽救了他，他感恩是自然的，至于五万元，对王良而言，那就不是钱，只是个小数字！”

平安信了我的话。我知道王良为什么会给淑玲发奖金，奖金是我为他们争取来的，五万元也许就是那天在别墅里王良给我那张银行卡里的钱。

我一直疑惑，王善如何知道王良在位时，利用手中权力迫害平安的事，元宵节那天晚上，我得到了想要的答案。

城墙上的红灯笼全部点亮时，王善约我到北门里喝茶。他找了一个能看见城墙上景观的茶楼。在茶楼上，他郑重其事地告诉我，虽然王良一直在官场上出入，但他所做的一切，他都掌握着，为什么要把房子卖给平安，也是他精心策划的。自他知道王良用自己手中的权力迫害平安之后，他就想还上这笔账。我说："你既然知道他在官场有不良行为，为什么不及时阻止呢？"

王善把目光投向城墙，城墙上一束很强的光射过来，正好投在他的脸上，城墙耍社火的锣鼓家什压倒了城池里所有的声音，两只人扮的狮子披着霓虹在空中嬉戏，强烈的灯光从我们的茶楼上慢慢移开，投到那对狮子的身上。他的目光紧盯着狮子，喝下一口茶，叹了口气说："他生活在一摊污泥里，已经看不清什么是净和脏、白和黑，我看不惯他，接受不了他。为了改变他，我曾经提出和要他断绝兄弟关系，他竟然爽快地答应了，你说这样的人，如此疯狂，咋样才能唤醒他，拯救他？也只好随他去了。人常说，性格决定命运，他的性格主宰了他的命运。你说，我们也是农村人，祖祖辈辈的农民，当年父母去世早，我和他相依为命，许多亲戚看不起我们，躲着我们，那时候我们的村庄，还没有开发，虽然处在城乡接合部，大家都是以种菜为生，为了供他读书，我到城里捡破烂卖钱，可我供出来的却是这样的一个人！"说着，王善眼泪落在茶杯里，激起一个小小的漩涡。

我终于才明白，王善对平安所做的一切。看着他棱角分明的五官，我心潮起伏，一母同胞，何以有如此大的差别，难道是一个人的变化吗？还有环境，大的环境乱了秩序，那些在环境中行走的人，怎能不改变呢。

分手时，他一再强调："这些事你知道就行，不要告诉平安。平安是个有思想的人，但他毕竟和你不一样。"

王善还告诉我，王良一直想占淑玲的便宜，他心里一清二楚，为此事他还扇过王良的耳光。

他说是我让王良看的那些材料，抑制了王良的恶行。我问他如何知道我找过王良，他说他在王良的房间里安有秘密监控。

又一个春天，在人们不知不觉间光临了城池。城市北门外的迎春花开得最旺的时候，返乡过年的农民工急匆匆地返回了城市，此时的城市不再像过年期间那么空旷和寂寞，我一直认为，乡村的春潮是风带来的，城市的春天是人带来的，回家过春节的人一回到城里，城里又恢复了蓬勃的朝气。

每年春天光临时，是我的心绪最平静的日子。有天晚上，我正在被窝里重读

《百年孤独》，小燕的电话慌慌张张地打进来，她带着哭腔告诉我，平安在送煤过程中被一辆拉土车撞了，人送进中心医院，拉土车却跑了。小燕哭着问我要不要告诉她妈。我一边穿着衣服一边对她说："你搭出租车先把孩子抱到我们家来，叫上吉祥，我们一块去医院！"

平安安静地躺在急救室里，我们被拒之门外。大约过了一个小时，平安被三个护士推出了急救室。看见我们在门外，他挥舞着手声音低沉地说："没事，你们回去吧，没事！"

我们跟随到病房，他竟然坐起来了。他的头几乎被纱布包严了，只留下黑洞的眼睛，看起来挺吓人。

小燕问主治医生病人的情况，医生说："这个孟平安，在我们医院外科是个名人呢！我们记得他，还经常用他与生命抗争的事例给学生讲课呢！这回呀，不一定有上回那么幸运。主要是头被车撞了，看起来还清醒着，但结局不好说，同样的地方做过几次手术，血管已经很脆弱了！"

听了医生的话，吉祥开始饮泣，小燕走过去，拍了拍吉祥的肩膀，说："咱爸叫孟平安，是个永远的不倒翁！"

吉祥和小燕虽然有了孩子，但遇到大事，他们还是不知如何处理，拿主意的责任自然落在我肩上。我让吉祥交了住院费，吩咐小燕回去照顾煤场和孩子，小燕拒绝了，她让吉祥回去，自己留下和我一同照顾平安。吉祥走后，我问小燕："为什么要这样安排？"小燕说："一是我喜欢和你在一起，二是吉祥对你有一种恐惧感，我嫌吉祥和你在一起他感到别扭，三是我照顾我爸比他有经验！"

吉祥走出病房不久，淑玲被王善送到医院。那时候，平安已经睡着了，看到平安的状态，淑玲忍不住哭了起来，她用手轻轻地摸着平安的头哭诉道："你咋这样不省心呀！这样的日子何时是个头儿呀？"

看到平安没有什么反应，王善把我拉到医生办公室门口说："这儿有我同学，我们见见他吧！"

李医生把平安的片子放在桌边墙上白色的显示器上细细地看过之后告诉王善："估计问题不大，只是头部受到外伤，治疗一些日子就会好的！"

王善告诉李医生："想尽一切办法治疗，花钱问题你不要担心！"

李医生拍着王善的肩膀笑着说："你还是几十年前的老样子，胸腔里总装着一颗善良的心，不过我咋听说你弟弟……"

王善打断了李医生的话说："一定要把病人治好，有时间我们聚一下！"

李医生意识到自己说错了话，忙拍了王善的肩膀，尴尬地笑了一下说："对不起，对不起！”

王善抓了李医生的手说：“还不是心里有老同学，别人谁会关心这些事？”

走出医生办公室，王善问小燕：“钱带得够不够？”

小燕说：“钱有哩，你放心！”

王善说：“拉土车把人撞了，拉土车呢，找到没有？”

若是王善不提起拉土车，我们还真把拉土车给忘记了。

小燕说：“还没有顾上问呢。”

王善说：“现在太晚了，只有明天再找。”说完，王善离开医院，过一会儿他又回来对小燕说，你和你妈在这守着你爸，我和王记者住在旁边的宾馆，有事打我电话。

太阳出来了，平安终于醒了，他刚一睁开眼睛，就问淑玲：“我的车还在朱宏路上！”他看到王善，抓住王善的手说：“唉，又给你添麻烦了，你看这事闹的。”

知道了车的大概方位，小燕立即给吉祥打电话，电话始终没人接听。王善让我和他一起去朱宏路找平安的车。途中，王善告诉我：“我想让老孟到我们的公司去工作，他年龄大了，总这样折腾不行，早晚会出大事！”

我说：“他不会接受你的邀请，他是一个自由惯了的人，受不了别人的约束，再则他心里有账，他的账没还清，你就是给他发多少钱，他也不会接受。”

王善把手搭在方向盘上说：“也是，这家伙是一个有骨气的人，他有他的人格和做事原则，可我总放心不下呀！”

走过一个红绿灯，我说：“我们只能远远地看着他，只能祝福他，他的事我们不好参与，包括他的家庭！”

我和王善开着车从南到北走遍了朱宏路，查看了每一个十字路口，也没有找到平安的三轮车。此时，太阳已亮汪汪地照到朱宏路上，朱宏路像一条彩色的河流，浪花闪闪，车水马龙。王善建议我们去北城交警队，他说：“在那里，可以看到监控，也许就能知道具体地方！”

交警队的监控里没有平安发生事故的现场，走出交警队，王善对我说：“看来这起交通事故成了无头案！”

此时，小燕打来了电话，她告诉我吉祥找到了平安的拉煤车，车头报废了，只有车厢还能用。也在同时，王善的妻子也打来电话，她告诉王善：“你弟弟由于无人管，自己开着轮椅从台阶上摔了下去，不省人事。”得知弟弟出事，王善急匆匆回去了。

平安一出事，所有的人都出了事。小燕单位的领导在电话里第一次向小燕发脾气，吉祥的领导在电话里也向吉祥发火，甚至我们单位也出了小事故。没有通过我审核，发稿编辑私自将一篇监督稿件发在网上，主管领导在电话里对我大发雷霆，言说如果我不称职，就要撤我的职务。生活像一行弯弯曲曲被人摆放在地面上的多米诺骨牌，平安是给力的最后那张牌，他一倒，推动了所有的牌哗哗倒下。这就是城市生活，生活在城市中的人的命运，永远掌握在别人手中。平安说得对，城市人每个人都是战斗员，包括孩子。他在城市生活了十几年，明白了为什么城市人要休假而农村人却不休假，因为农村人本身是自由的，没有休假的必要，特别是包产到户后，时间就握在自己手中，何时劳作，何时休息，他们可以随心所欲。

这一天，除淑玲外，所有人都没时间和精力顾及平安的死活，更没有精力去寻找是谁撞翻了平安的车。到了晚上，一个个像有统一号令似的，准时在七点钟赶到医院。淑玲又多了一份差事，除了照顾平安，还要照顾王良。王良没有家人，唯一的亲人是王善，王善请我们在医院旁边吃了饭，并安慰吉祥，如果平安病好后还想从事本业，他可以帮平安买一辆新三轮车。

我对吉祥说："你完全可以通过一些手段找到撞车人！"

吉祥点了点头说："会的！"

平安在医院住了五天出院了，五天内，吉祥依旧没有找到撞车人。

回到汉城煤场，平安发誓，一定要找到撞伤自己的人。他说："我不信，这么大一件事，国家就不管了？让我就这样挨了肚子疼？"

我知道他的倔脾气又来了，他的脾气像活火山，具有周期性，平静一些日子之后，总要爆发一次。

淑玲跟着王良又回到那栋别墅里去了，淑玲走时对我和小燕说："煤卖不成，没有了进项，可按揭房子的银行人家不管那些，所以，我要去挣钱！"

平安也说："看来，煤暂时是卖不成了，首先要找到撞倒我的人，让撞我的人支付医疗费、误工费，然后再赔我的车！"

我说："朱宏路上的监控都没有，你到哪儿去找呢？"

他想了一会儿，说："交警队，我不信交警队找不到！"

我问他："对撞你的车，多少应该有点印象吧？"

他用双手在脸上揉搓了一会儿说："有，橘色的车厢，号的最后是个'8'字。"

接下来的日子，平安白天在北城交警队，晚上专门在朱宏路上跟踪拉土车，他骑着一辆从破烂堆里捡来的自行车，拿走了我的傻瓜相机，把自己晚上拍摄的所有拉土车的照片在打印后放大送到交警队，交警队无人理睬，但他依然在拍，当他拍到一百张时，交警队还是没有人理他，他把自己认为有可能的带"8"字的照片放大后重新打印一遍，用透明胶带粘在一起，然后拿着照片去市政府门口上访。他说，他不信政府不管这样的事，这回没有找记者，记者的报道曾经给他带来了灾难，他要靠自己的力量来解决问题。他渴望能像几年前一样，遇到一个有菩萨心肠的女领导，在某日清晨像太阳一样，带着温暖来接见他，他的愿望，总是在每日黄昏变成光气暗淡的路灯。他是任性的孟平安，是见过世面的孟平安，是通过上访品尝过甜头的孟平安。所以，他一直将自己的照片在市政府门口摆着，摆到第十天时，终于引起一位领导的重视。

领导是在中午去回民街吃午饭后返回机关时看到平安的。领导先觉得好奇，背着手若无其事地看着，看着看着，看出内容，领导是个其貌不扬的中年男人，脸上虽然没写字，但平安一眼就认出了，他心里总认为，一个好的领导是没有官架子的，蹲在他面前的这个中年男人就没有架子，而且面相还有些忠厚。明明已经感觉到中年男人是领导，他表面上并不认为他是领导，他像给普通人诉说一样，平淡地讲述着自己的遭遇，他的语言不卑不亢，他的叙述娓娓道来，他把无奈和痛楚很巧妙地溶进自己在心中打过无数遍的腹稿中。领导听过他的叙述后，有一丝触动，但并没有动声色，领导语言低沉地问他："你认为你在这儿展示有效果吗？"

平安用双手揉搓着自己已经发硬的脸皮说："我想会的，因为我相信政府，政府能把这座古老的城市建设得这么好，管得这么好，我想对于它的百姓，政府是会放在心上的。"

听了他的话，领导不动声色地走了。望着领导走去的背影，平安有些激动，他想，他要的效果一定会到。

领导走后不久，有一辆警车把他带走了，警车把他拉到北城交警大队，给他做了笔录，收留了他的照片，一个年轻的警察语言生硬地对他说："有什么事儿，为什么不直接反映呢？非要去政府上访吗？"平安说："我在你们这儿反映了整整七天，你们没有一个人理我，我无奈呀，才采取这种办法，要是有一个人能静下心来听我说，看我提供的东西，打死我我也不会去政府上访的！"

年轻警察被平安的一席话噎住了，他一边看平安提供的照片一边自言自语道："真不知道这些人一天到晚在做什么！"

他似乎又感觉自己说错了话，抬起头对平安说："你先回去吧！有消息我会通知你，有事你就直接来找我，再不能去市政府了！"

平安说："只要你们重视，我就不去了，如果你们像以前一样不管，我当然还是要去的，因为我相信政府！"

年轻警察说："你放心！我会帮你处理好的，这是市长亲自督办的信访案件，我要是不处理好，我就要和你一样去卖煤了！”

平安高兴得一跳一蹦离开了交警队。

晚上，平安和吉祥一块到我家来，给我详细讲述了他的经历，吉祥说：“我看你是上访尝到甜头了，动不动就爱上访！”

吉祥的话让平安立马暴躁起来，他当着我的面第一次骂自己的儿子，他指着吉祥的脸吼道：“你是干什么的？你不是在交警队工作吗？你连自己家里的事都管不好，咋在社会上混哩？这样的事还需要我去上访吗？我看你就能查，你为什么不查呢？只能说明你娃没本事！”

平安发了一通脾气后，丢下我和吉祥气咻咻地走了，甚至将我家的门摔出巨大的声响，这是从来没有发生过的事情。他下楼的脚步声听起来挺吓人，似要把楼梯踩塌似的。

吉祥一脸沮丧，我倒了半杯红酒递过去劝慰他，“不要生气，你爸就是那样的人。”吉祥勉强地笑了，将高脚杯在唇边轻轻亲了一下，他的笑比哭更难看，看到吉祥难看的笑，我才发现吉祥脸上那些白色的嫩肉少了许多，吉祥什么话也没有说，在沙发上坐了一会儿后竟哭了起来，无声的哭比有声的哭流下眼泪要多出许多。

看到吉祥的表现，我有些吃惊，以前的吉祥可不是现在的样子，父亲只说了几句就哭泣。我坐在吉祥身边，轻轻拍了他瘦弱的肩膀问：“你原来并不是一个脆弱的人呀，这是怎么了？”

我的问话像一杯清水，一下子冲开了吉祥堵在喉咙的东西，他的哭声更大了，他哽咽着告诉我：“叔，我患了不治之症！”

吉祥是不会说谎的，虽然一直以来我并不看重他，纵观他的言行，真诚的成分还是多一些。

吉祥的话一出口，我的浑身像遭到霪雨的浇灌，一时被他的话惊得愣在那里。过了片刻，我问：“什么病？有那么可怕。”

他只是哭，始终没有告诉我是什么病。

平安走后，我让吉祥睡在岳母的床上，这是几年来我第一次近距离与吉祥相处。本想好好和吉祥说说话，问问他的病情，没想到，他的头刚一挨枕头，鼾声响了起来，他实在是太累了。面对涉世不深的年轻人，我有一丝后悔，从内心讲，我的确没把他当回事，这种不当回事，与我和平安的情感有关，平安经历了太多的磨难，我总是替他打抱不平，在他披荆斩棘从山陡路滑的阴坡走向阳坡后，慢慢被温和的阳光照耀出一丝喜色时，吉祥赶上了享受的日子。妻子说我是自己没有儿子在嫉妒平安，所以，总是看不惯吉祥的言行。我曾深刻地检讨过自己，检讨了许多次，并没有检讨出一些合情的理由。在吉祥疲惫而嘈杂的鼾声中，我幻想着平安一家人的未来，如果吉祥真的患了不治之症，或者说有一天吉祥真的告别了这个世界，真不敢想象平安还会不会在这个世界活下去，不知不觉间，焦躁的情绪像一只无形的手，轻轻地将我从床上托了起来，我像患了夜游症的病人，打开门，走下楼，向小区的花园走去。草坪灯像一垄垄地火，不仅燃烧着小径两边匍匐在小草叶脉上淡淡的露珠，也烧着我的心。坐在人工湖边，回身再看我家的楼房，突然发觉它们像极了一座座垒起来的坟墓，很立体地屹立在透明的夜色中，我不知道自己是在躲避身上带有病菌的吉祥还是在躲避那些垒起来的坟墓，一股冷风吹来，觉得浑身发抖。

夜行至更深处，冷意更浓，虽是初夏时节，那种冷还是令人难以接受，我像一个病愈后的清醒者，慢慢回到房间，在吉祥如雷的鼾声中困倦地睡下。头刚一挨上枕头，眼泪竟像开启的矿泉水瓶子，咕咚咕咚地汹涌而出。当我早晨清醒时，家里只有岳母一人，她问我："你昨晚为什么哭得那么凶？"我才意识到自己昨晚失态了。

有一天，北城交警队的警察让平安去指认撞他的人，平安打电话让我同他一起去。到了交警队，令我和平安没有想到的是，交警让平安指认的肇事者，竟然是个穿着连衣裙的黑胖女人。女人站在地上像座小铁塔，五官长出一副凶狠样儿，眼睛中射出的光像两把亮刃的剑，两只手像两个打铁的大锤，两条腿像两根支撑铁匠炉的枕木。我和平安对交警毕恭毕敬，而黑女人却并不把交警放在眼里，看到黑女人，我似乎有一种似曾相识的感觉。来之前，我准备好的满腹说辞，在此刻，被女人的长相震慑得乱了语码。黑女人见到我时，脸上的表情发生了变化，她似乎要和我说什么却没有说，而是把目光投向那个年轻警察，她对警察说："你是说我撞的是这个人？"

她指着我。年轻警察晃动着手中一沓带红色格子的白纸说："你问谁哩？"

黑女人把铁塔一样的身子转向年轻警察说："你的态度很有问题，你们不是讲文明吗？你说话咋感觉像吃了子弹一样？火药味恁重啊！快把人扇倒了呢！年轻人！"

年轻警察被黑女人的话噎住了，他盯着黑女人要说什么，黑女人挥了挥手说："现在不是讲究私了吗？我想和这位大哥私了，行不？"

年轻警察脸上的阴霾在一瞬间默然荡开，他对黑女人说："可以，但不能吵，不能嚷，你的态度要端正，你可知道逃逸是很严重的问题，是要判刑的！"

黑女人拉着我的手，在她抓住我的一瞬间，我突然间想起了小时候听过的一个民间故事，是说野人吃人时，也是抓住人的手臂哈哈大笑，然后用笑声把人吓晕，再下嘴吃人。

黑女人把我拉到玻璃门外，我的手腕有断裂的感觉，似乎整个右臂在麻木着，像撞了麻骨钉。到了台阶下一棵女贞树下的阳光中，她丢开了我的手，笑嘻嘻地问道："你是记者吗？"

我有点云里雾里，像被野人吓晕的人，喘了一阵子，让意识先清醒过来。我说："是呀！"

黑女人双手合十说："哎哟妈呀，我正在找记者，还怕找不到呢，没想到记者就在我们面前！"

我说："我过去是记者，现在已经从记者岗位上退了下来，也就是说不当记者了！"

黑女人并没有因我的话而放弃对我的追问，她的脸上泛出笑意说："人家说，记者是一辈子职业，就是老了也是记者呀，你不要哄我，我有事求你哩！"

正在此时，平安从玻璃房子里猫着腰、腿一拐一拐地出来了，他下台阶时动作很慢，差点从台阶上摔了下来，我知道他是给黑女人展示演技，黑女人一转身，捏了平安的胳膊将他一把拉到我面前。

我定定地看着黑女人，问她："你有什么事，我可以帮你，如你所说，虽然我从记者岗位上退了下来，但有许多朋友和学生在记者岗位上，只是咱今天先把这个事处理了，然后再说你的事！"

黑女人脸上泛出的笑像一朵开在牡丹园里的黑牡丹，阳光洒到她的脸上，泛出幽幽青光。

黑女人将手在平安肩膀上重重拍了一下，瞪着两轱辘眼问平安："老哥，你就直接说，要多少钱吧，也别装了，拉土车是我开的，你是我撞的，真实情况是我的确没有看到你，我要是看到了，绝对不会跑的。你们不开拉土车不知道，要我说，这拉土车本身设计就有问题，盲区太大了！可以说，人往司机楼里一坐，几乎是只能看到前方，压根儿就看不到后边和侧面，要不咱这座城市每年有那么多不幸的人死在拉土车下？主要是这车设计真的有问题，还有一个就是，司机坐在高处，一般情况只要车不翻，司机是不会受到任何伤害的。如果把司机楼设计在低处，像小卧车一样，你看哪个开拉土车的人还敢疯狂？要是疯狂，首先送命的是他自己！"

黑女人的一番话说得我和平安不住点头，她说的道理，在一次关于拉土车疯狂夜行研讨会上，专家也提到过。回想在路上遇到的拉土车，还有拉土车每次撞死人后的状况，如她所言。

说过之后，她疯癫癫地转身向街道跑去，由于跑得快，竟把一只棕色的塑料拖鞋从脚上掉了来。

平安的脸上一时出现了惊慌，小眼睛向我诡异地眨了几下，迈出脚要去追黑女人，我一把拉住了平安，说："她不会跑的，就是人家要跑，你我也挡不住！"

平安的目光望着黑女人跑去的方向，手在头上抓了几下问我："咱要多少钱合适？"

我把他拽了过来，告诉他："这个数字你定，你要先把账算清，然后再开口，也不能要得不合适，你看这女人，可能也是个没钱的主，如果是有钱人，一个女人家，谁愿意冒着生命危险去开拉土车？女人开拉土车，在这西京城，我还是第一次遇到！"

望着黑女人远去的方向，平安说："我咋听这个女人说话的口音，多少有些秦南味呢？不会是咱老乡吧？"

其实在我刚见到这个女人时，就有一种似曾相识的感觉，总觉得在哪里遇到过这个女人。到底在哪里遇到过，一时想不起来，也许是自己一厢情愿的想法。

人心都一样的，当你看到一个可怜的人，同情他时，总要找些理由来填充心里被警惕占据着的位置，是自己给自己制造另一种可能，有时会觉得在一瞬间同情和警惕在脑子里厮杀，甚至发出刀枪碰撞的金属声。

黑女人披着明亮的阳光回来了，手中提着一个鲜艳的红色塑料袋，脸上淌着汪汪的黑汗，袋子里装着几瓶矿泉水。走到我和平安面前，她自己先打开喝了一瓶，然后给了我和平安一人一瓶。

黑女人喘着气儿说："我为什么要先喝，是怕你们怀疑这水里有问题！"

我一边喝水一边对她说："不至于吧？看师傅也是个女汉子，不会做那些下作事，再说也划不来。"

黑女人又从红色塑料袋子里掏出两包烟分别递给我和平安，平安没有接，我接了，黑女人便把给平安的那包也递给我。

黑女人用手擦过脸上的汗说："你们别看我长了一副恶相，其实我的心软得和豆腐一样，不信你们可以到我们村上去问，你们有所不知，我一辈子苦就苦在没有找下个好男人，要是有个能为我遮风挡雨的男人，这满西京城，你们谁见过有女人开拉土车的？"

是的，在那一刻，我的心告诉我，她的确不是一个坏人或者瞎人。我想平安也会和我有一样的想法，因为他的心中也装满了善良，心中有善意的人，目光中处处都是善良。

时间大约停滞了一分钟，黑女人有些耐不住了，他从台阶上站起来，走到平安跟前又一次拍了平安的肩膀问他：“老哥，实话实说，你想要多少钱？”

平安迟疑了一会，从自己的包里掏出医院的票据和买车的票据，交给黑女人，黑女人接过票并没有看，她只是问：“你就一口价，想要多少钱吧？你不说我说了。”

听黑女人如此说，我一下子来了兴趣，对她说：“要不你先说我听听！”

我示意平安走远一些。平安刚一离开，黑女人对我说：“我只能出两万元，包括所有的一切，就是一疙瘩一块。但你要想办法让我不能坐牢，我一坐牢，一个家就散了，一会儿我还想请你去我家里看看，你看了会落泪的！”

我转身把黑女人说的数字告诉了平安，平安望了一下远处的黑女人，又收回目光定定地看了我一会儿说：“你说行就行！”

随后，他又摇摇头说道：“真没想到，这家伙这么痛快，你要我定？两万足够了，还能赚不少呢。”

这件事就这么痛快地解决了。黑女人交给交警一张信用卡让他刷，双方签字画押，交警让平安撕掉自己写的材料……

走出交警队，黑女人挥手挡了一辆出租车，把我们向汉城方向拉。平安问：“去哪里？”

我告诉他：“大妹子要请咱吃饭哩，咱去她家看看，大妹子说请我给她帮什么忙哩！”

我已经认定了眼前这个女人是我见过的生长在老家鹿池川的女人，至于是谁，一时想不起来。有了认可，我决定到她家看看，也许我能帮到她什么。

黑女人家和平安住在一条南北线上，平安的煤场在汉城南头，黑女人家在汉城北头靠三环的地方。

黑女人刚从出租车里出来，两个七八岁浑身粘满灰土的孩子扑上来抱了她的双腿。她亲昵地摘掉孩子的手，把我们带进一个像收废品的地方，那是一个破败的小院子，门道靠墙的黄色躺椅上躺着一个骨瘦如柴的男人，头耷拉着，胡须有半寸长，眼睛像两口干涸的井，远远看去像一个骷髅。黑女人指着骷髅对我说：“这是我男人，病了三年了，死不死活不活的！”

之后，她又将我们引到另一间黑乎乎的房间里，刚一进旮旯门，一股恶臭呛得我差点作呕，床上的蚊帐里同样是一个骨瘦如柴的男人，由于光线暗淡，我没有看清男人的长相，平安猫着腰走了过去，撩开蚊帐看个仔细。

等平安从床边过去，黑女人领着我走到堂屋，对我说：“这就是我的日子，一家五口，两个半死不活的，床上是我公公！”

黑女人正说着话，两个孩子又抱住了她的腿缠着要钱买雪糕，平安立即从自己的包里掏出一张五十元的钱给了两个孩子，孩子举着钱冲了出去，衣服上的灰尘在光线中释放出一团黄色的雾，几只苍蝇在雾里欢快地舞蹈，如灰水中流动的鱼。

黑女人正准备为我和平安烧水，门外扑进来一个灰头土脸、光着膀子的男人，人还没有进门，声音先震落了堂屋墙上一只爬山虎。男人说："嫂子，哎，今晚到底还跑不跑了？不跑了我就另找主儿了，我不能再等了！"

看到我和平安，男人停止了进屋的脚步，平安理解了男人问黑女人是什么意思，他将一根烟递给男人说："跑呀，咋不跑，不跑这一家子咋活呀！"

光头男人似乎有些发蒙，他指着平安压低了声音问黑女人："这两位是？"

平安抢先回答说："表哥，这是我表妹！"

黑女人转过身子脸上洋溢出一丝笑容对男人说："听我表哥的，跑，一定得跑！"

光头男人摇摇头说："那就得加油，可得要钱啊！"

黑女人反身进了另一间房子找了半天，搜寻出三百元给了光头男人，说："我只能拿出这么多了，再多一分也没有了！"

光头男人接过钱在手上晃着，脑袋摇摆着说："嫂子呀，这怕熬不到天明啊！"

黑女人脸上的笑退却了，忧愁爬上了她的眉眼，她叹了口气说："只能这样儿了，我是实在没有办法！"

以我对平安的了解，他一定会在这个时候拿出自己的钱借给黑女人，因为他是平安，是我了解的平安。

果然，平安从包里掏出五百元给了黑女人，他说："我先给你凑一点，解解急，解解急！等那边钱到账后，我想办法再借给你些。"

黑女人伸出手正要接，却把目光盯在我脸上说："这咋好意思哩！"我明白，她是在征求我的意见。

我从平安手中接过钱递给黑女人说："算我的，是我借给你的！"

黑女人接过钱，眼泪落在钱上，用胖乎乎的手擦了眼泪说："感谢你们！"

转身把钱给了光头男人，光头男人接过钱，一转身便被中午强烈的热风吸走了。

黑女人要我帮她为她男人申冤。

她男人原来是村民小组组长，因抗拒开发商拆迁村庄，被开发商找人打成重伤，在家里躺了两年多，人快不行了，事却没人管。她多次反映到村上、街办、政府，两年过去了，没有一个人出来替她说话，她想通过媒体曝光此事，引起社会关注和领导重视，还她男人一个公道。我答应可以帮她，她问我要多少钱，我告诉她不要钱。黑女人还告诉我，她公公过去是村长，现在患了食道癌，由于无钱医治，只能在家等死，她们家目前算是村上最贫困的，她想不通的是，她男人为了大家的利益被人打成残废，却没有人领情，家里的拉土车没人开，她自己开，一家五口就靠她一个人。

她说："不要看是生活城乡接合部，活在这地方还不如在我娘家，我娘家虽然在大山里，可人活得刚直，没钱可以去打工，起码吃水烧柴不花钱，就是没钱治病，找个老中医，从坡上采些草药熬了喝，也能治病。"

之后她又说："现在又有一家开发商看中了我们的村庄，我很快就会变成有希望的人。"

巷道里的行人不断地向我们投来好奇的目光，黑女人与我和平安在巷道里穿行，似有说不完的话。

走到村口一棵高大的古槐树下，我站定了，问脸上淌着汗的黑女人："咋听你说话有些像秦南人呢？"

她瞪大眼睛歪着头说："你听出来了，我就是秦南人，住在分水岭北鹿池川！"

我又问："你叫什么名字？"

她说："叫蒋宏，宏伟的宏！"

我说："像个男人的名字！"

她说："我自己给自己起的！"

在我提出"秦南"一词后，黑女人说话的家乡味更重了。我差点说出了我和她是老乡，话到嘴边又收了回去，怕她家的事缠上自己。平安口舌麻利地说：我们是老乡。黑女人问他老家在哪儿？他说在秦岭怀里，在秦南北山。黑女人兴奋起来，她用粗壮的双手捋了额前眉角一撮干涩的头发说："你俩别走了，村口有个不错的饭馆，咱们去喝几盅，文人也是要喝酒的！"

"不吃了！单位有事，我得赶快回去哩！"我拒绝了吃饭，黑女人再没有阻挡，等出租车停在我们身边时，她给了司机五十元钱，还把一卷百元钞票顺着车窗扔了进来。司机还在我们的推让声中犹豫着，她放出了粗声吼道："你不想走就别走了！"司机被吓着了，一脚油门，车跑出了村庄。

一个不简单的女人，一个智慧的女人，拉土车没钱加油，还留着钱给我们坐车用。平安请我吃饭时，举着酒杯说："把他的，本来想美美抠一把，没想到却遇上了这么个主儿，我看这两万元咱都不敢接呢，如果讹了这女人，晚上会睡不着的！"

他喝下一口酒说："在十多年前，这女人咋不撞我呢？那时撞了我，我会喜欢上这家伙，说不定和她组成一个家庭，能把日子过下去呢，他们村庄一拆，你说能补多少房呀，还用我为买房纠结几十年。再说，这女人是个能干的主儿，可惜没有好帮手，要是有个好帮手，肯定是一门好光景！”

我脑海里一直想着如何帮黑女人，对平安的话并没有在意，吉祥的病像一块石头，压在我心上，看着平安一脸得意的笑，我差点把眼泪掉到菜盘子里，平日里爱吃的红烧肉，此刻送到我嘴里像一粒粒难以下咽的丸药。

平安看到我的失态，问我说：“你还想那个性感的黑女人？还别说，把那家伙洗个干净放到床上，还真是一盘好菜哩！”

我有时候真的很后悔结交平安这样的人，没有他，我在这座城市的生活会轻松许多，会少许多牵挂，可是没有了他，在这个城市我会寂寞，他的到来，让我在这座城市有了亲人，少了孤独。我曾经对平安说过，我是被母亲当作女子嫁到了这座城市的，远离家乡，举目无亲，而他是母亲带我的陪嫁品，让我在孤独中享受到了亲情。他问我：“如果把我和你分开，单独地说，我算是什么呢？”我说他是一个寻梦人，梦没有找到，有时甚至连魂也找不到了。他说这话是实在的，真的，他经常是自己在寻找自己的魂哩。他上了年纪后，常常忘东西，淑玲就骂他：“你在找魂哩？”他对淑玲说：“我在给你找魂哩！”淑玲会辩解说：“咱们的魂在山里，这儿哪能找到呢？”

我通过秦南的朋友找到了黑女人的娘家，弄清了她的身世后才决定帮助她。秦南的朋友是公安系统的领导，也是个作家，他传来黑女人的信息，官方味儿实足：

蒋爱芳，生于一九六〇年七月一日，鹿池川东张方寺沟人，父亲原是鹿池川公社拖拉机站站长，上学时，蒋爱芳一直是学习标兵，初中时加入团组织，因父亲早年病故未上高中，二十二岁时嫁于鹿池川北，婚后不久离异，未育子女，待母入黄泉后，只身奔赴西京打工，后不再和村人联系，离家十年后，从鹿池川迁走户籍证明入西京城北郊汉城，后再无消息。家人全无，三间20世纪祖上留下的土木结构瓦房，已在建设新农村时被拆除。

蒋爱芳，我将这个名字在口中念叨几遍后，一个十多岁可爱的小姑娘的形象立即在我的脑海里站了出来。这个名字我是熟知的，当年上初中时，在鹿池川公社的戏楼上举办的声势浩大的批林批孔会，她在台上发过言宣过誓。岁月真是一丛养育生命的草，当年那个小巧玲珑的小姑娘，竟然被岁月之草养育成如此模样，我想她身体中积蓄的不一定是脂肪，更多的是苦难的泪水，是泪水充盈着她的肌肤，使她的肌肤如此膨胀。

没有想到，解决蒋爱芳的问题如此简单。

天热得要命，柏油路像被太阳点燃了一般冒着热气儿，我用蒋爱芳给的那些钱买了饮料和孩子们喜欢吃的食物，带着我的学生方欣去了蒋爱芳家。

方欣是西京媒体界专门写深度报道的笔杆子，她写的深度报道，走着《南方周末》的文风，以叙述故事为主，不摆自己观点，善于细节描写。

我们刚一进村子，就听到唢呐悲伤的哭诉声，村人告诉我，蒋爱芳的男人死了。我犹豫了一下，在这个时候，要不要去她家，正在我犹豫时，方欣很麻利地跳下车，举起相机开始拍摄，听到她哐哐了几下后，返回头问我："王老师，你不想去了，我自己去就是了！这对我而言可是一篇好文章，我是不会放过这样的机会的！"

最终我还是去了。方欣比我腿脚利索，此刻她已不在我左右，似乎她的相机的哐哐声压得唢呐声不响了，在我还没有走到蒋爱芳家时，她被一群吼叫的人群挡住了。我怕人们误解方欣，紧跑慢赶，方欣的相机还是被蒋爱芳从手中抢了去，我的出现令愤怒的蒋爱芳手足无措，她举着相机忙着过来迎接我。我站在明亮的阳光中对她说："你呀，蒋爱芳，你能不能改改你这急性子？好不容易请来人给你帮忙，你看你，又把人得罪了！"

听我说起她的名字，她吃惊地向我跑了过来，双手毕恭毕敬地把相机还给方欣说："对不起妹子！"然后连忙趴在地上给方欣磕头。方欣没有理她，甚至连看也没看一眼，就忙着去别处抢镜头了。

亡人的灵棚很简单，几乎没有什么孝子，只有两个不谙世事的孩子头上系着单薄的白色孝布，晃动在绿色的村庄。白色孝布像两朵游动的白蝴蝶或是两朵喇叭花，白蝴蝶在人们的印象中是招魂的飞行花，而喇叭花人叫它孝子花，两个孩子只是一味地疯狂，他们还认识不到死者与自己的利害攸关，好像死去的不是给了他们生命的父亲，而是与他们无关的一个人。

久病令人嫌，死者为知趣。蒋爱芳的脸上并没有多少悲伤，看到我后她的脸上竟泛出一丝淡然的笑，双手接了我的礼物后，便把我安顿到一个阴凉处，有人给我递来茶水，我一看，是那天向蒋爱芳要钱给车加油的男人，从那人的动作和他领悟蒋爱芳的眼神分析，我似乎看出一些门道，这个给蒋爱芳开车的男人与蒋爱芳的关系有些暧昧，也许他就是继承亡者地位的候选人。

我把关于她的资料递给她，她细细地看过后，脸上猛然流下眼泪，这回她是真哭，她扑到灵堂前号啕大哭，好像在发泄自己的不幸，惊天动地的哭声吓得两个孩子浑身发抖，她丢弃的那张关于她身份的资料纸片，被热风吹出好远。

方欣终于把自己想要的东西全都收入相机。她刚走到我身边，发现蒋爱芳在哭，又利用不同的姿势趴在地上不停地拍，她的姿势似乎引起了围观者的讨厌，那个不明真相的开车人走过去生硬地拉开方欣，蒋爱芳却一把推开了开车人，然后继续跪在地上号哭，这一次她是为了配合方欣，有声无泪的哭诉让人看起来多少有些别扭。

感觉方欣拍得差不多了，我走过去从灵堂前拉起了蒋爱芳，让她领着方欣去里间拍摄她躺在床上的公公。很快，方欣捂着鼻子逃了出来，我知道老人的房间一定是异味冲天，忙把一瓶水递给方欣，方欣随即拿了水瓶走到远处去漱口。

方欣把身上的异味让风吹散后转身回来，我让蒋爱芳把她男人的事情说给方欣，方欣的相机边上插着三星牌录音笔。

用了半个小时时间，蒋爱芳把事情的来龙去脉讲完了。只是方欣被蒋爱芳身上的异味打击了热情，在蒋爱芳刚说完话后，她便立即关了录音笔，将相机装入背包，做出撤离的准备。

平安开着一辆新崭崭的红色丰田牌三轮车，冲破迷漫的黄色风尘，急切切向蒋爱芳家奔来。二十多分钟前，他给我打电话问我在哪里做什么，我告诉他，蒋爱芳的男人死了，我在她家。他说他也行个情，我以为他是说说而已，他果然来了。

平安的表现很大气，他先到灵棚前向死者磕三个头。磕头的动作运用了山里人的方式，与当地人磕头不同，关中人磕一个头，作一个揖，而他连磕三个头又连作三个揖。从灵棚前起来，他找到蒋爱芳说："这是两千元，你拿上，如果办事不够再给我说！"

蒋爱芳拒绝收他的钱。他脸色一变，说道："嫌我的钱脏？"

蒋爱芳将为难的目光投向我，征求我的意见。我站起来走到她面前，劝她道："收下吧，这是他的心意，再说你也在难中，礼无大小，义有轻重！我哥这人，就是爱讲个义字。我们都是在秦岭怀里长大的人，以后也许还有搭伙的机会哩！"

蒋爱芳感激涕零地收了钱。她收钱的过程被方欣拍了下来。蒋爱芳进了屋，方欣问我："王老师，你一天到晚交的都是些啥人吗？一个个咋怪怪的？仇人成了亲人，生人成了熟人，男人像个女人，女人却是个汉子。难怪原来在单位，我们那帮刚毕业的大学生，总喜欢和你在一起。你行呀，城乡通吃，乡俗礼仪周全，男女皆宜，生熟贯通，老少全念，粗细不计，要不你在这么大的城市靠一支笔能活下来？且活得阳光洒脱？当时，我们还给您起了个'吃文饭的能人'的外号，还有一个是'用嘴皮子生存的文化人'。您不要生气哦，其实这是大家敬佩你为人处世的做派！"

方欣如此夸奖，我自然高兴。问她："我真有那么能耐吗？"

方欣把相机包往肩膀上一挎，掰着细细尖尖的指头说："你看，年年国家新闻奖你拿着，年年有小说散文获奖，你就说，光咱们当时的报纸，我发过你多少获奖消息？”

不知何时，平安已站在我身后，听方欣这么一说，他插嘴道：“我听说，世界上有个什么和平奖，我看你们王老师最应该得那个奖！”

方欣接了平安的话说：“王老师，您还别说，您还真应该获诺贝尔和平奖！记得咱们报社，记者之间总是因广告客户之争起纠纷，社长总编都没办法，您用稀泥抹光墙的办法轻松化解！”

我们正说着，换了一身体面衣服的蒋爱芳走了过来，她说要领着我们去村里一个饭馆吃饭，我们一听异口同声谢绝了。

方欣对蒋爱芳说：“阿姨，饭就不吃了，你的文章我会想办法写好，但你的问题如何解决，就看我们王老师了，我们王老师有着丰厚的基层工作经验，你要把我王老师傍住，他一定会有办法的！”方欣的一番话，看似礼貌地拒绝了蒋爱芳的请客，实际还是肚子饿想吃饭，这是一个行业人惯用的语言伎俩。只是我没像以前那样配合她，因为在我心里，无论如何不能吃蒋爱芳这顿饭的。

开会是中国人通用的逃避办法，人们并不知道开会有多重要，但对于开会总是怀着敬意。为了不让蒋爱芳破费，我搬出了开会这种常用的说辞。我说：“饭就不吃了，下午我还有个很重要的会，那是不能误的，否则将很麻烦！”

蒋爱芳是有着丰富生活经验的女人，她从自己口袋中掏出一千元给了方欣，恳请方欣一定要将她的事放在心上，得到我的示意后，方欣自然不敢接钱，她很灵巧地逃出了我们的圈子。蒋爱芳顺着方欣逃离的方向追了过去，惹得村人用目光追出好远。大概两分钟后，蒋爱芳又回来，把钱硬塞给我，我从中抽出三百元，对她说：“这就够了，你放心，事情我会想办法。”

蒋爱芳再没有推让，我和平安与她道别去寻找方欣，平安对我说道：“这是个可怜的女人，也是可悲的人，她咋不上访呢？要是我遇到这样的事，我就天天睡在市政府大门口，我看他们给我解决不？”

方欣在村子东口一棵大槐树下等着我们，槐树上有几只知了在唱歌，她抬头寻找着知了，没有找到。

平安将我们送到朱宏路上，看到路边有个饭店，我让平安将车停下。他刚将三轮车停下，发现干净的地面上，有一堆煤渣散落在橘红色的地砖上，他从自己的三轮车上取下一把扫帚，将煤渣细心地扫在塑料袋里，倒进马路边蓝色的垃圾筒。他的举动我见得多了，他说他喜欢这座城市，见不得人们糟蹋城市的环境卫生。他的举动方欣没有见过，等方欣回头看他扫地的举动时，端起相机，啪嗒啪嗒连拍数张。拍完后方欣问平安：“煤渣是你丢下的？”

平安摇了摇头说："不是！"

方欣又问："那你为什么还要扫？"

平安说："我爱这座城市，我不想让它脏着！"

方欣被平安简单朴实的话语触动了，职业性地开始对平安实施采访。我见自己插不上什么话，便一个人进了饭店。

吃饭时，平安把自己的遭遇，把自己如何喜欢这座城市全部告诉了方欣。听完平安的叙述，方欣对我说："王老师，你身边有这么好的新闻人物，为什么不把他写出来啊？这是多好的素材呀！"

平安对方欣说："你们这些记者，是不是看不到身边的新闻，只能看到前方的新闻？"

我知道平安在故意逗方欣，方欣却真诚地告诉他是有这种情况，这叫熟视无睹。

吃完饭，平安要开饭钱，理由是他接受了方欣的采访。我告诉他，人家蒋爱芬给了饭钱，谁知他竟然把我手中的三百元抢过去塞进方欣相机背包一个小口袋，然后若无其事地去付饭钱。

方欣并没有急于写蒋爱芳的文章，却把平安在打扫煤渣的照片放在报纸社区版的头条上。方欣所在的报纸发行量很大，一夜之间，平安成了片区的名人，生意一下子好了起来。

平安一次买回四张印着他照片和事迹的报纸，将两张拿到北稍门彩印市场过塑，又将两张装上金黄色的玻璃镜框。在他卖煤的地方挂一张，在吉祥和小燕住的新房里挂一张，将过了塑的一张挂在他运煤的三轮车上，把另一张埋在北门外城墙根下他自己存钱的地方。

和我打交道时间久了，平安知道新闻的价值。上了报纸的他张罗着要请客。正好是周末，淑玲在王家看到报纸后，也拿了报纸急匆匆地跑回来，淑玲一回来，平安早早地收了煤车，给我打电话说家里有急事，要我带上家人立即去他家。

接到平安的电话，我心里咯噔一下，脸上的汗水落了下来，我以为平安知道了吉祥的病情，我没有带家人，一个人心慌意乱地去了他的新房子。

出现在我面前其乐融融的场景并不是我想象的那么糟糕，平安兴冲冲地给我说："在西京城住了近二十年，自己的名字又上了一回报纸，应该大庆。"他还说，上几次上报纸，不是弄得倾家荡产，就是可怜兮兮，这一回是好事，一定不会再有什么不幸降临到他的头上。听了父亲的话，吉祥用眼睛呆呆地看了我一会儿，我举起酒杯邀请吉祥碰杯，吉祥象征性地把酒杯在嘴边亲了一下，紧接着我又和平安淑玲小燕同时碰了一下。酒水入胃，平安夹起一块酱牛肉放在嘴里，一边嚼一边说：

“人说医生抱的病婆娘，木匠住的矻杈房，还真是哩！”

我问他此话是什么意思。

他举起酒杯对我说：“你也是记者，我们相处了这么久，你咋就看不到我身上的新闻呢？你看人家方记者，把我说的想的，包括我灵魂里的东西全写了出来！今日我拿着报纸让我的客户看，他们赞扬我，说乐意和我打交道，甚至有几个人所欠的煤钱今日也一次付清了，他们说我是名人，是名人大家就要敬重的，还有人说，我和其他农民工不一样，别人心里没有这座城市，我有！”

我说：“我也看到了你的新闻，我是怕你上报纸的，上了报纸不一定全是好事。”

他有些忘乎所以接着说：“我说过，你是我的福星嘛，还真是的，要不是天天和你在一起，你说像我这样的人，咋能上了那么大的报纸。真是近墨者黑，近朱者赤，近记者新闻多。上回上了一回党报，照片那么大，这回上了这个城市发行量最大的报纸，这全要感谢你哩。”

看着他兴奋的样子，我没有再说什么，我在想着吉祥的病。

吉祥的病可能与肝有关，他喝下酒后，就会用手去按左胸，我想他的肝在疼吧。只有我在意吉祥的举动，他们家人没有人注意到他的变化。

看着平安扬扬得意的样子，我的心和吉祥一样在疼着，真不知道上天又会把什么灾难降临到这个家庭。

平安醉了，不停唱着商洛道情调。我示意小燕扶着他去休息。淑玲看出了我的不舒服，跑过来问我要紧不，我告诉她没事，就是胃不太好，喝得有些猛，一会儿就好了。放在过去，遇到这种情况，淑玲会用粗俗的话骂平安一通，现在，淑玲说话和她的皮肤一样，不再那么粗糙了。

我让吉祥送我到朱宏路上，借机问了他的病情，吉祥告诉我没有什么大事，就是有时吃点东西，胸口有些疼，最近能好一些，原来他怀疑是患了瞎瞎病，可能是自己想多了。

看着霓虹灯下吉祥发紫的脸，我问：“你的医保在哪里？是合疗还是城镇居民医保？”

吉祥说：“啥都没办，当时上学，我爸硬要把户口迁出来，现在单位也没有落实，户口还在空里挂着，城镇医保、合疗都没有办！”

我又问：“幸福的户口在哪里？”

吉祥说：“在小燕名下，小燕他们那里比较富裕，每年村上都分钱给村民，他爸又是村长，幸福的户口就上在那里了！”

本想批评吉祥一通，三十多岁的人，弄到现在啥啥也不是，什么保障也没有，不但浪费了党的政策，也辜负了政府的一片好心。看着他真诚的眼睛，我不再说什么。三十多年的人生，吉祥是在平安的腋窝里过日子，钱来伸手，饭到张口，我在想，如果吉祥不上大学，和其他农民的孩子一样，成为一个纯粹的农民工，说不定他自己知道奋斗，知道如何养家糊口，如何管老婆孩子，如何在这座城市生存。现在的他，工作是临时的，工资更谈不上有多少，就是养了一张不沾煤的白净脸，可这张脸上目前还泛出一丝丝紫色，我不知道他的家人有没有看到他脸上的变化，我看到了！我知道他有压力，他已经没有能力将压力变成动力去奋斗了。

分手时，吉祥依旧告诉我，让我保密，先不要告诉家里。他用手拍了拍我身上的尘土说他自己会在意身体的。坐在公交车上，我脑海里突然有了两种想法，一是让淑玲立即回来，二是我要找一个合适的时间用合适的方法把吉祥的情况告诉小燕。

大旱了许多时日，天终于降雨了。城里感觉不到什么是大旱，更不会说大旱一词，只是说热的时间太长了。雨一连下了三天，把城池里的热气浇灭了。我一直想把吉祥的病情告诉小燕，却没有找到合适的机会。

这天中午，方欣将为蒋爱芳写的稿件拿来给我看，我看后很激动，从心里叹服这个年轻女子的文笔和思路，真是一代更比一代强。我和方欣正在单位门口的小餐馆里吃饭，小燕打来电话说她就在我们单位附近，说找我有急事。告诉了她餐馆的名字，不到五分钟，小燕举着一把粉红色的雨伞进来了。我介绍了两个女子认识，又为小燕要了一份炒河粉，她吃得很快。吃完饭，小燕要去结账，被我拽了回来。方欣也看出了小燕的急切，从自己背包里扯出两张香味浓郁的餐巾纸，递给我和小燕，一边抹嘴一边说："王老师，我看蒋爱芳的文章完全可以发表！"

我问她："咱们就在那儿待了那么一会儿，你写出这么多的内容，事实没有问题吧？"

她说："我自己去过三回呢！"我告诉她："先不要发表，把问题解决了再说，就目前你写的这七八千字的内容，我想她的问题一定能解决！"

方欣高兴地说："谁让我是您的好学生哩，我要是写不好，那不是糟蹋了你这个老师的名声。拜拜，我走了，你们说正事！"

方欣刚一出餐馆，小燕就哭起来。我想，她一定知道了吉祥的病情。我怕就餐人见笑，为小燕撑开伞，扶着她出了餐馆的门，没有想到，刚一出门，她的哭声更大了，甚至有些歇斯底里，弄得我一时手足无措。怎么劝也劝不住，我挥手挡了一辆出租车，扶了小燕上去，送她回红庙坡的家。

到家后，小燕止住了哭声，情绪依然很激动，她很麻利地从她和吉祥睡觉的床铺下拿出一份医院的诊断证明，证明上的字我还没有看完，自己的身子却站不稳，我的眼泪如门外七月天的雨，一瞬间，打湿了那份诊断证明。我是来安慰小燕的，没想到我成了她安慰的对象。小燕陪我哭着，我陪小燕哭着。

吉祥患了肝癌，已经到了晚期。

门外的雨要将城里所有的楼冲倒似的，不但没有停的意思，反而越下越大。看着玻璃窗上的泥点，我擦掉眼泪，帮小燕擦掉眼泪，小燕一下子扑在我的怀里，哭声更加惨烈了。

正在此时，淑玲不知什么时候站在了我和小燕的身后，看到小燕抱着我痛哭的样子，淑玲有些发蒙，我不知道她此刻在想什么，而我自己想的是如何把吉祥的事告诉她。

看到淑玲，小燕从我身上转过去又扑在淑玲身上，放声哭道："妈，我不活了，我不想活了！"

淑玲似乎明白了什么，一把推开小燕，瞪眼走到我跟前，我还没有意识到她要做什么，她伸手向我脸上重重地打了一耳光，耳光很响，几乎快要震住门外自天而降的雨帘。我被她打得跌坐在床沿上，眼冒金星。淑玲还没有罢休，等她再次伸开手时，小燕扑向她把她摁倒在床上，嘴里还是重复着一样的话："我不想活了，我不想活了，我不想活了呀，哎嗨嗨。"

被小燕压在床上的淑玲并没有放弃对我的讨伐，她顺手从床头抓起一个水杯朝我砸来，我一躲，水杯正好砸在电视上，电视像一颗爆炸的炸弹，发出巨大的响声，紧接着，荧屏像开闸的水，灰色的碎片在一瞬间如天降陨石，先是飞向高处，接着又纷纷扬扬地落下来。电视的爆炸已经使我们三人吃惊不小，更令我和淑玲吃惊的是，小燕在那一刻彻底疯了，她看到荧屏落下来后，扑向淑玲，发出强烈的怒吼，甚至抓着淑玲的头发吼道："你想要干什么？你要我死吗？那么我现在就死给你看。"说着，她将淑玲的头向床上撞去，淑玲一躲，两个人一起滚在床下。淑玲是迷糊的，而小燕和我是清醒的，看到小燕如此疯狂，我知道是她内心的火山爆发了，为了防止再有意外发生，我慌忙跑过去拉住小燕，淑玲却护着小燕不让我接触。

这时，我急了，狠着劲儿用脚踢开淑玲，拉起小燕，或许是我踢疼了她，淑玲蜷缩着身体，用手捂着被我踢到的那块肉。被我拉起的小燕浑身松软，再一次倒在我的怀里。这个时候，淑玲再次从地上扑了起来，准备找东西打我，这次我灵醒了，赶紧把小燕放到床上，小燕安静地躺在床上，像死了一般。我转过身，看到淑玲拿着一把剪子扑过来，我立刻夺下她手中的剪刀，扇了她一耳光，大声吼道："嫂子，你清醒一下，你在想什么？不是你想的那样，是比那样更可怕的事发生了，你知道不，知道不？”

淑玲还是没有听懂我的话，她再次扑了过来，指着我的鼻子气咻咻地吼道：“你，你在狡辩，你在胡说，我再不信你的花言巧语，你这个不要脸的，你就是一个不要脸的男人，你，你让我白心疼你了！”

淑玲完全失去了理智，不得已，我咬了咬牙，抓住她的肩膀摇着，对她吼道：“你听清了！吉祥出事了，吉祥出事了，吉祥出事了，你知道吗？”

淑玲终于静下来，她愣愣地站在那里，眼睛里发出一道白晃晃的光，在我的解释下，她的脸色由之前的凶狠变得平静，随后变得煞白，失去血色，一层灰色一下子涂上她的五官，她转眼看了一下床上的小燕，然后木木地问我：“吉祥呢？吉祥呢？”

我告诉她：“我也不知道吉祥在哪里。”

淑玲彻底崩溃了，我还没有看清她要做什么，她的身子已经倒在地上。

两个女人同时倒下了，一个在地上，一个在床上。看着现状，我产生了惧怕，如果两个人都醒不过来，我就成了谋害他们的凶手，如果用摄像机录下此时的镜头，我真的与凶手无二，一个浑身发抖的男人面前躺着两个没有知觉的女人，好的是没有血。我急忙去掐淑玲的人中，等淑玲鼻翼中有了气息，我又转身摇着小燕的身子。

小燕醒了，她从床上坐了起来，换了一个人似的，冷静了许多，她帮着我从地上扶起淑玲，只听到淑玲哎哟哟地喊了一声，像是把堵在胸口的气团吹了出去。小燕搀扶淑玲，从卧室走到客厅，我跟着他们到客厅，坐在她们身边，我不知道应该说什么，只用目光定定地看着俩人的眼睛，淑玲的眼睛有了仇恨，我想那恨一定是给我准备的。我知道，多少年来，她每当遇到气不顺的时候就开始恨我，她说是我当初留下了平安，要不是我留下平安，他们家的车祸事件平息后，平安完全可以回去，过他们平静的日子，是我造成了他们所有的灾难。

小燕暂时恢复了常态，她看到淑玲没有再发疯，找来扫帚扫掉地上的电视荧屏碎片，铺展了床铺，收起剪刀，摆正他们三口人的枕头，然后抬头看了看墙上的挂钟，又回到我和淑玲中间来。我们三个人相对坐在客厅的沙发上，都没有说话，静静地坐了大概有十分钟，淑玲抓住小燕的手，颤抖地问小燕是不是吉祥出事了。

小燕擦了眼泪，抬头看了看我，回答道：“吉祥患了瞎瞎病！”

说过小燕把头靠在淑玲怀里，眼泪又唰唰唰地流下来。

淑玲扶起小燕，替她擦着眼泪，正要给我说什么。他们家的门被人敲响了。我们三人目光不约而同地对视了一下，每个人都显出紧张的神情。我一边用手抚摸自己的脸一边对她们说：“要是吉祥和平安回来，先不要告诉他们吉祥的情况，明天或者后天，小燕和我一起带吉祥去西京医院再查一下，真正确诊后再说。”

敲门声更响了。

小燕擦了眼泪去开门，淑玲也用双手揉搓着自己的脸，对我说：“别恨嫂子，嫂子是个无知的人！”

吉祥打着雨伞抱着幸福进来，小燕收了幸福手中往下滴水的伞，幸福从吉祥怀中挣脱出来，一下子扑向淑玲怀里。吉祥向我和淑玲打过招呼便一头扎进卫生间。看到幸福的表现，我意识到在现代单传家庭，一个孩子是多么重要，幸福像一只快乐的小鸟，不但可以唱活死气沉沉的冬天，也可以让阴雨连绵的愁闷日子变得如有阳光一样晴朗。幸福叛离了吉祥的个性，他的性格中多了小燕和淑玲的成分，总有问不完的问题。幸福在淑玲怀里扑打一阵后，便不再那么热情和激动，他搂着淑玲的脖子问道：“奶奶，你是不是哭过？是谁惹你生气了吗？是不是在外边干得不舒服，是不是有人欺负你了，有人欺负你，你就告诉我爸爸，有人敢欺负警察家里的人，他是不是不想活了？”

吉祥从厕所出来后静静坐到我身边，坐了一会儿，大家都没有话说，只有幸福有说不完的话问不完的问题。我轻轻地抓住吉祥的手对小燕和淑玲说：“让吉祥送送我，我有事给他说！”见我要走，吉祥把我的手抓得更紧了，说：“吃了饭再走，让我妈做饭给咱吃，我妈现在做饭的技术比过去提高了很多！”

我说：“我现在和过去也不一样了，过去我一个人，想咋就咋，现在一大家子，有些事不由我了！”

看到幸福，我想到了我们家的王婷子，她每天的作业要我辅导，岳母也等着我回去按摩。淑玲和小燕同时站了起来送我，小燕从里屋给我拿出一把金黄色的雨伞，雨伞上有他们报社的发行广告，我想那些图案一定是她设计的。

我和吉祥走在雨中，虽然是七月天，但我觉得寒气袭人，吉祥像一块冰，他身上的寒气传导到我身上，我带着寒气在雨中走上回家的路，出了小区，回头看了一下吉祥的家，整个院落被雨水浇得湿漉漉的，一切都是那么清冷。七月天的冷，快赶上三九寒天了，我想除了天真的冷之外，我的心也冷了。走出好远，回头再看吉祥家的房子，我想，在这座楼房里，有多少欢乐和痛苦共同存在着，但我知道，平安一家子将要面临人生的另一场灾难了。

二十四

阴雨过后，城市变得更加清丽了，如洗过澡的少女，到处释放着香气。特别是被高楼大厦包围着的城墙，像参过战的老兵，远远看去，精神抖擞，城墙上一排排红色的旗帜在阳光下显得十分耀眼，有时我在想，生活在西京这座城市，真是一种幸运。

蒋爱芳选择喝茶的地方是北门外的一座高楼，坐在茶桌上，整个城池尽收眼底。蒋爱芳说，她在这个城市活了十几年，没想到有这么好的地方，能看到整个城市。

上午的阳光从花色玻璃窗子上斜斜地射进来，蒋爱芳伸头看着悬在火车站广场上的太阳，脸色喜庆地说："王哥，以后妹子保证一个月带你到这儿来喝一次茶，你乐意不？"

我也把好奇的目光放了出去，但我看到的不是火车站广场上那个鲜嫩的太阳，我看到的是卧在远处的钟楼，钟楼像一块手表，南北大街像拴在两边的表链，东西大街像一只伸开来的手臂，历史要将手表戴在谁的手上，不得而知。我还看到了护城河，按说下了多日的雨，护城河中的水应该是灰色的或者是带有泥浆的黄，但河水却是清澈的。我突然明白，这是城市，城市的水是人能管住的，就像城市的事，无论人有多少，事有多复杂，总是被政府管得井井有条。要不为什么我们说城市是文明的所在？要不怎么会有那么多的农村人抛弃乡村的宁静到城市来凑热闹？我是，平安一家是，眼前的蒋爱芳也是，是城市的文明吸引了我们，来享受城市与乡村的不同。

蒋爱芳又一次对我说，以后每月请我到此喝一回茶。我说："再说吧，今天先说你的事！"

蒋爱芳眉眼挑得老高说："成了，方记者的稿件，区上和村上的领导都看了。街道办已经找我谈了，他们问我有什么要求，我不知道应该提什么要求。所以我想来问你。另外，我昨天回了一趟秦南，是专门去了解你的，原来咱俩是一个学校的，你在鹿池川上中学时，我在上小学哩。你父亲当年在公社时还和我父亲是好哥们哩，对吧？"

我喝了一口茶笑道："你以为呢？还有当年你在鹿池川公社'批林批孔'会上的慷慨陈词，我都记着哩！"

她叹了口气说"过去了！只可惜我的命运不佳。我妈说我是个克星，我看我还真是个克星哩。走到哪儿克到哪儿。现在好了，遇到你这个贵人，也许以后我的命运会有好转呢！"

我和蒋爱芳正聊着，小燕打来电话，小燕告诉我吉祥的检查结果出来了，是肝癌，确定到了晚期。合上电话，我的眼泪落了下来。蒋爱芳发现了我的变化，关切地问我："出了什么事儿？"

我告诉她了事情的经过，她说："没想到孟哥和我一样是个不幸的人！"

茶不能再喝了。我问蒋爱芳："你对政府有什么要求？"

她抬头看了看厚重的城墙，叹了口气说："现在有什么要求，只能说钱了，我不知道要多少合适才来问你。你不要看我长得和男人一样，其实我是个软心肠人！"

我说："我已经看到你是个软心肠人了。早在你处理平安的事时我就觉得你是个软心肠人。平安说多少你就给多少，也不搞个价！"

她说："那时候不是怕坐牢吗？不过，你看嘛，吃亏是福嘛，这不兑现了？认识了你和平安哥，这不比啥都好！"

我有些心不在焉，我在想着吉祥的事。我对她说："你看着要吧，最好是算算账，不为别的，为了两个孩子还有你的未来！"

她说："知道了，我们村马上又要拆迁了，这回是一个大的房地产公司，只要一拆迁，我就有好日子。我要把重心放在两个孩子的教育上，现在和过去不一样了，我们这一代人，没有文化还能混，到了孩子时代，没有文化就麻烦了！"

我告诉她这样想是对的。

我们俩一同下了茶楼，她说她要去看吉祥，我告诉她现在不要去，家里人还不知道情况，等一切安顿好了，我会告诉她。

大概过了一周，蒋爱芳又邀请我到北门外的高楼上喝茶，并让我叫上平安。

平安还不知道吉祥的事，吉祥已经住在唐都医院里了。小燕先给医院交了一万元，淑玲从王家出来在医院里照顾吉祥，她从王良那里拿来一万元备用。平安那几天正好下了一车宁夏软煤，四处凑钱还宁夏人的煤钱，宁夏人把煤卸给平安后，就住在自强西路宁夏办事处的宾馆里，等着平安结清贷款。

从电话里听到蒋爱芳兴奋的声音，我便推断出她一定是拿到了赔偿金，我毫不犹豫地叫了平安，我想她或许能帮上平安。

我和蒋爱芳先到茶楼上，平安进门时被茶楼的保安挡住了，他脸上沾满了煤灰，像个花脸猫，胸口T恤的领子破败到可以看到他的肋骨，像个叫花子。我要去楼下接平安，蒋爱芳捷足先登。平安到茶室后，我让他先去洗手间洗了脸，回来后他一杯一杯地不停喝茶，一连喝了几杯还嫌不过瘾，干脆直接拿起茶壶往嘴里倒，只听得水从茶壶里咕咚咕咚往下流，像山间的清泉流进水瓶里的声音，他的脸上不停地往下淌着汗。平安的动作不仅逗乐了蒋爱芳，也使为我们服务的服务生笑弯了腰。服务生随后从吧台上拿来一个敞口杯，倒上茶水，而此时平安已经喝足了。

喝足水，平安从我面前拿起烟抽了起来，他重重地吐出一个烟圈说："唉，都是钱把人害的，过去宁夏人下了煤，还给些缓和的日子，这次你不结清，人家不走，还要让我给承担住宿费，这几日煤又不好卖，真把我急疯了！"

我问他："还差多少？"

平安看了蒋爱芳一眼说："不多了，只差万把元！"

听平安如此说，蒋爱芳二话没说，从黑色的皮包里掏出两万元放到平安面前。

平安一时觉得莫名其妙，用不解的目光看着蒋爱芳。蒋爱芳说："问题解决了，村上一次给了十八万，他们要是不给这钱，想拆迁怕不顺利！其实，这钱是开发商给的，村上没钱，村上的钱全在村干部口袋里！"

蒋爱芳笑嘻嘻地对平安说："在王记者面前，咱俩都是二货，咱俩做啥都和二有关系，我撞了你的车，你开口就是二万元，我怕自己坐牢，一口答应给你二万，我遇到困难时，你行个情，出手就是二千，这回你遇到困难，我也要用二字来帮你，先拿上这二万，如果不够，我再借给你二万！"

平安说："还真是的，看来今辈子这二是改不了了。"他并没有动蒋爱芳放在茶几上的钱，他站起身子往后退着，扑通一下跪在地上，连续给蒋爱芳磕了三个头。

蒋爱芳急切地扑过去扶起平安，说："你这老哥，人在西京待了十几年，咋思想还在山里？男人膝下有黄金，别动不动就磕头，我帮你是应该的，这叫缘分，要不是我的拉土车撞了你，咱哪有这缘分？一切都是天注定的。你不知道，就我男人的事，我跑了多少路，人家连门都没让我进过，村上一些闲人嫌我多事，还威胁我，要说，这回还是你帮了我！"

她把他扶到座位上坐好，回到自己的坐椅上，又从口袋中拿出一万元，推到我面前说："这是给你和方记者的，是多是少别嫌弃，你们俩咋分是你的事。总之，这回真的要感谢你哩！"

无功不受禄。我自然不会收蒋爱芳的钱。正在我俩推让时，我的电话响了，是淑玲打来的，我怕平安听到我和淑玲的对话，拿着电话转身走出了茶室，临走时我看了蒋爱芳一眼，又指了指平安，示意她不要把吉祥的事说给他。蒋爱芳的相貌看起来很笨拙，脑袋却非常好使，她向我打出一个 OK 的手势，我才放心地离开茶室。

淑玲在电话中急切地告诉我，医院两万元花完了，她问我要不要告诉平安，我说先不告诉他。她说："那如果吉祥真的出了事，平安会收拾我的。"我告诉她："明天就可以告诉平安，先让他把手头事处理完。"

回到茶室，我装出一副无事的样子，说是一个朋友来电话，向我借点钱。平安抬头看了看，问我人家借多少，我说朋友说可能得一万元。平安从茶几上把蒋爱芳借给他的钱拿出一沓放到我面前。我又把钱推了回去说："你为钱头发都白了那么多，我咋能用你的钱呢？"随即我拿起蒋爱芳给我的那沓钱，弹了弹对蒋爱芳说："不收都不行呀，我给你写个借条吧！"

蒋爱芳挥了挥手说："王哥，你说什么呢，你这是在糟蹋我！这本来就是你的钱，你给谁打借条呀？"我这么一说，倒把平安给提醒了，他站起身，借口说要去一下卫生间，回来后就把三万元的借条递给了蒋爱芳。蒋爱芳嘴上虽说不用打欠条，还是把条子拿起来看了看，她将条子在空中抖了一下问平安："孟哥，你再数数，我给你是多少钱呀！"

平安一边把钱往自己带来的尼龙包里装，一边说道："两万呀！"

蒋爱芳阻止了平安装钱的手说："你看你的条子，咋写成三万元了呢？"平安一边装钱，一边解释道："还有我兄弟这一万元，一共不是三万元嘛！"

还没有等平安把头抬起来，蒋爱芳已把条子撕得粉碎，扔进了茶几旁边棕红色的小水桶里，她气咻咻说："你呀你呀，孟哥，你简直是个黑白不分的人，我给王哥的钱那是人家的报酬，你尽给我添乱！"

平安故作镇定地说："那你也得给我报酬，是我给你们俩牵线搭桥的！"

蒋爱芳笑笑地说："行行行，你的两万元我也不要了，行吧？这回公平了！"

平安准备走，我知道他没有心思喝茶，他刚站起身子，又从包里拿出一张借条递给蒋爱芳，说道："你看这回对不对？"蒋爱芳把条子递给我说："你看这个孟哥，做啥都留一手儿！"

平安重新坐下，又拿起杯子喝了一口说："刚才我是在考验你，看你给我弟的钱是不是真心的，如果你把条子撕了，说明你是真心的，如果你让我重写，那说明你给我弟钱只是一种什么来着！”

蒋爱芳说：“虚情假意！”

平安抬起头并伸出手，紧紧抓住蒋爱芳的手说：“妹子，你这人长得敦实，心不错，知恩必报，可以交，我想我们以后会成为朋友，不不不，成为兄妹，不，也不对，总之我们可以交的，因为你是个实诚人！”

两个人拉着手站了起来，他们站起来的身影正好映在城市的北门上，构成了一幅美好的画面，我慌忙站起身来，告诉他们握着手不要动，我取出相机拍摄了他们握手的画面，然后示意平安去忙他的事。我看到平安在茶室外的吧台结了账，蒋爱芳坐的位置背对吧台，我原本想把平安结账的事告诉她，想了想没有说。

蒋爱芳问我认识不认识一个叫王善的房地产开发商。

她的话一出口，我有些吃惊。她看出了我的吃惊，指着我说：“王哥，你认识？”

我平静了情绪说：“听说过，不太熟悉！”

蒋爱芳告诉我，他们村上新找的开发商是一个叫王善的人，如果我认识这个人，可以帮她做三件事，一是在安置时可以给她多要房子；二是可以让她做他们的活，比如起土、运土，三是可以多给她一些过渡费。她还说，其实她所得到的十八万元，就是开发商王善出的，她觉得这个人比较有善心，很好打交道，所以才有了这样的想法。

我点燃一支烟抽着，静静端详着蒋爱芳说：“你这人，用咱们老家的话说是——”

蒋爱芳笑哈哈地说：“得寸进尺，老鼠吃高粱——顺杆子上，是不是？”

我说：“就是的，没想到你的功课还没丢嘛！”

蒋爱芳为我的茶杯里添着水说：“机遇嘛，谁都想抓住，我认为这对我而言是一个机遇，反正他的活让谁做都是要给人家付钱的，这活让我做了，可能比别人还做得好。孟哥刚才说了，没看我这人长得不赢人，但我的心真的细着哩！”

我说：“你可以直接和那个开发商说，也许能成哩！”

蒋爱芳说：“我想你如果能说肯定比我效果好，因为你们认识！”

我说：“我真的不认识！”

蒋爱芳不信，她笑着说：“我刚才说到这个人，你的脸变了一下，说明你认识这个人！”

看起来一个并不入眼的女人，却心细如丝。我笑着答应她：“可以试试，这个事如果让孟哥说，比我说效果更好！”

蒋爱芳说：“你在推托，实在为难了，我就不求你了！”

我说："真的，你不信可让孟哥试试！"

蒋爱芳透过窗子看到了平安，她说："你看，那个人是谁？咋那么像孟哥呢？他去那里做什么？不是急着给人还钱吗？"

是平安，他穿过北门外的草坪，猫着腰向城墙根走去，他要把蒋爱芳给他的钱藏进他的钱罐子，这是个秘密，只有我和他知道，再没有第三个人知道。

看着平安比蚂蚁大一点的身影，我告诉蒋爱芳平安是去那边解手去了。

蒋爱芳指着北门外的厕所说："那儿有厕所呀，他为什么不上呢？"

我说："他可能是嫌天热厕所里气味大吧。"

我把蒋爱芳的目光拽了回来，把她给的一万元装了起来说："这钱不是我要用的，还是向你为平安借的，平安的老婆刚才打电话来，说医院的钱用完了，平安手头没钱了，我先借你的，这钱最后我还给你，你不要告诉平安我收钱的事！"

蒋爱芳笑嘻嘻地向我点头，之后便去吧台结账，从吧台回来，气咻咻地说道："这个孟哥，我都不知道他竟然把账结了。"说着，她把一百元塞在我手中，让我转交给平安，我说："结就结了，谁结都是一样的！"

她却说："孟哥钱那么紧张，咋能让他结呢？再说，是我请你来喝茶，咋能让他结账，这不是打我脸吗？"

二十五

吉祥的病再不能对平安隐瞒了，医院天天要钱，一天得一万多。医生告诉我：“病人最多只有三个月时间，化疗、传统疗法都不会扭转局面！”

医生听我说话的口气和淑玲有别，把实情告诉了我，我叮咛医生：“病情目前只能让我知道，不要告诉任何人！”

医生的目光穿过白色镜片盯着我的眼睛问：“你是谁？”

我说：“患者的亲叔！”

医生直起腰说：“这样啊，隐瞒病情可以，如果出现特殊情况我可不负责任！”

我把记者证让医生看后，他说：“好吧，一切听你的，但有特殊情况发生，你可要承担！比如休克或其他状况！”医生的话像一把带血的手术刀扎在我的心上。

我说：“等我把告诉家属的时机确定后，你就可以公开病情，但也只能告诉家属，不能告诉患者本人！”

医生说：“这一点我明白！”

医生的一番话，让我感到整个医院的大楼都在晃动，我扶着墙走出医生办公室，走到楼道尽头。透过窗子，看到七月的天空又一次被乌云密密实实地笼罩着，一股风从北边的花园里扑进窗户，另一个楼顶上晾晒的白色床单在风中无规则地飘摇，像一面面白色的旗帜，在我眼里，那是吉祥向生命投降的旗巾或者吉祥坟墓上的白色花圈，一个年轻的生命就这样被病魔夺走吗？我的眼泪不由自主地从眼眶里溢了出来。细想想，在过去的日子里，我对吉祥是多么冷落啊，冷落使他对我产生了恐惧和害怕，我甚至有些埋怨小燕，她知道吉祥对我有恐惧，为什么不从中间做协调，组织我和吉祥多交流。其实，我对吉祥并没有太多的偏见，只是在他上学时，背着平安收了煤钱去学校乱花，除此外，还真找不出他有什么坏毛病。

一道强烈的闪电从终南山上扑向这座城市，没有雷声的闪电，像一把天刀，好似要把这座城市劈开似的，闪电过后，一声闷雷从远处向城市滚滚而来，声音像放大了数万台砸路机的声音，雷声滚过，整个城市被碾得粉碎不堪，地面在摇晃，我感到，自己几乎要被雷声从楼道里甩下去。

小燕不知道什么时候站在我身后，看到我的眼泪，她从口袋中掏出面巾纸给我。我接过纸对小燕说："等暴雨过后，让你两个爸都来医院，必须今天，我在医院等着。我们不能再瞒了，我们负不起这个责任！"

小燕急促地问我："吉祥真的很严重吗？"

我说："不太严重，但必须得让大家知道，大家知道了好凑钱帮吉祥！"

说过，我把那一万元塞在小燕手里，让她立即打电话给她的两个爸。

淑玲的眼睛已经肿得像两个挂在刘海下的火晶柿子，头发被泪水粘在一起像冬天挥发完水分的柿树叶子，在王家养育的滋润气息被吉祥的病情拉回到从前，甚至比刚从山里到城里来时还要粗糙几分，颧骨长出了尖嘴，脸蛋的肉不见了，高高的身板蜷缩了许多，背也驼了不少。她手中攥着卫生纸，眼泪像石头缝里的渗水，断了线的珠子般从眼眶中一个劲儿地不停向外喷泻。才两三天时光，一个母亲，竟然活成了另外一副模样。

吉祥平静地躺在白色的床单上，嘴唇长出粉红色的干痂，眼睛像两个小小的沙坑，昔日黑色的瞳仁缩小了，白色的瞳仁占据了眼眶，看到我进来，他麻利地坐起来，笑笑对我说："叔，又给你添麻烦，真不知道何时不再给你添麻烦！"

我伸手抓住吉祥的手，他的手是温热的，手上有汗，我摇摇他的手说："我刚才问了医生，医生说的和你想的不是一回事，医生说你是压力过大，太过劳累，住一些日子，给点营养就好了！"我一边说着，一边有意识冲吉祥眨着眼睛，吉祥理解了我的意思，说："叔，没事的，我的体质一向是很好的，这点小病算什么？放心，先不让我爸来了，他这几天不是忙着凑钱给宁夏人还煤钱吗？也许明天我就出院了呢！"

我将白色的床单向床上撩了一下，坐在床上，拉着吉祥的手说道："煤钱已经给人家付清了，我的意见是让你爸来一下，还有小燕的爸爸，两家人就你这么一个儿子，你病了，他们不来看看，说不过去！"

我没有想到自己说出这番话后，吉祥的眼泪一下子汹涌而出。淑玲和小燕还不能确定吉祥的病情，他们知道是癌症，但并不知道病情的发展趋势，吉祥知道自己的日子不多了，嘴上说不让他爸来，其实心里很希望父亲能来看他。一个人知道了自己的末日，是一件很可怕的事。

窗外又闪出一道强烈的电光，吉祥跳下床向窗口奔去，我不知道他要干什么，紧紧跟在他身后。他跑到窗口，推开窗户，一个炸雷扑进病房，紧接着一股雨飘了进来，临近窗户的另一个病人护理者要说什么，我立即赶过去关上窗子，将吉祥拉了过来，我说："你这样会感冒的！"

吉祥回到床上，重新坐进床单，他说："原来炸雷这么好听，过去咋就没有留意到呢！"

我说："我们住在城市听到的炸雷少了，要是在乡下，年年夏天都会遇到的。你看到过彩虹没有？今天这雷雨过后，一定会有彩虹的！"

吉祥说："我不但看到过彩虹，小时候还寻找过彩虹的根，大人说，彩虹的两头一定是插在某一个水井里，我们几个小孩子就在彩虹下面跑着寻找彩虹的根！"

我说："我们小时候也找过，同样没有找到。那只是传说，许多东西都是传说，传说总是一件美好的事！"

我与吉祥说话时，淑玲走了进来，我不想看到母子二人抱头痛哭，便借口说肚子有些饿了，让淑玲想办法给我找些吃的，淑玲又离开了。只留下我和吉祥，我告诉吉祥："一个人活着，不光是为了自己，要把痛苦封存起来，让自己的亲人少一些痛苦，也是一种孝心！"

吉祥说："我明白这些道理，我会那样做！"

我问："我是不是有些太刻薄？"

吉祥说："没有的事，明白你的心！"

他又问我："你对我这个人有什么看法？"

我告诉他："你是一个优秀的青年人，起码是一个有责任心的人。现在的许多青年人缺乏责任心！"

吉祥说："我能在西京顺利地生活这么多年，是你给了我许多帮助，我不知道如何报答你！"

我说："我们之间还需要报答吗？我们处得比亲人还要亲，你没有感觉到吗？"

吉祥说："何止是感觉到了，可以说，我的生命里储存着你的爱，我们一家人的生命里都储存着你的爱，你对我们家人的爱是无法用语言说清楚的！"

我问他："听小燕说，你对我有一种怕？我不知道你在怕我什么？"

吉祥微微笑了下，说："是呀，不知道为什么，我就是有些怕你，我也说不清，反正心里就是怕，你看我和我爸我妈，他们也打过我，骂过我，但我从心里从来没有怕过他们，你不打我，不骂我，不知道为什么，我就是怕你。当然，现在我不怕了，现在我倒想让你打我骂我，我想你不会吧。因为你已经知道了我的一切！心疼还来不及哩！”

我安慰他：“也不是什么大病，并不是你那天给我说的什么不治之症。我问了医生，真的没有什么大病，是你多想了！”

吉祥抓住了我的手说：“叔，你不要哄我了，我知道自己的病，说实话，西京这几个大医院我都做过检查，开始时我也不相信，但最终还是相信了！”

我说：“既然你已经知道了，为什么不早点告诉家人？还这么拖着？”

吉祥摇了摇头，抬头看看窗外说：“这种病是没有办法治的。要是胃癌也许会好一些，肝癌能活下来的人不多，我了解过的！”

我说：“也许会有奇迹发生。你已经做得很好了，我真没有想到你有这么大的毅力，面对这么大的压力还安然处之！”

“没有办法，我爸我妈养我这么大，我什么都没有回报哩，我不想给他们拖累，所以我硬扛着！”说着，他又用另一只手抓住我，继续说：“叔，我给你说一件事，你不要笑话我，我研究过许多办法，也试验过，甚至也想到死，想到过撞车，我想那样的话，也许会给我爸我妈留下一笔钱，可每当我要实施时，幸福的笑脸就在我眼前出现，小燕的叫声就在我耳边响起，我又狠不下心来。还有就是我不想害别人，我真是死在别人的车轮下，用我的命能为父母留下一些钱，但那个人是冤枉的，我不忍心害别人！”

窗外的雨不再下了，一阵狂风吹过，天上的云被风徐徐推开，大块的云朵像春天开放的白牡丹，渐渐露出的蓝天是花的衬景，我拉着吉祥的手走到窗户前，用手抚着他的肩膀，说：“你看，这景致有多好看，像人的心胸，坦坦荡荡的，你呀，应该把心往宽处放，不要想其他事，现在医学多发达呀，我看你主要是心病，病因就是压力太大，你们这一代和我们不一样，我们那一代人只要能上学，就能端上国家的饭碗，可你们没有赶上那个时代，不过现在也挺好的，我认识的许多年轻大学生，人家喜欢创业，压根看不上端国家的饭碗，要我说，将来病好了，好好学学做生意，你做生意有的是样板和条件，你爸就是你的导师。当然，你不可能做卖煤的事，就算卖煤，也没有什么不好的，给自己干，也是老板，自己是自己的老板，想干了干，不想干了可以休息，首先是自由！”

“彩虹！”吉祥兴奋地指着城南一条横跨在空中的彩虹对我说：“我第一次在城市里看到彩虹，你看有多好看呀！和幸福在纸上画的一模一样！”

吉祥的呼唤，把隔壁床那个年轻漂亮的女病人叫了起来，我让开窗台的位置给年轻女子，隔壁床的病人看着彩虹，情不自禁地流下了眼泪，她身边的男友小心翼翼地为她擦着眼泪。

淑玲在外边转了一圈又回到病房，她告诉我没有买到吃的，让我陪吉祥一块去医院的餐厅吃饭，我搂着吉祥的肩膀走出了病房。

吃过饭，我和吉祥、淑玲一起去了兴庆公园，夏日的公园，树木蓬勃，鲜花芬芳，湖水泛波，色彩清丽，各种蝴蝶在花朵上，与晚风嬉戏，翩翩起舞。看着生机勃发的植物，吉祥眼中充满泪水，他多么渴望自己的生命能长久地陪伴植物成长，命运却为他设计了另一条人生路。从公园回到病房时，平安和小燕的父亲已坐在病房。小燕父亲紧紧抓着吉祥的手，一把将吉祥揽入自己怀中，眼泪汹涌而出，之后小心翼翼将吉祥扶到病榻上，为吉祥盖上被子。平安依旧大大咧咧，从自己一直背着的脏兮兮的黑挎包里掏出一把刀，用纸擦了擦，将小燕父亲带来的西瓜切开，先给了邻床的那对情侣，后给吉祥，最后给我和小燕父亲。

吉祥捧着西瓜并没有往嘴里放。平安一边吃着一边对吉祥说："儿子，吃，有时不一定要听医生的话，医生给你说这不能乱吃，那不能乱吃，吃你的，没事，屁事都不会有！"

吃过西瓜，平安抹抹嘴，对吉祥说："不管啥病，咱好好治，先把心安下来，家里的所有事，你不要管，爸给我娃的任务是，把心放宽，把病治好，把人活好，这世上没有过不去的坎，你看我，遇到多少事，不都过来了吗？还有你妈，当年我偷跑出来，她一个人把家保住了，把你供上了大学。没事，这西京医院可是西京城乃至西北地区最好的医院，咱安心地住下，等着精精神神地出去！"

平安总是那么几句话，翻来覆去地说着，小燕父亲想说什么，一直插不上嘴。淑玲阻止着平安，却被平安用手拨开了，我和小燕静静地站在一边听平安说来回话。

他终于絮絮叨叨说完了。小燕父亲走到吉祥跟前用手掌亲昵地摸着吉祥的额头，然后又把手翻过来用手背再摸一会儿，翻来覆去地细细地看着，像中医望闻问切。看了一会儿，又接开白色的床单看吉祥的腿，挽起裤腿，用拇指压了压吉祥膝盖下面的肌肉。之后慢慢盖上被子，收起双手，从自己衣服里掏出一沓钱交给吉祥，慢声细语说："要说的你爸都说了，还是那句话，好好治，听医生的，爸这个季节田里活多，村上事也多，不能陪你，但爸的心在你这儿放着，爸的心就在你枕头边上放着，你不光是你爸的儿子，也是我的儿子，你给咱争个气，早日出来，我们一大群人都等着你哩！"

吉祥的眼泪下来，他抓着小燕父亲的手拖了哭腔说："爸，你放心，我还没有给你尽孝哩，你等我给你尽孝吧！"

吉祥一哭，小燕父亲、淑玲、小燕都情不自禁地流泪了，我看到平安用牙咬着嘴唇，他忍受着痛苦尽量不让自己哭出来。我怕这种场面难以收场，忙拉了平安说："走，咱们下去吃饭吧，让吉祥休息一会儿！"小燕留下来陪着吉祥。

刚出电梯，平安哇的一声哭了起来，一下子晕倒在电梯口，许多要上电梯的人都围着他，许多病人和家属脸上的表情都发生了变化。怕影响到更多的人，我和小燕父亲将平安抬到大门外一拐角处，小燕父亲掐着平安的人中穴淑玲捏着中指根，我摇着他的肩膀："老孟！平安！"

我们不停地叫着，平安还是没有醒来，小燕父亲提议，把平安送到急救室去。我们抬起他正准备往急救室走，平安醒来了。他从地上坐起来，用双拳捶着自己的胸膛哭着说："我不活了，我不活了，老天呀，我没有做啥亏心事呀！你为什么要这样惩罚我？你睁开眼看看吧！我是平安啊，你为什么总让我不平安哪？我儿子是吉祥呀，你为什么不把吉祥给他呀？你真的坏了良心吗？你想要什么我给你什么，你要我的命，我给你，让我儿子好起来吧！我求你了！"

平安哭诉着，双手在地上拍打着，口中的血不断地向外滴。

我和小燕父亲欲将他从地上扶起来，任我俩使多大的力气，终没能把他拉起来，我们只好坐在道沿上，帮他擦拭嘴唇上的血，陪他流泪，听他对上天的祈求。许多人围着我们，听明白了他的哭诉内容，然后一一离开。

医院是生死场，到医院的人，都经历着生与死的考验，像平安一样，因为另一个无望的生命所表现出的悲伤，没有人会看笑话，更多的人是同情，就是不谙世事的孩童，看到平安悲哀凄凉的哭诉，天真快乐的脸上也会浮上一层阴云。那些身患绝症的患者，平安的哭诉对他们来说就像是生命的咒符，他们的心比平安还要悲伤，只有那些来去匆匆的医生，看到平安的悲伤，会加快行进的脚步，有人会自责，自责自己的无能；有人会抱怨，抱怨医学技术的落后；有人会同情，同情一个生命的消亡。

平安安静地躺在台阶上，直到太阳被古老的城墙像画一样托住，余晖染红了医院的高楼，才从台阶上有气无力地坐起来。身边擦过眼泪和鼻涕的卫生纸丢下一大摊。突然间，他像想起什么重大事似的，从地上站了起来，将脚在地上跺了几下，如负过重的骡马，抖抖精神，又弯下腰，一一从地上捡起自己扔下的卫生纸对我们说："走，吃饭去，日他妈，老天不怜我，我怜自己，饱死总比饿死强！"

他将纸扔向墙角的垃圾桶，然后弓着腰低着头，身子左摇右晃着，走向医院的大门，步伐快得我们三个人跟不上他。

穿过马路，他一头扎进一家刀削面馆，点了四碗鸡汁刀削面，我们三个人心事重重的吃不动，他却狼吞虎咽地吃完了自己碗里的面，还从淑玲的碗里往自己碗里挑出一部分，他对一直发愣的我们说道："天大的事，先吃饱，日他妈，不能儿子没倒下，我们先倒了！”

面对饭碗，我们三个人吃不进去，平安吃完一碗没有尽兴，又要从我碗里往自己碗里挑，被我阻止了，我说：“在气头上，少吃点，实在饿了，一会儿再吃！”他听从了我的劝阻，放下筷子，用手抹了嘴说：“走，回去！”

淑玲问他：“回哪里，回家还是回医院？”

“回家！”他语气生硬地说。话刚落音，便从凳子上起身弓着腰向医院的停车场走去。

小燕父亲扯了我的衣襟小声对我说：“我想陪吉祥一晚上！”

淑玲听到小燕父亲的话，停止了前进的脚步，回过头对小燕父亲说：“你回去吧，老孟疯了，你们回去照看他！你不回去，没人会开车，我在医院，你们都回去吧！”

我往前紧了两步说：“咱们都回去，还不知平安今晚会出什么事儿，让小燕留在医院吧！”

说完，我逃到街边，背着小燕父亲和淑玲拨通了小燕的电话，我对小燕说：“担心平安出事，我们回去照顾他，再商量一些事情！”

小燕电话接通后却没有声音，我刚要挂掉，小燕说：“我不想让吉祥听到电话，出来了，你们回去吧，这儿有我哩！”

回家途中，去幼儿园接了幸福，看到外公开车接自己，幸福高兴得手舞足蹈，坐在车上，伸出手抱住平安，开心地说：“老师今天带我们去了革命公园，认识了刘志丹爷爷，还有其他的英雄爷爷！”

平安问：“刘志丹爷爷是做什么的？”

幸福说：“打仗的，刘志丹爷爷可勇敢了，他跑遍了陕北许多地方，可累了！”

淑玲为幸福擦着脸上的汗问：“你是不是也累了，咋这么多汗？”

幸福说：“我们在革命公园爬山，快把我累死了，我想睡觉！”

刚进家门，幸福就爬上床睡下了。淑玲烧水给我们喝，没有人说话，三个人干巴巴地坐着，平安在吉祥的房间里翻箱倒柜地寻找什么。淑玲问：“你找啥呢？把人心烦的。”

平安说：“找吉祥的东西，看看这狗日的，一天都隐瞒些啥？这么大的事儿，我们都不知道呀？”他找了半天，什么也没有找到。

淑玲走进吉祥的房间，从被子下拿出了一份病历给平安，平安将病历拿到客厅在灯光下细细地看着，他说病历他见过，也问过吉祥，吉祥说自己胃疼做了个检查。他没有在意，过了几天再问，吉祥告诉他已经好了，他看到吉祥吃饭很麻利，饭量也不少，还认为吉祥的病真的好了。

大家重新坐在客厅，没有人说话，坐了一会儿，平安说他累了，想睡一会儿，我让小燕父亲陪平安去睡，我告诉小燕父亲，要他注意观察，千万别出什么事儿。小燕父亲点点头进了吉祥和小燕睡觉的旮旯。

我和淑玲坐在客厅，我让淑玲给王良打个招呼，告诉人家自己不能帮他了。淑玲给王良打电话的同时，我走到门外给王善打了电话，除告诉他淑玲不能再帮他外，还告诉了王善吉祥的病情。王善感叹道："为什么好人总有那么多灾难？"他说明天接我一起去医院看吉祥。

淑玲像一个演说家，在客厅里絮絮叨叨给我讲述着吉祥成长的故事，一会儿脸带自豪，一会儿声泪俱下，一会儿哭得死去活来说不出话来。我从幸福睡觉的床上为她拿来被子和枕头，安顿她睡在沙发上，我则倒在另一只沙发上守着她。

吉祥的房子里静悄悄的，平安和小燕父亲睡得很踏实。淑玲却在不住地哭，她怕自己的哭声影响到别人，用枕巾堵住嘴，不住地抽搐。小燕父亲每每听到客厅有动静，就从房子里走出来查看。小燕父亲过来时，也是眼泪长流。

小燕父亲点燃一根烟给我，问道："你真的不知道吉祥患了什么病？"

我故作糊涂问他："什么病？"

他用指头指着我的鼻尖笑着，抱怨我的虚伪说："老弟呀，你还在装！下午老孟问了主治医生，吉祥患了肝癌，已经到了晚期！"

我将烟头狠狠地摁进茶几上的烟灰缸，拉了他的手说："你呀你，出大事了，你亲家，快……！"

我打开平安睡觉的房门，平安端坐在床上，手中拿着一个白色的纸包问我："多少片安眠片能把人弄死？日他妈，我喝了不少呢，咋没反应呢？"

看着平安的举动，小燕父亲吓得扑通一声瘫在地上。他艰难地把身子移到床边抓住平安吊在床沿上的脚说："亲家呀，你不能呀，想想你那宝贝孙子呀！"小燕父亲哭着，把平安的脚贴在自己脸上，当他抬起头时，我看到他脸上的汗如雨下，单薄的衣服贴在身上，像刚从水中出来。

淑玲从客厅跑过来，双手抱着平安的头说："老孟呀，你狗日的在弄啥哩？要死也得我先死，你把我埋了你再死！"两个人抱在一起号啕大哭。另一间房子里，幸福也发出了干涩的哭声，如晒场上干豆角爆破的声音。

我拉起小燕父亲，让他把幸福从那间房子里抱过来放到床上，幸福的头一挨枕头又睡了。

我对小燕父亲说："咱们睡在一起吧！"

小燕父亲很快把那间房子床上的被子抱过来铺在地上，我说：“大家都累了，我们要想着明天，想着医院的病人，嫂子和幸福睡床上，我们三个男人睡在地上！”

我提高了声音对平安说：“老孟，大家的心都是一样的疼，坚强一些，面对现实，既然你知道了结果，我们就要处理好这事儿，尽最大的努力，把吉祥的病治好，别胡思乱想，就是你死了，也解决不了问题！”

说过，我自己先倒在地上，并示意小燕父亲让平安睡在中间。平安再没有说什么，安眠片还有余力，他刚倒下去，呼噜声就响起来。我怕平安再做傻事，一直睁着眼睛熬到天亮。

窗户挤进来的光线压治了灯光的亮度，我从地上站起来时，发现平安和淑玲的头发全白了，我惊得差点叫出声来。

过去听人说过一夜白头的事，没想到世上真有这么奇怪的事，就发生在自己眼前。

看到平安满头白发，我的情绪再也控制不住，眼泪汹涌而出，我抱住平安，平安抱住我，两个男人泪眼相拥，小燕父亲也是两眼泪汪汪地走了过来，他把两只手分别搭在我和平安的肩膀上，三人一起到了客厅继续流泪。

天大亮后，幸福起来了，幸福喜欢去幼儿园。他发现淑玲的白头发后，快乐地说：“奶奶，你和爷爷为什么要把头发染成白的呀？只有理发店的人才染白头发呢，你们真会赶时髦！”

说过，幸福从床上蹦下来，说他要去幼儿园，昨天他们玩了游戏，今天还要演节目，他去跳舞。

看到幸福脸上天真的笑容，我们几个人收敛了自己的痛苦，淑玲为幸福洗过脸，小燕父亲开车和淑玲一起将幸福送往幼儿园。

出门的人刚把门关上，平安把身子往我跟前挪了挪，说：“兄弟，你说咋办？是治，还是放弃？”

我抬头看着他的眼睛说：“你说啥，放弃，啥叫放弃？你还是人吗！”

他点燃一支烟狠狠抽了一口，又啪啪啪地往地上吐着烟梗说：“没救了，我问过医生，人家说没救了，咱有啥办法？要我看，有那些钱，还不如把娃带出去好好转一圈。娃说他没上过华山，总说经济好一点带我和他妈去华山哩，我就想带娃上华山哩！”

我说：“你不会从华山上把娃推下去吧？你看你一天尽弄些啥事！”

这是我第二次用批评的口气指责平安：“昨晚，你要是再多吃几片安眠片，恐怕你这会躺在医院的太平间。老兄呀，人活着，不能光想着自己，你看你，面对这么多问题，咋能逃避呢？你一死，两腿一蹬，舒坦了，嫂子呢？小燕呢？幸福呢？贤子呢？我呢？你就这样丢下我们自己去轻松呀？要我说，你先要端正心态，有困难咱克服，别动不动就寻死觅活的。”

他抹了一把眼泪说：“行了！听你的，我先不死，日他妈谁让我要下这瞎㞞儿子，那你说咋办？”

我把手往沙发扶手上一拍说：“治！就是花多少钱，咱治，治到啥地步是啥地步！我们不能等着孩子离开，要想办法留住他，奇迹到处都是，也许奇迹就在我们身边！”

小燕父亲和淑玲从幼儿园回来后，淑玲做了面条，几个人草草吃过，平安让小燕父亲开车送淑玲去医院换回小燕，说要和小燕商量一件大事。小燕父亲将车开走后，平安抬头看了看屋顶，对我说：“我想把房子卖掉，下决心给吉祥治病，医生也告诉我，类似吉祥的病，也有人能活下来的，但要花不少钱，我的想法是，只要有希望，就不放弃，哪怕倾家荡产！”

我说：“这事儿要和小燕商量，不能你说卖就能卖！”

他用手抓了抓头皮想了一会儿说：“我让小燕回来就是商量这事，我想小燕可能不会同意，所以，趁你在这儿，帮我说说！”

这是一件为难的事，以我对小燕的理解，有可能她不会同意卖房，虽然她深爱着吉祥，但吉祥的未来是无望的，小燕和幸福是有未来的，如果卖了房子，等于卖掉了他们母子的未来。

在等待小燕回来的过程中，王善开着车来了，他刚开发了一块新地盘，在汉城靠三环的地方。我抱歉地告诉他，淑玲没有时间帮他了。王善拍拍我的肩膀说，他要感谢淑玲帮了他，要不是淑玲，也许他弟弟王良早就不在人世了。他还告诉我，王良刚出事后，整天想不开，时时处处都在寻找死的办法，是淑玲用了他们一家人的经历和奋斗过程鼓舞了王良，使他抛弃了轻生的念头，王良现在已经从不适应到适应，他还根据淑玲讲的故事在写一本书，说要写出一本关于农民工进城如何生存的书，用来指导农民工的生活。他还让淑玲用轮椅推着他到附近的建筑工地、街道的餐馆去调研呢。

王良的变化的确是我没有想到的，他的变化与淑玲的关怀是离不开的，是淑玲用真诚感动了他，用自己一家人的故事感化了他，用自己对人生的态度校正了他的人生观。人世间的事，许多深奥的道理，往往就依附在简单的言行中，听了太多深奥理论的人，一旦遇到最朴素的行为，他们会眼前一亮，如醍醐灌顶般茅塞顿开。

王善没有停留，临走时给平安留下两万元，平安推让了一番，最终还是留下了。

王善走后，小燕眼睛红肿着回来了。才一夜时间，小燕瘦了许多，头发梢开着细小的黄花，走路时双腿如扭麻花。父亲将小燕从车上扶下来，我和平安扶着小燕进了客厅，坐在沙发上，看到平安满头白发，小燕的眼泪汹涌而出，她用手去摸平安的头发，被平安挡住了。

平安对小燕说："我们都想开些，他狗日的不活了，我们一家人还要活，放心，爸不会有事的，爸经历的事你是知道的，你们不是叫我不倒翁嘛，我还就是个不倒翁，老天要和我们作对，我这回就要和老天比试一下，看他还能把我咋样？总不能把我们一家子全收了吧？"

小燕擦了眼泪，把手中的面巾纸撕成细屑，在手上不断地揉捻着。还没有等平安把要说的事情说出来，小燕看着平安说："爸，我有个想法，说出来，你不要生气，我想把咱房子卖了，给吉祥治病，哪怕是治不好，我都要尽这份心，只有这样，我们给自己有个交代，给幸福也有个交代！"

听小燕如此说，平安把头抬了起来，他用泪眼望着小燕，小燕的眼睛里又涌出新一轮眼泪，一老一少泪眼相对，半天谁也没有说话。

小燕父亲上完厕所，轻手轻脚地坐进沙发，他没有想到女儿会有如此想法，他看着平安的脸色说："要我说，事情还没有到这一步，我们先凑钱，万一不行了我把车卖了，房子嘛，先不急于卖，实在不行了，再说！"

小燕看着父亲，停了一会儿说："爸，如果吉祥不在了，留下这房子，在我心里就是监牢，爸，你不会让女儿一辈子活在监牢里吧，医院花钱可怕得很，一天就得一万多，这样下去，我们哪儿有钱交给医院？我的想法是，如果吉祥能治好呢，我们可以再置房子，房子是身外之物，人是主要的！"

小燕又把话头递给平安："爸，你说呢？"

平安的手在颤抖，他哼哧了半天说："房子是你们的，吉祥是大家的，单靠我这两下子，他也活不了几天，这个家一切听你的，我没有啥意见！"

小燕父亲还要说什么，被小燕用手阻止了。扭过头，小燕用哀求的目光看着我说："叔，卖房子的事，全靠你，你可以在网上发布个信息，行吧？"

我点头默许，竟然点出了一串眼泪。

得到我的回应，小燕松了口气，她说实在是太累了，想睡一会儿。她父亲扶她进了卧室。平安说他也要去一下煤场，我让小燕父亲开车去送他，他摇头表示不用，此时，他的眼睛里有了一丝怨气，我知道他对小燕父亲刚才的话有些不满。

平安猫着腰甩着两只空荡荡的手走了，我突然发现他的双腿形成了罗圈状，他的脚下再没有了往日那种力度。房子里只留下了我和小燕父亲。他对我说："其实是不用急着卖房子的，还能想到别的办法！”

我告诉他：“两个孩子感情很深，小燕也希望吉祥有个回转，我们就支持孩子吧！”小燕父亲再没有说什么，坐了一会儿，说他要回去，这次来得急，手上也没有带钱，回去凑些钱来帮女子。

我想了一会儿对他说：“我们都一走，把小燕一个人放在家是不是有些不妥？万一她要是想不开咋办？”

小燕父亲提出他把小燕用车带回渭北，明天再开车送来。小燕在房间里应声道：“你们不用操心我，我不会有事的，不为别的，我还有幸福，我不会把幸福留下自己去死！”

我和小燕父亲又回到小燕的房间，小燕坐起来说：“你们都去忙，真的，我没事！”

小燕越说没事，我们越是担心，最后决定，让小燕父亲用车把小燕送到我们家。

二十六

周六，又去了一趟医院。经过几次化疗，吉祥的病情有所好转，脸色有些泛红。平安将我叫到病房外边问我："这种情况，是不是回光返照？"

我指责他："尽是胡说八道！你能不能往好里想，尽想些不吉利的事？"

他用舌头舔了舔发黑的嘴唇说："你不是事中人，你不理解，谁不希望他能好起来，但毕竟是肝癌晚期，这四个字一听就让人瘆得慌，我不管你信不信，我要按我的思路走！"

我问他："你又想做啥？"

他说："想带吉祥上华山！"

我劝他："别胡闹！"

他说："你不要管，我的想法不会错！"

正在此时，淑玲打电话给平安，说医院人又催钱了。平安问我卖房的事有没有消息，我说已经在网上发布了，目前还没有消息。我还告诉他我委托了南郊一个二手房交易所，所长是我的学生，让他给帮忙。他又用舌头舔了舔干裂的嘴唇说："要抓紧，快没钱给医院交了！"我问他："到目前一共花了多少钱？"

他用双手习惯性地抓了抓白头发说："十几万了，宁夏人拉来的煤全部按进价卖给别人，办法想尽了，再没钱交了！"

他还告诉我："想办法把煤场转让出去，也许能凑几万块钱！"

我说："煤场绝对不能转让，煤场转让了，你在这个城市彻底就没有活路了！"

他说："那你就抓紧帮我处理房子。"

太阳烤得脚下的马路烫着脚板，空气像火一样燎着人的心。他将我拉到一棵高大的杨树下，杨树下有个卖冷饮的冰柜，他要了两瓶矿泉水，一口气先喝掉一瓶。

我说："这么冷的水，你喝得太急了。"他说："习惯了，没事。"

我正在拧瓶盖，手机响了，开二手房交易所的学生打电话告诉我，有人要买我登记的房，要我过去一下。我问他是个什么样的人，学生说是个女的，年龄不大，听说话口音像是咱老家的人。我将此事告诉了平安，他说你快去，贵贱都行，一定要尽快把钱弄到手，要不医院就停止治疗了。

在房产交易所的贵宾室，我见到了买房人，一个五十岁左右敦敦实实的中年女人。女人身上的汗味很重，一看就是下苦力的。和她聊了一会儿，听口音是秦南的人，她说对价格地理位置都比较满意。我以为结果会是顺理成章，她却告诉我，她做不了主。我发火了："你做不了主，和我谈什么？"女人告诉我，她是给他弟买房，他弟一心想在北郊买房子。我问她为什么？她告诉我，父母去世早，是她一手把弟弟带大，弟弟到西京后，先在北郊红庙坡一带落了脚，开始帮别人卖煤，爱上煤场和他一起帮老板做生意的女娃，再后来被人骗了，伤害了煤场主，自己逃到外地打工，挣了点钱，又返回西京开办了煤场，把我们一家也带了过来。一晃十几年过去了，弟弟连个媳妇也没有找，一心想着挣钱。我问女人："你弟弟能在西京买房，也算是个有钱人了，为什么找不下媳妇？"她告诉我，他弟心里还装着当年的初恋，给他介绍了多少女娃，他连面也不见。

女人不断地讲述着她弟弟的故事，一个人的形象在我脑子里站了起来，这个人，会不会是常青？

我迫不及待地问女人她弟弟的名字，她说她弟弟叫志强。

我想见见这个志强，将我的名字和电话写在一张表格的背面交给女人。我告诉她，既然你决定不了买房的事，那就让你弟弟和我联系，我们急着用钱，希望早点把房卖掉！

告别了交易所，准备到医院把情况告诉平安。刚走到小寨十字，电话响了，一个陌生的号码。我想一定是女人的弟弟打来的。和我想象的一样，电话那边传来了常青的声音，听到常青的声音，我自己先激动起来，多年不见，他的声音一点也没有变。他问我在哪里，他说让我找个吃饭的地方坐下来等他，他会立即过来见我。我告诉他，我在纬一街十字东北角等他。

常青开着一辆白色面包车来了，当他的车停到我面前时，我竟然有点不相信眼前的年轻人是常青，他从车窗内伸出头来，冲我喊道："王叔，上车，这儿没有地方停车，我带你去个地方，好好聊聊！"

上了车，常青像见到亲人一般，先把一包芙蓉王递给我，然后激动地说："知道你爱抽个烟。肚子饿不？要是不饿我带你去个清静的地方！"

我兴奋地说："你安排！"

车缓慢地沿着长安路南行，正是下班高峰期，我俩的目光时不时撞在一起，我能感觉到常青和我一样很兴奋。虽然说不上是他乡遇知己，我们毕竟经历了那些相濡以沫的日子。

常青把我拉到城南土塬上，塬上有一处秀林茂竹之地，远远看去，竹林外面张灯结彩，是城里人常去的休闲场所。下了车，西望，能真实地看到夕阳西下的美妙景致，北望，西京城的高楼大厦尽收眼底。走进竹林，凉风习习，曲径通幽，深红色的木房子门前挂着一只鹦鹉，看到我们走来，它替主人招待着我们："你好，欢迎光临，欢迎光临"。

常青是熟人，我们走进木房子，总有漂亮的姑娘向他热情地打着招呼，姑娘们眼睛中放出来的光饱含着丰富的亲和力。

坐定，有姑娘持了菜单款款走来，模样周正，笑容如山泉般洁净。姑娘着一袭深红衣衫，头顶方格头帕，头帕的两个前角别在耳根上，脸似花朵，亲切如邻家小妹。

常青点了不少菜，色味形俱佳，由此可见他的生活水平与过去有了很大区别，菜很丰盛，我却没有心思吃。我把平安一家的遭遇一五一十地讲给常青，常青听得泪花四溢，他说："他是我爸啊！你们为什么不找我呢？我也是他的儿子啊！他可以心里没有我这个儿子，但我心里一直装着他那个爸的！我曾经无数次地去北郊找过他，可那些地方拆的拆搬的搬，原来的地方全修成了高楼，压根儿就没有找到！"

我反问他："为什么不找我？"

常青一脸愧疚说："没脸见你！你是一个正派人，我做下瞎瞎事，哪有脸见你，也怕你举报我，让我坐监狱，我知道在我身上，你和我干爸付出了心血，你一定非常恨我，我干爸他恨我没有办法，你要是想收拾我，那还不是小菜一碟。"

他知道我和平安的关系，他害了平安，不怕平安的报复却怕我。他见到平安后，可以给他下跪，求他原谅，对我，他吃不准。

整个谈话过程，常青关心最多的还是小燕，说到小燕的名字，他有些遮遮掩掩。他问我吉祥的病到底有没有希望。我告诉他："谁也说不清，但不管能不能治好，小燕的决心是要想办法治，就是把钱花了治不好，也要尽心。"

他思考了一会儿说："治，一定要治，他们没有钱，我有！"

我问他："这些年，你攒了多少钱？"

他说："买我干爸房子的钱够！"

停了一会儿他又说："不买房子，只要能救下吉祥，把我的全部家产给他们我也乐意！”

我问他：“为什么要这样？”

他举起酒杯与我碰了一下，摇摇头说：“你要这样问，我就给你说心里话！”

他解开短袖衫的扣子，双手用力地抹了一下脸说：“我喜欢小燕，这一切，我就是为小燕做的，我讲不出大道理，但喜欢一个人，就要让她好。这些年来，有多少女人看上我，包括这儿的女娃，都是咱老家的，有几个都表示喜欢我，可不知道为什么，我心里只有小燕，这是没办法的事，我这人就是一根筋！”

他很激动，说话速度很快，为了缓和气场，我点燃一根烟给他，说：“那你就是出钱把吉祥治好了，也得不到小燕，还不是白费神思？”

他说：“我不这样想了，我还年轻，钱花了还可以挣。就算为了我干爸吧，我今天之所以能挣钱，底子还是卖了他的煤场，用光头给的两千元起家的。我现在就把钱还给他们，他们需要多少，我给多少，只要我能拿出来！”

我问：“你这样做，你姐会同意吗？你的煤场也有他们的份儿啊！”

常青招手让服务员给壶中加了水，他一边为我的杯子添水，一边说：“我和他们是清的，他们另开了场子，只是我姐操心我的婚事，才忙着为我看房子。过去我落难时，他们看不起我，不管我，我有了好转，他们就认我，毕竟是一奶同胞，用你们的话说是血浓于水，那就浓于水吧。也好，有他们在，相互有个照应，自己心里也不空了，你是有体会的，一个人在这个城市生活，还是挺孤独的，比如说有个病灾的，相互可以照应，起码有了精神支撑，就像当年你和我们一样，有你，我和我干爸心里不空落！”

我们谈了两个小时，常青提出想去看平安。我想了想说：“行呀，要不咱现在就去！”

我打了电话问平安在哪里，平安说他在医院。常青结了账，又用车把我拉到他的煤场。煤场在距竹园饭店不远的地方，场地有平安煤场的三倍大，场子里的煤堆积如山。我问他：“夏天不是卖煤季节，你囤了这么多货，啥时才能卖完？”

他说：“夏天不卖煤，但夏天的煤价低，我囤积的这些煤是为冬天做准备的，不要说零售，就这些煤，到冬天批发出去，也能赚五六万元，如果自己再卖，最少能挣十几万哩。”

煤场有一男一女，男人五十多岁，一身邋遢的样子，像当年初到西京的平安。男人光着膀子正在煤堆旁砸煤块。另有一个漂亮姑娘正在房间的灯光下看书。常青怕我误会，刚一进门，就指着姑娘给我介绍说：“这是小花，那是她大，小花正在西京大学上学，他大来当陪读，小花一到周六就回来给我们做饭！”

小花的样子长得像当年的小燕，无论身姿还是五官，简直似孪生姐妹。看到小花，我想常青心里为什么装不下别人，却留下了小花父女。

小花手中捧着一本红皮书，看到我站了起来，惊得两眼放光。她的吃惊也令我吃惊。我吃惊的是她竟然捧着我写的书。她吃惊的原因是我长得像书的作者。她拉了常青的手叫道："常青哥，你快来，我是不是做梦了，你快来看，这位叔叔，像不像一个人？"

常青笑哈哈地说："不是做梦，这就是王叔写的书！"小花立即转过身子找来笔，用祈求的目光看着我，要我在书上签名。

门外举着大棒槌砸煤块的小花的爸爸，听说我是书的作者，丢下大棒槌跑过来看我，他捋着一双黑乎乎的手比画着说："你是秦南人？你是不是在景村镇工作过？"

我回答："是呀！"

他忙转身洗了手脸，穿上衣服和我握手，他说出了我的名字，问我还记得他不。我摇了摇头说："记不清了！"

他说："我家的庄子当年是你给划的！"

真是一时想不起来。20世纪80年代初，刚刚改革开放，农村掀起修房热潮，当时经我手审批的建房手续很多。他又说他老婆当年患病时，救急款是我亲自送到他手上的。我似乎有些印象但又不具体，为了不伤面子，他说什么我应什么。他激动地说："真是山不转路转，三十多年了，做梦也没有想到在这儿见了你这个贵人啊！"

我想，自己并没有做什么，只是按政府的要求履行职责，没想到却让一位普通的农民记下几十年的恩情。

小花嫌父亲的话太多，影响了自己的心情，她拿着一支带着一朵粉红色小花的笔递到我手上让我签名，我草草写了我的名字，小花激动得手舞足蹈。

常青收拾好要带的东西，换了一身正统的衣衫，刮了胡子，看起来很精神，他向沉浸在激动中的小花父亲叮嘱道："再没有什么了我们就走了，晚上一定把门看好，把狗喂好！"

常青提到狗，一条扬着尾巴的大灰狗从煤堆后面急切地扑过来，像警犬一样将嘴搭在我脚面上细细嗅过。

常青从简易房子里出来，站在亮度很强的灯光下对小花父亲说："这是我叔，以后会常来的，等有机会，你们好好聊，今天还有事儿！"

小花朝前走着送我们，小花父亲向后退着为我和常青让开路。

在去西京医院的路上，我问常青："从哪儿弄到我的书？"

他说："书店买的！"

灯火辉煌的长安路上，街道两边流光溢彩，常青的车像一条在河流中畅游的鱼，左钻右拐，不时遭到后面开车人的谩骂。常青的心情我能理解，任何一个青年人，在一定的时间内就想早点看到自己暗暗思恋了多年的心上人，是谁也会激动。我并没有劝阻常青，也不会担心车速问题，我相信他的车技已经到了炉火纯青的地步。

车走到解放路时，常青告诉我，千万不要说他没有媳妇的事，我问他为什么？他说这样的话，吉祥思想上就没有压力了，要不然他还会以为我在和他抢媳妇，精神上的压力会更大。

我把手搭在他的方向盘上说："停下，快停下。"

常青慢慢将车停在路边。

我细细地看着常青的眼睛说："对了，你的话提醒了我，你最好能带上你的媳妇去看吉祥，如果吉祥知道你还没有媳妇，那你去不是问好，而是逼着他快死。"

常青想了想说："是呀，那怎么办，这还真是个严重的问题。"

我说："可以这样不，你想想，让那个小花帮我们一下，请她帮我们演个戏，这样会好一些，我看你对他们父女挺照顾的，我想他们不会拒绝吧。"

常青听后笑了一下说："我还真不敢这样想，人家是大学生，我这两下子，那吉祥聪明得和啥一样，他还不一眼看穿了。"

我说："你已经是大老板了，咋还没底气呢，这个世道是钱开头，咱有钱呀。"

常青把头抵在方向盘想了一会儿说："要不，咱返回去。事要你来说，那个小花读了你的书，对你佩服得很哩，你说应该没问题。"

常青掉转了车头，我把想法用电话告诉了小花。小花说，我爸说，你三十年前就是我们家的恩人，这点忙算什么，我这就换衣服，等你们过来。

车开进了医院，常青迫不及待地丢下我和小花就往楼上跑。小花扑过去拽了常青的手说，常青哥，连礼物都不带呀。常青从口袋中掏出钱给小花，我们站在大楼前等着小花。

很快，小花抱着一捧鲜花提着一箱牛奶又回到了我们身边。

平安正在给吉祥擦身子，吉祥极力阻止着，平安嘴里不停的唠叨着什么。

常青看到平安，放下手中的东西，扑腾一声跪在平安面前，"爸"的一声呼叫，将平安的动作叫停了。平安并没有惊慌，他慢慢转过头，盯着常青看了一会儿说："娃，你弄错了，我不是你爸！"

看到常青跪在平安面前，小花也随着常青跪下去。

常青并没有起来，他又“爸”地喊了一声，平安才把手中的毛巾缓缓地放到床头上，半信半疑地小声说：“是常青？你是常青？”

常青一连在地上磕了三个头，被平安从地上拉了起来。

小花随着常青也向平安磕了三个头，自己从地上站起来。

吉祥认出了常青，吉祥试探着坐起来，伸出手问常青：“常青，真的是你吗？”

常青走到床前紧紧抓住吉祥的手说：“哥，是我，我是常青，你咋了？”常青明知故问。

吉祥并没有回答常青的问话，他紧紧抓住常青的手，有些羡慕地说：“真没有想到，你会变胖，你这一身肉真是让我眼红呢！”

常青用双手捂住吉祥的脸说：“你也不瘦呀，你看你白得像个女人似的，我可是羡慕你的皮肤哩！”

两个男人尽说些女人见面说的话。平安嫌他们的话肉麻，拉了常青过来说：“你他妈的还能记得你有个爸，这些年都弄啥了？长这么好一身膘！”

常青用手亲昵地摸着平安鬓角的白发说：“你说你儿子能弄啥？老子卖葱儿卖蒜，还能弄啥？卖煤！”

常青把小花从身后拉到平安面前说：“爸，这是小花。”

小花主动伸出手握了平安的手说：“叔叔，常青一直给我说您的故事，他说你是个永远的不倒翁，我们一直在找你们，原来的地方都盖了楼房，今天才来见你，晚辈对不起您。”

大家沉浸在快乐和赞颂中，小燕端着一个绿色的塑料盆进了病房，她看到常青后惊得盆中的水洒在地上。女人成熟后变化比男人大，常青似乎没有认出小燕。小燕看了一会儿常青，放下盆子，将一双莲藕一样白皙的手臂在衣襟上擦了擦，走到常青跟前惊奇地叫道：“常青？是常青吗？”

毕竟两个人年少时有过一段青涩的情感，小燕看常青的目光中多了一些羞涩，常青则显得落落大方。

常青把手伸到小燕面前说：“嫂子呀，握一下手吧！”

常青伸出的是一只手，小燕伸过来的是一双手。三只手并没有握得太久就松开了。看到常青，小燕心中升起一缕希望，那一瞬间，她认为常青一定会帮到自己。她享受过他给予的爱，他领会过他骨子里的善意。

常青松开手对小燕说：“听王叔说，你都有孩子了，咋还像个姑娘，真是轻汗人不下苦，就是不一样！”

小燕把吉祥脚下的床单往里撩了一下，为常青腾出坐的地方，常青并没有坐，而是抓住我的手把我拉了出去，说有事要给我说。

到了楼道拐角处，常青告诉我：“千万不能提买房的事，不要告诉大家我知道小燕要卖房的事，也不要说我的煤场的情况，就说我还是胡混哩。”听常青如此说，我心里一紧，还指望让他来帮平安渡过难关，没想到他却改变了主意。常青发现了我的变化，说：“叔，你放心，我会帮他们，但不是买他们的房，你一定要记住！”

常青心里想什么，我一时没有弄明白，但他如此安排一定有他的道理，我答应他什么都不说。

重新回到病房，我把平安叫了出来，我对吉祥说：“他们年轻人能说到一起，我们老同志下去走走。”

下了住院部大楼，平安问我常青背过他跟我说了什么，又问我如何找到常青？还有常青目前在做什么，混得咋样？我按常青的思路一一回答了平安。我问平安还恨常青不。平安腼腆地笑了一下说：“恨啥哩，人家娃给咱创造了效益，啥都没得到，就连人家喜欢的女人咱也抢了，咱还有啥资格恨人家。”

我故意问他：“常青创造了什么效益，我咋不知道呢？”

他说：“你忘了，东城派出所，那个家伙给咱赔了八万块钱，咱那时候的东西哪能值那么多钱！”

也许几个年轻人过去的关系有些暧昧，他们并没有说一会儿话，小燕就打电话说常青要走。我告诉小燕我在楼下电梯口，让常青下来。

到了楼下，常青要了平安的电话，并对平安说，他也没有啥出息，没有多少钱，然后从口袋中掏出一张银行卡给平安，说了六位数的密码。平安推让着，我劝他：“儿子给钱，老子应该接，不用让了！”平安对常青说：“你可要想好，这钱不一定能还，目前的情况你也看到了！”

常青搂住平安肩膀说：“爸，这不是借，是孝敬，儿子孝敬老子，还啥哩还。”

平安将红色的银行卡在手倒翻一会儿问常青：“卡里有多少钱？”

常青说：“三万元，万一不够，我再从朋友处借，一定要把吉祥哥的病治好，这是儿子给你的任务哩！”

平安笑着说：“行，算老子眼没瞎！”说过，他忙从自己裤子口袋里掏出几张钱，绕过常青把钱塞在小花手上说：“爸在难中，没有多的，这是爸的心意，第一次见面，算是个见面礼。我娃不要嫌少。”

小花推让着。我说：“拿上吧，你爸啊，人长得粗糙，心可细着哩，给了，你就接，要不，伤了你爸的脸，你爸可是一个要面子的人。”

小花向平安鞠了躬说：“谢谢。”

平安执意要留常青和小花吃饭，常青推辞说来医院前吃过了，还说他会经常来看吉祥，说过拉着小花的手走出医院大门，一头钻进灯火中。

平安说医院的收费窗口是狮子的口，老虎的嘴，全他妈是无底洞！多少钱进去，就别想着从那儿再出来。他说他要是有权人，就制定一条规定，凡是入院看病的人，病看好了交费，自然走人！看不好的，按比例退钱给患者，如果看死了的，钱全部退给患者家属，当然，有些病除外，比如让车撞的，让石头、砖头砸了的，喝药自杀的，像这些病完全可以收钱，像内科的病，你看都没看好，凭什么收人家钱？花了许多钱，把人看死的，就应该退钱给人家，你把人都看死了，为什么还要收钱？人家给你出钱，就是想叫人活哩。

平安的一番话，听起来很可笑，细想想，似乎有些道理。真要按他的说法去做，我想世间就没有人敢开医院了。

平安还说，如今这世道，社会好了，生活好了，人的苦难却多了，像他小时候，大队有个医疗站，谁看病都不要钱，赤脚医生自己上山采药就给社员把病看了，那时多好，肚子天天饿着，心是欢畅的，总有使不完的劲儿，你说现在这是咋了，吃着好的，穿着好的，住着好的，走路也方便，人心里咋不踏实呢？总感觉生活在空中，心老是悬着，头上总觉得压着东西，像是天很低，把人压得喘不过气儿。

平安的感慨，是民生大众的感觉，细想想，生活在这座城市的农民工，他们到底拥有多少幸福？

二十七

常青的三万元，不到五天就花完了，平安一直催我卖房的事，我告诉他房价一直在走低，没有合适人买，我也没有办法。平安说只要是钱，给多少都卖。

正在大家为钱发愁时，四川女人打通了我的电话，她告诉我她在西京医院看见我，不敢确定是不是我，问我身体哪里有问题，她也在西京医院，想看看我，让我告诉她我的病房号。

我把吉祥的病房号告诉了她，过了一会儿，四川女人提着花篮和水果篮进了吉祥的房间。

那时，我正和平安从主治医生办公室出来，四川女人发现我报的病房里没有我，将花篮和水果篮放在楼道给我打电话。我和平安已经站在她面前。

收了电话，四川女人用吃惊的目光看着我和平安问我："谁在住院？"

我重新把她带进吉祥的病房，告诉她吉祥是平安的儿子。

她将花篮轻轻地放在床头柜上，细细看过吉祥，用她好看的手摸了吉祥的脸，眼泪出来了。

淑玲和小燕没有见过四川女人，她们不住地问我。此人是谁，我告诉她们是我的同事。

我将四川女人和平安带出病房，电梯口的人多得无法挤进去，我又将他俩带上楼梯，准备带到楼顶，我突然想起，楼顶是不能让平安知道的，万一他知道人们可以上到楼顶，有一天他想不开，会不会从楼顶跳下去。

我又将他俩带到楼道的另一头，那儿有医护人员的专用电梯。

到了花坛边，我将吉祥的病情告诉了她，她看着一脸憔悴的平安问他，孟师傅，我能帮你什么？

平安咬着嘴唇说："谢谢你，你能来看我儿子，我已经很高兴了。"

四川女人说："看样子，情况不太好，这病是烧钱的病，我没有多的帮到你。"

女人说着，在裤子口袋里摸了半天摸出一张银行卡给平安说："这里面有一万元，是我准备看病的，你先拿上，多的我实在是拿不出来，刚买了房子，还贷下不少款呢。"

女人让着，平安死活不接。女人追着，平安躲着。

我劝住女人问她患了什么病。她告诉是乳腺增生，不是什么要紧的病。

我问是否真心要帮平安。

她说："王哥，我什么时候说过假话？"

我说："现在我们急需用钱，再不交钱，医院就不用药了，你要真心帮他，你把卡和密码给我。"女人毫不含糊地将银行卡塞进我的口袋。

望着女人走出医院的背影，不知道为什么，我的视线模糊了。

平安说："有心的女人，难得。"

吉祥的病情在不断地恶化，医生含糊其词地告诉平安，病人的状况只是过渡期，过了过渡期过后也许情况会好起来。平安忐忑不安地问医生病到底能不能好，医生依然没有明确答案，只告诉平安天下患此类病的人多的是，大部分人不是都好好的吗？医生如此一说，又给平安添了信心，平安让小燕和淑玲照顾吉祥，他要回老家去筹钱。淑玲问他："老家谁会有钱给你，我们进城几十年，亲戚生分了，人家门前的情我们也没行，谁会把钱借给我们？"平安想想也是，但他还是坚持要回去。他说："我就不信活人能让尿憋死，万一不行把老家的房子卖了。"淑玲同意平安卖老家的房子，她说："要卖也得留下一间，要不我们将来回去没有地方住。"平安用眼睛瞪着淑玲说："都啥时候了，还说这些？只要儿子能好起来，我们将来沿街乞讨也行啊。"

听平安如此说，淑玲又哭了起来。她拧过头用泪眼看着我和小燕说："日她妈的，要死也不快快死，快把人害死了，我一生心善得和啥一样，为啥会有这样的恶果让我吃，老天真是瞎了眼了！"

平安要走，我悄悄走过去，告诉他让他去看看正在沉睡的吉祥，他摆了一下头嘟囔道："我看他日他妈，狗日的把人害咋了，还不如快快死了呢！"说过，他用袖口抹了一下眼泪，甩着双臂一摇一晃地走向电梯。我担心平安想不开，又跑向电梯，电梯门关闭了，只好等一下趟电梯。

我三步并作两步跑到医院门口时，发现平安坐在医院喷泉旁边抽闷烟，一边抽一边抹眼泪。我买了两瓶绿茶走向他，他并没有看到我，快到他跟前时，他低着头转身走了，我慌忙上去扯了他的衣襟，重新把他拉回喷泉池边，把两瓶绿茶塞进他的背包，又从我的挎包里掏出三包好烟给他，最后又把身上仅有的五百元也给他，他没有拒绝，只是摇摇头说:“他妈说的也对着哩，这盲目地跑回去，向谁借钱嘛?贤子的日子也日塌了，该给的都给了，其他亲戚这些年很少来往呀！”

我说:“那你就不要回去了！”他低头想了一会儿，又抬起来用圆鼓鼓的眼睛看着我说:“不，我得回去，我有我的计划，也许能弄一些钱来！”

我问:“什么计划？”

他说:“现在不能告诉你，等我回来你就知道了！”

我说:“你有计划那就按你的计划做吧！”

他从水泥台上站起来把手搭在我肩上说:“万一狗日的走了，你要等我回来再火化！一定要等我！”

我抓住他的手说:“尽胡说，快去找钱，吉祥不会有事的！”

他又将我按在台阶说:“我昨晚做了梦，梦见吉祥病好了出院了。这梦都反的，也许就在这几天呢！”

针对他的想法，我亦不知道如何安慰，只有顺着他的话说:“那你还不再看看吉祥再走？万一出了事不是遗憾嘛！”

他摇摇头叹气道:“不看了，我对他全是恨，有时都想一把把他掐死，可我下不去手，他把我给咋了，这些日子，是我一辈子受到的最大煎熬，快要憋死了，他不死我就得死！”

我知道他是在说气话，不再和他争辩，对他说:“你快去吧，再晚就没车了！”

这回，他很利索地起身走了，连头也没有回。我知道，他是个坚强的人，深信他不会有什么事。

平安走后的第二天上午，我让房产中介的学生带着鲜花到病房看望吉祥，那时，我和小燕、淑玲都在医院。淑玲带着幸福去了兴庆公园，只有小燕趴在吉祥的床边。一切都是我和常青提前安排好的，如此计划，基于医生告诉我吉祥的真实情况之后。医生明确地告诉我，病人没有多少日子，大概不出一周。

此时的吉祥，人瘦得如山野里一把冬天的柴草，有枝无叶。淑玲说吉祥的病如抽水机，几天工夫，把吉祥体内的水抽干了。

学生进入病房时，我有意躲在楼下抽烟，我不知道学生是如何与小燕谈的。小燕打电话叫我时，我告诉她我在楼下，她说她下来找我，小燕生怕吉祥知道卖房的事，给淑玲打了电话让她快回病房。

我们到了医院后花园。学生拿出了购房协议书，小燕细细看了一遍，又把购房协议让我看，我粗略地浏览了一下，还给小燕，小燕重新看时，眼泪汹涌而出，学生很及时地把一张面巾纸递交给小燕，小燕问学生："能不能给我一个月的时间，然后再腾房给你！"

学生说："可以！"

小燕说："我要的是现钱，必须一次付清！"

学生说："钱我都带了！"

小燕又问："你们不看一下房子就这样买吗？"

学生说："我们已经看过了，只是你不知道而已！"

学生目不转睛地看着小燕的一举一动，他的目光中多了欣赏的成分，小燕的目光与他相撞时，他对小燕说，如果想好了就在协议签字吧。

小燕用咨询的目光看着我，我对学生说："这样吧，让她和家人商量一下，毕竟家里还有老人！"

小燕斩钉截铁地说："来，笔呢，我签！"

正在此时，平安的电话来了，他问我房子卖了没有？我告诉他：正在说此事，人家只给三十万元，现钱带来了，只要你同意，现在就可以签协议。

平安在电话中停顿了一下，问我小燕是啥子意见。我把电话递给小燕，小燕接过电话离开我们，走到草坪上与平安通话。小燕和平安并没有说几句话，从草坪上走过来，麻利地在协议书上签了字。她刚把字签完，学生将一个棕色的提袋推到小燕面前，小燕用手摸了一下问："不会是假钱吧？"

学生笑眯眯地说："正好是三十万！"

小燕用颤抖的双手打开手提袋，眼泪像六月天的白雨，啪啪地落在纸袋上，她把纸袋和钱向我怀里一塞，撒开脚向草坪的另一边跑走。学生杵在那里，不知如何是好。他帮我把钱重新塞进纸袋，问道："老师，你看这事儿？"

我扭头看着远处坐在台阶上哭泣的小燕对他说："你走吧。"

学生走后，我抱着沉甸甸的钱袋子走到小燕面前，对她说："别哭了，这不有钱给吉祥看病了嘛！"

小燕擦了眼泪从地上站起来说："我不是哭房子没有了，我是哭一个父亲的可怜，他几十年的心血就这样没有了，他在这座城市的梦就这样破灭了！"

"这是天灾人祸，不要想那么多，先把吉祥的病治好再说。就是没有希望，我们也要创造希望。"我拉着小燕的手向医院外面的银行走去。小燕低着头，踩碎了自己落在地上的眼泪，我不住地梗着脖子替她看着马路上来往的车辆。我看到常青在马路对面看着我和小燕。远远地，我挥手示意他离开，他挥手在空中指指自己又指指朝阳门。

吉祥变化很大，嘴唇起了灰色的泡，脸蛋上的肉不见了，颧骨高耸，眼睛凹陷，连挥手的力气也没有了。幸福也不去幼儿园了，整天围绕在吉祥身边，可怜的孩子似乎明白了什么，不吃不喝也不闹，静静地守在吉祥的床边，脸上的红润之色退却了，有时抱着时而昏迷的吉祥哭泣不止，惹得病房里的人们个个泪眼婆娑。我提心吊胆地守着吉祥，晚上回到家也是耿耿难眠，总怕医院传来不祥之讯。

两天后，平安从老家回来了，他没有直接去病房看吉祥。在他心中，吉祥已经是他的仇人，是欠了他债没有偿还希望的人，我不知道他是真恨吉祥，还是有意做出一些举动缓解淑玲和小燕的悲伤，他是一个与众不同的人，也是一个爱憎分明之人，更是一个说一不二的人，用我们老家的话说，他是一个怪人，怪人的举动往往是反复无常的，在如此大悲的日子里，他坚守着自己的秉性，但我知道，他生冷的个性里，隐藏着极大的苦楚，秉持着一个血性男人面临大事的主张。

医院门口，我、平安、淑玲、小燕会合在一起，平安把三万元交给小燕。淑玲一边揉着自己泛红的眼睛一边哽咽着道："你真把老家的房卖了？"

平安用手拍着淑玲的背说："我不会为他狗日的把房卖了，他日他妈不活了，我们还要活，为他日他妈卖房，不值得！"

淑玲惊骇地问道："那你从哪儿弄的钱？"

平安缓和了口气说："你不要管，这是我在老家存下的养老钱，不用还的，快去吧，小燕，扶着你妈上去，我和你叔有话要说！"

淑玲问平安："你不去楼上看一下？"

平安说："我要是去看他，就直接把他掐死。"

淑玲摇摇头，摇落一串泪，小燕急忙拉着她走向病房。

平安紧紧抓住我的手将我拉到一棵梧桐树下。他告诉我钱是从村长那儿弄的，他对村长说吉祥是村长的儿子，讹了村长。他点燃一支烟吸着，喘了几口粗气之后摇摇头说，没办法，你也别说我无耻，先把事往前推，走一步算一步。村长目前正红火着，村里的山上开了金矿，村长有的是钱。他还告诉我，他让村长请阴阳先生给吉祥看了墓地，一旦吉祥不行了，村长就会帮他为吉祥修墓。村长让他对外放风，说他回去是给自己送钱去了。

我指责他是胡闹！他说他有下数，吉祥是个什么结果他心里清楚。我动员他上楼去看吉祥，他说："当然要看的，哪个父亲不疼儿，虎毒还不食子哩，我所做的一切，是给两个女人看的，我恨吉祥是想让两个女人从我的恨中体会到另一种东西！"

"什么东西？"我急切地问道。

他吐了一口痰说："减少她们的痛苦！"

回到病房，平安把吉祥揽进自己怀里。吉祥已经是有气无力了，像一个幼童，用双手紧紧搂着平安的脖子，把自己的头依偎在平安胸前声音细微地说："爸，我对不起你，对不起我妈，对不起小燕，对不起幸福，还有我王叔，我岳父，让你们失望了，你们恨我吧！我实在是太累了，我想美美睡一觉，我想在你怀里睡，让我睡吧！"吉祥说着，没了声音，身子软了下去。

病房里的哭声起来了，除了淑玲和小燕，邻床的病人家属也哭了起来，他们走过来，围在吉祥的床边。幸福上到床上，轻轻趴在吉祥身边，把头贴在吉祥的背上，吉祥伸开手抓住了幸福的小手。

小燕走到床边用手摸着吉祥的手问平安要不要叫医生，吉祥挣扎着说："我要回家，让常青送我回家，常青是我弟，让他开车送我回家啊！"

幸福往上爬了爬，嘴巴接近吉祥的耳朵说："爸爸，我们不回家，家里没有医生，没人给你打针！"

吉祥没有回答幸福，他睡着了。

平安示意小燕上床抱住吉祥，让我帮吉祥翻了身子，让吉祥的脸面对大家。吉祥的脸灰青着，小燕怕吓着幸福，把吉祥的头靠在自己胸前，用双臂护着吉祥的脸。

平安开始给常青打电话，他口气生硬，像领导下命令似的问常青："你是不是我的儿子，是我儿子，就开车到医院来，送你哥回家。"

安排好吉祥和小燕，平安把我和淑玲带出病房，淑玲的身子如泥般柔软，刚出病房门，就倒在地上。我还没有弯下腰，平安像移动一袋煤似的，一把将把淑玲拎到墙角。他蹲下身子对淑玲说："现在不是哭的时候，是安排事的时候！"

淑玲被平安唬住了，她睁大眼睛看着他，平安对我说："咱撤吧，让娃回家，免得在这儿让人家烧了！"

我不知道说什么。我已经不能安慰他什么了，吉祥的现状明显地摆在那里，我不想让父子二人的梦破灭。我说："你安排吧！"

平安坐下来，背依在墙角，他伸开双腿，一把将淑玲拉在自己腿上，对她说："我也想哭，我要是哭了，眼睛流出的不是眼泪，是血，但我不能哭，要忍，咱都得忍，听清了没有？"

淑玲把头在平安腿上点了点，点出一摊口水，落在平安裤腿上。

楼道那头走来两个人，远远看出是两个熟悉的身影，近了，看清楚是蒋爱芳和王善，蒋爱芳怀抱一捧鲜花，王善提着一箱牛奶。看到他们，平安闪了闪身子想从地上起来迎接他们，却没有闪起来，像见到亲人一样，一下子眼泪就下来了。

我把两个人引到吉祥的病床前，他们看过沉睡的吉祥，蒋爱芳把鲜花放在床头柜上，抱着幸福走到平安面前。

王善蹲下身子，问平安："我能做什么？"

平安说："孩子要回家！"

王善把手搭在平安肩膀上说："得几辆车？要什么车？面包还是越野？你说！"

平安挣扎着要起来，王善按住他。平安说："车我有了，不麻烦你了，你能来，我高兴！"

王善从地上站起来，把我叫到一边，问道："真的没有希望了？"

"没有了！"

王善叹了口气："没有就要有没有的安排，你要吃力哩！"

我点点头。

他接着说："用车给我打电话，什么时间走，告诉我！"

我伸开手握着王善的手摇了摇。

王善从口袋中掏出一沓钱塞到幸福怀里，背着手重新走进病房又一次看了吉祥，还把手在吉祥鼻子下面试了一下。吉祥没有反应，蒋爱芳拿出钱塞给小燕，两人在平安身边站了一会儿便走了。

街上的路灯依次亮了起来，街道成了彩色的河流，华灯的辉光透过病房的窗口照进医院，为白色的空间涂抹了淡红，增添了暖色。

平安和淑玲在医院的楼道里放出了鼾声，两个苦命的农民工，在这个黄昏收获了许多同情的目光，路过的护士，用泪眼看着他们，值班的医生走过他们身边时，踮起了脚跟，住院的病人，陪护的家属，在这个傍晚，全部失声，他们用惺惺相惜的目光和心绪，为平安和淑玲守护着宁静，有人落泪，有人低头深思，一个一直照顾着吉祥的护士关掉了楼道里平安头顶上的灯，她还在他们旁边放上两瓶矿泉水，有住院的病人为他们拿来床单盖在身上。我被人们的举动感动着，我不想叫醒他们，我想让他们收获这座城市的些微同情，这些同情解决不了他们的问题，但可以给他们温暖和活下去的信心。幸福要叫醒他们，都被我阻止了，我守在他们身边，看着他们沉睡的样子。

常青终于来了。他这次来穿着一身讲究的衣服，皮鞋是亮晃晃的，走路的样子很不自然，我猜想是他的脚还没有适应新鞋吧？常青把一大包小食品送到病房给了幸福，又轻轻地走到病榻前看了吉祥，吉祥抓着了他的手，声音微弱地说："有机会帮我照顾孩子，你是娃的叔！”常青弯下腰轻声告诉吉祥：“哥，没事的，你会好的，我会帮你照顾孩子和老人，就是想让你早点好起来！”说过，欲离开病榻，却被吉祥拉住。吉祥还要说什么，却没有说出来，看到吉祥痛苦的样子，我想离开病房，刚一转身，被平安挡住了。平安走到吉祥身边，从常青手上移开吉祥的手，对吉祥说：“你先歇一会儿，我跟常青到外边说点事！”

吉祥依依不舍地拽着常青，不停地重复着：“你一定要帮我照顾好孩子和家人。我知道你就生活在这座城市，你也在卖煤，你为什么不想见我？其实，我曾经多次去看过你，你不知道！”

平安生硬地从常青手腕上移开吉祥的手，一把拉了常青和我走出病房。平安要给常青说的话很简单，他说：“想不想让你哥回家？”

常青犹豫了一下，用眼睛看着我，又转过脸对平安说：“回家咋办？谁给我哥看病呀？”

平安用舌头舔了一下干裂的嘴唇对我和常青说：“你们不要抱幻想了，病人三天都不得出去，走，咱回家！”

常青蹲在地上，抱着头长长叹一口气说：“爸，我听你的，你咋安排我咋做！”

平安用目光征求我的意见，我点点头表示同意他的安排。他让我和小燕留在西京，他和淑玲常青把吉祥拉回去。小燕不同意，她要和吉祥一起走。平安想了一会儿说：“那就一起走吧，你去结医院的手续！”

平安把我拉到走廊的东头，说他已经给村长打了电话，告诉村长今晚回去，让他安排好家里的事。我也打电话告诉家里人，这几天有事不回家。

二十八

车到平安家时天快亮了，几个亮晶晶的星星从西京城外一直跟随着我们前行，我们进山它们也进山，我们爬过秦岭，它们也不放弃对我们的追随。我坐在常青右边，那几颗星星一路在琢磨着每个人的心事。东山上的鱼肚白像一条灰色的飘带，慢慢从山尖上飘起来。车刚停到平安家的院子，星星们不见了，东山上的鱼肚白染了淡黄色。又过了一会儿，东山上的霞光染黄了天际，一个凄凉的日子展开了。

平安看到村长从屋子里出来，忙跪在地上给村长磕头，村长从地上扶起平安对他说："你这是弄啥哩，咱弟兄俩，还要这样吗？"

收拾柴草的人急忙跑到车跟前看吉祥的情况，躺在小燕怀里的吉祥慢慢睁开眼睛，艰难地支起身子，向几个旧相识打着招呼，村长拨开众人，从车上把吉祥抱了起来，吉祥的腿耷拉在空中，有人立即把腿托起来。吉祥被众人抬进了家门，我跟了进去，伸手摸摸吉祥的床，电褥子热烘烘的。小燕麻利地上到床上，重新把吉祥抱在怀里。站在一边的常青对小燕说："你抱了一路了，累的，让我来抱吧！"小燕说："你一口气开了那么长时间的车，快去眯一会儿！"

村长的女人在堂屋的红色小方桌上倒上了茶水，她拉着淑玲的手劝慰着淑玲，两个女人说着说着小声地哭起来。村长端着茶杯站起来，走到两个女人跟前厉声吼道："你俩少哼哼，娃美美的，瞎哼哼啥哩？去去去，做饭去！"

两个女人拉着手逃离了堂屋，走到门外浓烈的光气中去了。

村长家在平安家门对面的小河边。两户人家的门相对着，中间隔一条小河，河东岸有一排高高的钻天杨，河西岸长着一排腰身粗的泡桐树，河中水不大，河槽很深，平安曾给我讲过许多发生在小河两岸的故事。他有时说村长是他的仇人，有时又说村长是他的恩人，我知道他们之间发生了什么，但他们的关系我一直无法界定。平安是一个多重性格的人，他的性格是典型的地域文化的代表，他说过，人在世上，没有永远的敌人，也没有永远的朋友，仇人可以成为最好的朋友，朋友也可以成为最令人憎恶的敌人。

眼前的村长比平安年龄稍长一些，精神头比平安神气几许，个头也高，做事很沉稳，具有领导风范，从他把吉祥从车上抱下来的过程看，是一个重情义识大局之人。那一刻，我仔细地观察了村长，发现吉祥长得与他毫无关系。放在一般人，平安拿了他的钱，应该是恨平安的，但从他的举动中看不到恨，也许他信了平安的谎言，也许他是用自己的行动证明他对淑玲的那份情感。在农村，人们对情感的掩饰比城市人更隐蔽，特别是一些上了年纪的人，表达情感的方式不是语言，也不是物质，而是行动，一个人的行动代表了一切，他们的行动就是无声的语言。眼前这个村长是经历过人生风雨的男人，他的作为没有人会说三道四。

村长把四个帮忙的人，还有我与平安一起叫到他们家。村长家里的摆设不比城里人逊色，从外边看是砖混结构的瓦房，而房子里面全是用上好的材料装饰过的，只是那优质的地砖上多了一些污垢，像它伟岸的主人在我心里的形象。

进了门，平安想起给村长介绍我，村长并没有和我握手，只是淡淡地对我说："感谢你在西京帮了我兄弟那么多，其实，咱俩是没有见过面的老朋友，我对你的了解可不少哩，只要我弟家回来人，总要给我说起你，包括我那侄儿吉祥，娃给我说，要不是你，他连大学也上不了呢！"

真是个心有城府之人，不卑不亢不张扬，说话不紧不慢，语言结构暗藏逻辑，威严得令人起敬三分。

村长给每个人的茶杯里添满茶后，用他比平安大不了多少的眼睛紧紧盯住平安说："娃回来了，以我看，希望很渺茫，娃浑身没劲儿，咱普通人说是劲儿，医生说是底气，娃没有底气了，一个人没了底气，就是自己把生的希望放弃了！"

平安喝了一口水，用舌头舔了一下干裂的嘴唇说："我把娃拉回来就是听你安排的，你说咋弄就咋弄，于公，你是一村之长，于私，你是娃的伯，一切听你安排！"

村长从沙发上站起来在地上转了一圈后，猛然抬起头，声音洪亮地说："要我说，咱背着娃先把墓箍下，把棺材购置下，以防万一，如果娃好了，咱也不说墓是为娃箍的，就说是村上别人修盖的，现在村上也没有多少人，和娃能说来话的年轻人，都出去打工了，只剩下一些老年人，他们跟了我也有几十年时光，他们的嘴我是可以封住的，没有人不听我的话！"

平安哼哧了半天，将头抬起来看着村长，像仰望一位伟人。他还是那句话："回来了，就听你的，你在村上管了几十年事，有经验，你说咋弄就咋弄！"

说完，他把目光向我投来。村长怕我持反对意见，把步子移到我面前，向我敬上一支烟，我立即站起来接了烟，对他说道：“一切还要仰仗你的！”

“啥仰仗哩！是我应该做的！”

大家复又坐下开始抽烟喝茶。平安刚把一口茶吸溜到口中，又急切地站起来对村长说：“不知道总体下来得多少钱？你说个数，我得想办法凑，医院花了一河滩，手头也没几个了！”

村长挥手让平安坐下，喝了一口水，水在他口中发出快乐的流动声，放下茶杯，又吸了一口烟，吐出的烟雾像一根直愣愣的柱子，横着飞向平安，烟雾在平安的额头上炸开了。烟雾炸开之后，村长不紧不慢地说：“钱的事你不用管，这些事我来安排，你记住一点，是钱能解决的事那他妈全不是事儿，只有钱解决不了的事那才是事，为啥咱吉祥的事成了事？就是由于有多少钱都解决不了！”

村长的话说得少了许多标点符号，平安没有听清，他试图从村长的话中找出什么。村长又发话了，他指着坐在他身边两个中年男人说：“得到，你去磨子沟请阴阳先生，就说是给我看老房，无论谁问，你就这么说，你要是说日塌了，明年的低保就没有了，记下没？”

五十多岁的得到把袖着的手从袖筒里抽出来，站到村长跟前说：“知道了，行，但我有个条件，你得给我两包烟，两包不一样的烟。一包好的，一包不好的，好的给阴阳先生抽，不好的我抽。”

“还要啥？”

村长没有看得到，而是用目光看着我。我以为他让我给得到掏钱，忙从身上搜寻着钱包。得到吭哧了半天说：“还要，要，要……”“给你再带两瓶水行不，绿茶？”村长眉毛一挑，说道。

得到兴奋地把脚在地上跺着，拍着双手眉飞色舞地说：“要么说你能当一辈子村长，你理解人嘛！”

村长站起来压住了我掏钱的手，之后进了他的卧室，从卧室出来时，他手上拿着两张一红一绿的钱，把红色的那张给了得到，问道：“这是多少？”

得到把钱拿在手上抖抖了说：“一百块嘛，够了！你要是嫌不够，把那个绿的也给我！”

村长说：“我踢死你！快去快回，花剩下的交出来，要是误了事，明年你喝西北风去！”

得到拿了钱，像一股风似的跑了，身后的阳光下起了一团白雾。

村长又把得到的弟弟得位从小凳子上拉起来，将五十元塞在他手上说：“这回娃的事，你要扛大梁哩，你，我，平安，咱可是从小玩尿泥长大的，你心里有数，啥事都不要指望平安了，你我就是平安的左右膀子，你明白不？钱省着花，娃在医院把钱花光了，平安手上是光光，这钱咱得垫着，你有了你出，你没了我出，知道不？”

得位头点得像鸡啄米，他说：“我去镇上拉水泥砖头，请匠人，选棺材，买烟酒，置被褥，买肉菜，可五十元咋够呢？”

村长用手拍了拍得位的肩膀，语气和蔼地说：“这五十元，是给你的补助，另外的钱，我这儿在信用社有个折子，密码是我家的电话前六位。大概有五千元，你先用，不够再说。这事儿先不给你嫂子说，就说是平安给的钱，女人家事多，知道不？”

“知道！”

村长把他的摩托钥匙给了得位，得位把五十元扔在茶桌上，转过脸对村长说：“你给我补助，还不如直接打我耳光！”

得位骑着摩托一溜风似的走了。村前树上几只正在欢叫的鸟儿被摩托车声惊得闭上了嘴巴。

我被村长的行为感动着。平安说村长是他的恩人和仇人，我在想，他在日子平顺幸福时，一定视他为仇人，一旦他的生活不顺，才知道他是他的恩人，现在，不光是平安，我都被村长的行动感动，想给神一样的村长磕头。我想他对平安的帮助，一定是报答淑玲对他的好。他是多么智慧的一个人，会相信吉祥是他的儿子？即便如此，他还是慷慨解囊，为他曾经爱过的女人分担着一份责任。

村长果断地安排好一切，又一次带着我和平安去看吉祥，吉祥的样子使人产生恐惧，小燕和幸福守在他身边，一家三口紧紧地依偎在土炕上。村长用热水温了自己的手，轻轻去摸吉祥的脸和胸口，吉祥用双手紧紧抓住村长的手，把村长的手捂在自己脸上。村长将屁股坐在炕沿上，扬起脚蹬掉脚上一双做工细致的条绒松紧口布鞋，爬上土炕，他让我将小燕和幸福接下炕，自己将吉祥抱在怀里。我看到他的眼泪一滴一滴地滴下来，打在吉祥的衣服上，他一边抚摸吉祥的脸一边对他说：“娃呀，一切都有伯伯哩，我娃放心，二十多年了，伯伯没有好好地抱过我娃，今日，让伯伯好好抱抱我娃，我娃想吃啥，想喝啥，给伯伯说，在咱这八亩地儿，没有伯伯弄不来的东西！”

吉祥的喉咙里像塞了东西，想说话，却说不出来，他挣扎着用手摸着村长的脸，轻轻咳了一声，声音低沉地说：“伯，娃不想吃，也不想喝。伯，你娃对不起你呀，还没有来得及孝敬你。”村长用手扶着吉祥的下颌，低了头对吉祥说：“我娃有啥给伯说，慢慢说，伯听着哩。”吉祥的一根指头伸进了村长的嘴角，村长用牙齿轻轻咬住那根手指，却装出用劲的样子。吉祥看着微微笑了一下，说：“伯，你娃有事求你，你娃不在了，你要帮娃照看我爸哩，我爸脾气硬，总是惹你生气，他没有坏心，他是知道报恩的人！”

村长将装着稻皮的软枕头垫在自己胸口让吉祥枕着。他说：“妈的，你别乱操心，你爸和我，从小玩大的，他是啥人，我还不知道？我和他，狗皮袜子没反正，我娃放心！”

村长和吉祥说着话，淑玲和村长老婆从大门里走了进来，村长听到两个女人的说话，示意我告诉她们出去做饭，我拉了旮旯门，对两个女人转告了村长的安排，淑玲硬要进门去看吉祥，我狠狠地推了她一把，她明白了我的意思，拉着村长的女人出去了。

看到几个女人向村长家走去，我和平安、常青重新回到吉祥的房间，村长竟然和吉祥并肩躺在土炕上，吉祥发出轻轻的笑声。

二十九

在村长家吃过上午饭，得到叫来了阴阳先生，村长对我说：“吉祥想到镇上去看看，还想看他的母校，你和小燕陪吉祥去镇上吧！”

我告诉村长：“这样太危险，怕不行吧！”

村长说：“孩子的愿望我们没有理由不满足他，你们可以不去镇街，到胭脂河边走走也行，六月天，胭脂河边能看的东西很多，轮椅我联系好了，一会儿有人送来，让娃离开的目的是给阴阳先生让路，要不，后面的事就没法做嘛！”

我坚持说：“吉祥的身体实在太虚弱，这样会有危险的！”

村长不高兴了，他指着平安问：“那你看咋办？总不能不做后面的事吧？”

平安把小燕拉到一边说了什么，小燕过来对我说：“叔，咱们听我伯伯的吧！有什么事儿我扛着！”

有人用摩托车送来了轮椅，常青接了轮椅推过小桥。

我们拉着吉祥离开了村庄，躺在轮椅上的吉祥脸如白纸。小燕依偎着吉祥，不停地给吉祥说着一些开心的往事，吉祥没有什么反应，很平静，时不时吃力地伸手整理着小燕额头的刘海儿。

六月天，是山区最美的季节，到处一片葱绿，河湾的堤岸上，鲜花盛开，红的黄的蓝的，分外妖娆，每个树叶上挂着亮晶晶的太阳。风中迷漫着清香，温柔得如同母亲的手，在人的脸上轻轻地抚摸，山路边，偶尔会有一两声鸟儿豁亮的叫声，划破宁静的气氛，山路上没有一辆车通过，过去热闹的金矿被人们采空了，一条繁华的黄金通道，成了枯鱼之肆，那些依托金矿发财的人们住进了城市，只有寂寞的山路贴在河岸，如记忆之声带。正是这条山路，促成了我和平安的相识相知，改变了平安一家人的生活轨迹。我在想，要不是这条山路，也许平安会有另一番人生，他不会出事，不会去西京找我，不会在西京寻梦，也许吉祥不会是今天这个样子。我又想，他们不是这个样子又会是什么样子？也许命运早就为他们准备了这个样子。

到了胭脂河边，我们把轮椅从车上抬下来，用一条艳红的毛毯裹着吉祥。小燕推着吉祥在河边散步，我和常青下到河里，看到水中有红色的小鱼和好看的河石，却没有心思去捡，我们把脚泡在清澈的水中，等待时光的流逝。常青看到一个圆形的红色石头，将它从水中捞起来，用自己的衣襟擦干水，放在心口暖了一会儿，然后跳上河岸，将红色心形石头塞在吉祥手中，吉祥已经没有力气将石头移动了，他用混浊的目光看着常青，给了常青一个艰难的笑，然后闭上了眼睛。常青将那块红色的石头从吉祥的手中拿过来，装进自己的裤袋。

时光过得好慢，不知道何时才能回到平安家。小燕推着吉祥不停地在路上走动，远远看去，披着红色毛毯的吉祥像绿野中一个流动的火球，十分显眼。人常说，红色是燃烧之色，可此刻的红色，燃烧着亲人的时光，燃烧着吉祥的生命。

常青替换了小燕，小燕沿着陡坡下到河水中，她脱了鞋，解开头上的发束，坐在一块浸在水中灰白的石块上，将自己的头扎进水中，她想让清凌凌的水洗涤自己的心思，可那些恼人的心思如何才能用水洗掉？

洗完头，小燕走到我跟前问我要不要去镇上。我看看天对她说："不去了，要是去了，见了人也不好说，咱们不认识这儿的人，人家问这是谁，咱无法回答！"

小燕一边拧头发上的水一边说："也是，一会儿这河道里就会起风，咱换个避风的地方，吉祥的身子最怕风，河道里的风带着水汽的！"

我们一同走到吉祥身边，示意吉祥上车，吉祥摇摇头。小燕从常青手上接过轮椅，准备把吉祥推到另一个山洼地里去，那儿是避风港。

我们准备离开河床时，河湾另一端的山路上飘来一辆红色的摩托车，近了，看清是贤子。按理说，贤子早就应该去西京看望吉祥，没有想到她现在才出现。贤子走到吉祥轮椅旁边什么也没有说，放声号哭，哭声在宁静的河湾传得很远。贤子把头顶在吉祥怀里，双手紧紧抓着吉祥的手，说："姐对不起你，现在才来，你骂姐吧，你打姐吧，像你小时候一样，你就是咋打，姐也不还手的！"

贤子的哭，引出了我们几个人的眼泪。常青从地上拉起贤子对她说："贤子姐，别哭了，吉祥好好的，你这么一哭，吉祥会伤心的！"

贤子似乎明白了什么，立即从地上站了起来，向我和小燕打过招呼，从小燕手中夺过轮椅自己推了起来。

贤子走出很远，小燕才告诉我和常青，贤子和丈夫离婚了。

我们在山路上毫无目标地走着，走到太阳攀上胭脂河西边的山头，才往回走。

刚走进平安家的庭院，却发生了另外一件事。平安看到从车上下来的贤子，二话不说，噼里啪啦抽了贤子几个耳光。贤子没有哭，捂着脸扑通一声跪在平安面前，屋里几个女人见状，忙跑过来拉贤子，贤子倔强地跪在地上，任谁也拉不起来，等贤子取开手时，人们发现她的脸被血糊着。没有人指责平安，没有人劝说贤子。村长从小桥上风风火火地跑了过来，他看到贤子脸上的血，并没有拉贤子起来，他走到平安跟前，一脚将平安踹倒在地，然后从地上掩起贤子，他指着自己的女人吼道："拿热水来，一个个都是死人吗？"

拿来了热水，村长为贤子洗了脸，将贤子拉到小桥那边自己家去了。

平安还在地上坐着，他不知道自己要做什么，圈起腿低着头呆呆地坐着，像一个犯了错被家长当着众人面打了耳光的孩子。我几乎不敢相信他是我认识的平安，他是一个有复仇之心的人，是一个不受任何人歧视的人，是一个火暴脾气的人，而此刻，他像一只挨了猎人皮鞭的老绵羊，静静地坐在地上。

安顿好贤子，村长口中衔着一根烟背着双手从桥上过来，众人站在庭院里看着他，又扭头看着还坐在地上的平安，我担心他们会厮打起来，上前挡住了村长，村长一把手推开我，他径直走到平安面前，蹲下身子，点燃一支烟给了平安，平安很乖顺地接住烟噙在口中。村长这才把平安从地上拉起来，他的动作像一个兄长或父亲，他一手拎着平安的衣领，一手伸得长长的，由上往下拍掉平安身上的尘土。他一边拍一边对他说："你心里的憋屈能理解，可你能理解贤子的憋屈吗？你在西京高楼大厦地住着，贤子是咋生活的，你在意过吗？贤子成了一个无家可归的流浪女啊，要不是我给娃一些接济，还不知道有没有这个娃呢！"

众人看到两个男人并没有发生冲突，悬着的心放下了。我走过去拉了平安让他进屋，村长对我说："你不要介意，我们兄弟就是这样，一起从小到大，放到别人，他今天的疯劲不会小的，但在我面前，我谅他不敢张狂，老哥做事心里有数的！"

说过，村长一手拉了我，一手拉了平安，朝他家的方向走去，走到桥头时，他要平安给贤子道歉，问平安同意不，平安点点头嗯了一声。

众人跟在我们身后。我们刚走到桥头，贤子便从屋里扑了出来，抱住平安号啕大哭，她把头深深扎在平安怀里，平安用手轻轻抚摸着贤子干涩的头发，父女二人重逢的场面，比电影里边的画面还要动人，所有围观的人都泪流满面。

淑玲不知什么时候出现在平安身后，她从平安怀里接过贤子，对贤子说："我娃不哭了，也别怪你爸，他心疼哩。"

女人们随着淑玲母女俩走向小桥的另一端。这边村长向男人发话说："今晚要辛苦大家了，我们要拿出学大寨的精神，挑灯夜战，力争明天把墓箍好，这事还要不动声色地做，知道不？”

几个男人像士兵一样抖擞了精神。只有得到憨憨地问：“晚上要加菜加肉的，还要加烟的！”

村长拍了一下他的肩膀说：“要啥向你哥要，他是总管，放心，大家把活儿做好，不亏大家！”

男人们散去了，得位被村长留了下来，他从旮旯的柜子里拿出一条烟和茶叶交给得位，对痴愣着的得位说：“这不是给你的，你要管好事，让大家吃好喝好，这回这些琐事哥要拜托你的！”

得位走后，村长把我按在沙发上，认真地对我说道：“看样子娃过不了明天。我是这样想的，如果娃走了，你也走。你走开，我才能放开，我给你说，你在这儿，我有些放不开，事情不好办。我就是刚出土的玉米苗，你是天上的一疙瘩云，我总怕你的云里包着冰雹，在我不小心时掉下来把我砸坏了！”

我定定地看着他的脸，他的脸上挂着一丝浅淡的笑意，我不明白他是什么意思，但似乎又理解了他的比喻，隐隐觉得他让我走并不是恶意。其实我也想早点离开，我明显地感觉到，我在这里对他是阻碍，他像一头凶狮，我似一张无形的网。我说：“那干脆我现在就走，让常青送我到县城！”

他抓住我的手，说：“你现在不能走，吉祥需要你，你是娃的叔，你走了，娃心里会有遗憾的！”

这家伙，真是人精。对于农村基层干部，我是了解的，但像他这样思维敏锐、思想深沉的人，还真是捉摸不透。

我俩正说着，平安家里传来了吼叫声，有人叫村长和我快过去。我俩急匆匆地赶到吉祥跟前。屋子里已经挤满了人。吉祥紧紧抓着贤子的手，眼睛紧闭着，抱着吉祥的小燕贴着吉祥的耳朵对他说：“叔和伯伯来了，你要对他们说什么吗？”

吉祥的眼睛还是没有睁开，他伸开手，在空中试图要抓住我和村长的手，我俩走上前，一人抓住吉祥一只手，吉祥有气无力地说：“叔，我爸我妈在西京，你要照看哩！”

我说：“一定的，一定的！”

他又对村长说：“我爸我妈要回来，你要照看的！”

村长眼睛里已装满了泪水，不住地点着头，说：“我娃放心！伯不死，都要照看他们的，有伯在，他们都会好好的，你也会好好的！”

吉祥说：“幸福，幸福……”话还没有说完，吉祥的头软下去了，小燕的眼泪像屋檐的水，直直地浇在吉祥的脸上。

慌乱中，有人从小燕怀中抱走了幸福，幸福的哭闹声渐渐远了。

平安一把拨开我和村长，一下子扑到土炕上，他要抱起吉祥，小燕紧紧把吉祥抱在自己怀里，淑玲和贤子同时扑到土炕上，我和村长退开去，屋子里顿时响起女人们尖锐的哭声。幸福的叫声又回来了："爸爸，爸爸，你醒来，我要你醒来！"

吉祥再也没有醒来。

断定吉祥已走向另一个世界，平安跪在吉祥身边，双手抓着吉祥的肩膀摇着呼唤着，见吉祥无一丝动静，他便挥起巴掌，狠狠地扇了吉祥几记耳光，之后他又站在土炕上用脚踢了吉祥的屁股，他声泪俱下地吼道："你呀，你真不是个东西，你娃把我的梦带走了，你滚吧，狗日的，刀呢，谁给我拿一把刀来，让我把他砍成肉块，孟吉祥，你什么吉祥了，你就是个害人精，你害了我们大家，你永远都是我的仇人。"

我和村长架着浑身松软的平安走出吉祥的房间，夜幕降临了。我们把平安塞到村长的饭炕上，平安宁静地倒在土炕上，村长让得位和几个人照看着平安。他拉了我的手，又回到平安的庭院，我发现他的腿在打战。常青搬了条凳子让村长和我坐下，村长不住地擦眼泪，我也在擦眼泪，常青也在擦眼泪。屋里的哭声似要撑破房子似的，哭得人心房欲裂。村长示意常青去守着平安。

夜暮里，得位持着一串炮，腋下夹着一沓纸急匆匆地跑到村长面前，问他："放吧？"

"放！"村长说着，从条凳上站了起来，顺手提走了条凳，把地方让给得位。村长面向平安家的房子中堂默哀着，箍墓的男人们全从屋后的坡地上下来了，他们一声不吭地站在村长身后，看着村长的样子一起默哀。炮声止住了屋里的哭声，平安在常青的搀扶下又从村长家过来，他站在村长身后。得位点燃了烧纸，火光冲天，纸灰像一只只乱飞的蝙蝠，在庭院的灯光下横冲直撞，有几只蝙蝠飞进了窗子，飞进吉祥躺着的房间。

得位手中的烧纸快烧完时，平安家南边的山坡响起唢呐声。唢呐声一起，空中飞过了几只大鸟，唢呐声更稠了。

大家一直等到吹唢呐的人到来，安排了座位，人们才散去，吉祥躺着的房子又响起了哭声。

村长把平安、淑玲、小燕、我、得位叫到一边，他对平安说："这回的事，我让得位管全盘，你不要管了，有钱你拿出些，没有你就别管了，记着一点，娃的事要弄热闹，虽然咱娃年龄不大，但也是一辈子，这事我要当家，我要为我干儿子办好最后一件事。这事已经不是你们两口子的事了，是我的事，是咱们两家的事，你们记下不？”

平安声音怯懦地说：“记下了！”

村长问小燕：“女子，我娃有啥要求，给伯说，只要伯能办到的，伯都会满足我娃！”

小燕扑通一下跪在村长面前，连磕三个头，抬起头，擦着脸上的泪对村长说：“伯伯，女儿没有任何要求，伯做的，女儿已经看到了，伯心里和女儿一样，有吉祥，女儿知足了！”

村长从地上扶起小燕说：“我娃是大地方人，和山里人不一样，我娃没有要求，就是对伯最高的要求，伯一定让我娃没有遗憾。但伯对我娃有要求，那就是带好幸福，好好休息，人生就是这样，生生死死，我们都要经历，心放宽处想，我们活人活好了，就是对逝者的最好安慰，可记住伯的话了？”

小燕擦了擦眼泪说：“伯，我记下了，我会带好幸福，会照管好我爸我妈，你也要放宽心的！”

屋子里传来贤子的哭声，贤子的哭声打断了村长和小燕的对话，村长严厉地对平安说：“找个地方，好好睡一觉，一切事情你们都不要插手！”

他指着淑玲问道：“能做到不？”淑玲看了平安一眼低了头，声音像蚊子一样说：“能！”

村长丢开我们，向有哭声的地方大步走去。

吉祥的寿衣是提前准备好的，棺材也是村长托人从沟外拉回来的。小燕对入殓的人说：“吉祥说过，他是要穿上警服上路的，死了他也是个警察！”

平安家的庭院里，一时吵闹起来，鞭炮声、唢呐声、哭声、人们的叫喊声。在乡村，每个逝者入殓时人们都会有一些骚动，好心的人们总怕忘记了什么，有人提出逝者生前的爱好，希望入殓者能在棺材里放一些东西。平安和淑玲也不例外，平安将一瓶酒放在棺材中吉祥的头边，淑玲放进去的是一包水晶饼，淑玲哭着对吉祥说：“我娃爱吃水晶饼，妈给我娃准备了，我娃带上在路上吃吧！”

村长却将淑玲放进去的水晶饼扔了出来。他红着脸对淑玲说，别放这些东西，我娃没吃到，倒让蚂蚁把我娃先吃了。

小燕忙把自己脖子上的黄金项链往下摘，是想把吉祥给她买的项链放进棺材。村长看见后，一把将正在哭泣的小燕从棺材旁边拉了过来，对小燕说：“女子，这东西放不得！”

小燕不知道为什么放不得，她撩起湿溜溜的刘海儿，瞪着眼睛问村长：“为什么？”

村长把小燕往我身边一推让我给小燕解释。我从村长手中接过小燕的手对她说：“你不是看过盗墓笔记吗？你放进去，有人会盗的！”小燕似乎明白了村长不让她放项链的理由。她双手捂着凌乱的头发问：“叔，那我给吉祥送什么呀？”

淑玲揉着眼睛过来问小燕给吉祥放了什么。小燕甩了一下头发，想都没想，把自己头上的发卡和胸前短袖T恤领口的一个扣子摘下来跑进了堂屋。

病魔已经剥离了吉祥身上的肌肉，人瘦得如同一把骨头，穿着没有警徽警服的吉祥只占到棺材的三分之一，入殓人不停地喊着让家属往棺材里放东西，平安一家在西京生活二十多年，家当全在西京城，吉祥穿过的衣服，也没有带回来。

恰在此时，一辆越野车闪着警灯从山口飞奔而来，直至平安家的庭院。我想，一定是当地派出所的同行或者是吉祥初高中时期的同学来为吉祥送终。车到庭院，车上下来的却是王善、蒋爱芳和小燕的父亲，还有两个不认识的年轻人。后来才知道是吉祥的大学同学。

五个人赶到灵堂向吉祥默哀后，两个同学从王善的车上拿出两套没有警徽的新警服，他们对平安说，吉祥患病时，他们去看他，他告诉他们，如果自己有一天真的走了，一定要给他多带几套警服，他没有穿够警服，他喜欢警服丰富的颜色。小燕的父亲往吉祥的棺材里放入了两双皮鞋，王善则放进去了一包黄土。他捧着黄土对人们说：“这是我从汉城带来的黄土，是吉祥踩过的黄土，也算是西京城的黄土，让这些黄土与孩子为伴吧，他人在这个故乡，可那个家乡也是他思念的地方啊！”

我又一次对王善产生了好奇，人们常说生意人心里只想着钱，可这个生意人，不但有做生意的大本领，在对待情感上，也是一个高手，难怪他做什么成什么，他深谙人间烟火。

王善看着入殓人把黄土散在吉祥身边，趴在棺材沿上抹着眼泪，吉祥的几个同学也趴在棺材沿上抹眼泪。蒋爱芳和小燕的父亲没有去棺材那边看吉祥，只是站在门边，接受村人送来的茶水。

村长从门外挤了进来，他向小燕父亲递了烟，又把烟举向棺材边的几个人。他号召大家都离开棺材，让我领着新来的客人去他们家。

我拉着小燕父亲的手准备离开，他问我：“小燕呢？”

我告诉他：“孩子们都好着哩，你放心就是了！”

几个男人依依不舍地离开，蒋爱芳才去棺材边看了吉祥，她从自己口袋中掏出一件什么东西放入了棺材。我转身问她：“是什么东西？”她说：“是一个用过的手机，我想给吉祥，他不能打电话，可以发短信给我们呀！”她说着自己先笑了起来。

在村长家吃过简单的夜饭，村长安排我们几个人离开，我坐了小燕父亲来时坐的座位上。王善的越野车在夜晚的山路上像一只飞奔的金钱豹，旁若无人地穿山越岭，不大一会工夫，就到了灯火辉煌的县城。王善说：“咱们光忙着弄闲的哩，咋没有给老孟上礼呢？”

吉祥的两个同学也想起了上礼的事，蒋爱芳急着问：“那怎么办？”王善说：“好办，我们先住下，明天我们再过去一趟，我总觉得我们这样行情哪一块有些不对，夜里来夜里去的，好像见不得人似的！”

“就是的！”吉祥的一位同学说：“明天早上我们到县城买些花圈给吉祥带上，总体感觉挺凄凉的，我一会儿打电话给更多的同学，他们结婚生孩子吉祥都是上过礼的，现在吉祥走了怎能无动于衷呢？”

另一个同学说：“关键是没人组织，今晚上咱俩住一个房间，专门联系这事，人来不了，礼总要到的！”

王善把吉祥的两个同学安排在一个房间，为我和他安排了房间，给蒋爱芳单独登记了房间。之后他把脚踩在宾馆的圆形门洞上说：“大家跟我一起去个地方，见几个人，他们请咱，咱美美吃一回人家这个地方的特色小吃。”

我问：“都是些什么人吗？”

王善说：“是西京几个搞房地产的哥们，他们在这县城开有楼盘！”

我看看蒋爱芳问她：“你去吗？”

她摇摇头回答：“我不去！我咋能上人家那台面呢！”

于是，我转过身对王善说：“你去吧，少喝点，我们没有人会开车！”

王善从腋下的皮夹里摸出 300 元给蒋爱芳对她说：“不去也行，叫上那两个年轻人，你们一起吃点东西！”

前晚一夜未合眼，一上床，我什么也不知道了。等我醒来时，太阳已透过窗纱照到床头我的衣服上。手机是关着的，连着充电器，一定是蒋爱芳帮我做的，她怕电话影响到我的休息。我刚清洗完毕，蒋爱芳就来敲门，她说：“一切都准备好了，就等你了！”我和蒋爱芳赶到宾馆楼下，发现王善的越野车上压了足有二十几个花圈，车厢内还有一部分折叠式的花圈。

吉祥的高个子同学对我说：“花圈有了，但问题也来了，许多同学要让我们带着上礼金，我们没带那么多钱啊！”

王善一边开车一边扭头问高个子同学：“需要多少钱？”

高个子同学说：“四千多块啊，我们身上哪里有那么多啊！”

王善慢慢把车停在洛河边一棵大柳树下，从自己的皮夹掏出4000元给了高个子同学，同时也把自己的名片给了年轻人。他说："不用打借条，我相信你们，把你的电话拨给我就行了！"

我们重新回到平安家的庭院，是上午十时左右。的确如吉祥同学所言，一切都是凄凉的，除了唢呐单调的奏鸣声，没有披麻戴孝的孝子，只有幸福一个人头上戴着孝布，幸福还没有意识到自己从此以后没有了父亲的现实，他在人群中跑来跑去，一副快乐的样子。

花圈为葬礼增添了不少肃穆气氛，二十多个花圈摆满了庭院，顿时给人一种凄凉感。

我们再度返回，平安夫妇并没有感到意外，他们以为我们去县城购置东西。倒是村长看到我后笑呵呵地从坡畔上下来，说道："你呀，没有什么不放心的，你只要相信我，就能相信我把娃的事能办好！"

吉祥的两个同学本来是要找平安的，没有找到，高个子同学拿着四千元急得转来转去。我从土炕上拉起睡得迷迷糊糊的小燕，让高个子同学把钱交给了小燕。小燕拒绝了，她说："应该是有账房的，你们把钱交账房吧！"

平安和淑玲双双走了过来，平安从高个子同学手中接过钱又转手给了小燕，他说："钱你拿着，行情人的名字你也得记着，咱将来要还人情哩！"

小燕还是坚持不接钱，村长不知从哪儿钻了出来，他从平安手上把钱抓走了。他说："正是用钱的时候，你们还怕钱烫手？"

没有人反对村长把钱拿走，我看到淑玲用眼神挖了一下村长，我没有明白淑玲那个眼神是什么意思。平安拉了我的手说："给娃把房修好了，你去看看吧！"

我们一行爬上了平安家的后山坡，墓洞的确修好了，门面上还没有贴上瓷砖，匠人们看到我们走近墓洞，停下手中的活退到一边。

看过墓地后王善对我耳语道："是一个好的穴位啊！"

"好在什么地方？"我问他。

他说："你没有细看呀，墓后面的山多像一架官椅呀，再看看那边，是不是一顶官帽，还有那涝池，可能是过去人打的机井吧，那是一个洗笔池，你再看对面，看看，那是不是笔架山？你再看，镇，那个独孤的小山包，那不是镇吗？"

我不懂风水，他做房地产，离不开风水。依了王善所言，细细地看那些山势，还真如他所说，看什么像什么，想什么是什么。

吉祥的葬礼定在次日中午十二点前，我们等不到那个时辰。吃过早饭，我们决定返回西京，每个人都有自己的事。特别是王善，他刚刚拿下蒋爱芳村上的地盘。

走出平安家的庭院，王善组织我们又给吉祥默哀了三分钟，我们一行人的头刚抬起来，女人们的哭声扬了起来，哭声穿过阳光，疲惫地回荡在山野，我感到那些树木也在掉泪。

回首庭院，全是些老人，我有些担心明天的棺材如何才能到达墓穴，村长跑出为我们送行，他跑到我跟前对我说："你相信我就行，娃的事我一定会办好的！"

我抓住他的手紧紧地握着，说："吉祥有你这么一个好伯父，是他娃的福，你也要多保重，过了这事，你一定要来西京，咱们有许多话要在一起说的！"

村长双手握着我的手说："啥都不说，先把娃的事办好！"

我正要转身，常青抱着幸福又来送行，幸福紧紧抱着常青的脖子。我示意常青放下幸福有话要对他说，常青拉着我的手走到一边，我对他说："要忍着，千万不能太急，不要让人看透你的心事，离幸福远一点好吗？"

常青点头表示理解。我说："你就静下心在这儿多住些日子，待吉祥烧了头七纸，你拉他们回西京！"

常青说："现在天热，回去也没啥事，我就陪着他们吧，你放心就是了！"

王善一脚油门，拉着我们离开悲伤之地。我心里有些难过，回头看着站在马路边的平安，眼泪不由自主地落下来。

从此，吉祥从他身边所有人的圈子里消逝了，只有大山记着他，他从大山里来，又回归到大山里。他的生命如一枚青叶，在外面经过了阳光和风雨的洗礼，最终落入山地，人的生命如此轮回着，人一茬茬地死了生，生了死，而大山却是永恒的，在它的怀抱里，盛装着人类的历史，世间的故事，每一个人的姓名和性别，甚至模样。吉祥是一片遭受风吹雨打而落了地的还没褪去绿色的青叶，虽然他的生命如此短暂，能叶落归根，也是一种幸运，故乡把他搂在怀中，他会安然地存续在另一个世界里。

三十

吉祥过了头七，常青把悲痛的平安一家从山里拉回了西京，常青以一个干儿子的身份自始至终参与了吉祥的葬礼，在葬埋吉祥的过程中，除了村长管大事外，平安家的所有事情全由常青负责料理。

回到西京后，大家的生活中，永远没有了清瘦高大不太说话的吉祥。平安一家人还沉浸在悲痛中，我和常青又开始忙自己的生活。幸福被送去学校，小燕没精打采地重新回到单位，淑玲再也没去王良那边，和平安住在汉城煤场那排简易房子里，平安让常青把过去吉祥和小燕住过的那间屋子收拾了一下，他希望小燕和幸福能重新住回煤场。

淑玲对小燕说："咱把人家的钱花了，再不给人家腾房，说不过去。"小燕痛快地答应淑玲，重新搬回煤场。

大约过了一周，平安的头疼病又犯了，他的头遭受过几次大伤，每每遇到烦心事，就开始疼。他安静地躺在床上，贤子给他喂吃喂喝，淑玲扶他上厕所，他一句话也不说，每天只知道闷头睡觉，到了夜晚，他时而在被窝里嘤嘤饮泣，时而一个人对着天花板疯狂大笑，有时指桑骂槐地咒骂城市，有时对着吉祥的遗像捶胸顿足。人显得更加苍老，腰弯得更厉害。失去爱子的淑玲，一张嘴就哭，一抬头就抹眼泪，再没有别的举动。两个人的眼睛凹陷得很深，像两个在街头的乞讨者，看着让人心生悲怜，儿子没了，他们的精神世界彻底垮了。

周末，杨思敏让我陪他一起去看望平安，放在过去，平安见了杨思敏，会像见了亲人或贵人一样，甚至比见了亲人贵人还要唯唯诺诺，只怕凳子上的灰尘弄脏了杨思敏时尚的衣服，怕自家的喝水杯不干净杨思敏喝不下去。而这次，杨思敏带了厚重的礼物去看他们，他睡在床上没有动一下，杨思敏是个心胸开阔有见识的人，她坐了一会儿，来回在两个房间说过一些宽慰话之后起身走了。在返回城中的朱宏路上，杨思敏一边开车一边对我说："人的命，天注定，真是时乖命蹇，实在是太可怜了，一家多么善良、多么勤劳、多么幸福的人，就这样被命运打倒了，看着真让人心寒，这样下去咋行呢？得想办法让他们从悲痛中醒来，我相信你会有办法的！"

我说："你得帮我想想！"她答应回去后找个心理专家来帮平安治疗一下。我口头答应可以，心里却在想，什么样的心理专家能解开平安因丧子而结下的心理疙瘩。

送走了杨思敏，我去了红庙坡小燕处，小燕正在收拾衣物，她对我说她想回她爸的渭北塬上住几天。我劝她说："你走了他们咋办，你过的是孟家的日子呀，你现在就是顶梁柱，难道没有了吉祥你就不管他们了？"

听了我的话，小燕哭出声说："王叔，我憋得慌，我想找个没人的地方好好哭一场，我想把我的遭遇给我妈说说，你说我咋这么命苦呢？生活刚刚有了起色，吉祥却不要我了，以后我和幸福咋活呀？"

我说："还有我们这些人呀！我们永远是不离不弃的呀，对你而言，前面的路还宽广着，时间这个高手医生，会治好一切的，痛苦和困难都是暂时的！"

听了我的话，小燕的情绪稍有好转，我让她和我一起去煤场看平安，她什么也没有说，锁上门就和我一起去汉城。

下午三四点是城市最热的时段，太阳把马路烤得脚踩上去感觉在火堆上，下了公交车，走在一排梧桐树的阴影里，我试探着问小燕，要不要让常青把你们一家人拉到什么地方去散散心。小燕扭头看了我一眼，我不知道她看我是什么意思，似乎在用奇怪的目光问我，你为什么总拿常青说事，口中却说："哪有好地方啊，他们一直想上华山哩，可目前他们的状况，谁敢让他们上华山？就我爸那样儿，说给你跳岩还不是跳了！"

我说："那倒是，不能让他们去危险的地方！"

我们刚走进煤场的院子，就听到贤子在屋子里高声野气地吼叫着，她一边哭一边说："你们一个个哭吧，放开声地哭吧，有本事把天哭倒，让这世上的人全死了，有本事把地哭震，连我也埋了算了，我早就不想活了，我活够了，可你们有那本事吗？没那本事，就起来，别整天窝在床上，我实在受不了了，你们快要把我逼疯了！"

我和小燕循着贤子的哭声走去，发现贤子一个人坐在凳子上，面对着一个风扇在自说自吼，而床上躺着的平安和淑玲，他们好像没有听到贤子的哭诉，依然静静地躺着。

吉祥的照片前白色的烛光摇曳着，蜡烛旁边堆放着一沓厚厚的火纸，三炷香在咝咝燃烧，香灰不是落在香坛里，而是落在照片前的饭盒里，饭盒里有筷子和刀叉，还有煎鸡蛋和馃子。

看到我和小燕，贤子站了起来，她把自己黑色的连衣裙下摆收了一下，然后用一条毛巾擦着自己脸上的汗。因为自己婚姻的不幸，贤子一直羡慕小燕逢上弟弟这个好男人，没想到事到如今，小燕和自己一样是个不幸的女人。小燕一直对贤子很同情，姑嫂处得十分融洽。如今，小燕遭遇不幸，贤子更心疼她。

小燕接过贤子递过来的毛巾在自己脸上擦了一把，问贤子："爸和妈还睡着吗？"

贤子口气生硬地回答道："一个个都快把人气死了，这样下去咋弄呀？我受不了了！"

小燕帮贤子捋捋额头的刘海儿说："咱俩先要打起精神，咱们是晚辈。我知道，谁心里都不好受，我也是整天心慌得不行，可咱不能让爸妈再遭罪了，明天我就过来住，咱在一起，相互有个照应，大家共同面对，你说呢？"

贤子往后退着，想把小燕让进为她和幸福收拾好的房子。小燕并没有进那间房子，而是去了平安和淑玲睡觉的旮旯，我跟着小燕走了进去。

旮旯里热得像桑拿房，人刚一进门，一股热浪夹着酸腥味儿迎面而来。一张宽大的木架子床上，没有被褥，平安躺在一头儿，浑身黑得像大块煤，而躺在另一头的淑玲皮肤白得像雪人，平安只穿着一条短裤，淑玲穿着一条褶巴巴的单薄睡衣，睡衣只盖住身体的上半部分。

小燕并没有走近床前，她站在门口叫道："爸，妈，起来，我王叔来了，都起来！"

两个人依然没有动，像没有听到小燕的叫声。小燕伸手在墙上按下头顶上大型电扇的开关，她一下扭到最高挡位，风迅猛地刮了起来，淑玲身上单薄的睡衣被风吹扬起来，风扇将床上的枕巾烟灰和土末子吹了起来。糊在墙上的废旧报纸也被风吹得哗哗作响。两个人无法再睡了，各自懵懂起来，平安眼睛却依然没有睁开，他对小燕说："开小些，开小些！"

小燕调整了风速，走近床，从床上拿起一件T恤披在平安身上。平安咂咂嘴，睁开眼睛，眼窝里有一颗白色的眼屎落下来，他用一只手去抠另一只眼睛，眼屎亮晃晃地粘在他的指头肚上，他有气无力地对我说："头疼，浑身没劲儿！"

我扶平安下了床，他站在床边穿上小燕递上的T恤衫，猫着腰走出旮旯。双腿像弹花匠挥出去的手锤，高低不定。他在水龙头上洗过脸，洗出了人样儿后坐在凳子上，身子像没有骨头支撑似的，一身肌肉塌着。

小燕搀扶着淑玲从厕所回来，淑玲的眼睛红得如兔子的眼睛。小燕帮淑玲收拾了头发一同坐下。愁肠人对愁肠人，五个人，除了我，每个人眼中都噙着泪水。小燕原本在我的劝说下，泛出一丝精神气儿，面对如此氛围，那点精神气又被悲戚的环境吞噬。

过去他们遇到问题，我都可以帮他们解决，面对目前的状况，我无能为力，请了杨思敏来，也是让其帮我想办法，结果什么办法也没有想出来。唯一能帮我的，只有常青。常青虽然出落得颇有见识，他已经拿出了三十万，如果小燕不同意和常青走到一起，三十万元又如何解决？

正在我手足无措时，常青开着面包车来了，他拉来了三个白鹿原上的大西瓜。见到常青我像见到了救命稻草，我让小燕把西瓜泡在水池里，然后把常青叫到门外，想和他说说目前的情况。常青听了我的叙说后说："小燕不是要回家吗？今天咱就拉上这一车人，去小燕他们家，让他们在乡下待几天，也许情况会好一些！"

回到闷热的屋子里，我把常青的建议说给平安，平安看着没精打采的淑玲，又看看眼睛红肿的小燕，再看看蓬头垢面的贤子，想了一会儿说："行吧，今天是周五，明后天幸福也不上学，咱就去吧。好久没有去过渭北塬上了，我还有些想那地方，咱去后再看看那个望母塔，我喜欢那个刘黄帝给他母亲修的望母塔！"

去向确定后，平安安排贤子给大家做凉面，自己出了煤场的大门去找看煤场的人。小燕进了另一间小房子去烧洗澡水，她说："个个浑身是汗，烧些水洗洗，等幸福放学后就可以走了。"

三十一

常青的车从朱宏路向西拐进了石化大道，经六村堡上了机场高速，车过渭河大桥时，常青把车停在大桥上。此时，太阳西照，渭河中的水被夕阳染成玫瑰红，从秦都那边慢慢地红过来，天地全成了红色，观之使人心旷神怡。转身东望，骊山如画，远在天边，山体上某些建筑，闪出一簇簇耀眼的光芒。近在眼前的渭河电厂，高大的烟筒错落有致，每一个出烟口向外翻滚着雄壮的白色雾团，像原子弹爆炸后的蘑菇云，蘑菇云在空中不停地翻滚，然后化作雾气升入天际，成了白色的云絮。有一架飞机掠空而过，近在头顶，抬头能看清机体上的红色汉字。淑玲和平安看得如痴如醉，他们用手指着飞机说着什么，脸上显出一丝笑意。淑玲说："真没想到，飞机在天上看时只是拳头那么小一疙瘩，下来却比农村人的三间房子还大哩！"

平安点燃一支烟对我说："这么重的东西，你说咋就能升到空里去呢，这世上的人呀，真是太能了！"我问他："你坐过飞机没有？"

他把烟头上的灰在大桥护栏上点了一下说："我既不是官，也不是公家人，哪有资格坐飞机呀！"

常青走过来说："现在谁都可以坐的，只要有钱！"

平安说："尽胡说，飞机哪是随便坐的？如果能随便坐，有机会了我也坐一回！"

常青将手搭在他肩膀上笑着说："爸，你还不信，我都坐了好几回呢！你真的想坐，明天咱就可以坐！"

听说谁都可以坐飞机，淑玲被贤子搀着从大桥南边走过来，她指着常青说："尽胡说，那坐一回得多少钱？咱能坐起？我可不坐，我怕头晕！"

常青拍了我的肩膀，把我叫到一边说："终于找到能让他们开心的事了，我安排让他们坐一回飞机，你看行不？"

我点燃了常青递过来的烟说：“这一家子全去，那得花不少钱哩！”

常青说：“大不了花万把元，我还是能出起。要不咱现在回去，我晚上让朋友给订打折机票，明天就可以带他们坐飞机！”

我抬头看了看还在看飞机的平安说：“关键是去哪里？”

常青也回头看了一下平安说：“我爸说他没有见过海，我看去青岛就行，一是能坐飞机，二是让他们看看海，人不是常说，见了大海，人的心胸就宽阔了吗？”

我把常青的想法告诉了平安，平安转身靠在大桥护栏上，面对玫瑰色的夕阳说：“行，我同意，但我没钱！”

常青过来也靠在大桥护栏上说道：“爸，钱的问题，你不用考虑，一切有儿子哩！”

听说要坐飞机，大家全围了过来，小燕急忙问常青：“去什么地方呀？”

常青亲昵地摸了一下幸福的光头说：“咱去青岛，不光能坐飞机，还能看大海！”

幸福挥舞着手中一方绿箭口香糖纸，兴奋地说：“我也要去，我还没有坐过飞机哩，没有见过大海！”

看到孙子兴奋的样子，淑玲脸上终于泛出了浅笑，她说：“行，反正我也没有坐过飞机，去就去。我现在是把人生看透了，你爸不是常说，今日有酒今日醉，管它明日喝凉水，去，要是不去，明天死了啥都没落下！”

在夕阳明丽晖光的照耀下，他们在此刻忘记了丧子之痛，我终于为他们暂时从悲痛中醒过来而叹息，也为常青的安排而高兴，要是常青不在大桥上停车，要是他们看不到飞机，也许还没有机会一下子从沉痛中苏醒。

常青见缝插针地问我要不要打道回府。我看了看通往机场的路告诉常青，这儿没有掉头的地方，再往前走，让他们在机场再看看起落的飞机，然后我们再回去。

小燕走过来问我：“叔，真的要出远门吗？”

我压低声音问：“你坐过飞机没有？”

小燕摇了摇头。我说：“那这次一起去，让常青带着你们一起去。我在家给你们管幸福和煤场！”小燕犹豫了一下说：“这要花多少钱呀？”我告诉她：“不要你们花一分钱，一切全由我包了，只要你爸你妈能从悲痛中醒来，花多少钱也值！”

小燕把目光投向骊山方向想了一会儿说：“我听你的，如果是你花钱，我会想办法还你的，只要他们能平安地度过这些苦难日子，我就放心了！”

车到机场时，天黑了下来，我带着他们在候机亭的高台上看了一会儿飞机，便让常青把车往城里开。

重新回到煤场，大家下了车，常青要了平安一家人的身份证。平安眨巴着小眼睛脸上泛出一丝笑意说：“真的要去吗？”

我说：“定了的事，不改了！”

平安说：“要去你也得去！”

我有些犹豫。小燕说：“叔，要去你也得去，要不我们没有出过远门，遇到事不会处理！”

我说：“有常青哩！”

常青立起来说：“不行，你不去，那咋行呢？靠我，那是靠屁吹灯，不行，你得去！”

淑玲也应和着：“你要是不去，我也不去，我怕去了回不来呢！”

我想了一会儿说：“那好吧，我同你们一起去！”

这时，贤子站出来说她不想去。小燕说：“要去大家一起去。”贤子担忧地说道：“都去了谁照看幸福呢？”我告诉他们，可以让我的家人管幸福。

意见统一后，常青带了所有人的身份证离开煤场，他要赶回去让朋友帮他订机票，只是我的身份证还放在家里，小燕便让常青开车把我送到家取我的身份证。

回家途中，我告诉常青我还是不能和他们一起去，听我这么一说，常青感到疑惑不解，他立即把车停在路边的霓虹灯下，用奇怪的目光看着我问道：“为什么？”

我告诉他：“我要是去了，就体现不出你的价值所在，只有你带着他们去，意义更大一些！”

常青毕竟是经历过生活磨炼的人，他想了一会儿说：“我可没有这样想，我是真心希望他们尽快从悲痛中醒过来！”

我将一支烟点燃噙在口中，常青打开了车窗，烟雾顺着车窗急切切地飞了出去，消散在霓虹中。常青也点燃了一支烟，吸了一口，直接把烟雾吐到车窗外，他扭过头笑着说：“王叔，弄了半天，你是这样想的呀？”

我说：“实话告诉你，我对你和小燕的事，心里一直没有谱，你已经花了那么多钱，我真怕有一天咱把事说破，小燕若不同意，那咋办呀？”

常青说：“你呀，王叔，你们知识分子就是认死理，我都不怕，你怕什么？就是小燕不同意，我也不后悔，有首歌不是唱道，为了自己爱的人，哪怕失去生命。我告诉你，就是小燕不同意，我也不会要回那三十万元，也不会要了那房子，更不会后悔，如果小燕嫁了别人，不再管我干爸，我也会为他们养老送终，我说到就会做到，若不信，你等着看！”

我问他：“为什么要这样？”

他说：“我之所以有今天，全是我干爸改变了我，要不是当年我干爸收留了我，还不知道自己会成什么样子呢！和我当年在一起玩的那些人，现在都在狱中，有一个抢劫杀人还被枪毙了。我为什么对我干爸那么在心，因为在我人生最关键的转折时期，他用真心救了我，要不，我的人生可能是另外一种样子。所以，为了他们，哪怕花去我所有的积蓄都是值得的！”

到了汉城湖边，我俩从车上下来。夜色美好，我俩把自己融在浓密的霓虹中，有晚风从北边的渭河吹来，扑入胸怀，看着眼前这个既憨厚又机灵的年轻人，我觉得晚风中有一丝甜意在心间涤荡。早年失去父母，没有人疼爱，没有钱读书，却在不经事的年纪，受坏人蛊惑，迷迷糊糊误入歧途，于时代变迁中，懵懂地把自己融入灯火辉煌的城市，成为第三代农民工，是平安挽救了他，使他认清了敌与友，好与坏，等他重新醒悟后，经过奋斗，混出了人样儿。一个人到了而立之年，便知道反思，知道什么是恩情，知道如何报答，常青所做的一切，看似在帮平安，其实也是在自我救赎。

听常青如此说，我隐藏在心中的纠结顿时释然了许多，我从地上站起来，拍了他的肩膀说：“好吧，按你的想法去做，也许老天会眷顾你，缘分也是由人缔造的，我会尽量成为你缘分的缔造者！”常青傻傻地对我笑。

三十二

周日，太阳羞涩地照着城市，天下起了蒙蒙细雨。

我正在写作，幸福从阳台上跑进书房对我说："爷爷，你快看啊！天上有太阳哩，却下着小雨，我想去看看，你能带我去吗？"

我突然意识到，孩子思念他的亲人了，他眼睛中流露出一丝茫然。

我停下笔，笑着说："这是太阳雨！爷爷这就带你去看太阳雨哦！"

"嗯嗯！"幸福对我点头微笑，我却看不出他的快乐。

拉起幸福肉嘟嘟的小手，下了楼，急匆匆走进太阳雨。幸福将头脸扬起来，雨滴落在他的脸上，他发出了快乐的笑声！

小燕他们被常青带去青岛后，幸福一直住在我家，家人对他关怀备至，他却很少有快乐的迹象，刚刚失去父亲，他心理的创伤是我们体会不到，过去一向爱说爱动的他，在我们家变得像一只被人捡回来的流浪猫，饭吃不香，睡觉不稳，看着孩子忍受着内心的伤痛，我劝慰家人多关心他，可家人对他再好，也抵不过他的亲人。去什么地方让他散心呢？我记得不久前他曾经说过的革命公园。

革命公园里有几个先烈的塑像，都是我熟知的英雄人物，我想让幸福去重温他们的形象，我再把英雄事迹给他讲一遍，也许能替代他心中的悲伤和孤独。

我和幸福正在刘志丹塑像前徘徊，常青的电话来了，他兴奋地告诉我，他们已经到了华山，大概一个小时后就到西京火车站。

革命公园在火车站南边，我暗自庆幸，选择带幸福到革命公园，也许是上天的暗示。

看过烈士塑像，让幸福坐了摩天轮，他刚从摩天轮上下来，我对他说："快走，好事来了。"

我和幸福站在出站口，常青带着平安一家从地道里走了出来。我还没有看到平安，幸福就挣脱了我的手扑向出站口，我的目光追到幸福，幸福已被小燕抱在怀里。我发现，平安一家，每个人脸上都有了变化，每个人都有了精神气儿。唯有常青一脸胡子拉碴，情绪有些沮丧。我想是他一个人带四个人累的缘故，还有一种情况，这次出行花了他的钱，他心疼。

常青显得很疲惫，但对平安和淑玲的照顾却没有减免。大家刚走到车站西广场，常青一挥手，一次拦下了两辆绿色出租车。回到煤场，淑玲把自己从青岛带回的特产一一打开，各拿出一份献在吉祥照片前，小燕为吉祥的灵位上了香，还让幸福为吉祥磕了头。

平安安静地坐在门口抽烟，他示意我坐到他身边，对我说："海真是太大了，人呀，只有看到海，你才知道自己是多么渺小啊！"

他如此说，我如醍醐灌顶，内心一时泛起激动，这次旅行，钱没有白花。

淑玲和贤子去做饭，小燕拉着幸福去门外买冰激凌。平安说过那句话后，打了一个哈欠，看到他有些倦意，我让他去睡一会儿，等他醒来后再好好聊。常青扶了平安进了旮旯，反回身，常青把我叫到门外，我问："你是累了吗？神色为何如此疲惫？"

常青没有直接回答我，而是从口袋掏出一张纸递给我，自己则唉声叹气去了厕所。

我急忙打开，这是一封情真意切的求爱信，开头写着常青的名字，下面是一些赞美常青的句子，再下来是一个女人对男人的真情表白，信的最后是对两人结合后的憧憬，信没有日期和署名。看完信，我的心情有些别扭，这个小燕，实在是太俗气，在我心里，她是个有修养的女子，多少年来在文化单位工作，耳濡目染了文化人的做事风格，咋会这样呢？吉祥才走了几天，尸骨未寒，自己却忙着向别的男人献媚，就是真对常青有情意，想给幸福的残缺生活找个弥补，也不至于这么性急。

手捧着求爱信，我心中像打翻了五味瓶，一时间胸中涌起热浪，脸上的汗流下来了，恨不得把信撕得粉碎冲进厨房，砸向小燕的脸，恨这个年轻女人的薄情寡义。正在我胡思乱想中，小燕端着一盆洗过菜的脏水从厨房里出来，她发现了我的变化，看到了我脸上的汗水，倒了脏水，反身又从房间出来将一条毛巾递过来给我，我没有理她。小燕是机灵人，她从我脸上看到我内心的变化，怯懦地问我："叔，身体不舒服吗？今日天又不太热，咋一个人站在地上出虚汗呢？"

我依然没理她，她愣在那里，一动不动地站了好久。过了一会儿，我抬头看她时，发现她的眼睛中有了泪水，我依旧冷冰冰地回答她："没事，你去忙吧，我要回去了！”

小燕的眼泪汹涌起来，她走过来拉了我的手说：“叔，你咋了？咋会是这样呢？我知道幸福给你添乱了，所以我还给你们家买了山东人最爱吃的煎饼！”

看到小燕着急的样子，我又怕自己的行为给她造成伤害，于是抖着手中的信把她叫到简易房子的背后让她看了信。小燕一边看一边流泪，看完后，她破涕为笑：“叔，你误解我了，这不是我写的，叔呀，你一向是个细心人，咋会犯这样的错误呢？你应该是能认得我的笔体呀？叔，你冤枉我了！”

我突然意识到自己错怪了小燕，忙从她手中抢过毛巾帮她擦了眼泪。对她说：“不是就好，快去做饭吧！”

小燕跳过煤堆，向厨房跑去。

看着小燕跑去的身影，我在心中嘀咕道：这个贤子，尽给人添乱。如何处理这封求爱信，我感觉自己心中没谱。走过平安和淑玲睡觉的房子，透过窗户，我看到淑玲睡得很香，幸福在她身边开心地吃冰激凌。另一间房子里，贤子也睡着了，只有小燕在忙着擀面条，我走近小燕对她说：“你也累了，少擀点就行了！”

小燕说：“在青岛时，我爸就嚷嚷着想吃陕西面，我多擀点，让大家解解馋，我也是，几天不吃面条，总觉得吃不饱似的。还有就是辣子，在青岛，我妈想吃辣子，让服务员给上辣子，结果人家给我们上了一份干辣面。叔呀，走了这么一圈，还是咱西京好，难怪历史上那么多皇帝喜欢把都城建在西京。”

看到地上有几棵大葱，我蹲下身子去拔，一边拔一边对小燕说：“是呀，要不历史上咋把秦川叫作天府之国呢？”

小燕停止擀面的动作，拿起搭在肩膀上的毛巾擦着汗，将脸转向我，疑问地问我：“天府之国指的是四川呀，你咋说是咱秦川呢？”

我把剥好的葱拿到水龙头上去洗，笑着说：“其实，在最早的时候，天府之国指的是八百里秦川而不是四川，这是有历史记载的！”

常青两手提着六七个不同色彩的塑料袋气喘吁吁地进了门，小燕停住擀面杖，将常青手里拿的东西接住放在小餐桌上，打开一看，全是些炒好的菜，还有西瓜、饮料和一块鲜红的肉。常青站在小燕身边不住地搓着两只手，接着又洗手洗肉剁馅。常青笑着对我说：“我爸一路嚷嚷着要吃炸酱面，今日让他好好过过瘾！”

刀在菜堆上哐啷哐啷地响了几下后，常青停住挥舞的刀对我说：“王叔，你还没有吃过我做的炸酱吧？还是你当初教我的，你说你做的是京味炸酱，我后来发现，你做的炸酱，和西京人做的味儿还真不一样！”

常青剁肉的声音惊醒了睡觉人。幸福先起来，他揉着眼睛，走到小餐桌前，打开一个红色的塑料袋，从中拿出一块鸡腿忙往口中塞。小燕见状，忙去阻止，常青过来阻挡在幸福和小燕之间，他对幸福说："这是叔叔专门给你买的，但你要洗手呀！"说着，他拉着幸福去洗手。小燕看着常青和幸福走过去的背景，又把目光投向我，笑了一下，她的目光中多了暖色。我后悔把贤子的求爱信给她看，瞬间，觉得自己肩上的担子重了，如何处理这件事，真得好好想一想。

饭吃得很惬意，平安喝了不少酒。席间，淑玲不住地给小燕和常青夹菜，冷落了贤子。贤子用筷子在桌子上敲打着问淑玲："妈，我是不是你亲生的？"

淑玲停住夹菜的筷子说："你没长手呀，一样的坐车，一样的劳累，你回来就知道抱枕头，还有脸吃饭？"

这一趟出行，改变了许多。吃过饭，平安对几个人说："从今天开始，我们一起忘记过去，重新开始，力争早日挣钱把账还上，重新买房子，你们一个个有没有信心？"

几个人笑着都没有回话，只有幸福兴奋地举着饮料高声应道："爷爷，我有信心！"

三十三

小燕计划搬到煤场去住，一直没有搬。幸福在距新房子不远处上学，搬到煤场，上学麻烦一些。三个月过去了，出了几十万元买房的人始终没有露面，平安感觉这买房人一定有问题，私下开着三轮车到常青的煤场暗中调查。他去时，常青不在煤场，他懵懂而归。在煤场的帮工那里，他什么也没问到。平安来找我，我告诉他只联系到了买房人，别的什么情况自己也不知道。

他是个执着倔强的人，怎会就此罢休？他打通卖房协议上的电话，却传来“停机”的告知，他确定，常青是买房人。

吉祥过百日时，平安安排常青开车，拉着他们一家回到山里为吉祥烧纸，大家围在吉祥坟头，他问儿子：“吉祥，爸想给幸福找个爸，你乐意不？”

一片黑色的纸灰袅袅上升，他说：“你愿意了！爸就准备了哦！”

又一沓纸灰徐徐上升，他似乎听到了儿子的回应，轻轻地点点头，对着墓碑说：“爸明白了，我娃放心！”

回到西京，平安让我给贤子找个事做，他说：“三四个月了，这娃一直在家，啥也不做，尽塞人的眼目。”我问他贤子能不能和前夫复婚。他说前夫已经结婚了。我说要不咱给贤子也找个对象，哪怕是城中村的，不讲人，讲家庭条件。他同意了我的想法。

晚上，我把平安的想法说给贤子，贤子说不用我们操心，她自己心里有数。淑玲说：“你有数是好事，把你的数说出来我们给你参谋嘛！”

贤子直接说：“你们就把我嫁给常青吧！”

贤子话一出口，几个人面面相觑，许久没有说话，正在洗锅的小燕也停下了。我扭头去看小燕，发现她的神情有些恍惚。平安和淑玲也扭头去看小燕，小燕离开了灶台，进了平安和淑玲睡觉的房间，轻轻关了旮旯的门。

平安把目光收回来，一脸严肃地对贤子说：“你要嫁常青，这不是胡扯吗？常青是我儿子，哪有姐弟成亲的？”

贤子倔强地说：“又不是亲生的，血缘隔着梁呢，别自作多情好不好！”

淑玲说：“问题是，你乐意，人家常青是啥想法，你问过没有？”

贤子说：“我没问，我想让你们帮我问！”

我说：“行，这是好事，明天我帮你问！”

我并没有问常青，第二天，我直接告诉贤子：“常青说他自己心里已经有人了，那个人并不是你。”贤子说：“我知道那个人是谁，好了，你们不用管我，你们给我找个事做吧，我不想砸煤块了。”

我还没有开始行动，小燕便托人给贤子找了工作。城北经济开发区的迎宾大道上新开一家大型超市，小燕同事的姐姐，在超市人力资源部负责人事招聘，小燕让同事的姐姐给贤子要了名额。

没有学历，又不想在煤场砸煤块，贤子毫无怨言去了超市。她在超市干了半个月，站稳了脚跟，自己在外边与同事合租了房子，彻底脱离了家庭，不再回煤场。

平安担心贤子一个人在外面不安全，让我带他一起去找贤子谈谈。有了职业的贤子，将自己打扮得很城市化，脸上的煤灰没有了，皮肤散发着油乎乎的亮光。贤子对平安说：“嫁出去的女儿，泼出去的水，以后，你们不用为我操心了，我知道自己要过什么样的生活。”

平安说：“你总不能不回家吧？”贤子说：“你那煤场也是家呀？如果是家，也是你们的家，与我没有关系，我会在这个城市给自己建立一个家，你们等着看好吧。”

平安知道阻止了贤子和常青的来往，女儿对自己产生了怨恨，他摇摇头，无奈地说：“唉，女大不由娘，爹也管不了了！”

我说：“你放心，贤子经历了一次失败的婚姻，她会处理好自己的事！”

平安回头看了一眼贤子工作的超市的大楼，叹气道：“这城市就是个染缸，也是个转换器，好人到城市可以变瞎，瞎人到城市可以变好，我咋就捉摸不透呢？你说，贤子是多听话的娃，过去我视她为掌上明珠，这才几天，变得我不认识了！”

我说：“还是要关心的，最好能在城中村给贤子找个对象，让她安顿下来。”

平安似没有听懂我的话，低着头朝前走，从他的步态中，我能感觉到他胸中的怨气有多重。

走了很长一段路，他停下来，站在路边一棵红叶树下等我，他掏出一支烟给我并帮我点燃，自己也燃起一支，猛吸一口，发出强烈的咳嗽，咳嗽过几声，吐出一口浓痰，依了红叶树蹲下，示意我也蹲下，他笑着问我：“你今日得告诉我一句实话，我的房是不是被常青买下了？”

一枚红叶缓缓地从树上掉下来，正好落在我的面前，我不知道如何回答他，从地上捡起树叶在手上轻轻地捻着，将枣红色的叶子捻成一个旋转的圆球。

平安伸手夺走了在我指间旋转的红叶，将叶子扔在自己身后，说：“其实，我知道常青出了三十万元在帮我，又怕伤我的面子，用买房做掩护，这点子是你出的？”

我吸了一口烟吐出去，烟雾像一堵墙，阻隔了我和他的视线，烟雾散去，我看到他的脸上泛出宽慰的浅笑。

我说：“你认为这点子好还是不好？”

他又吐了一口痰，脸笑成一朵黑花说：“当然好，一百个好一千个好。我没有白交你这个兄弟，你知道吗？儿子死了，花去那么多钱，我不亏心，要是没有花钱，让儿子没有享受到一个父亲的给予，就是说，我在西京混了几十年，儿子病了，连治病的钱都没有，那样，儿子死了，我才难受哩。我的想法是，儿子没有给我挣到钱，却花了我的钱，我有钱给儿子花，不管钱是从哪里来的，这样，我才是一个够格的父亲，完整的父亲，这个完整是你给我的。要是没有你，就没有那些钱，那你说我儿子死了，我咋在这世上活哩？医院花去了几十万，说明我儿子的命值那么多钱！”

看着他略带笑容的脸，我不知道该说什么。他心里放下许多。他说：“这件事，你做了，就要做圆满，接下来，你要促成小燕和常青，我没办法完成这件事，一切全靠你了。你要是把这俩娃的婚事促成了，相当于重新给了我一条活路，否则，我就是死路一条！”

他说的是实话，小燕和常青走不到一起，小燕的房子就必须卖掉，只有卖掉房子，才能还上常青花在医院的那一大笔钱。

我说：“这件事只要你和嫂子没有意见，只要你们舍得小燕，也许是件水到渠成的事！”

他笑得更灿烂，说：“没有什么不舍得的，但我有一条，必须要坚持，幸福无论长多大，姓不能改，他是孟家的根苗。至于小燕和常青结合后，管不管我们，我和你嫂子都不在乎，幸福是我孟家的，就是到我死，我也要坚持！”

我答应帮他完成心愿。

吉祥去世周年后，小燕辞掉了工作和常青结了婚。他们没有举行结婚仪式，把常青的姐姐、姐夫、小燕父亲叫在一起吃了顿饭，算把事过了。

婚后，小燕和常青并没有住进平安买下的房子，他们住进了平安的煤场，常青终止了平安的卖煤生涯，他让平安和淑玲住进平安的房子，自己和小燕扩大了煤场的规模。

贤子在超市干了不到一年时间，跟着超市一个卖服装的浙江人去了南方，再没有音信。

没有事做的平安心里慌得难受，他让常青把他和淑玲送回了老家，他们在老家住了一个冬天，又回到西京。

有一天，我去看他，发现一个冬天没有见面，他衰老了许多，人也瘦得不成样子，我问他在老家没钱花还是有别的原因，为什么衰老得那么快。

他头摇得像拨浪鼓："不行，不行，在山里实在是活不下去，心里全装着城市的景，城市的人，城市的灯，城市的路，城市的高楼大厦，在山里，看啥都是陌生的，看啥都不顺眼，快把人憋死了，真是活受罪呀！"

淑玲附和说："人家说落叶归根哩，你说我们是咋了？在山里生活了一辈子，老了老了，咋不适应了呢？看着房前屋后的大山，像看到坟墓一样，心里怕得不行，感觉那山压着自己的心，想把人往死里压，我们和村里人说不到一块儿，生活不到一块儿，你说我在这城里刷牙刷习惯了，就在家刷个牙，村里的老姐妹当笑话传，这不刷吧，总感觉嘴里臭烘烘的，吃啥都不香，唉，真是没法活了！"

我说："那你们就好好在城市生活吧！"

她说："人在城市，心还是静不下来，晚上睡在床上，梦里全是山里的景，那些树木，山路，小溪，还有小时候一起长大的人，他们总在梦里对我发出呼唤，让我回去，可我咋能回去吗？回不去呀？人回去了，心回不去嘛。"

平安说："城市是弄事的地方，你说咱弄不动事了，待在城市还有啥用嘛，不是白占了城市人口嘛。唉，过去，忙着弄钱，没时间想，现在一想，明白了，咱弄了几十年，是活在别人的地盘上，是在寄人篱下呀。"

淑玲说："我老觉得自己是活在空里，有种脚踏不到地上的感觉。是不是我没有你们文化人说的灵魂了，是不是我把灵魂放在山里了？"

平安说："管他呢，活一天算一天，没有灵魂，就活骨头肉架子嘛，等哪一天不行了，再说不行的话嘛！"

我不知道如何回答他们，我想，他们所说的，不也是我的感觉吗？

一年后，平安和淑玲被常青送回了山里，他们再没有到城里来，小燕和常青多次带着幸福去山里请他们，被他们拒绝了。

尾声

秋日黄昏，晚霞收起了涂抹在东山尖上的那抹淡淡的余晖后，一丝凉气从沟槽里分头漫进了村庄，我坐在秦岭怀中分水岭北老家庙岭如枯鱼之肆寂静的庭院里，茫然无助，不知道要做什么。偶然，邻居家石圈里的老母猪发出摧残人耳的狂叫声，老母猪无序地叫过几声后见无人理睬，失望地低语着，似在用自己的语言责骂村庄，骂过之后，又换了腔调嘟囔着，声音低下去，重新回到石头砌成的石窝里，一切又恢复了宁静村庄像生过孩子女人的腹腔，空荡荡的，除了猪的几声狂叫，再没有别的声音。要是在春天或者夏天，此时此刻，一定会有鸟儿们在黄昏时集合的呼朋唤友声，唯有秋天，那些鸟儿离开了村庄，去寻找过冬的地方。没有声音的村庄，在太阳落山之时使我有些害怕，那些亲切和熟知已经离我远去，任我万般寻找，竟然找不到他们的所在。寂寞和恐惧包围着我，看着堂屋被放大的母亲的照片，恐惧强烈起来，母亲的笑不再有亲切感，似有一种狰狞跳入我的眼眶，依偎在母亲旁边的父亲同母亲一样，目光中多了责怪的光泽，他在责怪什么？责怪这个时代还是在责怪他的儿女们？忙从庭院移到楼门外父亲在世时常坐的大核桃树下，本来是想寻找一些看景的，或者是找到一个说话的人，哪怕是一个孩子，但空旷的村庄使我失望了。无意间，一只蚂蚁，一只我十分熟悉却又陌生的蚂蚁爬入我的视线，在高大的核桃树下，它挣扎着由一个小小的土坑里向外爬行，土坑并不深，拳头般大小，蚂蚁爬了很久还是没有爬出土坑，爬着爬着，一块指头大小的土粒从坑沿上落下去，撞到了蚂蚁，它黑瘦的身子在土坑里停歇了一会儿，在地上打着滚儿又开始盲目地攀爬，它爬遍了所有方位，最终还是没有找到一条能到达坑沿的路途。突然，晚风将一枚半黄半绿的丝绵树叶吹落在土坑里，叶片盖住了土坑，再也看不到蚂蚁的动向，我好奇地耐心等待着，我想蚂蚁一定会利用叶子实现自己的愿望。过了许久，蚂蚁终于沿着树叶的柄杆爬上了坑沿，蚂蚁上到坑沿后，趴在地上再没有动，我想蚂蚁的力量耗尽了，也许是它受到惊吓所致。

天彻底黑了，收秋粮的老人们稀稀拉拉从不同的沟岔里回到村上，每个人的脸上都是真诚的笑意，他们客气地请我去他们家吃饭喝酒，我是他们的晚辈，而今我却成了他们的客人，我亦成了村庄的客人，村庄是我的母体，我成了母体的客人。

那一夜，邻居老嫂子烧热了母亲的土炕，她不让我睡在她家，说是让我睡在母亲的炕上，好让母亲知道我回来看她。好久没有人睡过的土炕，潮气很重，像一种缠绵的情感，又像母亲当年那些絮叨的话语，生分地粘在我的身上，热炕睡上去并没有我想象的那么舒坦和受活。想着那只可怜的蚂蚁艰难的爬行，耿耿难眠，蚂蚁的挣扎，总让我想到与它相关联的人和事。

半夜时分，我持了手电再去黏稠的夜色中寻找那只蚂蚁，却没有找到，心中生出一丝悲伤。躺在父母亲睡过的热炕上，无意识地想起了许多往事。平安和父母站在土炕墙头上的镜框里向我笑着，那些二十多年前的笑依旧鲜活灿烂。如今，父母的笑永远深藏在黄土里，而平安的笑却只能是一种浅淡的符号，想到平安与我一同在西京度过的二十多年时光，想到下午我看到的那只蚂蚁，想到平安，他在城市苦苦挣扎了几十年，却没有找到自己想要的东西。

许多山里人都跑到城市去了，山沟却多了寂寞。对于山水林田路，对于山中的虫儿鸟儿，寂寞也许是另一种平安吧。

又一次看了看母亲和平安的照片，他们还是一成不变地向我笑着，我便没了睡意。

心中惦记着那只没有找到的蚂蚁，不知今夜它栖身何处。突然想起了平安写的那首诗：

我是一只城市的蚂蚁
爬着走路
背负着生活的压力
没有机会抬头看天
还得一步步向前

我喜欢城市的道路
绿色的花草林立的高楼
匆忙的脚步声香甜的梦

虽然我不知道他们是谁
但那些声音
我听起来是非常亲切

我是一只从农村逃到
城市的蚂蚁
渐渐适应了陌生的环境
虽然生活很累
但内心却充满着快乐
我不奢求别人在意自己
也不奢求别人认可什么

我几乎忘记了大山的身影
忘记了屋后那片庄稼地
门前那条潺潺的小溪
承载我年轻时的记忆

我是一只城市的蚂蚁
只会爬着走路
没有机会抬头
虽然有时爬行很累
但我欣慰，自己
是一只城市的蚂蚁

2013 年 12 月初稿
2014 年 3 月二稿
2015 年 7 月三稿
2016 年 9 月四稿
2017 年 9 月五稿

后记

真的很抱歉，写出了这么一个不愉快的故事给你，原本不是要写成这样的，写着写着，就成了这样子。只有这样，才是我经历的真实。

写的过程中，我流过泪，手发过抖，犯过头疼，饿过肚子，还打过强心针，摔过键盘，还砸坏了一个键盘，每一件事情的发生，都与我和主人公的情感有关。

早在五年前，计划把平安这个人物写成纪实文学，那是我读了一篇美国平民传记后产生的想法。是在 2012 年 5 月 7 日，一个阳光明媚的日子，我听到了“吉祥”去世的噩耗后，当天驱车赶回老家，为吉祥送了花圈，返回西京的当天晚上，夜不能寐，耳边总响着如泣如诉的唢呐声和平安、淑玲的哭声，几次起床，在地上盲目乱转，后悔自己没有把吉祥送到坟墓里，在那一刻，我猛然醒悟，要把平安在西京几十年的生活写成小说，打开电脑，一口气列出提纲。

职业养成习惯，嘴比手快，有一天，坐在一个陌生朋友的小车上，之所以说是陌生朋友，是一个老朋友让他把我送回家。我把故事讲给他，他很年轻，听过之后他说，李老师，你是不是认识我父亲，你写的是我父亲啊。扭头去看他，一脸城市相，从哪儿也看不出他是农民工的后代，路过一个十字路口，他掉转了车的方向，说要带我去吃饭，我拒绝了。他把车停在马路边，让我把故事讲完。那时候的故事不是现在这样子，他听了故事后又说，李老师，你的故事一定不是真的，你美化了许多东西，你犯了主题先行的大忌。我被他的话噎住了，不知道说什么好。他说，你要写，就要真实，越是真实的，人们才有兴趣读。我听了你前面的故事，觉得真的不错，但你后面的构思，逃出了真实，也逃出了生活。我问他为什么？他说，因为他父亲也在西京出售钢炭煤，他上学的钱，就是他父亲卖煤换来的，如果让他父亲靠卖煤在西安买一套房子，那就不真实。他说，如果让我卖煤我就能买下房子，因为我会买一辆二手面包车去运煤，而我父亲只会蹬三轮车。

过去我们说群众的眼睛是雪亮的，而现在我可以说，读者的心是雪亮的，一件事，一个人，在一个大的环境中如何发展，发展到最后会是什么结局，只有事中人是最清楚的。这个朋友的指正，使我倒吸一口冷气，真的，我的构思完全脱离了生活本真，我很感谢这个年轻人给我的提示，真实，不但是新闻的生命，也是小说的命脉。

四十多岁的平安到城市谋生，本身已经违背了人过三十不学艺的古训。对于无人引导，无人组织，自己像一只苍蝇一样乱飞的平安，要想在城市买一套房子，真的是一件很为难的事，但他坚持要那样做，拼着命去实现自己的梦想，难免会做出一些不着边际的事，好在他是一个成年人，是一个心地善良的人，是一个真诚的人，一个有着正常心态的人，如果依了他的个性，再年轻十岁二十岁，也许他的人生会是另外一种样子。

平安的身上背负着一个时代农民的梦想，也是一种现象和事实。二十六年前，我刚到西安时，看到我们老家有许多四十多岁的人在城南的潘家庄卖菜卖豆腐，用人力三轮车拉人，他们觉得做小买卖比在建筑工地上干活强，其中有一个乡党生意做得很大，我想他在西安买几套房子都没有问题，可他干了许多年后，拿着钱回家了，他在老家修了青堂瓦舍，过上了山清水秀神仙一样的日子，我问他，依你的条件，完全可以住在西安的，他笑着说，我为什么要住在西安，你没有看栽在城市的大松树叶子总是显出黄色吗，哪有咱这儿的松树叶子绿嘛。

三十多年前，我曾经做过一段乡镇领导工作，对农民的了解相对多一些，那时候正是农村人修房的高峰期，农民心里就想着，一定要把土墙换成砖墙。后来他们才发现，换了的砖墙并没有土墙好，土墙保暖耐寒。再后来，到了城市，许多当年认识我的乡党都到城里找我，让我给他们在城市找工作，我一直为他们找了许多年工作。又过了许多年，没有人再让我帮他们找工作了，他们自己在城市租了房，设立了厨房，群集而居，早出晚归，把工地看作移动的工厂，把租来的房子看作是家。如此，一拨一拨地来，一拨一拨地去，岁月为他们积累了财富，他们回到老家去，捡起过去的田园生活，静静地等待时光流逝，看着村路由土路变成水泥路，看着山林越来越茂盛，看着儿女结婚生子，看着庄稼在地里生长。有时，他们会带着老伴上到山顶上，望着山外的山，指着西京城的方向，回忆一些曾经的经历，安详自若。也有一些人，诸如平安之类，要把梦想安放在城市，过上城市人的生活，经过苦苦挣扎，把身子放进了城市，心却静不下来，他们又来找我，儿女毕业了没有工作，看好一套房子首付不足，欠了人家的贷款不能及时还，人家在追，要不就是有关部门收了他们的三轮车和摩的，还有人把积攒了许多年的血汗钱送给融资公司，等来的却是破产的消息，等等。

也许是自己对土地怀有深深的敬意，我一直认为，农民生活在没有泥水的土地上不是最好的选择，特别是上了年纪的人，为什么要离开温暖的土地到生硬的水泥地上去生活？那样一来，脚板是多么不踏实，走起路来身板是多么不稳当。

我对建设美丽乡村从内心感到欣喜，因为我对乡村和土地一样怀有敬意。在秦岭怀中，有父母留下的房子，我做梦都想着，有一天，把城市的事做完后，回到那里，重新粉刷那些掉了白灰的墙壁，补上外墙脱落的瓷砖，在室内的白色墙壁上挂上我在城市拍摄的一些好看的照片，清理门前那个樱桃池中的污水，放一些山里人不常见的红鲤鱼于其中，然后坐在池边的竹林里看书习字，与睡在村外土地里的父母说说话，与少年时的发小们喝茶聊天，看日出日落，观风起叶动，听鹊鸣蝉吟。进入五十岁后，我日日都在想这样的日子，有时想远方的山水会泪湿枕巾，深夜难静。

我把自己的想法无数次说给平安，他憨实地笑着说，你回去主要是有事做，你想重识那些山水，书写它们的历史，我不行了，我已经在山里待不住了，我心里装着城市的景，已经装不下沉重的山。

我知道，他是要在城市守着儿子的魂，守着他的孙子。一个人到了有牵挂的年纪，总把虚幻当作真实，把无望看作有望，把自己置之度外，想拥未来于怀。可未来是什么样子，他不知道。他对未来产生幻想。我不知道自己真的到了解甲归田那个日子，是不是有现在这样洒脱和充实，我在等待着，等待是件美好的事，像回忆过去一样美好。

之所以要把平安的经历写出来，是想让更多的人认识自己的生活环境，认知自己的追求。人和树一样，应该归位于合适，只有合适，才是顺畅的，只有顺畅才有幸福可言。

一件事，用多元的视角去审视，会有不同的看法，我只能把持我的看法，不知道读者会有什么样的看法，我在期待着。

2018年8月18日于西安皇城